Inhal

ERSTES BU

ZWEITES BUCH

Die Argonautensage

DRITTES BUCH

VIERTES BUCH

Aus der Heraklessage

Die schönsten Sagen des klassischen Altertums

nach seinen Dichtern und Erzählern von

Gustav Schwab

Erster Teil

Die Sagen vor dem Troianischen Krieg

Philipp Reclam jun. Stuttgart

Der zweite und dritte Teil der *Schönsten Sagen des klassischen Altertums* liegen unter Nr. 6387 und Nr. 6388 in Reclams Universal-Bibliothek vor.

Universal-Bibliothek Nr. 6386

Gesamtherstellung: Reclam, Ditzingen. Printed in Germany 1999

ISBN 3-15-006386-8

FÜNFTES BUCH

Bellerophontes · Theseus

Die Sage von Oidipus

SECHSTES BUCH

Die Sieben gegen Theben

Die Sage von den Herakliden

Vorwort zur ersten Auflage

Es ist eine schöne Eigentümlichkeit der Mythen und Heldensagen des klassischen Altertums, daß sie für die Blicke des Forschers und für das Auge der Einfalt einen zwar verschiedenartigen, aber doch gleich mächtigen Reiz haben. Während der Gelehrte in ihnen den Anfängen alles menschlichen Wissens, den Grundgedanken der Religion und Philosophie, der ersten Morgendämmerung der Geschichte nachgeht, entzückt den unbefangenen Betrachter die Entfaltung der reichsten Gestalten, das Schauspiel einer gleichsam noch in der Schöpfung begriffenen Natur und Geisterwelt; er sieht mit Lust und Bewunderung die Erde mit Göttern und Göttersöhnen aus dem Chaos emporsteigen und in raschen Bilderreihen den Prometheusfunken im Menschen den Kampf mit der Barbarei beginnen, die Kultur der Wildnis, die Bildung der Roheit, die Vernunft oder die Notwendigkeit der Leidenschaft den Sieg abringen. Die innere lebendige Kraft dieser Bilder ist auch so groß, daß dieselbe nicht von der vollendeten Kunstgestalt abhängig erscheint, in welcher wir einen guten Teil jener Gebilde von den größten Dichtern verarbeitet besitzen, sondern daß die schlichteste Darstellung genügt, ihre Größe auch vor denjenigen zu entfalten, für welche die Kunstform eher ein Hemmnis als eine Förderung des Verständnisses sein muß. In diesem Fall ist die Jugend im Beginn ihrer klassischen Bildung. Die Heroensage, von der ihre Phantasie mit dem ersten Unterrichte in den Sprachen der Alten Bruchstücke aufnimmt, übt einen Zauber über ihren Geist, lang ehe sie imstande ist, dieselbe in den Schöpfungen der Dichter zu fassen. Nähere Bekanntschaft mit diesen Mythen wird sogar als Vorschule für die höhere Bildung ein frühzeitiges Bedürfnis, das auch unsere Literatur längst gefühlt hat und dem sie durch Hilfsbücher aller Art bald in wissenschaftlich belehrender, bald in unterhaltender Form abzuhelfen gesucht hat und noch sucht.

In vorliegendem Buche nun wird der Versuch gemacht, die schönsten und bedeutungsvollsten Sagen des klassischen Altertums den alten Schriftstellern und vorzugsweise den Dichtern einfach und vom Glanze künstlerischer Darstellung entkleidet, doch, *wo immer möglich, mit ihren eigenen Worten* nachzuerzählen. Man ist längst von der Ansicht zurückgekommen, daß diese auf mythischem Boden spielende und von Mythen durchwobene Geschichten zum Mittel dienen könnten, der Jugend gelegentlich historische, geographische und naturwissenschaftliche Kenntnisse beizubringen und daß man sie gar zum Vehikel eines moralischen Lehrkurses gebrauchen dürfe. Die Moral, die auch der antiken Weltanschauung nicht fehlte, muß in der Darstellung selbst empfunden werden, und auf das Einseitige und in wesentlichen Stükken Irrtümliche derselben, auf ihre Unzulänglichkeit gegenüber der Offenbarung des Christentums, wird eine mündliche Unterweisung des Vaters oder Lehrers den jungen Leser besser aufmerksam machen als das Buch selbst, das von demselben zunächst nur mit der Absicht, sich eine angenehme und doch würdige Erholung zu verschaffen, in die Hand genommen werden soll. Nur dafür hat der Verfasser gesorgt, daß alles Anstößige entfernt bleibe, und deswegen unbedenklich alle diejenigen Sagen ausgeschlossen, in welchen unmenschliche Greuel erzählt werden, die nur eine symbolische Erklärung gewissermaßen entschuldigt, die aber, als Geschichte dargestellt – als welche der Jugend diese Sagen doch gelten müssen –, nur einen empörenden Eindruck auf sie machen könnten. Wo aber unsern höheren Begriffen von Sittlichkeit widerstrebende oder auch schon im Altertum als unsittlich und widernatürlich anerkannte Verhältnisse (wie in der Oidipussage) in einer ihrer Totalrichtung nach hochsittlichen Mythe nicht verschwiegen werden konnten, glaubt solche der Bearbeiter dieser Sagen auf eine Weise angedeutet zu haben, welche die Jugend weder zum Ausspinnen unedler Bilder noch zum Grübeln der Neugier veranlaßt. Vorausgesetzt wird bei diesem Buche nur die allgemeinste Kenntnis der griechisch-römischen Mythologie und Vorzeit, wie sie die

Schulbildung unsrer vaterländischen Jugend bei Zeiten verschafft. Das ganze Werk ist auf drei Bände berechnet, wovon der zweite die Geschichte von Troja, der dritte und letzte die Sagen von Odysseus und Aineias enthalten wird.

Stuttgart, im September 1837 *G. Schwab*

ERSTES BUCH

Prometheus

Himmel und Erde waren geschaffen: das Meer wogte in seinen Ufern und die Fische spielten darin; in den Lüften sangen beflügelt die Vögel; der Erdboden wimmelte von Tieren. Aber noch fehlte es an dem Geschöpfe, dessen Leib so beschaffen war, daß der Geist in ihm Wohnung machen und von ihm aus die Erdenwelt beherrschen konnte. Da betrat Prometheus die Erde, ein Sprößling des alten Göttergeschlechts, das Zeus entthront hatte, ein Sohn des erdgeborenen Uranossohnes Iapetos, kluger Erfindung voll. Dieser wußte wohl, daß im Erdboden der Same des Himmels schlummere; darum nahm er vom Tone, befeuchtete denselben mit dem Wasser des Flusses, knetete ihn und formte daraus ein Gebilde, nach dem Ebenbilde der Götter, der Herren der Welt. Diesen seinen Erdenkloß zu beleben, entlehnte er allenthalben von den Tierseelen gute und böse Eigenschaften und schloß sie in die Brust des Menschen ein. Unter den Himmlischen hatte er eine Freundin, Athene, die Göttin der Weisheit. Diese bewunderte die Schöpfung des Titanensohnes und blies dem halbbeseelten Bilde den Geist, den göttlichen Atem ein.

So entstanden die ersten Menschen und füllten bald vervielfältigt die Erde. Lange aber wußten diese nicht, wie sie sich ihrer edlen Glieder und des empfangenen Götterfunkens bedienen sollten. Sehend sahen sie umsonst, hörten hörend nicht; wie Traumgestalten liefen sie umher und wußten sich der Schöpfung nicht zu bedienen. Unbekannt war ihnen die Kunst, Steine auszugraben und zu behauen, aus Lehm Ziegel zu brennen, Balken aus dem gefällten Holze des Waldes zu zimmern, und mit allem diesem sich Häuser zu erbauen. Unter der Erde, in sonnenlosen Höhlen, wimmelte es von ihnen wie von beweglichen Ameisen; nicht den Winter, nicht den blütevollen Frühling, nicht den früchtereichen Sommer kannten sie an sicheren Zeichen; planlos war alles, was sie verrichteten. Da nahm sich Prometheus seiner Geschöpfe an; er lehrte sie den Auf- und Niedergang der Gestirne zu beobachten, erfand ihnen die Kunst zu zählen, die Buchstabenschrift; lehrte sie Tiere ans Joch spannen und zu Genossen ihrer Arbeit brauchen, gewöhnte die Rosse an Zügel und Wagen; erfand Nachen und Segel für die Schiffahrt. Auch fürs übrige Leben sorgte er den Menschen. Früher, wenn einer krank wurde, wußte er kein Mittel, nicht was von Speise und Trank ihm zuträglich sei, kannte kein Salböl zur Linderung seiner Schäden; sondern aus Mangel an Arzneien starben sie elendiglich dahin. Darum zeigte ihnen Prometheus die Mischung milder Heilmittel, allerlei Krankheiten damit zu vertreiben. Dann lehrte er sie die Wahrsagekunst, deutete ihnen Vorzeichen und Träume, Vogelflug und Opferschau. Ferner führte er ihren Blick unter die Erde und ließ sie hier das Erz, das Eisen, das Silber und das Gold entdecken; kurz in alle Bequemlichkeiten und Künste des Lebens leitete er sie ein.

Im Himmel herrschte mit seinen Kindern seit kurzem Zeus, der seinen Vater Kronos entthront, und das alte Göttergeschlecht, von welchem auch Prometheus abstammte, gestürzt hatte.

Jetzt wurden die neuen Götter aufmerksam auf das eben entstandene Menschenvolk. Sie verlangten Verehrung von ihm für den Schutz, welchen sie demselben angedeihen zu lassen bereitwillig waren. Zu Mekone in Griechenland ward ein Tag gehalten zwischen Sterblichen und Unsterblichen, und Rechte und Pflichten der Menschen bestimmt. Bei dieser Versammlung erschien Prometheus als Anwalt seiner Menschen, dafür zu sorgen, daß die Götter für die übernommenen Schutzämter den Sterblichen nicht allzulästige Gebühren auferlegen möchten. Da verführte den Prometheus seine Klugheit, die Götter zu betrügen. Er schlachtete im Namen seiner Geschöpfe einen großen Stier, davon sollten die Himmlischen wählen, was sie für sich davon verlangten. Er hatte aber nach Zerstückelung des Opfertieres zwei Haufen gemacht; auf die eine Seite legte er das Fleisch, das Eingeweide und den Speck, in die Haut des Stieres zusammengefaßt, auf die andere die kahlen Knochen, künstlich in das Unschlitt des Schlachtopfers eingehüllt. Und dieser Haufen war der größere. Zeus, der Göttervater, der allwissende, durchschaute seinen Betrug und sprach: »Sohn des Iapetos, erlauchter König, guter Freund, wie ungleich hast du die Teile geteilt!« Prometheus glaubte jetzt erst recht, daß er ihn betrogen, lächelte bei sich selbst und sprach: »Erlauchter Zeus, größter der ewigen Götter, wähle den Teil, den dir dein Herz im Busen anrät zu wählen.« Zeus ergrimmte im Herzen, aber geflissentlich faßte er mit beiden Händen das weiße Unschlitt. Als er es nun auseinander gedrückt und die bloßen Knochen gewahrte, stellte er sich an, als entdeckte er jetzt eben erst den Betrug und zornig sprach er: »Ich sehe wohl, Freund Iapetionide, daß du die Kunst des Truges noch nicht verlernt hast!«

Zeus beschloß, sich an Prometheus für seinen Betrug zu rächen, und versagte den Sterblichen die letzte Gabe, der sie zur vollendeteren Gesittung bedurften, das Feuer. Doch auch dafür wußte der schlaue Sohn des Iapetos Rat. Er nahm den langen Stengel des markigen Riesenfenchels, näherte sich mit ihm dem vorüberfahrenden Sonnenwagen, und setzte so den Stengel in glostenden Brand. Mit diesem Feuerzunder kam er hernieder auf die Erde, und bald loderte der erste Holzstoß gen Himmel. In innerster Seele schmerzte es den Donnerer, als er den fernhin leuchtenden Glanz des Feuers unter den Menschen emporsteigen sah. Sofort formte er, zum Ersatz für des Feuers Gebrauch, das den Sterblichen nicht mehr zu nehmen war, ein neues Übel für sie. Der seiner Kunst wegen berühmte Feuergott Hephaistos mußte ihm das Scheinbild einer schönen Jungfrau fertigen; Athene selbst, die, auf Prometheus eifersüchtig, ihm abhold geworden war, warf dem Bild ein weißes, schimmerndes Gewand über, ließ ihr einen Schleier über das Gesicht wallen, den das Mädchen mit den Händen geteilt hielt, bekränzte ihr Haupt mit frischen Blumen und umschlang es mit einer goldenen Binde, die gleichfalls Hephaistos seinem Vater zuliebe kunstreich verfertigt und mit bunten Tiergestalten herrlich verziert hatte. Hermes, der Götterbote, mußte dem holden Gebilde Sprache verleihen, und Aphrodite allen Liebreiz. Also hatte Zeus unter der Gestalt eines Gutes ein blendendes Übel geschaffen und nannte sie Pandora, das heißt die Allbeschenkte, denn jeder der Unsterblichen hatte dem Mägdlein irgendein unheilbringendes Geschenk für die Menschen mitgegeben. Darauf führte er die Jungfrau hernieder auf die Erde, wo Sterbliche vermischt mit den Göttern lustwandelten. Alle miteinander bewunderten die unvergleichliche Gestalt. Sie aber schritt zu Epimetheus, dem argloseren Bruder des Prometheus, ihm das Geschenk des Zeus zu bringen. Vergebens hatte diesen der Bruder gewarnt, niemals ein Geschenk vom olympischen Zeus anzunehmen, damit dem Menschen kein Leid dadurch widerführe, sondern es sofort zurückzusenden. Epimetheus, dieses Wortes uneingedenk, nahm die schöne Jungfrau mit Freuden auf und empfand das Übel erst, als er es hatte. Denn bisher lebten die Geschlechter der Menschen, von seinem Bruder beraten, frei von Übel, ohne beschwerliche Arbeit, ohne quälende Krankheit. Das Weib aber trug in den Händen ihr Geschenk, ein großes Gefäß mit einem Deckel versehen. Kaum bei Epimetheus angekommen, schlug sie den Deckel zurück, und alsbald entflog dem Gefäße eine Schar von Übeln und verbreitete sich mit Blitzesschnelle über die Erde. Ein einziges Gut war zuunterst in dem Fasse verborgen, die Hoffnung; aber auf den Rat des Göttervaters warf Pandora den Deckel wieder zu, ehe sie herausflattern konnte, und verschloß sie für immer in dem Gefäß. Das Elend füllte inzwischen in allen Gestalten Erde, Luft und Meer. Die Krankheiten irrten bei Tage und bei Nacht unter den Menschen umher, heimlich und schweigend, denn Zeus hatte ihnen keine Stimme gegeben; eine Schar von Fiebern hielt die Erde belagert, und der Tod, früher nur langsam die Sterblichen beschleichend, beflügelte seinen Schritt.

Darauf wandte sich Zeus mit seiner Rache gegen Prometheus. Er übergab den Verbrecher dem Hephaistos, und seinen Dienern, dem Kratos und der Bia (dem Zwang und der Gewalt). Diese mußten ihn in die skythischen Einöden schleppen und hier, über einem schauderhaften Abgrund, an eine Felswand des Berges Kaukasos mit unauflöslichen Ketten schmieden. Ungern vollzog Hephaistos den Auftrag seines Vaters, er liebte in dem Titanensohne den verwandten Abkömmling seines Urgroßvaters Uranos, den ebenbürtigen Göttersprößling. Unter mitleidsvollen Worten und von den roheren Knechten gescholten, ließ er diese das grausame Werk vollbringen. So mußte nun Prometheus an der freudlosen Klippe hängen, aufrecht, schlaflos, niemals imstande, das müde Knie zu beugen. »Viele vergebliche Klagen und Seufzer wirst du versenden«, sagte Hephaistos zu ihm, »denn des Zeus Sinn ist unerbittlich und alle, die erst seit kurzem die Herrschergewalt an sich gerissen*, sind hartherzig.« Wirklich sollte auch die Qual des Gefangenen ewig oder doch dreißigtausend Jahre dauern. Obwohl laut aufseufzend und Winde, Ströme, Quellen und Meereswellen, die Allmutter Erde und den allanschauenden Sonnenkreis zu Zeugen seiner Pein aufrufend, blieb er doch ungebeugten Sinnes. »Was das Schicksal beschlossen hat«, sprach er, »muß derjenige tragen, der die unbezwingliche Gewalt der Notwendigkeit einsehen gelernt hat.« Auch ließ er sich durch keine Drohungen des Zeus bewegen, die dunkle Weissagung, daß dem Götterherrscher durch einen neuen Ehebund** Verderben und Untergang bevorstehe, näher auszudeuten. Zeus hielt Wort: er sandte dem Gefesselten einen Adler, der als täglicher Gast an seiner Leber zehren durfte, die sich, abgeweidet, immer wieder erneuerte. Diese Qual sollte nicht eher aufhören, bis ein Ersatzmann erscheinen würde, der durch freiwillige Übernahme

* Zeus hatte den Kronos (Saturn), seinen Vater, und mit ihm die alte Götterdynastie gestürzt und sich des Olymps mit Gewalt bemächtigt. Iapetos und Kronos waren Brüder, Prometheus und Zeus Geschwisterkinder.

** Mit der Thetis.

des Todes gewissermaßen sein Stellvertreter zu werden sich erböte.

Jener Zeitpunkt erschien früher, als der Verurteilte nach des Zeus Spruch erwarten durfte. Als er dreißig Jahre an dem Felsen gehangen, kam Herakles (Herkules) des Weges, auf der Fahrt nach den Hesperiden und ihren Äpfeln begriffen. Wie er den Götterenkel am Kaukasos hängen sah und sich seines guten Rates zu erfreuen hoffte, erbarmte ihn sein Geschick, denn er sah zu, wie der Adler, auf den Knien des Prometheus sitzend, an der Leber des Unglückseligen fraß. Da legte er Keule und Löwenhaut hinter sich, spannte den Bogen, entsandte den Pfeil und schoß den grausamen Vogel von der Leber des Gequälten hinweg. Hierauf löste er seine Fesseln und führte den Befreiten mit sich davon. Damit aber die Bedingung des Zeus erfüllt würde, stellte er ihm als Ersatzmann den Kentauren Chiron, der erbötig war, an jenes Statt zu sterben; denn vorher war er unsterblich. Auf daß jedoch das Urteil des Zeus, der den Prometheus auf weit längere Zeit an den Felsen gesprochen hatte, auch so nicht unvollzogen bliebe, so mußte Prometheus fortwährend einen eisernen Ring tragen, an welchem sich ein Steinchen von jenem Kaukasosfelsen befand. So konnte sich Zeus rühmen, daß sein Feind noch immer an den Kaukasos angeschmiedet lebe.

Die Menschenalter*

Die ersten Menschen, welche die Götter schufen, waren ein goldenes Geschlecht. Diese lebten, solange Kronos (Saturnus) dem Himmel vorstand, sorgenlos und den Göttern selbst ähnlich, von Arbeit und Kummer entfernt. Auch die Leiden des Alters waren ihnen unbekannt; an Händen, Füßen und allen Gliedern immer rüstig, freuten sie sich, von jeglichem Übel frei, heiterer Gelage. Die seligen Götter hatten sie

* Diese Sage ist unabhängig von der vorigen und stimmt nicht mit ihr überein.

lieb und schenkten ihnen auf reichen Fluren stattliche Herden. Wenn sie verscheiden sollten, sanken sie nur in sanften Schlaf. Solange sie aber lebten, hatten sie alle möglichen Güter, das Erdreich gewährte ihnen alle Früchte von selbst und im Überflusse, und ruhig mit allen Gütern gesegnet, vollbrachten sie ihr Tagewerk. Nachdem jenes Geschlecht nach dem Beschlusse des Schicksals von der Erde verschwunden war, wurden sie zu frommen Schutzgöttern, welche, dicht in Nebel gehüllt, die Erde rings durchwandelten, als Geber alles Guten, Behüter des Rechts und Rächer aller Vergehungen.

Hierauf schufen die Unsterblichen ein zweites Menschengeschlecht aus Silber; dieses war schon weit von jenem abgeartet, und glich ihm weder an Körpergestaltung noch an Gesinnung. Sondern ganze hundert Jahre wuchs der verzärtelte Knabe noch unmündig an Geist unter der mütterlichen Pflege im Elternhause auf, und wenn einer endlich zum Jünglingsalter herangereift war, so blieb ihm nur noch kurze Frist zum Leben übrig. Unvernünftige Handlungen stürzten diese neuen Menschen in Jammer, denn sie konnten schon ihre Leidenschaften nicht mehr mäßigen und frevelten im Übermute gegeneinander. Auch die Altäre der Götter wollten sie nicht mehr mit den gebührenden Opfern ehren. Deswegen nahm Zeus dieses Geschlecht wieder von der Erde hinweg, denn ihm gefiel nicht, daß sie der Ehrfurcht gegen die Unsterblichen ermangelten. Doch waren auch diese noch nicht so entblößt von Vorzügen, daß ihnen nach ihrer Entfernung aus dem Leben nicht einige Ehre zum Anteil geworden wäre, und sie durften als sterbliche Dämonen noch auf der Erde umherwandeln.

Nun erschuf der Vater Zeus ein drittes Geschlecht von Menschen, dieses nur aus Erz. Das war auch dem silbernen völlig ungleich, grausam, gewalttätig, immer nur den Geschäften des Krieges ergeben, immer einer auf des andern Beleidigung sinnend. Sie verschmähten es, von den Früchten des Feldes zu essen und nährten sich vom Tierfleische; ihr Starrsinn war hart wie Diamant, ihr Leib von ungeheuerem

Gliederbau; Hände wuchsen ihnen von den Schultern, denen niemand nahe kommen durfte. Ihr Gewehr war Erz, ihre Wohnung Erz, mit Erz bestellten sie das Feld; denn Eisen war damals noch nicht vorhanden. Sie kehrten ihre eigenen Hände gegeneinander; aber so groß und entsetzlich sie waren, so vermochten sie doch nichts gegen den schwarzen Tod und stiegen, vom hellen Sonnenlichte scheidend, in die schaurige Nacht der Unterwelt hernieder.

Als die Erde auch dieses Geschlecht eingehüllt hatte, brachte Zeus ein viertes Geschlecht hervor, das auf der nährenden Erde wohnen sollte. Dies war wieder edler und gerechter als das vorige. Es war das Geschlecht der göttlichen Heroen, welche die Vorwelt auch Halbgötter genannt hat. Zuletzt vertilgte aber auch sie Zwietracht und Krieg, die einen vor den sieben Toren Thebens, wo sie um das Reich des Königs Oidipus (Ödipus) kämpften, die anderen auf dem Gefilde Troias, wohin sie um der schönen Helena willen zahllos auf Schiffen gekommen waren. Als diese ihr Erdenleben in Kampf und Not beschlossen hatten, ordnete ihnen der Vater Zeus ihren Sitz am Rande des Weltalls an, im Ozean, auf den Inseln der Seligen. Dort führten sie nach dem Tode ein glückliches und sorgenfreies Leben, wo ihnen der fruchtbare Boden dreimal im Jahre honigsüße Früchte zum Labsal emporsendet.

»Ach, wäre ich«, so seufzt der alte Dichter Hesiod, der diese Sage von den Menschenaltern erzählt, »wäre ich doch nicht ein Genosse des fünften Menschengeschlechts, das jetzt gekommen ist; wäre ich früher gestorben, oder später geboren! denn dieses Menschengeschlecht ist ein eisernes! Gänzlich verderbt, ruhen diese Menschen weder bei Tage noch bei Nacht von Kümmernis und Beschwerden, immer neue nagende Sorgen schicken ihnen die Götter. Sie selbst aber sind sich die größte Plage. Der Vater ist dem Sohne, der Sohn dem Vater nicht hold, der Gast haßt den bewirtenden Freund, der Genosse den Genossen; auch unter Brüdern herrscht nicht mehr herzliche Liebe wie vor Zeiten. Dem grauen Haare der Eltern selbst wird die Ehrfurcht versagt,

Schmachreden werden gegen sie ausgestoßen, Mißhandlungen müssen sie erdulden. Ihr grausamen Menschen, denket ihr denn gar nicht an das Göttergericht, daß ihr euren abgelebten Eltern den Dank für ihre Pflege nicht erstatten wollet? Überall gilt nur das Faustrecht; auf Städteverwüstung sinnen sie gegeneinander. Nicht derjenige wird begünstigt, der die Wahrheit schwört, der gerecht und gut ist; nein, nur den Übeltäter, den schnöden Frevler ehren sie; Recht und Mäßigung gilt nichts mehr, der Böse darf den Edleren verletzen, trügerische, krumme Worte sprechen, Falsches beschwören. Deswegen sind diese Menschen auch so unglücklich. Schadenfrohe, mißlautige Scheelsucht verfolgt sie und grollt ihnen mit dem neidischen Antlitz entgegen. Die Göttinnen der Scham und der heiligen Scheu, welche sich bisher doch noch auf der Erde hatten blicken lassen, verhüllen traurig ihren schönen Leib in das weiße Gewand, lassen die Menschen, um sich wieder in die Versammlung der ewigen Götter zurückzuflüchten. Unter den sterblichen Menschen blieb nichts als das traurige Elend zurück, und keine Rettung von diesem Unheil ist zu erwarten.«

Deukalion und Pyrrha

Als nun das eherne Menschengeschlecht auf Erden hauste, und Zeus, dem Weltbeherrscher, schlimme Sage von seinen Freveln zu Ohren gekommen, beschloß er selbst in menschlicher Bildung die Erde zu durchstreifen. Aber allenthalben fand er das Gerücht noch geringer als die Wahrheit. Eines Abends in später Dämmerung trat er unter das ungastliche Obdach des Arkadierkönigs Lykaon, welcher durch Wildheit berüchtigt war. Er ließ durch einige Wunderzeichen merken, daß ein Gott gekommen sei, und die Menge hatte sich auf die Knie geworfen. Lykaon jedoch spottete über diese frommen Gebete. »Laßt uns sehen«, sprach er, »ob es ein Sterblicher oder ein Gott sei!« Damit beschloß er im Herzen, den Gast um Mitternacht, wenn der Schlummer auf ihm lastete, mit ungeahntem Tode zu verderben. Noch vorher aber schlachtete er einen armen Geisel, den ihm das Volk der Molosser gesandt hatte, kochte die halb lebendigen Glieder in siedendem Wasser oder briet sie am Feuer und setzte sie dem Fremdling zum Nachtmahle auf den Tisch. Zeus, der alles durchschaut hatte, fuhr vom Mahl empor und sandte die rächende Flamme über die Burg des Gottlosen. Bestürzt entfloh der König ins freie Feld. Der erste Wehlaut, den er ausstieß, war ein Geheul, sein Gewand wurde zu Zotteln, seine Arme zu Beinen; er war in einen blutdürstigen Wolf verwandelt.

Zeus kehrte in den Olymp zurück, hielt mit den Göttern Rat und gedachte, das ruchlose Menschengeschlecht zu vertilgen. Schon wollte er auf alle Länder die Blitze verstreuen; aber die Furcht, der Äther möchte in Flammen geraten und die Achse des Weltalls verlodern, hielt ihn ab. Er legte die Donnerkeile, welche ihm die Kyklopen geschmiedet, wieder beiseite, und beschloß, über die ganze Erde Platzregen vom Himmel zu senden, und so unter Wolkengüssen die Sterblichen aufzureiben. Auf der Stelle ward der Nordwind samt allen anderen Wolken verscheuchenden Winden in die Höhlen des Aiolos (Aeolus) verschlossen, und nur der Südwind von ihm ausgesendet. Dieser flog mit triefenden Schwingen zur Erde hinab, sein entsetzliches Antlitz bedeckte pechschwarzes Dunkel, sein Bart war schwer von Gewölk, von seinem weißen Haupthaare rann die Flut, Nebel lagerten auf der Stirn, aus dem Busen troff ihm das Wasser. Der Südwind griff an den Himmel, faßte mit der Hand die weit umherhangenden Wolken und fing an sie auszupressen. Der Donner rollte, gedrängte Regenflut stürzte vom Himmel; die Saat beugte sich unter dem wogenden Sturm, danieder lag die Hoffnung des Landmannes, verdorben war die langwierige Arbeit des ganzen Jahres. Auch Poseidon, der Bruder des Zeus, kam ihm bei dem Zerstörungswerke zu Hilfe, berief alle Flüsse zusammen und sprach: »Laßt euren Strömungen alle Zügel schießen, fallt in die Häuser, durchbrechet die

Dämme!« Sie vollführten seinen Befehl, und Poseidon selbst durchstach mit seinem Dreizack das Erdreich und schaffte durch Erschütterung den Fluten Eingang. So strömten die Flüsse über die offene Flur hin, bedeckten die Felder, rissen Baumpflanzungen, Tempel und Häuser fort. Blieb auch wo ein Palast stehen, so deckte doch bald das Wasser seinen Giebel, und die höchsten Türme verbargen sich im Strudel. Meer und Erde waren bald nicht mehr unterschieden; alles war See, und gestadeloser See. Die Menschen suchten sich zu retten, so gut sie konnten; der eine erkletterte den höchsten Berg, der andere bestieg einen Kahn und ruderte nun über das Dach seines versunkenen Landhauses oder über die Hügel seiner Weinpflanzungen hin, daß der Kiel an ihnen streifte. In den Ästen der Wälder arbeiteten sich die Fische ab; den Eber, den eilenden Hirsch erjagte die Flut; ganze Völker wurden vom Wasser hinweggerafft, und was die Welle verschonte, starb den Hungertod auf den unbebauten Heidegipfeln.

Ein solcher hoher Berg ragte noch mit zwei Spitzen im Lande Phokis über die alles bedeckende Meerflut hervor. Es war der Parnassos. An ihn schwamm Deukalion, des Prometheus Sohn, den dieser gewarnt und ihm ein Schiff erbaut hatte, mit seiner Gattin Pyrrha im Nachen heran. Kein Mann, kein Weib war je erfunden worden, die an Rechtschaffenheit und Götterscheu diese beiden übertroffen hätten. Als nun Zeus vom Himmel herabschauend die Welt von stehenden Sümpfen überschwemmt und von den vielen tausendmal Tausenden nur ein einziges Menschenpaar übrig sah, beide unsträflich, beide andächtige Verehrer der Gottheit, da sandte er den Nordwind aus, sprengte die schwarzen Wolken und hieß ihn die Nebel entführen; er zeigte den Himmel der Erde, und die Erde dem Himmel wieder. Auch Poseidon, der Meeresfürst, legte den Dreizack nieder und besänftigte die Flut. Das Meer erhielt wieder Ufer, die Flüsse kehrten in ihr Bett zurück; Wälder streckten ihre mit Schlamm bedeckten Baumwipfel aus der Tiefe hervor, Hügel folgten, endlich breitete sich auch wieder ebenes Land aus, und zuletzt war die Erde wieder da.

Deukalion blickte um sich. Das Land war verwüstet und in Grabesstille versenkt. Tränen rollten bei diesem Anblick über seine Wangen, und er sprach zu seinem Weibe Pyrrha: »Geliebte, einzige Lebensgenossin! So weit ich in die Länder schaue, nach allen Weltgegenden hin, kann ich keine lebende Seele entdecken. Wir zwei bilden miteinander das Volk der Erde, alle anderen sind in der Wasserflut untergegangen. Aber auch wir sind unseres Lebens noch nicht mit Gewißheit sicher. Jede Wolke, die ich sehe, erschreckt meine Seele noch. Und wenn auch alle Gefahr vorüber ist, was fangen wir Einsamen auf der verlassenen Erde an? Ach, daß mich mein Vater Prometheus die Kunst gelehrt hätte, Menschen zu erschaffen und geformtem Tone Geist einzugießen!« So sprach er, und das verlassene Paar fing an zu weinen; dann warfen sie vor einem halbzerstörten Altar der Göttin Themis sich auf die Knie nieder und begannen zu der Himmlischen zu flehen: »Sag' uns an, o Göttin, durch welche Kunst stellen wir unser untergegangenes Geschlecht wieder her! O hilf der versunkenen Welt wieder zum Leben!«

»Verlasset meinen Altar«, tönte die Stimme der Göttin, »umschleiert euer Haupt, löset eure gegürteten Glieder und werfet die Gebeine eurer Mutter hinter den Rücken.«

Lange verwunderten sich beide über diesen rätselhaften Götterspruch. Pyrrha brach zuerst das Schweigen. »Verzeih mir, hohe Göttin«, sprach sie, »wenn ich zusammenschaudere, wenn ich dir nicht gehorsam bin und meiner Mutter Schatten nicht durch Zerstreuung ihrer Gebeine kränken will!« Aber dem Deukalion fuhr es durch den Geist wie ein Lichtstrahl. Er beruhigte seine Gattin mit dem freundlichen Worte: »Entweder trügt mich mein Scharfsinn oder die Worte der Götter sind fromm und verbergen keinen Frevel! Unsere große Mutter, das ist die Erde, ihre Knochen sind die Steine; und diese, Pyrrha, sollen wir hinter uns werfen!«

Beide mißtrauten indessen dieser Deutung noch lange. Jedoch, was schadet die Probe, dachten sie. So gingen sie dann seitwärts, verhüllten ihr Haupt, entgürteten ihre Kleider und warfen, wie ihnen befohlen war, die Steine hinter sich. Da ereignete sich ein großes Wunder: das Gestein begann seine Härte und Sprödigkeit abzulegen, wurde geschmeidig, wuchs, gewann eine Gestalt; menschliche Formen traten an ihm hervor, doch noch nicht deutlich, sondern rohen Gebilden, oder einer in Marmor vom Künstler erst aus dem Groben herausgemeißelten Figur ähnlich. Was jedoch an den Steinen Feuchtes oder Erdiges war, das wurde zu Fleisch an dem Körper; das Unbeugsame, Feste ward in Knochen verwandelt; das Geäder in den Steinen blieb Geäder. So gewannen mit Hilfe der Götter in kurzer Frist die vom Manne geworfenen Steine männliche Bildung, die vom Weibe geworfenen weibliche.

Diesen seinen Ursprung verleugnet das menschliche Geschlecht nicht, es ist ein hartes Geschlecht und tauglich zur Arbeit. Jeden Augenblick erinnert es daran, aus welchem Stamm es erwachsen ist.

Io

Inachos, der uralte Stammfürst und König der Pelasger, hatte eine bildschöne Tochter mit Namen Io. Auf sie war der Blick des Zeus, des olympischen Herrschers, gefallen, als sie auf der Wiese von Lerna die Herden ihres Vaters pflegte. Der Gott ward von Liebe zu ihr entzündet, trat zu ihr in Menschengestalt, und fing an, sie mit verführerischen Schmeichelworten zu versuchen: »O Jungfrau, glücklich ist, der dich besitzen wird; doch ist kein Sterblicher deiner wert, und du verdientest des höchsten Zeus Braut zu sein! Wisse denn, ich bin Zeus. Fliehe nicht vor mir. Die Hitze des Mittags brennt heiß. Tritt mit mir in den Schatten des erhabenen Haines, der uns dort zur Linken in seine Kühle einlädt; was machst du dir in der Glut des Tages zu schaffen? Fürchte dich doch nicht, den dunkeln Wald und die Schluchten, in welchen das Wild hauset, zu betreten. Bin ich doch da, dich zu schirmen, der Gott, der den Szepter des Himmels führt, und die zackigen

Blitze über den Erdboden versendet.« Aber die Jungfrau floh vor dem Versucher mit eiligen Schritten, und sie wäre ihm auf den Flügeln der Angst entkommen, wenn der verfolgende Gott seine Macht nicht mißbraucht und das ganze Land in dichte Finsternis gehüllt hätte. Rings umqualmte die Fliehende der Nebel, und bald waren ihre Schritte gehemmt durch die Furcht, an einen Felsen zu rennen, oder in einen Fluß zu stürzen. So kam die unglückliche Io in die Gewalt des Gottes.

Hera, die Göttermutter, war längst an die Treulosigkeit ihres Gatten gewöhnt, der sich von ihrer Liebe ab und den Töchtern der Halbgötter und der Sterblichen zuwandte; aber sie vermochte ihren Zorn und ihre Eifersucht nicht zu bändigen, und mit immer wachem Mißtrauen beobachtete sie alle seine Schritte auf der Erde. So schaute sie auch jetzt gerade auf die Gegenden hernieder, wo ihr Gemahl ohne ihr Wissen wandelte. Zu ihrem großen Erstaunen bemerkte sie plötzlich, wie der heitere Tag auf einer Stelle durch nächtlichen Nebel getrübt wurde, und wie dieser weder einem Strome, noch dem dunstigen Boden entsteige, noch sonst von einer natürlichen Ursache herrühre. Da kam ihr schnell ein Gedanke an die Untreue ihres Gatten; sie spähte rings durch den Olymp und fand ihn nicht. »Entweder ich täusche mich«, sprach sie ergrimmt zu sich selbst, »oder ich werde von meinem Gatten schnöde gekränkt!« Und nun fuhr sie auf einer Wolke vom hohen Äther zur Erde hernieder und gebot dem Nebel, der den Entführer mit seiner Beute umschlossen hielt, zu weichen. Zeus hatte die Ankunft seiner Gemahlin geahnt und um seine Geliebte ihrer Rache zu entziehen, verwandelte er die schöne Tochter des Inachos schnell in eine schmucke, schneeweiße Kuh. Aber auch so war die holdselige Jungfrau noch schön geblieben. Hera, welche die List ihres Gemahls alsbald durchschaut hatte, pries das stattliche Tier und fragte, als wüßte sie nichts von der Wahrheit, wem die Kuh gehöre, von wannen und welcherlei Zucht sie sei. Zeus, in der Not und um sie von weiterer Nachfrage abzuschrecken, nahm seine Zuflucht zu einer Lüge und gab vor, die Kuh entstamme der

Erde. Hera gab sich damit zufrieden, aber sie bat sich das schöne Tier von ihrem Gemahl zum Geschenk aus. Was sollte der betrogene Betrüger machen? Gibt er die Kuh her, so wird er seiner Geliebten verlustig; verweigert er sie, so erregt er erst recht den Verdacht seiner Gemahlin, welche der Unglücklichen dann rasches Verderben senden wird! So entschloß er sich denn, für den Augenblick auf die Jungfrau zu verzichten und schenkte die schimmernde Kuh, die er noch immer für unentdeckt hielt, seiner Gemahlin. Hera knüpfte, scheinbar beglückt durch die Gabe, dem schönen Tier ein Band um den Hals und führte die Unselige, der ein verzweifelndes Menschenherz unter der Tiergestalt schlug, im Triumphe davon. Doch machte der Göttin dieser Diebstahl selbst angst, und sie ruhte nicht, bis sie ihre Nebenbuhlerin der sichersten Hut überantwortet hatte. Daher suchte sie den Argos, den Sohn des Arestor, auf, ein Ungetüm, das ihr zu diesem Dienste besonders geeignet schien. Denn Argos hatte hundert Augen im Kopfe, von denen nur ein Paar abwechslungsweise sich schloß und der Ruhe ergab, während die übrigen alle, über Vorder- und Hinterhaupt wie funkelnde Sterne zerstreut, auf ihrem Posten ausharrten. Diesen gab Hera der armen Io zum Wächter, damit ihr Gemahl Zeus die entrissene Geliebte nicht entführen könne. Unter seinen hundert Augen durfte Io, die Kuh, des Tages über auf einer fetten Trift weiden; Argos aber stand in der Nähe, und wo er sich immer hinstellen mochte, erblickte er die ihm Anvertraute, auch wenn er sich abwandte und ihr das Hinterhaupt zukehrte, hatte er Io vor Augen. Wenn aber die Sonne untergegangen war, schloß er sie ein und belastete den Hals der Unglückseligen mit Ketten; bittere Kräuter und Baumlaub waren ihre Speise, ihr Bett der harte, nicht einmal immer mit Gras bedeckte Boden, ihr Trank schlammige Pfützen. Io vergaß oft, daß sie kein Mensch mehr war; sie wollte Mitleid erflehend ihre Arme zu Argos erheben: da ward sie erst daran erinnert, daß sie keine Arme mehr hatte. Sie wollte ihm in Worten rührende Bitten vortragen; dann entfuhr ihrem Munde ein Brüllen, daß sie vor ihrer eigenen Stimme erschrak, welche sie daran mahnte, wie sie durch ihres Räubers Selbstsucht in ein Vieh verwandelt worden sei. Doch blieb Argos mit ihr nicht an einer Stelle, denn so hatte es ihn Hera geheißen, die durch Veränderung ihres Aufenthaltes sie dem Gemahl um so gewisser zu entziehen hoffte. Daher zog ihr Wächter mit ihr im Lande herum, und so kam sie auch mit ihm in ihre alte Heimat, an das Gestade des Flusses, wo sie so oft als Kind zu spielen gepflegt hatte. Da sah sie zum erstenmal ihr Bild in der Flut; als das Tierhaupt mit Hörnern ihr aus dem Wasser entgegenblickte, schauderte sie zurück und floh bestürzt vor sich selbst. Ein sehnsüchtiger Trieb führte sie in die Nähe ihrer Schwestern, in die Nähe ihres Vaters Inachos; aber diese erkannten sie nicht; Inachos streichelte wohl das schöne Tier und reichte ihm Blätter, die er von dem nächsten Strauche pflückte; Io beleckte dankbar seine Hand und benetzte sie mit Küssen und heimlichen menschlichen Tränen. Aber wen er liebkoste, und von wem er geliebkost wurde, das ahnte der Greis nicht. Endlich kam der Armen, deren Geist unter der Verwandlung nicht gelitten hatte, ein glücklicher Gedanke. Sie fing an, Schriftzeichen mit dem Fuße zu ziehen und erregte durch diese Bewegung die Aufmerksamkeit des Vaters, der bald im Staube die Kunde las, daß er sein eigenes Kind vor sich habe. »Ich Unglückseliger«, rief der Greis bei dieser Entdeckung aus, indem er sich an Horn und Nacken der stöhnenden Tochter hing, »so muß ich dich wiederfinden, die ich durch alle Länder gesucht habe! Wehe mir, du hast mir weniger Kummer gemacht, so lange ich dich suchte, als jetzt, wo ich dich gefunden habe! Du schweigst? Du kannst mir kein tröstendes Wort sagen, mir nur mit einem Gebrüll antworten! Ich Tor, einst sann ich darauf, wie ich dir einen würdigen Eidam zuführen könnte, und dachte nur an Brautfackel und Vermählung. Nun bist du ein Kind der Herde –.« Argos, der grausame Wächter, ließ den jammernden Vater nicht vollenden, er riß sie von dem Vater hinweg und schleppte sie fort, auf einsame Weiden. Dann klomm er selbst einen Berggipfel empor und versah sein Amt, indem er mit seinen hundert Augen wachsam nach allen vier Winden hinauslugte.

Zeus konnte das Leid der Inachostochter nicht länger ertragen. Er rief seinem geliebten Sohne Hermes und befahl ihm, seine List zu brauchen und dem verhaßten Wächter das Augenlicht auszulöschen. Dieser beflügelte seine Füße, ergriff mit der mächtigen Hand seine einschläfernde Rute und setzte seinen Reisehut auf. So fuhr er von dem Palaste seines Vaters zur Erde nieder. Dort legte er Hut und Schwingen ab und behielt nur den Stab; so stellte er einen Hirten vor, lockte Ziegen an sich und trieb sie auf die abgelegenen Fluren, wo Io weidete und Argos die Wache hielt. Dort angekommen, zog er ein Hirtenrohr, das man Syrinx nennt, hervor und fing an, so anmutig und voll zu blasen, wie man von irdischen Hirten zu vernehmen nicht gewohnt ist. Der Diener Heras freute sich dieses ungewohnten Schalles, erhob sich von seinem Felsensitze und rief hernieder: »Wer du auch sein magst, willkommener Rohrbläser, du könntest wohl bei mir auf diesem Felsen hier ausruhen. Nirgends ist der Graswuchs üppiger für das Vieh, als hier, und du siehst, wie behaglich der Schatten dieser dicht gepflanzten Bäume für den Hirten ist!« Hermes dankte dem Rufenden, stieg hinauf und setzte sich zu dem Wächter, mit welchem er eifrig zu plaudern anfing, und sich so ernstlich ins Gespräch vertiefte, daß der Tag herumging, ehe Argos sich dessen versah. Diesem begannen die Augen zu schläfern, und nun griff Hermes wieder zu seinem Rohre und versuchte sein Spiel, um ihn vollends in Schlummer zu wiegen. Aber Argos, der an den Zorn seiner Herrin dachte, wenn er seine Gefangene ohne Fesseln und Obhut ließe, kämpfte mit dem Schlaf, und wenn sich auch der Schlummer in einen Teil seiner Augen einschlich, so wachte er doch fortdauernd mit dem anderen Teile, nahm sich zusammen, und, da die Rohrpfeife erst kürzlich erfunden worden war, so fragte er seinen Gesellen nach dem Ursprunge dieser Erfindung. »Das will ich dir gern erzählen«, sagte Hermes, »wenn du in dieser späten Abendstunde Geduld und Aufmerksamkeit genug hast, mich anzuhören. In den Schneegebirgen Arkadiens wohnte eine berühmte Hamadryade (Baumnymphe), mit Namen Syrinx. Die Waldgötter und Satyrn, von ihrer Schönheit bezaubert, verfolgten sie schon lange mit ihrer Werbung, aber immer wußte sie ihnen zu entschlüpfen. Denn sie scheute das Joch der Vermählung und wollte, umgürtet und jagdliebend wie Artemis, gleich dieser in jungfräulichem Stande verharren. Endlich wurde auf seinen Streifereien durch jene Wälder auch der mächtige Gott Pan der Nymphe ansichtig, näherte sich ihr und warb um ihre Hand dringend und im stolzen Bewußtsein seiner Hoheit. Aber die Nymphe verschmähte sein Flehen und flüchtete vor ihm durch unwegsame Steppen, bis sie zuletzt an das langsame Wasser des versandeten Flusses Ladon kam, dessen Wellen doch noch tief genug waren, der Jungfrau den Übergang zu wehren. Hier beschwor sie ihre Schutzgöttin Artemis, ehe sie in die Hand des Gottes fiele, ihrer Verehrerin sich zu erbarmen und sie zu verwandeln. Indem kam der Gott herangeflogen und umfaßte die am Ufer Zögernde; aber wie staunte er, als er, statt einer Nymphe zu umarmen, nur ein Schilfrohr umfaßt hielt; seine lauten Seufzer zogen vervielfältigt durch das Rohr und wiederholten sich mit tiefem klagenden Gesäusel. Der Zauber dieses Wohllautes tröstete den getäuschten Gott. »Wohl denn, verwandelte Nymphe«, rief er mit schmerzlicher Freude, »auch so soll unsere Verbindung unauflöslich sein!« Und nun schnitt er sich von dem geliebten Schilfe ungleichförmige Röhren, verknüpfte sie mit Wachs untereinander und nannte die lieblich tönende Flöte nach dem Namen der holden Hamadryade, und seitdem heißt dieses Hirtenrohr Syrinx ...«

So lautete die Erzählung des Hermes, bei welcher er den hundertäugigen Wächter unausgesetzt im Auge behielt. Die Mär war noch nicht zu Ende, als er sah, wie ein Auge um das andere sich unter der Decke geborgen hatte, und endlich alle die hundert Leuchten in dichtem Schlaf erloschen waren. Nun hemmte der Götterbote seine Stimme, berührte mit seinem Zauberstabe alle die hundert eingeschläferten Augenlider und verstärkte ihre Betäubung. Während nun der hundertäugige Argos in tiefem Schlafe nickte, griff Hermes schnell zu dem Sichelschwerte, das er unter seinem Hirtenrocke verborgen trug, und hieb ihm den gesenkten Nacken, da wo der Hals zunächst an den Kopf grenzt, durch und durch. Kopf und Rumpf stürzten nacheinander vom Felsen herab und färbten das Gestein mit einem Strome von Blut.

Nun war Io befreit und obwohl noch unverwandelt, rannte sie ohne Fesseln davon. Aber den durchdringenden Blicken Heras entging nicht, was in der Tiefe geschehen war. Sie dachte auf eine ausgesuchte Qual für ihre Nebenbuhlerin und sandte ihr eine Bremse, die das unglückliche Geschöpf durch ihren Stich zum Wahnsinn trieb. Diese Qual jagte die Geängstigte mit ihrem Stachel landflüchtig über den ganzen Erdkreis, zu den Skythen, an den Kaukasos, zum Amazonenvolke, zum Kimmerischen Isthmus und an die maiotische See, dann hinüber nach Asien und endlich nach langem verzweiflungsvollem Irrlaufe nach Aigypten. Hier am Strande des Nilufers angelangt, sank Io auf ihre Vorderfüße nieder und hob, den Hals rücklings gebogen, ihre stummen Augen zum Olymp empor, mit einem Blicke voll Haders gegen Zeus. Den jammerte dieses Anblickes; er eilte zu seiner Gemahlin Hera, umfing ihren Hals mit den Armen, flehte um Barmherzigkeit für das arme Mädchen, das schuldlos an seiner Verirrung war, und schwor ihr, beim Wasser der Unterwelt, bei dem die Götter schwören, von seiner Neigung zu ihr hinfort ganz abzulassen. Hera hörte während dieser Bitte das flehentliche Brüllen der Kuh, das zum Olymp emporstieg. Da ließ sich die Göttermutter erweichen, und gab dem Gemahl Vollmacht, der Mißstalteten den menschlichen Leib zurückzugeben. Zeus eilte zur Erde nieder und an den Nil. Hier strich er der Kuh mit der Hand über den Rücken: da war es wunderbar anzuschauen. Die Zotteln flohen vom Leibe des Tieres, das Gehörn schrumpfte zusammen, die Scheibe der Augen verengte sich, das Maul zog sich zu Lippen zusammen, Schultern und Hände kehrten wieder, die Klauen verschwanden, nichts blieb von der Kuh übrig als die schöne weiße Farbe. In ganz verwandelter Gestalt erhob sich Io vom

Boden und stand aufrecht in menschlicher Schönheit leuchtend. Am Nilstrome gebar sie dem Zeus den Epaphos, und weil das Volk die wunderbar Verwandelte und Errettete göttergleich ehrte, so herrschte sie lange mit Fürstengewalt über jene Lande. Doch blieb sie auch so nicht ganz von Heras Zorne verschont. Diese stiftete das wilde Volk der Kureten auf, ihren jungen Sohn Epaphos zu entführen, und nun trat sie aufs neue eine lange vergebliche Wanderung an, den Geraubten aufzusuchen. Endlich, nachdem Zeus die Kureten mit dem Blitz erschlagen, fand sie den entführten Sohn an der Grenze Aithiopiens wieder, kehrte mit ihm nach Aigypten zurück und ließ ihn an ihrer Seite herrschen. Er heiratete die Memphis, und diese gebar ihm Libya, von der das Land Libyen den Namen erhielt. Mutter und Sohn wurden von dem Nilvolke nach beider Tode mit Tempeln geehrt, und erhielten, sie als Isis, er als Apis, göttliche Verehrung.

Phaethon

Auf herrlichen Säulen erbaut stand die Königsburg des Sonnengottes, von blitzendem Gold und glühendem Karfunkel schimmernd; den obersten Giebel umschloß blendendes Elfenbein, gedoppelte Türen strahlten in Silberglanz, darauf in erhabener Arbeit die schönsten Wundergeschichten zu schauen waren. In diesen Palast trat Phaethon, der Sohn des Sonnengottes Phoibos, und verlangte den Vater zu sprechen. Doch stellte er sich nur von ferne hin, denn in der Nähe war das strahlende Licht nicht zu ertragen. Der Vater Phoibos, vom Purpurgewand umhüllt, saß auf seinem fürstlichen Stuhle, der mit glänzenden Smaragden besetzt war; zu seiner Rechten und seiner Linken stand sein Gefolge geordnet, der Tag, der Monat, das Jahr, die Jahrhunderte und die Horen; der jugendliche Lenz mit seinem Blütenkranze, der Sommer mit Ährengewinden bekränzt, der Herbst mit einem Füllhorn voll Trauben, der eisige Winter mit schneeweißen Haaren. Phoibos in ihrer Mitte sitzend wurde mit seinem allschauenden Auge bald den Jüngling gewahr, der über so viele Wunder staunte. »Was ist der Grund deiner Wallfahrt«, sprach er, »was führt dich in den Palast deines göttlichen Vaters, mein Sohn?« Phaethon antwortete: »Erlauchter Vater, man spottet mein auf Erden und beschimpft meine Mutter Klymene. Sie sprechen, ich erheuchle nur himmlische Abkunft und sei von einem dunklen Vater geboren. Darum komme ich, von dir ein Unterpfand zu erbitten, das mich vor aller Welt als deinen wirklichen Sprößling darstelle.« So sprach er; da legte Phoibos die Strahlen, die ihm rings das Haupt umleuchten, ab und hieß ihn näher herantreten; dann umarmte er ihn und sprach: »Deine Mutter Klymene hat die Wahrheit gesagt, mein Sohn, und ich werde dich vor der Welt nimmermehr verleugnen. Damit du aber ja nicht ferner zweifelst, so erbitte dir ein Geschenk! Ich schwöre beim Styx, dem Flusse der Unterwelt, bei welchem alle Götter schwören, deine Bitte, welche sie auch sei, soll dir erfüllt werden!« Phaethon ließ den Vater kaum ausreden. »So erfülle mir denn«, sprach er, »meinen glühendsten Wunsch, und vertraue mir nur auf einen Tag die Lenkung deines geflügelten Sonnenwagens.«

Schrecken und Reue ward sichtbar auf dem Angesicht des Gottes. Drei-, viermal schüttelte er sein umleuchtetes Haupt und rief endlich: »O Sohn, du hast mich ein sinnloses Wort sprechen lassen! O dürfte ich dir doch meine Verheißung nimmermehr gewähren! Du verlangst ein Geschäft, dem deine Kräfte nicht gewachsen sind; du bist sterblich und was du wünschest, ist ein Werk der Unsterblichen! Ja, du erstrebest sogar mehr, als den übrigen Göttern zu erlangen vergönnt ist. Denn außer mir vermag keiner von ihnen auf der glutensprühenden Achse zu stehen. Der Weg, den mein Wagen zu machen hat, ist gar steil, mit Mühe erklimmt ihn in der Frühe des Morgens mein noch frisches Rossegespann. Die Mitte der Laufbahn ist zuoberst am Himmel. Glaube mir, wenn ich auf meinem Wagen in solcher Höhe stehe, da kommt mir oft selbst ein Grausen an, und mein Haupt droht ein Schwindel zu fassen, wenn ich so herniederblicke in die Tiefe und Meer und Land weit unter mir liegt. Zuletzt ist dann die Straße ganz abschüssig, da bedarf es gar sicherer Lenkung. Die Meeresgöttin Thetis selbst, die mich dann in ihre Fluten aufzunehmen bereit ist, pflegt alsdann zu befürchten, ich möchte in die Tiefe geschmettert werden. Dazu bedenke, daß der Himmel sich in beständigem Umschwunge dreht und ich diesem reißenden Kreislaufe entgegenfahren muß. Wie vermöchtest du das, wenn ich dir auch meinen Wagen gäbe? Darum, geliebter Sohn, verlange nicht ein so schlimmes Geschenk, und bessere deinen Wunsch, solange es noch Zeit ist. Sieh mein erschrecktes Gesicht an. O könntest du durch meine Augen in mein sorgenvolles Vaterherz eindringen! Verlange, was du sonst willst von allen Gütern des Himmels und der Erde! Ich schwöre dir beim Styx, du sollst es haben! Was umarmst du mich mit solchem Ungestüm?«

Aber der Jüngling ließ mit Flehen nicht ab, und der Vater hatte den heiligen Schwur geschworen. So nahm er denn seinen Sohn bei der Hand und führte ihn zu dem Sonnenwagen, Poseidons herrlicher Arbeit. Achse, Deichsel und der Kranz der Räder waren von Gold, die Speichen Silber; vom Joche schimmerten Chrysolithen und Juwelen. Während Phaethon die herrliche Arbeit beherzt anstaunte, tut im geröteten Osten die erwachte Morgenröte ihr Purpurtor und ihren Vorsaal, der voll Rosen ist, auf. Die Sterne verschwinden allmählich, der Morgenstern ist der letzte, der seinen Posten am Himmel verläßt, und die äußersten Hörner des Mondes verlieren sich am Rande. Jetzt gibt Phoibos den geflügelten Horen den Befehl, die Rosse zu schirren; und diese führen die glutsprühenden Tiere, von Ambrosia gesättigt, von den erhabenen Krippen und legen ihnen herrliche Zäume an. Während dies geschah, bestrich der Vater das Antlitz seines Sohnes mit einer heiligen Salbe, und machte es dadurch geschickt, die glühende Flamme zu ertragen. Um das Haupthaar legte er ihm seine Strahlensonne, aber er seufzte dazu und sprach warnend: »Kind, schone mir die Stacheln, brauche wacker die Zügel; denn die Rosse rennen schon von selbst, und es kostet Mühe, sie im Fluge zu halten; die Straße geht schräg in weit umbiegender Krümmung; den Südpol wie den Nordpol mußt du meiden. Du erblickst deutlich die Geleise der Räder. Senke dich nicht zu tief, sonst gerät die Erde in Brand; steige nicht zu hoch, sonst verbrennst du den Himmel. Auf, die Finsternis flieht, nimm die Zügel zur Hand; oder – noch ist es Zeit; besinne dich, liebes Kind; überlaß den Wagen mir, laß mich der Welt das Licht schenken, und bleibe du Zuschauer.«

Der Jüngling schien die Worte des Vaters gar nicht zu hören, er schwang sich mit einem Sprung auf den Wagen, ganz erfreut, die Zügel in den Händen zu haben, und nickte dem unzufriedenen Vater einen kurzen, freundlichen Dank. Mittlerweile füllten die vier Flügelrosse mit glutatmendem Wiehern die Luft und ihr Huf stampfte gegen die Barren. Thetis, Phaethons Großmutter, welche nichts vom Lose des Enkels ahnte, tat diese auf; die Welt lag in unendlichem Raume vor den Blicken des Knaben, die Rosse flogen die Bahn aufwärts und spalteten die Morgennebel, die vor ihnen lagen.

Inzwischen fühlten die Rosse wohl, daß sie nicht die gewohnte Last trugen, und das Joch leichter sei als gewöhnlich; und wie Schiffe, wenn sie das rechte Gewicht nicht haben, im Meer schwanken, so machte der Wagen Sprünge in der Luft, ward hoch empor gestoßen und rollte dahin, als wäre er leer. Als das Rossegespann dies merkte, rannte es, die gebahnten Räume verlassend, und lief nicht mehr in der vorigen Ordnung. Phaethon fing an zu erbeben, er wußte nicht, wohin die Zügel lenken, wußte den Weg nicht, wußte nicht, wie er die wilden Rosse bändigen sollte. Als nun der Unglückliche hoch vom Himmel abwärts sah, auf die tief, tief unter ihm sich hinstreckenden Länder, wurde er blaß und seine Knie zitterten von plötzlichem Schrecken. Er sah rückwärts; schon lag viel Himmel hinter ihm, aber mehr noch vor seinen Augen. Beides ermaß er in seinem Geiste. Unwissend, was beginnen, starrte er in die Weite, ließ die Zügel nicht nach, zog sie auch nicht weiter an; er wollte den Rossen rufen, aber er kannte ihre Namen nicht. Mit Grauen sah er die mannigfaltigen Sternbilder an, die in abenteuerlichen Gestalten am Himmel herumhingen. Da ließ er, von kaltem Entsetzen gefaßt, die Zügel fahren, und wie diese herabschlotternd den Rücken der Pferde berührten, so verließen die Rosse ihre Spur, schweiften seitwärts in fremde Luftgebiete, gingen bald hoch empor, bald tief hernieder, jetzt stießen sie an den Fixsternen an, jetzt wurden sie auf abschüssigem Pfade in die Nachbarschaft der Erde herabgerissen. Schon berührten sie die erste Wolkenschicht, die bald entzündet aufdampfte. Immer tiefer stürzte der Wagen, und unversehens war er einem Hochgebirge nahe gekommen. Da lechzte vor Hitze der Boden, spaltete sich, und weil plötzlich alle Säfte austrockneten, fing er an zu glimmen; das Heidegras wurde weißgelb und welkte hinweg; weiter unten loderte das Laub der Waldbäume auf; bald war die Glut bei der Ebene angekommen: nun wurde die Saat weggebrannt; ganze Städte loderten in Flammen auf, Länder mit all ihrer Bevölkerung wurden versengt; rings brannten Hügel, Wälder und Berge. Damals sollen auch die Mohren schwarz geworden sein. Die Ströme versiegten, oder flohen erschreckt nach ihrer Quelle zurück, das Meer selbst wurde zusammengedrängt, und was jüngst noch See war, wurde trockenes Sandfeld.

An allen Seiten sah Phaethon den Erdkreis entzündet; ihm selbst wurde die Glut bald unerträglich; wie tief aus dem Innern einer Feueresse atmete er siedende Luft ein, und fühlte unter seinen Sohlen, wie der Wagen erglühte. Schon konnte er den Dampf und die vom Erdbrand emporgeschleuderte Asche nicht mehr ertragen; Qualm und pechschwarzes Dunkel umgab ihn; das Flügelgespann riß ihn nach Willkür fort; endlich ergriff die Glut seine Haare, er stürzte aus dem Wagen, und brennend wurde er durch die Luft gewirbelt, wie zuweilen ein Stern bei heiterer Luft durch den Himmel zu schießen scheint. Fern von der Heimat nahm ihn der breite Strom Eridanos auf und bespülte ihm sein schäumendes Angesicht.

Phoibos, der Vater, der dies alles mit ansehen mußte, verhüllte sein Haupt in brütender Trauer. Damals, sagt man, sei ein Tag der Erde ohne Sonnenlicht vorübergeflohen. Der ungeheuere Brand leuchtete allein.

Europa

Im Lande Tyrus und Sidon erwuchs die Jungfrau Europa, die Tochter des Königs Agenor, in der tiefen Abgeschiedenheit des väterlichen Palastes. Zu dieser ward nachmitternächtlicher Weile, wo untrügliche Träume die Sterblichen besuchen, ein seltsames Traumbild vom Himmel gesendet. Es kam ihr vor, als erschienen zwei Weltteile in Frauengestalt, Asien und der gegenüberliegende, und stritten um ihren Besitz. Die eine der Frauen hatte die Gestalt einer Fremden; die andere – und dies war Asien – glich an Aussehen und Gebärde einer Einheimischen. Diese wehrte sich mit zärtlichem Eifer für ihr Kind Europa, sprechend, daß sie es sei, welche die geliebte Tochter geboren und gesäugt hätte. Das fremde Weib aber umfaßte sie, wie einen Raub, mit gewaltigen Armen, und zog sie mit sich fort, ohne daß Europa im Innern zu widerstreben vermochte. »Komm nur mit mir, Liebchen«, sprach die Fremde, »ich trage dich als Beute dem Aigiserschütterer Zeus entgegen; so ist dir's vom Geschicke beschieden.« Mit klopfendem Herzen erwachte Europa und richtete sich vom Lager auf, denn das Nachtgesicht war hell wie ein Anblick des Tages gewesen. Lange Zeit saß sie unbeweglich aufrecht im Bette, vor sich hinstarrend, und vor ihren weit aufgetanen Augensternen standen noch die beiden Weiber. Erst spät öffneten sich ihre Lippen zum bangen Selbstgespräche: »Welcher Himmlische«, sprach sie, »hat mir diese Bilder zugeschickt? Was für wunderbare Träume haben mich aufgeschreckt, die ich im Vaterhause süß und sicher schlummerte? Wer war doch die Fremde, die ich im Traume gesehen? Welch eine wunderbare Sehnsucht nach ihr regt sich in meinem Herzen!

Und wie ist sie selbst mir so liebreich entgegengekommen und, auch als sie mich gewaltsam entführte, mit welchem Mutterblicke hat sie mich angelächelt! Mögen die seligen Götter mir den Traum zum Besten kehren!«

Der Morgen war herangekommen; der helle Tagesschein verwischte den nächtlichen Schimmer des Traumes aus der Seele der Jungfrau, und Europa erhob sich zu den Beschäftigungen und Freuden ihres jungfräulichen Lebens. Bald sammelten sich um sie ihre Altersgenossinnen und Gespielinnen, Töchter der ersten Häuser, welche sie zu Chortänzen, Opfern und Lustgängen zu begleiten pflegten. Auch jetzt kamen sie, ihre Herrin zu einem Gange nach den blumenreichen Wiesen des Meeres einzuladen, wo sich die Mädchen der Gegend scharenweise zu versammeln und am üppigen Wuchse der Blumen und am rauschenden Halle des Meeres zu erfreuen pflegten. Alle Mädchen waren in schmucke blumengestickte Gewänder gekleidet; Europa selbst trug ein wunderwürdiges goldgesticktes Schleppkleid voll glänzender Bilder aus der Göttersage; das herrliche Gewand war ein Werk des Hephaistos, ein uraltes Göttergeschenk des Erderschütterers Poseidon, das dieser der Libya geschenkt hatte, als er um sie warb. Aus ihrem Besitze war es von Hand zu Hand als Erbstück in das Haus des Agenor gekommen. Mit diesem Brautschmuck angetan, eilte die holdselige Europa an der Spitze ihrer Gespielinnen den Meereswiesen zu, die voll der buntesten Blumen standen. Jubelnd zerstreute sich die Schar der Mädchen da- und dorthin, jede suchte sich eine Blume aus, die nach ihrem Sinne war. Die eine pflückte die glänzende Narzisse, die andere wandte sich der Balsam ausströmenden Hyazinthe zu, eine dritte erwählte sich das sanfter duftende Veilchen, anderen gefiel der gewürzige Quendel, wieder andere mähten den gelben lockenden Krokus. So flogen die Gespielinnen hin und her; Europa aber hatte bald ihr Ziel gefunden, sie stand, wie unter den Grazien die schaumgeborene Liebesgöttin, alle ihre Genossinnen überragend und hielt hoch in der Hand einen vollen Strauß von glühenden Rosen.

Als sie genug Blumen gesammelt, lagerten sich die Jungfrauen, ihre Fürstin in der Mitte, harmlos auf dem Rasen und fingen an, Kränze zu flechten, die sie, den Nymphen der Wiese zum Dank, an grünenden Bäumen aufhängen wollten. Aber nicht lange sollten sie ihren Sinn an den Blumen ergötzen, denn in das sorglose Jugendleben Europas griff unversehens das Schicksal ein, das ihr der Traum der verschwundenen Nacht geweissagt hatte. Zeus, der Kronide, war von den Geschossen der Liebesgöttin, die allein auch den unbezwungenen Göttervater zu besiegen vermochten, getroffen und von der Schönheit der jungen Europa ergriffen worden. Weil er aber den Zorn der eifersüchtigen Hera fürchtete, auch nicht hoffen durfte, den unschuldigen Sinn der Jungfrau zu betören, so sann der verschlagene Gott auf eine neue List. Er verwandelte seine Gestalt und wurde ein Stier. Aber welch ein Stier! Nicht, wie er auf gemeiner Wiese geht oder unters Joch gebeugt den schwer beladenen Wagen zieht; nein, groß, herrlich von Gestalt, mit schwellenden Muskeln am Halse und vollen Wampen am Bug, seine Hörner waren zierlich und klein, wie von Händen gedrechselt und durchsichtiger als reine Juwelen; goldgelb war seine Leibfarbe, nur mitten auf der Stirn schimmerte ein silberweißes Mal, dem gekrümmten Horne des wachsenden Mondes ähnlich; bläuliche, von Verlangen funkelnde Augen rollten ihm im Kopfe.

Ehe Zeus diese Verwandlung mit sich vornahm, rief er zu sich auf den Olymp den Hermes und sprach, ohne ihm etwas von seinen Absichten zu enthüllen: »Spute dich, lieber Sohn, getreuer Vollbringer meiner Befehle! Siehst du dort unten das Land, das links zu uns emporblickt? Es ist Phönizien; dieses betritt, und treibe mir das Vieh des Königs Agenor, das du auf den Bergtriften weidend finden wirst, gegen das Meeresufer hinab.« In wenigen Augenblicken war der geflügelte Gott, dem Winke seines Vaters gehorsam, auf der sidonischen Bergweide angekommen und trieb die Herde des Königs, unter die sich auch, ohne daß Hermes es geahnt hätte, der verwandelte Zeus als Stier gemischt hatte, vom Berge herab nach dem angewiesenen Strande, eben auf jene Wiesen, wo die Tochter Agenors, von tyrischen Jungfrauen umringt, sorglos mit Blumen tändelte. Die übrige Herde nun zerstreute sich über die Wiesen fern von den Mädchen, nur der schöne Stier, in welchem der Gott verborgen war, näherte sich dem Rasenhügel, auf welchem Europa mit ihren Gespielinnen saß. Schmuck wandelte er im üppigen Grase einher, über seiner Stirn schwebte kein Drohen, sein funkelndes Auge flößte keine Furcht ein, sein ganzes Aussehen war voll Sanftmut. Europa und ihre Jungfrauen bewunderten die edle Gestalt des Tieres und seine friedlichen Gebärden, ja sie bekamen Lust, ihn recht in der Nähe zu besehen und ihm den schimmernden Rücken zu streicheln. Der Stier schien dies zu merken, denn er kam immer näher und stellte sich endlich dicht vor Europa hin. Diese sprang auf und wich anfangs einige Schritte zurück; als aber das Tier so gar zahm stehen blieb, faßte sie sich ein Herz, näherte sich wieder und hielt ihm ihren Blumenstrauß vor das schäumende Maul, aus dem sie ein ambrosischer Atem anwehte. Der Stier leckte schmeichelnd die dargebotenen Blumen und die zarte Jungfrauenhand, die ihm den Schaum abwischte und ihn liebreich zu streicheln begann. Immer reizender kam der herrliche Stier der Jungfrau vor, ja sie wagte es und drückte einen Kuß auf seine glänzende Stirn. Da ließ das Tier ein freudiges Brüllen hören, nicht wie andere gemeine Stiere brüllen, sondern es tönte wie der Klang einer lydischen Flöte, die ein Bergtal durchhallt. Dann kauerte er sich zu den Füßen der schönen Fürstin nieder, blickte sie sehnsüchtig an, wandte ihr den Nacken zu und zeigte ihr den breiten Rücken. Da sprach Europa zu ihren Freundinnen, den Jungfrauen: »Kommt doch auch näher, liebe Gespielinnen, daß wir uns auf den Rücken dieses schönen Stieres setzen und unsere Lust haben; ich glaube, er könnte unserer Viere aufnehmen und beherbergen, wie ein geräumiges Schiff. Er ist so sanftmütig anzuschauen, so holdselig; er gleicht gar nicht anderen Stieren, wahrhaftig, er hat Verstand wie ein Mensch und es fehlt ihm gar nichts als die Rede!« Mit diesen Worten nahm sie ihren Gespielinnen die Kränze, einen nach dem andern, aus den

Händen und behängte damit die gesenkten Hörner des Stieres; dann schwang sie sich lächelnd auf seinen Rücken, während ihre Freundinnen zaudernd und unschlüssig zusahen.

Der Stier aber, als er die geraubt, die er gewollt hatte, sprang vom Boden auf. Anfangs ging er ganz sacht mit der Jungfrau davon, doch so, daß ihre Genossinnen nicht gleichen Schritt mit seinem Gange halten konnten. Als er die Wiesen im Rücken und den kahlen Strand vor sich hatte, verdoppelte er seinen Lauf und glich nun nicht mehr einem trabenden Stier, sondern einem fliegenden Roß. Und ehe sich Europa besinnen konnte, war er mit einem Satz ins Meer gesprungen und schwamm mit seiner Beute dahin. Die Jungfrau hielt mit der Rechten eines seiner Hörner umklammert, mit der Linken stützte sie sich auf den Rücken; in ihre Gewänder blies der Wind wie in ein Segel; ängstlich blickte sie nach dem verlassenen Land zurück und rief umsonst den Gespielinnen; das Wasser umwallte den segelnden Stier, und seine hüpfenden Wellen scheuend, zog sie furchtsam die Fersen hinauf. Aber das Tier schwamm dahin wie ein Schiff; bald war das Ufer verschwunden, die Sonne untergegangen und im Helldunkel der Nacht sah die unglückliche Jungfrau nichts um sich her als Wogen und Gestirne. So ging es fort, auch als der Morgen kam; den ganzen Tag schwamm sie auf dem Tiere durch die unendliche Flut dahin; doch wußte dieses so geschickt die Wellen zu durchschneiden, daß kein Tropfen seine geliebte Beute benetzte. Endlich gegen Abend erreichten sie ein fernes Ufer. Der Stier schwang sich ans Land, ließ die Jungfrau unter einem gewölbten Baume sanft vom Rücken gleiten und verschwand vor ihren Blicken. An seine Stelle trat ein herrlicher, göttergleicher Mann, der ihr erklärte, daß er der Beherrscher der Insel Kreta sei und sie schützen werde, wenn er durch ihren Besitz beglückt würde. Europa, in ihrer trostlosen Verlassenheit, reichte ihm ihre Hand als Zeichen der Einwilligung, und Zeus hatte das Ziel seiner Wünsche erreicht. Auch er verschwand wie er gekommen war. Aus langer Betäubung erwachte Europa, als schon die Morgensonne am Himmel stand. Mit verirrten Blicken sah sie um sich her, als wollte sie die Heimat suchen. »Vater, Vater!« rief sie mit durchdringendem Wehelaut, besann sich eine Weile und rief wieder. »Ich verworfene Tochter, wie darf ich den Vaternamen nur aussprechen? Welcher Wahnsinn hat mich die Kindesliebe vergessen lassen!« Dann sah sie wieder, wie sich besinnend, umher und fragte sich selbst: »Woher, wohin bin ich gekommen? – Zu leicht ist ein Tod für die Schuld der Jungfrau! Aber wache ich denn auch und beweine einen wirklichen Schimpf? Nein, ich bin gewiß unschuldig an allem, und es neckt meinen Geist nur ein nichtiges Traumbild, das der Morgenschlaf wieder entführen wird! Wie wäre es auch möglich, daß ich mich hätte entschließen können, lieber auf dem Rücken eines Untieres durch unendliche Fluten zu schwimmen, als in holder Sicherheit frische Blumen zu pflücken!« – So sprach sie und fuhr mit der flachen Hand über die Augenlider, als wollte sie den verhaßten Traum verwischen. Als sie aber um sich blickte, blieben die fremden Gegenstände unverrückt vor ihren Augen; unbekannte Bäume und Felsen umgaben sie, und eine unheimliche Meeresflut schäumte, an unheimlichen Klippen sich brechend, empor am niegeschauten Gestade. »Ach, wer mir jetzt den verfluchten Stier auslieferte«, rief sie verzweifelnd; »wie wollte ich ihn zerfleischen; nicht ruhen wollte ich, bis ich die Hörner des Ungeheuers zerbrochen, das mir jüngst noch so liebenswürdig erschien! Eitler Wunsch! Nachdem ich schamlos die Heimat verlassen, was bleibt mir übrig, als zu sterben? Wenn ich nicht von allen Göttern verlassen bin, so sendet mir, ihr Himmlischen, einen Löwen, einen Tiger! Vielleicht reizt sie die Fülle meiner Schönheit, und ich muß nicht warten, bis der entsetzliche Hunger an diesen blühenden Wangen zehrt!« Aber kein wildes Tier erschien; lächelnd und friedlich lag die fremde Gegend vor ihr, und vom unumwölkten Himmel leuchtete die Sonne. Wie von Furien bestürmt, sprang die verlassene Jungfrau auf. »Elende Europa«, rief sie, »hörst du nicht die Stimme deines abwesenden Vaters, der dich verflucht, wenn du deinem schimpflichen Leben nicht ein Ende machst! Zeigt er dir nicht jene Esche, an welche du dich mit deinem Gürtel aufhängen kannst? Deutet er nicht hin auf jenes spitze Felsgestein, von welchem herab dich ein Sprung in den Sturm der Meeresflut begraben wird? Oder willst du lieber einem Barbarenfürsten als Nebenweib dienen, und, als Sklavin, von Tag zu Tag die zugeteilte Wolle abspinnen, du, eines hohen Königs Tochter?« So quälte sich das unglückliche verlassene Mädchen mit Todesgedanken, und fühlte doch nicht den Mut in sich, zu sterben. Da vernahm sie plötzlich ein heimliches spottendes Flüstern hinter sich, glaubte sich belauscht und blickte erschrocken rückwärts. In überirdischem Glanze sah sie da die Göttin Aphrodite vor sich stehen, ihren kleinen Sohn, den Liebesgott, mit gesenktem Bogen zur Seite. Noch schwebte ein Lächeln auf den Lippen der Göttin, dann sprach sie: »Laß deinen Zorn und Hader, schönes Mädchen! Der verhaßte Stier wird kommen und dir die Hörner zum Zerreißen darreichen, ich bin es, die dir im väterlichen Hause jenen Traum gesendet. Tröste dich, Europa! Zeus ist es, der dich geraubt hat; du bist die irdische Gattin des unbesiegten Gottes: unsterblich wird dein Name werden; denn der fremde Weltteil, der dich aufgenommen hat, heißt hinfort *Europa!*«

Kadmos

Kadmos war ein Sohn des phönizischen Königs Agenor, ein Bruder der Europa. Als Zeus, in einen Stier verwandelt, diese entführt hatte, sandte Agenor den Kadmos und dessen Brüder aus, sie zu suchen, und ohne sie erlaubte er ihnen nicht wieder zurückzukommen. Lange hatte Kadmos vergebens die Welt durchirrt, ohne die Schliche des Zeus entdecken zu können. Als er die Hoffnung verloren hatte, seine Schwester wieder aufzufinden, scheute er seines Vaters Zorn, wandte sich an das Orakel des Phoibos-Apollon und forschte, welches Land er inskünftig bewohnen sollte. Apollon gab ihm die Weisung: »Du wirst ein Rind auf einsamen Auen treffen, das noch kein Joch geduldet hat. Von diesem sollst du dich leiten lassen, und an dem Platze, wo es im Grase ruhen wird, erbaue Mauern und nenne die Stadt Theben.«

Kaum hatte Kadmos die kastalische Höhle verlassen, wo das Orakel des Gottes war, als er schon auf der grünen Weide eine Kuh sich bedächtig ergehen sah, die noch kein Zeichen der Dienstbarkeit um den Nacken trug. Lautlos zu Phoibos betend folgte er mit langsamen Schritten den Spuren des Tieres. Schon hatte er die Furt des Kephissos durchwatet und war über eine gute Strecke Landes gekommen, als auf einmal das Rind still stand, sein Gehör gen Himmel streckte und die Luft mit Brüllen erfüllte; dann schaute es rückwärts nach der Schar der Männer, die ihm folgte, kauerte sich endlich im schwellenden Grase nieder.

Voll Dankes warf sich Kadmos auf der fremden Erde nieder und küßte sie. Hierauf wollte er dem Zeus opfern und hieß die Diener sich aufmachen, um ihm Wasser aus lebendigem Quell zum Trankopfer zu holen. Dort war ein altes Gehölz, das noch von keiner Axt jemals ausgehauen worden war, mitten darin bildete durch zusammengefügtes Felsgestein, mit Gestrüpp und Strauchwerk verwachsen, eine Kluft, reich an Quellwasser, ein niedriges Gewölbe. In dieser Höhle versteckt ruhte ein grausamer Drache. Weithin sah man seinen roten Kamm schimmern, aus den Augen sprühte Feuer, sein Leib schwoll von Gift, mit drei Zungen zischte er, und mit drei Reihen Zähnen war sein Rachen bewaffnet. Wie nun die Phönizier den Hain betreten hatten, und der Krug, niedergelassen, in den Wellen plätscherte, streckte der bläuliche Drache plötzlich sein Haupt weit aus der Höhle und erhob ein entsetzliches Zischen. Die Schöpfurnen entglitten der Hand der Diener, und vor Schrecken stockte ihnen das Blut im Leibe. Der Drache aber verwickelte seine schuppigen Ringe zum schlüpfrigen Knäuel, dann krümmte er sich im Bogensprunge, und über die Hälfte aufgerichtet, schaute er auf den Wald herab. Dann reckte er sich gegen die Phönizier aus, tötete die einen durch seinen Biß, die anderen erdrückte er mit seiner Umschlingung, noch andere erstickte sein bloßer Anhauch, und wieder andere brachte sein giftiger Geifer um.

Kadmos wußte nicht, warum seine Diener so lange zauderten. Zuletzt machte er sich auf, selbst nach ihnen zu schauen. Er deckte sich mit dem Felle, das er einem Löwen abgezogen hatte, nahm Lanze und Wurfspieß mit sich, dazu ein Herz, das besser war als jede Waffe. Das erste, was ihm beim Eintritt in den Hain aufstieß, waren die Leichen seiner getöteten Diener, und über ihnen sah er den Feind mit geschwollenem Leibe triumphieren und mit der blutigen Zunge die Leichname belecken. »Ihr armen Genossen«, rief Kadmos voll Jammer aus, »entweder bin ich euer Rächer, oder der Gefährte eures Todes!« Mit diesen Worten ergriff er ein Felsstück und sandte es gegen den Drachen. Mauern und Türme hätte wohl der Stein erschüttert, so groß war er. Aber der Drache blieb unverwundet, sein harter schwarzer Balg und die Schuppenhaut schirmten ihn wie ein eherner Panzer. Nun versuchte es der Held mit dem Wurfspieß. Diesem hielt der Leib des Ungeheuers nicht stand, die stählerne Spitze stieg tief in sein Eingeweide nieder. Wütend vor Schmerz drehte der Drache den Kopf gegen den Rücken und zermalmte dadurch die Stange des Wurfspießes, aber das Eisen blieb im Leibe stecken. Ein Streich vom Schwerte steigerte noch seine Wut, der Schlund schwoll ihm auf, und weißer Schaum floß aus dem giftigen Rachen. Aufrechter als ein Baumstamm schoß der Drache hinaus, dann rannte er mit der Brust wieder gegen die Waldbäume. Agenors Sohn wich dem Anfalle aus, deckte sich mit der Löwenhaut und ließ die Drachenzähne an der Lanzenspitze sich abmüden. Endlich fing das Blut dem Untier aus dem Halse zu fließen an und rötete die grünen Kräuter umher; aber die Wunde war nur leicht, denn es wich jedem Stoß und Stich aus und verstattete ihnen nicht festzusitzen. Zuletzt jedoch stieß ihm Kadmos das Schwert in die Gurgel, so tief, daß es rücklings in einen Eichbaum fuhr und mit dem Nacken des Ungeheuers zugleich der Stamm durchbohrt wurde. Der Baum wurde von dem Gewichte des Drachen krumm gebogen und seufzte, weil er sich den Stamm von der Spitze des Schweifes gepeitscht fühlte. Nun war der Feind überwältigt.

Kadmos betrachtete den erlegten Drachen lange; als er sich wieder umsah, stand Pallas Athene, die vom Himmel herniedergefahren war, zu seiner Seite und befahl ihm, sofort die Zähne des Drachen als Nachwuchs künftigen Volkes in aufgelockertes Erdreich zu säen. Er gehorchte der Göttin, öffnete mit dem Pflug eine breite Furche auf dem Boden und fing an, die Drachenzähne, wie ihm befohlen war, die Öffnung entlang auszustreuen. Auf einmal begann die Scholle sich zu rühren, und aus den Furchen hervor blickte zuerst nur die Spitze einer Lanze, dann kam ein Helm hervor, auf welchem ein farbiger Busch sich schwenkte, bald ragten Schulter und Brust und bewaffnete Arme aus dem Boden, und endlich stand ein gerüsteter Krieger, vom Kopf bis zum Fuße der Erde entwachsen, da. Dies geschah an vielen Orten zugleich, und eine ganze Saat bewaffneter Männer wuchs vor den Augen des Phöniziers empor.

Agenors Sohn erschrak und war gefaßt darauf, einen neuen Feind bekämpfen zu müssen. Aber einer von dem erdentsprossenen Volke rief ihm zu: »Nimm die Waffen nicht, menge dich nicht in innere Kriege!« Sofort holte dieser auf einen der ihm zunächst aus der Furche hervorgekommenen Brüder mit einem Schwertstreich aus; ihn selbst streckte zu gleicher Zeit ein Wurfspieß nieder, der aus der Ferne geflogen kam. Auch der, welcher ihm den Tod gegeben, verhauchte unter einer Wunde den kaum empfangenen Lebensatem bald wieder. Der ganze Männerschwarm tobte in fürchterlichem Wechselkampfe; fast alle lagen mit zuckender Brust auf dem Boden, und die Mutter Erde trank das Blut ihrer eben erst geborenen Söhne. Nur fünf waren übrig geblieben. Einer davon – er ward später Echion genannt – warf zuerst auf Athenes Geheiß die Waffen zur Erde und erbot sich zum Frieden; ihm folgten die anderen.

Mit dieser fünf erdentsprossenen Krieger Hilfe baute der phönizische Fremdling Kadmos die neue Stadt, dem Orakel des Phoibos gehorsam, und nannte sie, wie ihm befohlen war, Theben.

Pentheus

Zu Theben ward Bakchos oder Dionysos, der Sohn des Zeus und der Semele, der Enkel des Kadmos, wunderbar geboren, der Gott der Fruchtbarkeit, der Erfinder des Weinstockes. In Indien erzogen verließ er bald die Nymphen, seine Pflegerinnen, und durchreiste die Länder, um allenthalben die Menschen zu bilden, den Bau des herzerfreuenden Weines zu lehren und die Verehrung seiner Gottheit zu gründen. So gütig er gegen seine Freunde war, so hart bestrafte er diejenigen, die seinen Gottesdienst nicht anerkennen wollten. Schon war sein Ruhm durch die Städte Griechenlands und bis zur Stadt seiner Geburt, nach Theben, gedrungen. Dort aber herrschte Pentheus, welchem Kadmos das Königreich übergeben hatte, der Sohn des erdentsprossenen Echion und der Agauë, einer Mutterschwester des Bakchos. Dieser war ein Verächter der Götter und zumeist seines Verwandten, des Dionysos. Als nun der Gott mit seinem jauchzenden Gefolge von Bakchanten herannahte, um sich dem Könige von Theben als Gott zu offenbaren, hörte dieser nicht auf die Warnung des blinden greisen Sehers Teiresias, und als ihm die Nachricht zu Ohren kam, daß auch aus Theben Männer, Frauen und Jungfrauen zur Verehrung des neuen Gottes hinausströmten, fing er an ergrimmt zu schelten: »Welch ein Wahnsinn hat euch betört, ihr drachenentsprossenen Thebaner, daß euch, die kein Schlachtschwert, keine Trompete jemals geschreckt hat, jetzt ein weichlicher Zug von berauschten Toren und Weibern besiegt? Und ihr Phönizier, die ihr weit über Meere hierher gefahren seid, und euren alten Göttern eine Stadt gegründet, habt ihr ganz vergessen, aus welchem Heldengeschlecht ihr gezeugt seid? Wollt ihr es dulden, daß ein wehrloses Knäblein Theben erobere, ein Weichling mit balsamtriefendem Haar, auf dem ein Kranz aus Weinlaub sitzt, in Purpur und Gold anstatt in Stahl gekleidet, der kein Roß tummeln kann, dem keine Wehr, keine Fehde behagt? Wenn nur ihr wieder zur Besinnung kommt, so will ich ihn bald nötigen, einzugestehen, daß er ein Mensch ist, wie ich, sein Vetter, daß nicht Zeus sein Vater und alle diese prächtige Gottesverehrung erlogen ist!« Dann wandte er sich zu seinen Dienern, und befahl ihnen, den Anführer dieser neuen Raserei, wo sie ihn anträfen, zu fassen und in Fesseln herzuschleppen.

Seine Freunde und Verwandten, die um den König waren, erschraken über diesen frechen Befehl, sein Ahnherr Kadmos, der in hohem Greisenalter noch lebte, schüttelte das Haupt und mißbilligte das Tun des Enkels; aber durch Ermahnungen wurde seine Wut nur gestachelt, sie schäumte über alle Hindernisse hin wie ein rasender Fluß über das Wehr.

Unterdessen kamen die Diener mit blutigen Köpfen zurück. »Wo habt ihr den Bakchos?« rief ihnen Pentheus zornig entgegen. »Den Bakchos«, antworteten sie, »haben wir nirgends gesehen. Dafür bringen wir hier einen Mann aus seinem Gefolge. Er scheint noch nicht lange bei ihm zu sein.« Pentheus starrte den Gefangenen mit grimmigen Augen an und schrie dann: »Mann des Todes! denn auf der Stelle mußt du, den anderen zu einem warnenden Beispiele, sterben! Sag' an, wie heißt dein und deiner Eltern Name, wie dein Land; und sag' auch, warum verehrst du die neuen Gebräuche?«

Frei und ohne Furcht erwiderte jener: »Mein Name ist Akoites, meine Heimat Maionien, meine Eltern sind aus dem gemeinen Volke. Keine Fluren, keine Herden ließ mir der Vater zum Erbteil, er lehrte mich nur die Kunst, mit der Angelrute zu fischen, denn diese Kunst war all sein Reichtum. Bald lernte ich auch ein Schiff regieren, die leitenden Gestirne, die Winde, die wohlgelegenen Häfen kennen, und fing an, Schiffahrt zu treiben. Einst, auf einer Fahrt nach Delos, geriet ich an eine unbekannte Küste, wo wir anlegten. Ein Sprung brachte mich auf den feuchten Sand und ich übernachtete hier noch ohne die Gefährten am Ufer. Des anderen Tages machte ich mich mit der ersten Morgenröte auf und bestieg einen Hügel, um zu sehen, was der Wind uns verspreche. Inzwischen hatten auch meine Gefährten gelandet und auf dem Rückwege nach dem Schiffe begegnete ich ihnen, wie sie gerade einen Jüngling mit sich schleppten, den sie am verlassenen Gestade geraubt hatten. Der Knabe, von jungfräulicher Schönheit, schien vom Weine betäubt, taumelnd wie von Schläfrigkeit, und hatte Mühe, ihnen zu folgen. Als ich Angesicht, Haltung, Bewegung des Jünglings näher ins Auge faßte, schien sich mir an demselben etwas Überirdisches zu offenbaren. »Was für ein Gott in dem Jüngling sei«, so sprach ich zu der Mannschaft, »weiß ich noch nicht recht; aber soviel ist mir gewiß, daß ein Gott in ihm ist.« – »Wer du auch seiest«, sprach ich weiter, »sei uns hold und fördere unsere Arbeit! Verzeih auch diesen, die dich geraubt!« – »Was fällt dir ein«, rief ein anderer, »laß du das Beten!« Auch die übrigen lachten über mich, von Raubgier verblendet, und somit faßten sie den Knaben, um ihn in das Schiff zu schleppen. Vergebens stellte ich mich entgegen: der jüngste und kräftigste unter der Rotte, aus einer tyrrhenischen Stadt wegen eines Mordes flüchtig, packte mich an der Gurgel und schleuderte mich hinaus. Ich wäre im Meere ertrunken, wenn mich das Takelwerk nicht aufgefangen hätte. Inzwischen hatte der Knabe wie in tiefem Schlummer auf dem Schiffe, wohin man ihn gebracht hatte, gelegen. Plötzlich, wie vom Geschrei erwacht und vom Rausche zurückgekehrt, raffte er sich auf, trat unter die Schiffer und rief: »Welcher Lärm? Sprecht ihr Männer, durch welches Geschick kam ich hierher? Wohin wollt ihr mich bringen?« – »Fürchte dich nicht, Knabe«, sprach einer der falschen Schiffer, »nenne uns nur den Hafen, nach welchem du gebracht zu werden wünschest, gewiß, wir setzen dich ab, wo du es verlangst.« – »Nun, wohl«, sprach der Knabe, »so richtet den Lauf nach der Insel Naxos, dort ist meine Heimat!« Die Betrüger versprachen es ihm bei allen Göttern und hießen mich die Segel richten. Uns zur rechten Seite lag Naxos. Wie ich nun die Segel rechtshin spanne, winken und murmeln sie mir alle zu: »Unsinniger, was machst du? Was für ein Wahnwitz plagt dich? Fahr links!« Ich erstaunte darüber und begriff sie nicht. »Nehme sich ein anderer des Schiffes an!« sprach ich, und trat auf die Seite. »Als ob das Heil unserer Fahrt allein auf dir beruhte!«

schrie mich ein roher Geselle an und verrichtete das Geschäft anstatt meiner. So ließen sie Naxos liegen, und steuerten in der entgegengesetzten Richtung. Hohnlächelnd, als ob er den Trug jetzt erst bemerkte, schaute der Götterjüngling vom Hinterverdeck in die See, und mit verstellten Tränen sprach er: »Wehe, nicht diese Gestade verhießet ihr mir, Schiffer, dies ist nicht das erbetene Land! Ist es auch recht, daß ihr alten Männer ein Kind auf diese Weise täuschet?« Aber die gottesvergessene Rotte spottete seiner und meiner Tränen und ruderte eilig davon. Plötzlich aber, als umschlösse sie eine trockene Schiffswerft, stand die Barke mitten im Meere still. Vergebens schlagen ihre Ruder die See, ziehen sie die Segel herab, streben fort mit doppelter Kraft. Epheu fängt an die Ruder zu umschlingen, kriecht rückwärts in geschlängelter Windung herauf, streift mit seinen schwellenden Träubchen schon die Segel; Bakchos selbst – denn er war es – steht herrlich da, die Stirn mit beerenbelasteten Trauben bekränzt, den mit Weinlaub umschlungenen Thyrsosstab schwingend. Tiger, Luchse, Panther erschienen um ihn gelagert, ein duftiger Strom von Wein ergoß sich durch das Schiff. Jetzt sprangen die Männer scheu empor in Furcht und Wahnsinn. Dem ersten, der aufschreien wollte, krümmte sich Maul und Nase zum Fischmaul, und ehe die anderen sich darüber entsetzen konnten, war auch ihnen das gleiche geschehen, ihr Leib senkte sich von blauen Schuppen umgeben, das Rückgrat wurde hochgewölbt, die Arme schrumpften zu Floßfedern ein, die Füße vereinigten sich zu einem Schwanze. Sie waren alle miteinander zu Fischen geworden, sprangen in das Meer und tauchten auf und nieder. Ich von zwanzigen war allein übrig geblieben, aber ich zitterte an allen Gliedern und erwartete jeden Augenblick dieselbe Verwandlung. Bakchos jedoch sprach mir freundlich zu, weil ich ihm ja nur Gutes erwiesen habe. »Fürchte dich nicht«, sagte er, »und steure mich gen Naxos.« Als wir dort gelandet hatten, weihte er mich an seinem Altar zum feierlichen Dienste seiner Gottheit ein.«

»Schon zu lange horchen wir deinem Geschwätz«, schrie jetzt der König Pentheus, »auf, greifet ihn, ihr Diener, peinigt ihn mit tausend Martern und schickt ihn zur Unterwelt hinab!« Die Knechte gehorchten und warfen den Schiffer gefesselt in einen tiefen Kerker, aber eine unsichtbare Hand befreite ihn.

Nun begann die ernstliche Verfolgung der Bakchosfeier. Des Pentheus eigene Mutter, Agauë, und ihre Schwestern, hatten Teil an dem rauschenden Gottesdienste genommen. Der König sandte nach ihnen aus, und ließ alle Bakchantinnen in den Stadtkerker werfen. Aber ohne Hilfe eines Sterblichen werden auch sie ihrer Bande ledig, die Pforten ihres Gefängnisses tun sich auf, und sie rennen in bakchischer Begeisterung frei in den Wäldern umher. Der Diener, der abgesandt worden, mit bewaffneter Macht den Gott selbst einzufangen, kam ganz bestürzt zurück, denn jener hatte sich willig und lächelnd den Fesseln dargeboten. So stand er jetzt gefangen vor dem Könige, der selbst nicht umhin konnte, seine jugendliche göttliche Schönheit zu bewundern. Und doch beharrte er in seiner Verblendung und behandelte ihn als einen Betrüger, der den Namen Bakchos fälschlich führe. Er ließ den gefangenen Gott mit Fesseln belasten und im hintersten und tiefsten Teile seines Palastes, in der Nähe der Pferdekrippen, in einem dunklen Loche verwahren. Auf des Gottes Geheiß spaltete jedoch ein Erdbeben das Gemäuer, seine Bande verschwanden. Er trat unversehrt und herrlicher als zuvor in die Mitte seiner Verehrer.

Ein Bote über dem anderen kam vor den König Pentheus und meldete ihm, welche Wundertaten die Chöre begeisterter Frauen, von seiner Mutter und ihren Schwestern angeführt, verrichteten. Ihr Stab durfte nur an Felsen schlagen, so sprang Wasser oder sprudelnder Wein heraus, die Bäche flossen unter seinem Zauberschlage mit Milch, aus den hohlen Bäumen träufelte Honig. »Ja«, fügte einer der Boten hinzu, »wärest du zugegen gewesen, o Herr, und hättest den Gott, den du jetzt schiltst, selbst gesehen, du würdest dich in Gebeten vor ihm niedergeworfen haben!«

Pentheus, immer entrüsteter, bot auf diese Nachrichten alle schwerbewaffneten Krieger, alle Reiter, alle Leichtbeschildeten gegen das rasende Weiberheer auf. Da erschien Bakchos selbst wieder und trat als sein eigener Abgeordneter vor den König. Er versprach ihm, die Bakchantinnen entwaffnet vorzuführen, wenn nur der König selbst die Frauentracht anlegen wolle, damit er nicht als Mann und Uneingeweihter von ihnen zerrissen werde. Ungern und mit sehr natürlichem Mißtrauen ging Pentheus auf den Vorschlag ein; doch folgte er endlich dem Gotte zur Schlachtbank. Aber als er hinausschritt zur Stadt, war er schon vom Wahnsinn, den ihm der mächtige Gott zugesandt hatte, besessen. Ihm deuchte es, als schaue er zwei Sonnen, ein gedoppeltes Theben, und jedes seiner Tore zwiefach. Bakchos selbst kam ihm vor wie ein Stier, der mit großen Hörnern an dem Kopfe vor ihm herschreite. Er selbst wurde wider Willen von bakchischer Begeisterung ergriffen, verlangte und erhielt einen Thyrsosstab und stürmte in Raserei dahin. So gelangten sie in ein tiefes, quellenreiches, von Fichten beschattetes Tal, wo die Bakchospriesterinnen ihrem Gotte Hymnen sangen, andere ihre Thyrsosstäbe mit frischem Epheu bekleideten. Des Pentheus Augen aber waren mit Blindheit geschlagen, oder sein Führer Bakchos hatte ihn so zu leiten gewußt, daß sie die Versammlung der begeisterten Frauen nicht gewahr wurden. Der Gott faßte nun mit seiner wunderbar in die Höhe reichenden Hand den Gipfel eines Tannenbaumes, beugte ihn hernieder, wie man einen Weidenzweig biegt, setzte den wahnsinnigen Pentheus darauf und ließ den Baum sachte und vorsichtig allmählich wieder in seine vorige Lage zurückkehren. Wie durch ein Wunder blieb der König fest sitzen und erschien auf einmal, hoch auf dem Tannenwipfel hingepflanzt, den Bakchantinnen im Tale, ohne daß er sie erblickte. Dann rief der Gott mit lauter Stimme ins Tal hinab: »Ihr Mägde, schauet hier den, der unsere heiligen Feste verspottet; bestrafet ihn!« Der Äther schwieg, kein Blatt im Walde regte sich, kein Schrei eines Wildes ertönte. Auf richteten sich die Bakchantinnen, sperrten ihre Augensterne weit auf und horchten auf der Stimme Hall, die zum zweitenmal ertönte. Als sie in dem Wort ihren Meister erkannt, schossen sie dahin, schneller denn Tauben; wilder Wahnsinn, vom Gotte gesandt, trieb sie mitten durch die angeschwollenen Waldbäche. Endlich waren sie nahe genug gekommen, um ihren Herrn und Verfolger auf dem Tannenwipfel sitzen zu sehen. Schnell flogen Kiesel, abgerissene Tannenäste, Thyrsosstäbe gegen den Unglücklichen empor, ohne die Höhe zu erreichen, in der er zitternd schwebte. Endlich durchwühlten sie mit harten Eichenästen den Boden rings um den Tannenbaum, bis die Wurzel bloß war, und Pentheus unter lautem Jammergeschrei mit der stürzenden Tanne aus der Höhe zu Boden fiel. Seine Mutter Agauë, vom Gotte geblendet, daß sie den Sohn nicht wiedererkannte, gab das erste Zeichen zum Morde. Dem König selbst hatte die Angst seine volle Besinnung wiedergegeben. »Mutter«, rief er, sie umhalsend, »kennst du deinen Sohn nicht mehr, deinen Sohn Pentheus, den du im Hause Echions geboren? Hab' Erbarmen mit mir, sei du es nicht, Mutter, die meine Sünden am eigenen Kinde straft!« Aber die wahnsinnige Bakchospriesterin, schäumend und mit weit aufgesperrten Augen, sah nicht ihren Sohn in Pentheus, sondern glaubte einen Berglöwen in ihm zu erblikken, faßte ihn an der Schulter und riß ihm den rechten Arm vom Leibe; die Schwestern verstümmelten den linken; die ganze wütende Rotte stürmte auf ihn ein, jede ergriff ein Glied des Zerrissenen; Agaue selbst umklammerte das entrissene Haupt mit blutigen Fingern und trug es als ein Löwenhaupt auf einen Thyrsosstab gesteckt durch die Wälder des Kithairon.

So rächte der mächtige Gott Bakchos sich an dem Verächter seines Gottesdienstes.

Perseus

Perseus, der Sohn des Zeus, wurde mit seiner Mutter Danaë von dem Großvater Akrisios, König von Argos, dem ein Orakelspruch gesagt hatte, daß ein Enkel ihm Leben und

Thron rauben würde, in einen Kasten eingeschlossen und ins Meer geworfen; Zeus behütete sie in den Stürmen des Meeres, und sie schwammen bei der Insel Seriphos ans Land. Dort herrschten zwei Brüder, Diktys und Polydektes. Diktys fischte eben, als der Kasten angeschwommen kam, und zog ihn ans Land. Beide Brüder nahmen sich der Verlassenen liebreich an; Polydektes erhob die Mutter zu seiner Gemahlin, und der Sohn des Zeus, Perseus, wurde von ihm sorgfältig erzogen.

Als Perseus herangewachsen war, überredete ihn sein Stiefvater, auf Taten auszuziehen und etwas Großes zu unternehmen. Der mutige Jüngling zeigte sich willig, und bald waren sie einig darüber, daß Perseus der Medusa ihr furchtbares Haupt abschlagen und dem König nach Seriphos bringen sollte. Perseus machte sich auf den Weg und kam unter Leitung der Götter in die ferne Gegend, wo Phorkys, der Vater vieler entsetzlicher Ungeheuer, hauste. Zuerst traf er auf drei seiner Töchter, die Graien oder Grauen; diese waren grauhaarig von Geburt an; alle drei miteinander hatten sie nur ein Auge und einen Zahn, die sie einander gegenseitig abwechslungsweise zum Gebrauche liehen. Perseus nahm ihnen beides weg, und als sie ihn flehentlich baten, das Unentbehrlichste ihnen doch wieder zu geben, zeigte er sich zur Zurückerstattung unter der Bedingung bereit, daß sie ihm den Weg zu den *Nymphen* zeigen sollten. Dieses waren andere Wundergeschöpfe, die Flügelschuhe, einen Schubsack als Tasche und einen Helm von Hundefell besaßen. Wer sich damit bekleidete, konnte fliegen, wohin er wollte; sah, wen er wollte und wurde von niemand gesehen. Die Töchter des Phorkys zeigten dem Perseus den Weg zu den Nymphen und erhielten Zahn und Auge von ihm zurück. Bei den Nymphen fand und nahm er, was er wollte, warf den Schubsack um, schnallte die Flügelschuhe an seine Knöchel und setzte den Helm aufs Haupt. Dazu erhielt er von Hermes eine eherne Sichel, und so ausgerüstet flog er zu dem Ozean, wo die anderen drei Töchter des Phorkys, die *Gorgonen*, hausten. Die dritte, die *Medusa* hieß, war allein sterblich; darum war auch Perseus ausgesandt worden, ihr Haupt zu holen. Er fand die Ungeheuer schlafend; ihre Häupter waren mit Drachenschuppen übersäet, mit Schlangen, statt Haaren bedeckt, große Hauzähne hatten sie, wie Schweine, eherne Hände, und goldene Flügel, mit welchen sie flogen. Jeden, der sie ansah, verwandelte dieser Anblick in Stein. Das wußte Perseus. Mit abgewandtem Gesichte stellte er sich deswegen vor die Schlafenden, und fing nur in seinem ehernen, glänzenden Schilde ihr dreifaches Bild auf. So erkannte er die Gorgo Medusa heraus, Athene führte ihm die Hand, und er schnitt dem schlafenden Ungeheuer ohne Gefährde das Haupt ab. Kaum war dies vollbracht, so entsprang dem Rumpfe ein geflügeltes Roß, der Pegasos, und ein Riese Chrysaor. Beides waren Geschöpfe des Poseidon. Perseus schob nun das Haupt der Medusa in den Schubsack und entfernte sich rücklings, wie er gekommen war. Inzwischen hatten sich die Schwestern Medusas vom Lager erhoben. Sie erblickten den Rumpf der getöteten Schwester und erhoben sich auf ihren Fittichen, den Räuber zu verfolgen. Diesen aber verbarg der Nymphenhelm vor ihren Augen und sie konnten ihn nirgends inne werden. In der Luft faßten inzwischen den Perseus die Winde und schleuderten ihn, wie Regengewölk, bald da, bald dorthin; als er über den Sandwüsten Libyens schwebte, rieselten blutige Tropfen vom Medusenhaupte auf die Erde nieder, welche sie auffing und zu bunten Schlangen belebte. Seitdem ist jenes Erdreich an feindseligen Nattern so ergiebig. Perseus flog nun weiter westwärts und senkte sich endlich im Reiche des Königs Atlas nieder, um ein wenig zu rasten. Dieser hütete einen Hain voll goldener Früchte mit einem gewaltigen Drachen. Umsonst bat der Besieger der Gorgo ihn um ein Obdach. Für sein goldenes Besitztum bange, stieß ihn Atlas unbarmherzig von seinem Palaste fort. Da ergrimmte Perseus und sprach: »Du willst mir nichts gönnen; empfange du wenigstens ein Geschenk von mir.« Er holte die Gorgo aus seinem Schubsacke hervor, wandte sich ab und streckte sie dem König Atlas entgegen. Groß wie der König war, wurde er augenblicklich zu Stein und in einen Berg verwandelt, Bart und Haupthaar dehnten sich zu Wäldern aus; Schultern, Hände und Gebein wurden Felsrücken; sein Haupt wuchs als hoher Gipfel in die Wolken. Perseus nahm seine Fittiche wieder und schnallte sie sich an die Sohlen, hängte sich den Schubsack um, setzte den Helm auf und schwang sich in die Lüfte. Auf seinem Fluge kam er an eine Küste Aithiopiens, wo der König Kepheus regierte. Hier sah er an eine hervorragende Meeresklippe eine Jungfrau angebunden. Wenn nicht ihr Haupthaar ein Lüftchen bewegt hätte und in ihren Augen Tränen gezittert, so würde er sie für ein Marmorbild gehalten haben. Fast hätte er in der Luft die Flügel zu bewegen vergessen, so bezaubert war er von dem Reize ihrer Schönheit. »Sprich, schöne Jungfrau«, redete er sie an, »du, die du ganz anderes Geschmeide verdientest, warum bist du hier in Banden? Nenne mir doch den Namen deines Landes, nenne mir deinen eigenen Namen!« Das gefesselte Mädchen schwieg verschämt; sie scheute sich, den fremden Mann anzureden und hätte gern ihr Angesicht mit den Händen bedeckt, wenn sie sie hätte regen können. So aber konnte sie nur ihre Augen mit quellenden Tränen füllen. Endlich, damit der Fremdling nicht glauben möchte, sie habe eine eigene Schuld vor ihm zu verbergen, erwiderte sie: »Ich bin die Tochter des Kepheus, des Königs der Aithiopier, und heiße Andromeda. Meine Mutter hatte gegen die Töchter des Nereus, die Meeresnymphen, geprahlt, schöner zu sein als sie alle. Darüber zürnten die Nereiden, und ihr Freund, der Meeresgott, ließ eine Überschwemmung und einen alles verschlingenden Haifisch über das Land kommen. Ein Orakelspruch versprach uns Befreiung von der Plage, wenn ich, die Tochter der Königin, dem Fische zum Fraße hingeworfen würde. Das Volk drang in meinen Vater, dieses Rettungsmittel zu ergreifen, und die Verzweiflung zwang ihn, mich an diesen Felsen zu binden.«

Sie hatte die letzten Worte noch nicht ausgesprochen, als die Wogen aufrauschten und aus der Tiefe des Meeres ein Scheusal auftauchte, das mit seiner breiten Brust die ganze Wasserfläche umher einnahm. Das Mädchen jammerte laut auf; zugleich sah man Vater und Mutter herbeieilen, beide

Perseus

trostlos, doch in der Mutter Zügen drückte sich noch dazu das Bewußtsein der Schuld aus. Sie umarmten die gefesselte Tochter, aber sie brachten ihr nichts mit als Tränen und Wehklagen. Jetzt begann der Fremdling: »Zum Jammern wird euch noch Zeit genug übrig bleiben; die Stunde der Rettung ist kurz. Ich bin Perseus, der Sprößling des Zeus und der Danaë, ich habe die Gorgo besiegt, und wunderbare Flügel tragen mich durch die Luft. Selbst wenn die Jungfrau frei wäre und zu wählen hätte, wäre ich kein verächtlicher Eidam! Jetzt werbe ich um sie, mit dem Erbieten, sie zu retten. Nehmet ihr meine Bedingung an?« Wer hätte in solcher Lage gezaudert? Die erfreuten Eltern versprachen ihm nicht nur die Tochter, sondern auch ihr eigenes Königreich zur Mitgift.

Während sie dieses verhandelten, war das Untier wie ein schnellruderndes Schiff herangeschwommen und nur noch einen Schleuderwurf von den Felsen entfernt. Da plötzlich, das Land mit dem Fuße abstoßend, schwang sich der Jüngling hoch empor in die Wolken. Das Tier sah den Schatten des Mannes auf dem Meere. Während es auf diesen tobend losging, als auf einen Feind, der ihm die Beute zu entreißen drohte, fuhr Perseus aus der Luft wie ein Adler herunter, trat schwebend auf den Rücken des Tieres, und senkte das Schwert, mit dem er die Medusa getötet hatte, dem Haifisch unter dem Kopf in den Leib, bis an den Knauf. Kaum hatte er es wieder herausgezogen, so sprang der Fisch bald hoch in die Lüfte, bald tauchte er wieder unter in die Flut, bald tobte er nach beiden Seiten, wie ein von Hunden verfolgter Eber. Perseus brachte ihm Wunde um Wunde bei, bis ein dunkler Blutstrom sich aus seinem Rachen ergoß. Indessen troffen die Flügel des Halbgottes, und Perseus wagte nicht länger, sich dem wasserschweren Gefieder anzuvertrauen. Glücklicherweise erblickte er ein Felsriff, dessen oberste Spitze aus dem Meere hervorragte. Auf diese Felswand stützte er sich mit der Linken, und stieß das Eisen drei- bis viermal in das Gekröse des Ungetüms. Das Meer trieb die ungeheuere Leiche fort, und bald war sie in den Fluten verschwunden. Perseus hatte sich indessen ans Land geschwungen, hatte den Felsen erklommen und die Jungfrau, die ihn mit Blicken des Dankes und der Liebe begrüßte, der Fesseln entledigt. Er brachte sie den glücklichen Eltern, und der goldene Palast empfing ihn als Bräutigam. Noch dampfte das Hochzeitsmahl, und die Stunden strichen dem Vater und der Mutter, dem Bräutigam und der geretteten Braut in sorgenfreier Eile dahin, als plötzlich die Vorhöfe der Königsburg mit einem dumpfen brausenden Getümmel sich füllten. Phineus, der Bruder des Königs Kepheus, der früher um seine Nichte Andromeda geworben, aber in der letzten Not sie verlassen hatte, nahte mit einer Schar von Kriegern und erneuerte seine Ansprüche. Den Speer schwingend, trat er in den Hochzeitssaal und rief dem erstaunten Perseus zu: »Sieh mich hier, der ich komme, die mir entrissene Gattin zu rächen, weder deine Flügel noch dein Vater Zeus sollen dich mir entreißen!« So rief er, schon zum Speerwurfe sich anschickend; da hob sich Kepheus, der König, vom Mahle. »Rasender Bruder«, rief er, »welcher Gedanke treibt dich zur Untat? Nicht Perseus raubt dir die Geliebte; sie wurde dir schon damals entrissen, als wir sie dem Tode preisgaben, als du zusahest, wie sie gefesselt wurde, und weder als Oheim noch als Geliebter ihr deinen Beistand liehest. Warum hast du nicht selbst dir den Preis von dem Felsen geholt, an den er geschmiedet war? So laß wenigstens den, der ihn sich errungen hat, der mein Alter durch die Rettung meiner Tochter getröstet, in Ruhe!«

Phineus antwortete ihm nichts, er betrachtete nur abwechselnd mit grimmigen Blicken bald seinen Bruder, bald seinen Nebenbuhler, als besänne er sich, auf wen er zuerst zielen sollte. Endlich nach kurzem Verzuge schwang er mit aller Kraft, die der Zorn ihm gab, den Speer gegen Perseus, aber er tat einen Fehlwurf und die Waffe blieb im Polster hängen. Jetzt fuhr Perseus vom Lager empor und schleuderte seinen Spieß nach der Tür, durch welche Phineus eingedrungen war, und er würde die Brust seines Todfeindes durchbohrt haben, wenn dieser sich nicht mit einem Sprunge hinter den Hausaltar geflüchtet hätte. Das Geschoß hatte die Stirn eines seiner Begleiter getroffen, und jetzt kam das Gefolge des Eingedrungenen mit den längst von der Tafel aufgestörten Gästen ins Handgemenge. Lang und mörderisch war der Kampf; aber der Eingebrochenen war die Mehrzahl. Zuletzt wurde Perseus, an dessen Seite sich umsonst die Schwiegereltern und die Braut schutzflehend stellten, von Phineus und seinen Tausenden umringt. Die Pfeile flogen an ihnen von allen Seiten vorbei wie Hagelkörner im Sturme. Perseus hatte die Schultern an einen Pfeiler gelehnt und sich so den Rücken gedeckt. Von da zur Heerschau der Feinde gewendet, hielt er den Anlauf der Feinde ab und streckte einen um den andern nieder. Erst als er sah, daß die Tapferkeit der Menge erliegen müsse, entschloß er sich, das letzte aber untrügliche Mittel, das ihm zu Gebote stand, zu gebrauchen. »Weil ihr mich genötigt«, sprach er, »will ich mir die Hilfe bei meinem alten Feinde holen! Wende sein Antlitz ab, wer noch mein Freund ist!« Mit diesen Worten zog er aus der Tasche, die ihm immer an der Seite hing, das Gorgonenhaupt, und streckte es dem ersten Gegner zu, der jetzt eben auf ihn eindrang. »Suche andere«, rief dieser verächtlich beim ersten flüchtigen Blicke, »die du mit deinen Mirakeln erschüttern kannst.« Aber als seine Hand sich heben wollte, den Wurfspieß abzusenden, blieb er mitten in dieser Gebärde versteinert wie eine Bildsäule. Und so widerfuhr es einem nach dem andern. Zuletzt waren nur noch zweihundert übrig. Da hob Perseus das Gorgonenhaupt hoch in die Luft empor, daß alle es erblicken konnten und verwandelte die zweihundert auf einmal in starres Gestein. Jetzt erst bereute Phineus den unrechtmäßigen und unvernünftigen Krieg. Rechts und links erblickt er nichts als Steinbilder in der mannigfaltigsten Stellung. Er ruft seine Freunde mit Namen, er berührt ungläubig die Körper der Zunächststehenden: alles ist Marmor. Entsetzen faßte ihn, und sein Trotz verwandelte sich in demütiges Flehen. »Laß mir nur das Leben, dein sei das Reich und die Braut!« rief er und kehrte sein verzagendes Angesicht seitwärts. Aber Perseus, über den Tod seiner neuen Freunde erbittert, kannte kein Erbarmen. »Verräter«, schrie er zornig, »ich will dir für alle Ewigkeit ein bleibendes Denkmal in meines Schwähers

Hause stiften!« und so sehr Phineus bemüht war, dem Anblicke zu entgehen, so traf doch bald das ausgestreckte Schreckensbild sein Auge; sein Hals erstarrte, sein feuchter Blick erhärtete zu Stein. So blieb er stehen mit furchtsamer Miene, die Hände gesenkt, in knechtischer, demütiger Stellung. Ohne Hindernis führte jetzt Perseus seine Geliebte, Andromeda, heim. Lange glückliche Tage erwarteten ihn und er fand auch seine Mutter Danaë wieder. Doch sollte er an seinem Großvater Akrisios das Verhängnis erfüllen. Dieser war aus Furcht vor dem Orakelspruche zu einem fremden Könige ins Pelasgerland geflohen. Hier half er Kampfspiele feiern, als eben Perseus kam, der auf der Fahrt nach Argos begriffen war, wo er seinen Großvater begrüßen wollte. Ein unglücklicher Wurf mit der Scheibe traf den Großvater von des Enkels Hand, ohne daß dieser jenen kannte oder treffen wollte. Nicht lange blieb ihm verborgen, was er getan. In tiefer Trauer begrub er den Akrisios außerhalb der Stadt und vertauschte das Königreich, das ihm durch des Großvaters Tod zugefallen war. Doch verfolgte ihn der Neid des Geschickes nicht länger. Andromeda gebar ihm viele herrliche Söhne, und der Ruhm des Vaters lebte in ihnen fort.

Ion

Der König Erechtheus von Athen erfreute sich einer schönen Tochter, die Krëusa hieß. Mit dieser hatte sich, ohne Wissen ihres Vaters, Apollon vermählt, und sie hatte ihm einen Sohn geboren, welchen sie aus Furcht vor dem Zorn ihres Vaters in eine Kiste verschloß und in der Höhle aussetzte, wo sie ihre heimlichen Zusammenkünfte mit dem Gotte gehalten hatte, in der Hoffnung, daß sich die Götter des Verlassenen erbarmen würden. Um aber den neugeborenen Knaben nicht ohne Erkennungszeichen zu lassen, hing sie ihm den Schmuck um, den sie als Jungfrau zu tragen pflegte. Apollon, dem als einem Gotte die Geburt seines Sohnes nicht verborgen geblieben war, und der weder seine Geliebte verraten, noch den Knaben ohne Hilfe lassen wollte, wandte sich an seinen Bruder Hermes, welcher als Götterbote, ohne Aufsehen zu erregen, zwischen Himmel und Erde zu verkehren hatte. »Lieber Bruder«, sprach er, »eine Sterbliche hat mir ein Kind geboren, es ist die Tochter des Königs Erechtheus zu Athen. Aus Furcht vor ihrem Vater hat sie es in einem hohlen Felsen verborgen; hilf mir es retten, bring es, in der Kiste, in der es liegt und mit den Windeln, in die es gewickelt ist, nach meinem Orakel zu Delphi und lege es dort auf die Schwelle des Tempels. Das übrige laß meine Sorge sein, denn es ist mein Kind.« Hermes, der geflügelte Gott, eilte nach Athen, fand den Knaben an der bezeichneten Stelle und trug ihn in dem geflochtenen Weidenkorbe, in welchem er verschlossen lag, nach Delphi, wo er ihn vor den Pforten des Tempels niedersetzte und den Deckel des Korbes öffnete, damit das Kind bemerklich würde. Dies geschah bei Nacht. Am anderen Morgen, als schon die Sonne emporstieg, kam die delphische Priesterin nach dem Tempel geschritten, und als sie ihn betreten wollte, fiel ihr Auge auf das neugeborene Kind, das in der Kiste schlummerte. Sie hielt dasselbe für die Frucht irgendeines Verbrechens und war schon geneigt, es von der heiligen Schwelle fortzustoßen, als das Mitleid doch in ihrer Seele die Oberhand gewann, denn der Gott wandte ihr Herz und sprach in demselben für seinen Sohn. Die Prophetin nahm also das Kind aus dem Korbe und zog es auf, ohne seinen Vater und seine Mutter zu kennen. Der Knabe erwuchs um den Altar seines Vaters spielend und wußte nichts von seinen Eltern. Er wurde ein stattlicher Jüngling. Die Bewohner von Delphi, die ihn schon als kleinen Tempelhüter gewohnt worden waren, setzten ihn zum Schatzmeister über alle Geschenke, die der Gott erhielt, und so brachte er fortwährend ein ehrbares und heiliges Leben im Tempel seines Vaters zu.

Inzwischen hatte Krëusa von dem Gotte nichts mehr erfahren und mußte wohl glauben, daß er ihrer und ihres Sohnes vergessen habe. Um diese Zeit gerieten die Athener in einen Krieg mit den Bewohnern der Nachbarinsel Euboia, der bis zur Vertilgung geführt wurde und in welchem die letzteren unterlagen. In diesem Kampfe war den Athenern besonders wirksam ein Fremdling aus Achaia beigestanden. Es war dies Xuthos, ein Sohn des Aiolos, der selbst ein Sohn des Zeus war. Zum Lohne seiner Hilfe begehrte und erhielt er die Hand der Königstochter Krëusa; aber es war, als ob der ihr heimlich angetraute Gott die Geliebte seinen Zorn empfinden ließe, daß sie sich einem andern vermählt hatte, denn ihre Ehe war nicht mit Kindern gesegnet. Nach langer Zeit verfiel Krëusa auf den Gedanken, sich an das Orakel zu Delphi zu wenden und von ihm Kindersegen zu erflehen. Dies war es, was Apollon gewollt, denn er hatte seines Sohnes keineswegs vergessen. So brach die Fürstin mit ihrem Gemahl und einem kleinen Gefolge von Dienerinnen auf, und wallfahrtete zu dem Tempel nach Delphi. Als sie vor dem Gotteshause ankamen, trat gerade der junge Sohn Apolls über die Schwelle, um gewohnterweise die Pfosten der Tore mit Lorbeerzweigen zu schmücken. Da fiel sein Auge auf die edle Matrone, welche auf die Tore des Tempels zugewandelt kam und der beim Anblick des Heiligtums Tränen über die Wangen rollten. Er wagte es, die Frau, deren würdige Gestalt ihm auffiel, bescheiden um die Ursache ihres Kummers zu befragen. »Es wundert mich nicht, o Jüngling«, erwiderte sie seufzend, »daß meine Traurigkeit deinen Blick auf sich zieht; habe ich doch Geschicke zu beweinen, die man mir wohl ansehen mag. Die Götter verfahren oft hart mit uns Sterblichen!« – »Ich will deinen Kummer nicht weiter stören«, sprach der Jüngling, »aber sage mir, wenn es zu wissen erlaubt ist, wer du bist und von wannen du kommst.« – »Ich bin Krëusa«, antwortete die Fürstin, »mein Vater heißt Erechtheus, mein Vaterland ist Athen.« Mit unschuldiger Freude rief der Jüngling: »Ei, aus welchem berühmten Lande, aus welch berühmtem Geschlecht stammst du! Aber sage mir, ist es wahr, wie man es auf Bildern bei uns sieht, daß deines Vaters Großvater Erichthonios aus der Erde wie ein anderes Gewächs emporgesprossen ist, daß die Göttin Athene den erdgeborenen Knaben in eine Kiste eingeschlossen, ihm zwei Drachen als Wächter beigegeben und das Kistchen den Töchtern des Kekrops zur Bewahrung überlassen habe; daß diese aus Neugierde dasselbe geöffnet und beim Anblick des Knaben in Wahnsinn geraten und sich von den Felsen der kekropischen Burg herabgestürzt?« Krëusa bejahte die Frage schweigend, denn das Schicksal ihres Urahns erinnerte sie an das Geschick ihres verlorenen Sohnes. Dieser aber, der vor ihr stand, fuhr fort, unbefangen weiter zu fragen: »Sage mir auch, hohe Fürstin, ist es wahr, daß dein Vater Erechtheus seine Töchter, deine Schwestern, auf den Ausspruch eines Orakels und mit ihrem freien Willen dem Tode geopfert, um über die Feinde zu siegen? Und wie kam es, daß du allein gerettet worden bist?« – »Ich war«, sprach Krëusa, »ein neugeborenes Kind und lag in den Armen der Mutter.« – »Und ist es auch wahr«, so fragte der Jüngling weiter, »daß dein Vater Erechtheus von einem Erdspalt verschlungen worden ist, daß der Dreizack Poseidons ihn verderbt hat, und daß in der Nähe seines Erdgrabes eine Grotte ist, die mein Herr, der pythische Apollon, so lieb hat?« – »O schweige mir von jener Grotte, Fremdling«, unterbrach ihn seufzend Krëusa, »in ihr ist eine Treulosigkeit und ein großer Frevel begangen worden.« Die Fürstin schwieg eine Weile, sammelte sich wieder und erzählte dem Jüngling, in welchem sie den Tempelhüter des Gottes erkannte, daß sie die Gemahlin des Fürsten Xuthos und mit diesem nach Delphi gewallfahrtet sei, um für ihre unfruchtbare Ehe den Segen des Gottes zu erflehen. »Phoibos Apollon«, sprach sie mit einem Seufzer, kennt die Ursache meiner Kinderlosigkeit; er allein kann mir helfen.« – »So bist du kinderlos, Unglückliche?« sagte betrübt der Jüngling. »Ich bin es längst«, erwiderte Krëusa, »und ich muß deine Mutter beneiden, guter Jüngling, die sich eines so holdseligen Sohnes erfreut.« – »Ich weiß nichts von einer Mutter und von einem Vater«, gab der junge Mann betrübt zur Antwort, »ich lag nie an eines Weibes Brust; ich weiß auch nicht, wie ich hierher gekommen bin, nur soviel weiß ich aus dem Munde meiner Pflegemutter, der Priesterin dieses Tempels, daß sie sich meiner erbarmt und mich groß gezogen hat; das Haus des Gottes ist seitdem meine Wohnung und ich bin sein Knecht.« Bei diesen Mitteilungen wurde die Fürstin sehr nachdenklich, doch drängte sie ihre Gedanken in die Brust zurück und sprach die traurigen Worte: »Mein Sohn, ich kenne eine Frau, der es gegangen ist wie deiner Mutter, um ihretwillen bin ich hierher gekommen und soll das Orakel befragen. So will ich denn dir, als dem Diener Gottes, ihr Geheimnis anvertrauen, bevor ihr jetziger Gatte, der diese Wallfahrt auch gemacht, aber unterwegs abgelenkt hat, um das Orakel des Trophonios zu hören, den Tempel betritt. Jene Frau behauptet, vor ihrer jetzigen Ehe mit dem großen Gotte Phoibos Apollon vermählt gewesen zu sein und ihm ohne Wissen ihres Vaters einen Sohn geboren zu haben. Diesen setzte sie aus, und weiß seitdem nichts mehr von ihm, nicht, ob er das Sonnenlicht schaut oder nicht. Über sein Leben oder seinen Tod den Gott auszuforschen, bin ich im Namen meiner Freundin hierher gekommen.« – »Wie lange ist es her, daß der Knabe tot ist?« fragte der Jüngling. – »Wenn er noch lebte, so hätte er dein Alter, o Knabe«, sprach Krëusa. »O wie ähnlich ist das Schicksal deiner Freundin und das meine«, rief mit dem Ausdruck des Schmerzes der junge Mann; »sie sucht ihren Sohn und ich suche meine Mutter. Doch ist, was ihr geschehen ist, fern von diesem Lande geschehen, und leider sind wir beide einander ganz fremd. Hoffe auch nicht, daß der Gott von seinem Dreifuße dir die gewünschte Antwort erteilen wird. Bist du doch gekommen, ihn im Namen deiner Freundin einer Treulosigkeit anzuklagen; er wird nicht über sich selbst Richter sein wollen!« »Halt ein, Jüngling«, rief jetzt Krëusa, »dort sehe ich den Gatten jener Frau herannahen; laß dir nichts von dem merken, was ich dir, vielleicht allzu vertraulich, vorgeplaudert habe.«

Xuthos kam fröhlich in den Tempel und auf seine Gemahlin zugeschritten. »Frau«, rief er ihr entgegen, »Trophonios hat einen glücklichen Ausspruch getan: ich soll nicht ohne Kinder von hinnen ziehen! Aber sage mir, wer ist dieser junge Prophet des Gottes?« Der Jüngling trat dem Fürsten bescheiden entgegen und erzählte ihm, wie er nur der Tempeldiener

Apolls sei, und im innersten Heiligtume die Delphier selbst, durchs Los ausgewählt, den Dreifuß umlagern, von dem jetzt eben die Priesterin Orakel zu geben bereit sei. Als der Fürst dieses hörte, befahl er Krëusa, sich mit den Zweigen zu schmücken, welche Bittflehende zu tragen pflegen, und an dem Altar des Gottes, der mit Lorbeer umwunden unter freiem Himmel stand, zu Apollon zu beten, daß er ihnen ein günstiges Orakel senden möge. Er selbst eilte nach dem Heiligtume des Tempels, indes der junge Schatzmeister des Gottes im Vorhofe seine Wache fortsetzte. Es hatte nicht sehr lange gedauert, so hörte dieser die Türen des innersten Heiligtums gehen und sich dröhnend wieder schließen, dann sah er den Xuthos in freudiger Bestürzung herauseilen, dieser warf sich mit Ungestüm dem Jüngling um den Hals, nannte ihn zu wiederholten Malen seinen Sohn und verlangte seinen Handschlag und Kindeskuß. Der junge Mann aber, der von alledem nichts begriff, hielt den Alten für wahnsinnig und stieß ihn mit jugendlicher Kraft von sich. Doch Xuthos ließ sich nicht abweisen. »Der Gott selbst hat es mir geoffenbart«, sprach er; »sein Spruch lautete: der erste, der mir draußen begegnen würde, der sei mein Sohn und ein Göttergeschenk. Wie das möglich ist, weiß ich zwar nicht, denn meine Gattin hat mir nie zuvor Kinder geboren. Doch trau ich dem Gotte; mag er selbst sein Geheimnis enthüllen.« Jetzt gab sich auch der Jüngling der Freude hin; doch nur halb und mitten unter den Küssen und Umarmungen seines Vaters mußte er seufzen: »O geliebte Mutter, wer bist du? wo bist du? wann wird es mir vergönnt sein, auch dein teures Antlitz zu schauen?« Dazu kamen ihm große Zweifel, wie die kinderlose Gemahlin des Xuthos, die er nicht zu kennen glaubte, ihn als unerwarteten Stiefsohn aufnehmen, wie die Stadt Athen den nicht gesetzlichen Erben ihres Fürsten empfangen würde. Sein Vater hieß ihn aber guten Mutes sein: er versprach ihm, ihn den Athenern und seiner Gattin als einen Fremdling und nicht als seinen Sohn vorzustellen und gab ihm den Namen *Ion*, d. h. Gänger, weil er im Tempel den ihm Entgegengehenden als seinen Sohn erkannt hatte.

Krëusa war indessen von dem Altar Apolls, vor dem sie sich betend niedergeworfen, nicht gewichen. Sie wurde endlich in ihrem brünstigen Flehen von ihren Dienerinnen unterbrochen, welche sich ihr unter Wehklagen nahten. »Unglückliche Herrin«, riefen sie ihr entgegen, »dein Gatte zwar ist in große Freude versetzt, du aber wirst nie ein eigenes Kind in deine Arme nehmen und an deine Brust legen. Ihm freilich hat Apollon einen Sohn gegeben, einen erwachsenen Sohn, den ihm vor Zeiten wer weiß welch ein Nebenweib geboren hat; als er aus dem Tempel trat, kam ihm dieser entgegen, er wird sich seines wiedergefundenen Kindes freuen, du aber wirst wie zuvor einer Witwe gleich im öden Hause wohnen.« Die arme Fürstin, deren Geist der Gott selbst mit Blindheit geschlagen zu haben schien, daß sich ein so naheliegendes Geheimnis ihr nicht enthüllte, brütete über ihrem traurigen Schicksal eine Weile fort. Endlich fragte sie nach der Person und dem Namen des Stiefsohnes, den sie so unvermutet erhalten hatte. »Es ist der junge Tempelhüter, den du schon kennst«, erwiderten die Dienerinnen; »sein Vater hat ihm den Namen Ion gegeben; wer seine Mutter ist, wissen wir nicht; jetzt ist dein Gatte zu dem Altar des Bakchos gegangen, um heimlich für seinen Sohn zu opfern, und dann mit ihm den Erkenntnisschmaus zu feiern; uns hat er unter Androhung des Todes verboten, dir, o Herrin, die Geschichte zu entdecken, nur unsre große Liebe zu dir hat uns vermocht, dieses Verbot zu übertreten. Du wirst uns ja nicht bei ihm verraten!« Jetzt trat aus dem Gefolge ein alter Diener hervor, der dem Stamme der Erechthiden mit blinder Treue anhing und seiner Gebieterin mit großer Liebe zugetan war. Dieser schalt den Fürsten Xuthos einen treulosen Ehebrecher und ließ sich von seinem Eifer so weit verleiten, daß er ihr das Anerbieten machte, den Bastard, der das Erbe der Erechthiden unrechtmäßigerweise an sich bringen würde, aus dem Wege zu räumen. Krëusa glaubte sich von ihrem Gatten und von ihrem früheren Geliebten, dem Gott Apollon, verlassen, und betäubt von ihrem Kummer, lieh sie den frevelhaften Anschlägen des Greises allmählich ihr Ohr und machte ihn auch zum Vertrauten ihres Verhältnisses zu dem Gott.

Als Xuthos mit Ion, in welchem er unbegreiflicherweise einen Sohn gefunden zu haben meinte, den Tempel des Gottes verlassen hatte, begab er sich mit ihm nach dem doppelten Gipfel des Berges Parnassos, wo der Gott Bakchos nicht weniger heilig als Apollon selbst von den Delphiern verehrt und mit seinem wilden Orgiendienste von den Frauen gefeiert wird. Nachdem er hier ein Trankopfer ausgegossen zum Danke für den gefundenen Sohn, errichtete Ion im Freien mit Hilfe der Diener, die ihn begleitet hatten, ein herrliches und geräumiges Zelt, das er mit schön gewirkten Teppichen bedeckte, die er aus Apolls Tempel hatte herbeischaffen lassen. In dem Zelte wurden lange Tafeln aufgestellt und mit silbernen Schüsseln voll köstlicher Speisen und goldenen Bechern voll des edelsten Weines belastet, dann sandte der Athener Xuthos seinen Herold in die Stadt Delphi und lud sämtliche Einwohner ein, an seiner Freude teilzunehmen. Bald füllte sich das große Zelt mit bekränzten Gästen und sie tafelten in Herrlichkeit und Freude. Beim Nachtische trat ein alter Mann, dessen sonderbare Gebärden den Gästen zur Belustigung dienten, mitten in den Saal des Zeltes und maßte sich das Amt des Mundschenken an. Xuthos erkannte in ihm jenen greisen Diener seiner Gemahlin Krëusa, lobte den Gästen seinen Eifer und seine Treue, und ließ ihn arglos schalten. Der Alte stellte sich an den Schenktisch und fing an, sich der Becher anzunehmen und die Gäste zu bedienen. Als nun gegen den Schluß des Mahles die Flöten ertönten, befahl er den Knechten, die kleinen Becher von der Tafel wegzunehmen und den Gästen große silberne und goldene Trinkgefäße vorzusetzen. Er selbst ergriff das herrlichste Gefäß und trat, als wollte er damit seinen neuen jungen Herrn ehren, an den Schenktisch, füllte es bis zuoberst mit köstlichem Wein, schüttete aber zugleich unvermerkt ein tödliches Gift in den Becher. Indem er sich nun damit dem Ion näherte und einige Tropfen des Weines als Trankopfer auf den Boden goß, entfuhr zufälligerweise einem der nahestehenden Knechte ein

Fluch. Ion, der unter den heiligen Gebräuchen des Tempels aufgewachsen war, erkannte darin eine böse Vorbedeutung und befahl, indem er den vollen Becher auf den Boden schüttete, daß ihm ein neuer Becher gereicht würde, aus welchem er selbst feierlich das Trankopfer ausgoß, während alle Gäste aus ihren Bechern dasselbe taten. Während dies geschah, flatterte eine Schar heiliger Tauben, die im Tempel des Apollon unter dem Schirme des Gottes aufgefüttert werden, lustig in das Zelt herein. Als sie die Ströme Weines sahen, die von allen Seiten ausgegossen wurden, ließen sie sich, lüstern gemacht, auf den Boden nieder und fingen an, von dem herumschwimmenden Weine mit ausgereckten Schnäbeln zu nippen; und allen übrigen schadete das Trankopfer nicht, nur die eine Taube, die sich an die Stelle gesetzt hatte, wo Ion seinen ersten Becher ausgegossen, schüttelte, sowie sie den Trank gekostet hatte, krampfhaft ihre Flügel, fing zum Staunen aller Gäste zu ächzen und zu toben an und starb unter Flügelschlag und Zuckungen. Da erhob sich Ion von seinem Sitze, streifte sein Gewand zürnend von den Armen, ballte die Fäuste und rief: »Wo ist der Mensch, der mich töten wollte? rede Alter! denn du hast deine Hand dazu geliehen, du hast mir den Trank gemischt!« Damit faßte er den Greis bei der Schulter, um ihn nicht wieder loszulassen. Dieser, überrascht und erschrocken, gestand die ganze Freveltat, als von Krëusa herrührend. Da verließ der durch Apolls Orakel für des Xuthos Sohn erklärte Ion das Zelt, und alle Gäste folgten ihm in wilder Aufregung nach. Als er draußen im Freien stand, erhob er die Hände, umringt von den vornehmsten Delphiern, und sprach: »Heilige Erde, du bist mein Zeuge, daß dieses fremde Erechthidenweib mich mit Gift aus dem Wege räumen will!« – »Steiniget, steiniget sie!« erscholl es von der Versammlung der Delphier wie aus einem Munde; und die ganze Stadt brach mit Ion auf, die Verbrecherin zu suchen. Xuthos selbst, dem die schreckliche Entdeckung seine Besinnung geraubt hatte, wurde von dem Strome mit fortgerissen, ohne zu wissen, was er tat.

Krëusa hatte am Altar Apolls die Früchte ihrer verzweifelten Tat erwartet. Diese aber keimten ganz anders auf, als sie vermutet hatte. Ein Tosen aus der Ferne schreckte sie aus ihrer Versunkenheit auf, und noch ehe es ganz nahe kam, war dem heranstürmenden Haufen einer der Knechte ihres Gemahls, der ihr selbst vor anderen getreu war, vorangeeilt und hatte kaum Zeit gehabt, die Entdeckung ihres Frevels und den Beschluß, den das Volk von Delphi gefaßt hatte, ihr zu melden. Ihre Dienerinnen scharten sich um sie. »Halte dich fest am Altar, Gebieterin«, riefen sie, »denn sollte dich auch der heilige Ort nicht vor deinen Mördern schützen, so werden sie doch durch deine Ermordung eine unsühnbare Blutschuld auf sich laden!« Indessen kam die tobende Schar der Delphier, von Ion geführt, dem Altar immer näher. Noch ehe sie bei demselben angelangt waren, hörte man des Jünglings zürnende Worte, die der Wind durch die Luft führte: »Die Götter haben es gut mit mir gemeint«, rief er in lautem Grimme, »daß dieser Frevel mich von der Stiefmutter befreien sollte, die mich zu Athen erwartete. Wo ist die Verruchte, die Viper mit der Giftzunge, der Drache mit dem Flammenauge? Auf, daß die Mörderin vom höchsten Felsen in den Abgrund gestürzt werde!« Das ihn begleitende Volk brüllte Beifall.

Jetzt waren sie am Altare angekommen, und Ion zerrte an der Frau, die seine Mutter war, und in der er nur seine Todfeindin erkannte, um sie von dem Asyl, auf dessen Heiligkeit und Unverletzlichkeit sie sich berief, hinwegzureißen. Aber Apollon wollte nicht, daß sein eigener Sohn der Mörder seiner Mutter würde. Auf seinen göttlichen Wink war das Gerücht von dem geplanten Verbrechen Krëusas und der Strafe, welche sie dafür erwarte, schnell bis in den Tempel und zu den Ohren der Priesterin gedrungen, und der Gott hatte ihren Sinn erleuchtet, so daß sie einen raschen Blick in den Zusammenhang aller Ereignisse warf und ihr plötzlich klar wurde, daß ihr Pflegling Ion nicht des Xuthos, wie sie selbst nebelhaft prophezeit hatte, sondern Apollons und Krëusas Sohn sei. Sie verließ den Dreifuß und suchte das

Kistchen hervor, in welchem der neugeborene Knabe samt einigen Erkennungszeichen, die sie gleichfalls sorgsam aufbewahrt hatte, einst zu Delphi vor dem Tempeltor ausgesetzt worden war. Mit diesem im Arme eilte sie ins Freie und nach dem Altar, wo Krëusa gegen den eindringenden Ion um ihr Leben kämpfte. Als Ion die Priesterin herannahen sah, ließ er sogleich von seiner Beute ab, ging ihr ehrerbietig entgegen und rief: »Sei mir willkommen, liebe Mutter, denn so muß ich dich nennen, obgleich du mich nicht geboren hast! Hörst du, welchen Nachstellungen ich entgangen bin? Kaum habe ich einen Vater gefunden, so sinnt auch schon die böse Stiefmutter auf meinen Tod! Nun sage mir, Mutter, was soll ich tun; denn deiner Mahnung will ich folgen!« Die Priesterin erhob warnend ihren Finger und sprach: »Ion, gehe mit unbefleckter Hand und unter günstigen Vogelzeichen nach Athen!« Ion besann sich eine Weile, ehe er antwortete. »Ist denn der nicht fleckenlos«, sprach er endlich, der seine Feinde tötet?« – »Tue du nicht also, bis du mich gehört hast«, sagte die ehrwürdige Frau. »Siehst du dies alte Körbchen, das ich, mit frischen Kränzen umwunden, in meinen Armen trage? In diesem bist du einst ausgesetzt worden, aus ihm habe ich dich hervorgezogen.« Ion staunte. »Davon, Mutter«, sprach er, »hast du mir nie etwas gesagt. Warum hast du es solange vor mir verborgen?« – »Weil der Gott«, antwortete die Priesterin, »dich bis hierher zu seinem Priester haben wollte. Jetzt, wo er dir einen Vater gegeben hat, entläßt er dich nach Athen.« – »Was soll mir aber dieses Kistchen helfen?« fragte Ion weiter. »Es enthält die Windeln, in welchen du ausgesetzt worden bist, lieber Sohn!« antwortete die Priesterin. »Meine Windeln?« sprach Ion heftig. »Nun, das ist ja eine Spur, die mich auf meine rechte Mutter führen kann. O erwünschte Entdekkung!« Die Priesterin hielt ihm nun das offene Kistchen hin und Ion griff gierig hinein und zog die reinlich zusammengewickelte Leinwand heraus. Während er seine betränten Augen auf die kostbaren Überbleibsel heftete, hatte sich Krëusas Angst allmählich verloren und ein Blick auf das Kistchen ihr die ganze Wahrheit entdeckt. Mit einem Sprunge verließ sie den Altar und mit dem Freudenrufe: »Sohn!« hielt sie den staunenden Ion umschlungen. Diesem schlich sich aufs neue Mißtrauen ins Herz, er fürchtete die Umarmungen der Fremden als eine Hinterlist und wollte sich unwillig losmachen. Aber Krëusa selbst raffte sich zusammen, trat einige Schritte zurück und sprach: »Diese Leinwand soll für mich zeugen, Kind! Wickle sie getrost auseinander, du wirst die Zeichen finden, die ich dir angebe. Die Stickerei, die sie schmückt, ist das Werk meiner mädchenhaften Nadel. In der Mitte des Gewebes muß sich das Gorgonenhaupt finden, umringt von den Schlangen wie auf dem Aigisschilde! Ungläubig entfaltete Ion die Windeln, aber mit einem plötzlichen Freudenschrei rief er aus: »O großer Zeus, hier ist die Gorgo, hier sind die Schlangen!« – »Noch nicht genug«, sprach Krëusa, »es müssen in dem Kistchen auch kleine goldene Drachen sein, zur Erinnerung an die Drachen in der Kiste des Erichthonios; ein Halsschmuck für das neugeborene Knäbchen.« Ion durchforschte den Korb weiter, und mit wonnigem Lächeln zog er bald auch die Drachenbilder hervor. »Das letzte Zeichen«, rief Krëusa, »muß ein Kranz aus den unverwelklichen Oliven sein, die vom erstgepflanzten Ölbaume Athenes stammen, und den ich meinem neugeborenen Knaben aufgesetzt.« Ion durchsuchte den Grund des Kistchens, und seine Hand brachte einen schönen grünen Olivenkranz hervor. »Mutter, Mutter!« rief er mit einer von schluchzenden Tränen unterbrochenen Stimme, fiel Krëusa um den Hals und bedeckte ihre Wangen mit Küssen. Endlich riß er sich los und verlangte nach seinem Vater Xuthos. Da entdeckte ihm Krëusa das Geheimnis seiner Geburt und wie er des Gottes Sohn sei, dem er so lange und getreu im Tempel gedient habe. Auch die früheren Verwicklungen und die letzte Verirrung Krëusas wurden ihm jetzt klar, und er fand selbst den verzweifelten Anschlag seiner Mutter auf des unerkannten Sohnes Leben verzeihlich. Xuthos nahm den Ion, obgleich nur als Stiefsohn, doch auch so als teures Göttergeschenk in seine Arme, und alle drei erschienen wieder im Tempel, dem Gotte zu danken. Die Priesterin aber weissagte von ihrem Dreifuß herab, daß Ion der Vater eines großen Stammes werden sollte, Ionier nach seinem Namen genannt; auch dem Xuthos weissagte sie Nachkommenschaft von Krëusa, einen Sohn, der Doros heißen und der weltberühmten Dorier Vater werden sollte. Mit so freudigen Erfüllungen und Hoffnungen brach das Fürstenpaar mit dem glücklich gefundenen Sohn nach der Heimat auf, und alle Einwohner Delphis gaben ihm das Geleite.

Daidalos und Ikaros

Auch Daidalos (Daedalus) aus Athen war ein Erechthide, ein Sohn des Metion, ein Urenkel des Erechtheus. Er war der kunstreichste Mann seiner Zeit, Baumeister, Bildhauer und Arbeiter in Stein. In den verschiedensten Gegenden der Welt wurden Werke seiner Kunst bewundert, und von seinen Bildsäulen sagte man, sie leben, gehen und sehen und seien für kein Bild, sondern für ein beseeltes Geschöpf zu halten. Denn während an den Bildsäulen der früheren Meister die Augen geschlossen waren, und die Hände, von den Seiten des Körpers nicht getrennt, schlaff herunterhingen, war er der erste, der seinen Bildern offene Augen gab, sie die Hände ausstrekken und auf schreitenden Füßen stehen ließ. Aber so kunstreich Daidalos war, so eitel und eifersüchtig war er auch auf seine Kunst, und diese Untugend verführte ihn zum Verbrechen und trieb ihn ins Elend. Er hatte einen Schwestersohn, namens Talos, den er in seinen eigenen Künsten unterrichtete, und der noch herrlichere Anlagen zeigte als sein Oheim und Meister. Noch als Knabe hatte Talos die Töpferscheibe erfunden; den Kinnbacken einer Schlange, auf den er irgendwo gestoßen, gebrauchte er als Säge und durchschnitt mit den gezackten Zähnen ein kleines Brettchen, dann ahmte er dieses Werkzeug in Eisen nach, in dessen Schärfe er eine Reihe fortlaufender Zähne einschnitt, und wurde so der gepriesene Erfinder der Säge. Ebenso erfand er das Drechseleisen, indem er zuerst zwei eiserne Arme verband, von welchen der eine stille stand, während der andere sich drehte. Auch andere künstliche Werkzeuge ersann er, alles ohne die Hilfe seines Lehrers, und erwarb sich damit hohen Ruhm. Daidalos fing an zu befürchten, der Name des Schülers möchte größer werden als der des Meisters, der Neid übermannte ihn, und er brachte den Knaben hinterlistig um, indem er ihn von Athenes Burg herabstürzte. Während Daidalos mit seinem Begräbnisse beschäftigt war, wurde er überrascht; er gab vor, eine Schlange zu verscharren. Dennoch wurde er vor dem Gerichte des Areopags wegen eines Mordes angeklagt und schuldig befunden. Er entwich nun und irrte anfangs flüchtig in Attika umher, bis er weiter nach der Insel Kreta floh. Hier fand er bei dem König Minos eine Freistätte, ward dessen Freund und als berühmter Künstler hoch angesehen. Er wurde von ihm ausgewählt, um dem Minotauros, einem Ungeheuer von abscheulicher Abkunft, der ein Doppelwesen war, das vom Kopfe bis an die Schultern die Gestalt eines Stieres hatte, im übrigen aber einem Menschen glich, einen Aufenthalt zu schaffen, wo das Ungetüm den Augen der Menschen ganz entrückt würde. Der erfindsame Geist des Daidalos erbaute zu dem Ende das Labyrinth, ein Gebäude voll gewundener Krümmungen, welche Augen und Füße des Betretenden verwirrten. Die unzähligen Gänge schlangen sich ineinander wie der verworrene Lauf des geschlängelten phrygischen Flusses Mäander, der in zweifelndem Gange bald vorwärts, bald zurück fließt und oft seinen eigenen Wellen entgegenkommt. Als der Bau vollendet war und Daidalos ihn durchmusterte, fand sich der Erfinder selbst mit Mühe zur Schwelle zurück, ein so trügerisches Irrsal hatte er gegründet. Im Innersten dieses Labyrinthes wurde der Minotauros gehegt, und seine Speise waren sieben Jünglinge und sieben Jungfrauen, die, vermöge alter Zinsbarkeit, alle neun Jahre von Athen dem Könige Kretas zugesandt werden mußten.

Indessen wurde dem Daidalos die lange Verbannung aus der geliebten Heimat doch allmählich zur Last, und es quälte ihn, bei einem tyrannischen und selbst gegen seinen Freund mißtrauischen Könige sein ganzes Leben auf einem vom Meere rings umschlossenen Eilande zubringen zu sollen. Sein erfindender Geist sann auf Rettung. Nachdem er lange gebrütet, rief er endlich ganz freudig aus: »Die Rettung ist gefunden; mag mich Minos immerhin von Land und Wasser aussperren, die Luft bleibt mir doch offen; soviel Minos besitzt, über sie hat er keine Herrschergewalt. Durch die Luft will ich davongehen!« Gesagt, getan. Daidalos überwältigte mit seinem Erfindungsgeiste die Natur. Er fing an, Vogelfedern von verschiedener Größe so in Ordnung zu legen, daß er mit der kleinsten begann und zu der kürzeren Feder stets eine längere fügte, so daß man glauben konnte, sie seien von selbst ansteigend gewachsen. Diese Federn verknüpfte er in der Mitte mit Leinfäden, unten mit Wachs. Die so vereinigten beugte er mit kaum merklicher Krümmung, so daß sie ganz das Ansehen von Flügeln bekamen. Daidalos hatte einen Knaben namens Ikaros. Dieser stand neben ihm und mischte seine kindischen Hände neugierig unter die künstliche Arbeit des Vaters; bald griff er nach dem Gefieder, dessen Flaum von dem Luftzuge bewegt wurde, bald knetete er das gelbe Wachs, dessen der Künstler sich bediente, mit Daumen und Zeigefinger. Der Vater ließ es sorglos geschehen und lächelte zu den unbeholfenen Bemühungen seines Kindes. Nachdem er die letzte Hand an seine Arbeit gelegt hatte, paßte sich Daidalos selbst die Flügel an den Leib, setzte sich mit ihnen ins Gleichgewicht und schwebte leicht wie ein Vogel empor in die Lüfte. Dann, nachdem er sich wieder zu Boden gesenkt, belehrte er auch seinen jungen Sohn Ikaros, für den ein kleineres Flügelpaar gefertigt und bereit lag. »Flieg immer, lieber Sohn«, sprach er, »auf der Mittelstraße, damit nicht, wenn du den Flug zu sehr nach unten senktest, die Fittiche ans Meerwasser streifen und von Feuchtigkeit beschwert dich in die Tiefe der Wogen hinabziehen, oder, wenn du dich zu hoch in die Luftregion verstiegest, dein Gefieder den Sonnenstrahlen zu nahe kommt und plötzlich Feuer fange. Zwischen Wasser und Sonne fliege dahin, immer nur meinem Pfade durch die Luft folgend.« Unter solchen Ermahnungen knüpfte Daidalos auch dem Sohne das Flügelpaar an die Schultern, doch zitterte die Hand des Greises, während er es tat und eine bange Träne tropfte ihm auf die Hand. Dann umarmte er den Knaben und gab ihm einen Kuß, der auch sein letzter sein sollte.

Jetzt erhoben sich beide mit ihren Flügeln. Der Vater flog voraus, sorgenvoll wie ein Vogel, der seine zarte Brut zum erstenmal aus dem Neste in die Luft führt. Doch schwang er besonnen und kunstvoll das Gefieder, damit der Sohn es ihm nachtun lernte, und blickte von Zeit zu Zeit rückwärts, um zu sehen, wie es diesem gelänge. Anfangs ging es ganz gut. Bald war ihnen die Insel Melos zur Linken, bald Paros und Delos, die Eilande, vorübergeflogen. Noch mehrere Küsten sahen sie schwinden, als der Knabe Ikaros, durch den glücklichen Flug zuversichtlich gemacht, seinen väterlichen Führer verließ und in verwegenem Übermute mit seinem Flügelpaar einer höheren Zone zusteuerte. Aber die gedrohte Strafe blieb nicht aus. Die Nachbarschaft der Sonne erweichte mit allzu kräftigen Strahlen das Wachs, das die Fittiche zusammenhielt, und ehe es Ikaros nur bemerkte, waren die Flügel aufgelöst und zu beiden Seiten den Schultern entsunken. Noch ruderte der unglückliche Jüngling und schwang seine nackten Arme; aber er bekam keine Luft zu fassen, und plötzlich stürzte er in die Tiefe. Er hatte den Namen seines Vaters als Hilferuf auf den Lippen; doch ehe er ihn aussprechen konnte, hatte ihn die blaue Meeresflut verschlungen. Das alles war so schnell geschehen, daß Daidalos, hinter sich nach seinem Sohne, wie er von Zeit zu Zeit zu tun gewohnt war, blickend, nichts mehr von ihm gewahr wurde. »Ikaros, Ikaros!« rief er trostlos durch den leeren Luftraum. »Wo, in welchem Bezirke der Luft soll ich dich suchen?« Endlich sandte er die ängstlich forschenden Blicke nach der Tiefe. Da sah er im Wasser die Federn schwimmen. Nun senkte er seinen Flug und ging, die Flügel abgelegt, ohne Trost am Ufer hin und her, wo bald die Meereswellen den Leichnam seines unglückseligen Kindes ans Gestade spülten. Jetzt war der ermordete Talos gerächt. Der verzweifelte Vater sorgte für das Begräbnis des Sohnes. Es war eine Insel, wo er sich niedergelassen, und wo der Leichnam ans Ufer geschwemmt worden war. Zum ewigen Gedächtnis an das jammervolle Ereignis erhielt das Eiland den Namen Ikaria.

Als Daidalos seinen Sohn begraben hatte, fuhr er von dieser Insel weiter nach der großen Insel Sizilien. Hier herrschte der König Kokalos. Wie einst bei Minos auf Kreta fand er bei ihm gastliche Aufnahme, und seine Kunst setzte die Einwohner in Erstaunen. Noch lange zeigte man da einen künstlichen See, den er gegraben, und aus dem ein breiter Fluß sich in das benachbarte Meer ergoß; auf den steilsten Felsen, der nicht zu erstürmen war, und wo kaum ein paar Bäume Platz zu haben schienen, setzte er eine feste Stadt und führte zu ihr einen so engen und künstlich gewundenen Weg empor, daß drei oder vier Männer hinreichten, die Feste zu verteidigen. Diese unbezwingliche Burg wählte dann der König Kokalos zur Aufbewahrung seiner Schätze. Das dritte Werk des Daidalos auf der Insel Sizilien war eine tiefe Höhle. Hier fing er den Dampf unterirdischen Feuers so geschickt auf, daß der Aufenthalt in einer Grotte, die sonst feucht zu sein pflegte, so angenehm war wie in einem gelinde geheizten Zimmer und der Körper allmählich in einen wohltätigen Schweiß kam, ohne dabei von der Hitze belästigt zu werden. Auch den Aphroditetempel auf dem Vorgebirge Eryx erweiterte er und weihte der Göttin eine goldene Honigzelle, die mit der größten Kunst ausgearbeitet war und einer wirklichen Honigwabe täuschend ähnlich sah.

Nun erfuhr aber König Minos, dessen Insel der Baumeister heimlich verlassen hatte, daß Daidalos sich nach Sizilien geflüchtet habe, und faßte den Entschluß, ihn mit einem gewaltigen Kriegsheere zu verfolgen. Er rüstete eine ansehnliche Flotte aus und fuhr damit von Kreta nach Agrigent. Hier schiffte er seine Landtruppen aus und schickte Botschafter an den König Kokalos, welche die Auslieferung des Flüchtlings verlangen sollten. Aber Kokalos war über den Einfall des fremden Tyrannen entrüstet und sann auf Mittel und Wege, ihn zu verderben. Er stellte sich an, als ginge er in die Absichten des Kreters ganz ein, versprach ihm, in allem zu willfahren und lud ihn zu dem Ende zu einer Zusammenkunft ein. Minos kam und wurde mit großer Gastfreundschaft von Kokalos aufgenommen. Ein warmes Bad sollte ihn von der Ermüdung des Weges heilen. Als er aber in der Wanne saß, ließ Kokalos diese so lange heizen, bis Minos in dem siedenden Wasser erstickte. Die Leiche überließ der König von Sizilien den Kretern, die mit ihm gekommen waren, unter dem Vorgeben, der König sei im Bade ausgeglitten und in das heiße Wasser gefallen. Hierauf wurde Minos von seinen Kriegern mit großer Pracht bei Agrigent bestattet und über seinem Grabmal ein offener Aphroditetempel erbaut. Daidalos blieb bei dem König Kokalos in ununterbrochener Gunst; er zog viele und berühmte Künstler heran und wurde der Gründer seiner Kunst auf Sizilien. Glücklich aber war er seit dem Sturze seines Sohnes Ikaros nicht mehr, und während er dem Lande, das ihm eine Zuflucht gewährt hatte, ein heiteres und lachendes Ansehen durch die Werke seiner Hand verlieh, durchlebte er selbst ein kummervolles und trübsinniges Alter. Er starb auf der Insel Sizilien und wurde dort begraben.

ZWEITES BUCH

Die Argonautensage

Iason und Pelias

Von Aison, dem Sohne des Kretheus, stammte Iason ab. Sein Großvater hatte in einer Bucht des Landes Thessalien die Stadt und das Königreich Iolkos gegründet und dasselbe seinem Sohne Aison hinterlassen. Aber der jüngere Sohn, Pelias, bemächtigte sich des Thrones; Aison starb und Iason, sein Kind, war zu Chiron dem Kentauren, dem Erzieher vieler großer Helden, geflüchtet worden, wo er in guter Heldenzucht aufwuchs. Als Pelias schon alt war, wurde er durch einen dunkeln Orakelspruch geängstigt, welcher ihn warnte, er sollte sich vor dem Einschuhigen hüten. Pelias grübelte vergeblich über dem Sinne dieses Wortes, als Iason, der jetzt zwanzig Jahre den Unterricht und die Erziehung des Chiron genossen hatte, sich heimlich aufmachte, nach Iolkos in seine Heimat zu wandern und das Thronrecht seines Geschlechtes gegen Pelias zu behaupten. Nach Art der alten Helden war er mit zwei Speeren, den einen zum Werfen, den andern zum Stoßen, ausgerüstet; er trug ein Reisekleid und darüber die Haut von einem Panther, den er erwürgt hatte; sein unbeschorenes Haar hing lang über die Schultern herab. Unterwegs kam er an einen breiten Fluß, an dem er eine alte Frau stehen sah, die ihn flehentlich bat, ihr über den Strom zu helfen. Es war die Göttermutter Hera, die Feindin des Königs Pelias. Iason erkannte sie in ihrer Verwandlung nicht, er nahm sie mitleidig auf die Arme und watete mit ihr durch den Fluß. Auf diesem Wege blieb ihm der eine Schuh im Schlamme stecken. Dennoch wanderte er weiter und kam zu Iolkos an, als sein Oheim Pelias gerade mitten unter allem Volke auf dem Marktplatze der Stadt dem Meeresgotte Poseidon ein feierliches Opfer brachte. Alles Volk verwunderte sich über seine Schönheit und seinen majestätischen Wuchs. Sie meinten, Apollon oder Ares sei plötzlich in ihre Mitte getreten. Jetzt fielen auch die Blicke des opfernden Königs auf den Fremdling, und mit Entsetzen bemerkte er, daß nur der eine Fuß desselben beschuht sei. Als die heilige Handlung vorüber war, trat er dem Ankömmling entgegen und fragte ihn mit verheimlichter Bestürzung nach seinem Namen und seiner Heimat. Iason antwortete mutig, doch sanft: er sei Aisons Sohn, sei in Chirons Höhle erzogen worden und komme jetzt, das Haus seines Vaters zu schauen. Der kluge Pelias empfing ihn auf diese Mitteilung freundlich und ohne seinen Schrecken merken zu lassen. Er ließ ihn überall im Palaste herumführen, und Iason weidete seine Augen mit Sehnsucht an dieser ersten Wohnstätte seiner Jugend. Fünf Tage lang feierte er hierauf das Wiedersehen mit seinen Vettern und Verwandten in fröhlichen Festen. Am sechsten Tage verließen sie die Zelte, die für die Gäste aufgeschlagen waren, und traten miteinander vor den König Pelias. Sanft und bescheiden sprach Iason zu seinem Oheim: »Du weißt, o König, daß ich der Sohn des rechtmäßigen Königs bin, und alles, was du besitzest, mein Eigentum ist. Dennoch lasse ich dir die Schaf- und Rinderherden und alles Feld, das du meinen Eltern entrissen hast; ich verlange nichts von dir zurück als den Königsszepter und den Thron, auf welchem einst mein Vater saß.« Pelias war in seinem Geiste schnell besonnen. Er erwiderte freundlich: »Ich bin willig, deine Forderung zu erfüllen, dafür sollst aber auch du mir eine Bitte gewähren und eine Tat für mich ausrichten, die deiner Jugend wohl ansteht und deren mein Greisenalter nicht mehr fähig ist. Denn mir erscheint seit lange in nächtlichen Träumen der Schatten des Phrixos und verlangt von mir, ich solle seine Seele zufriedenstellen, nach Kolchis zum Könige Aietes reisen und von da seine Gebeine und das Vlies des goldenen Widders zurückholen. Den Ruhm dieser Unternehmung habe ich dir zugedacht: wenn du mit der herrlichen Beute zurückkehrst, sollst du Reich und Szepter in Besitz nehmen.«

Anlaß und Beginn des Argonautenzuges

Mit dem goldenen Vliese aber verhielt es sich also: Phrixos, ein Sohn des boiotischen Königs Athamas, hatte viel von der Nebengattin seines Vaters, seiner bösen Stiefmutter Ino, zu dulden. Um ihn vor ihren Nachstellungen zu bewahren, raubte ihn, mit Hilfe seiner Schwester Helle, die eigene Mutter Nephele. Sie setzte die Kinder auf einen geflügelten Widder, dessen Vlies oder Fell von gediegenem Golde war und welchen sie von dem Gotte Hermes zum Geschenk erhalten hatte. Auf diesem Wundertiere ritten Bruder und Schwester durch die Luft über Land und Meere hin. Unterwegs wurde das Mägdlein von Schwindel überwältigt. Sie fiel in die Tiefe und fand ihren Tod in dem Meere, das von ihr den Namen Helles Meer, oder Hellespontos erhielt. Phrixos kam glücklich in das Land der Kolchier, an der Küste des Schwarzen Meeres. Hier wurde er von dem Könige Aietes gastfreundlich aufgenommen, der ihm eine seiner Töchter zur Gattin gab. Den Widder opferte Phrixos dem Zeus, dem Beförderer der Flucht; sein Vlies gab er dem Könige Aietes zu Geschenk. Dieser weihte es dem Ares und befestigte es mit Nägeln in einem Haine, der diesem Gott geheiligt war. Zur Bewachung des goldenen Vlieses bestellte Aietes einen ungeheueren Drachen, denn ein Schicksalsspruch hatte sein Leben vom Besitze dieses Widderfelles abhängig gemacht. Das Vlies wurde in der ganzen Welt als ein großer Schatz betrachtet; und lange trug man sich auch in Griechenland mit der Nachricht von demselben. Manchen Helden und Fürsten gelüstete es danach; so hatte Pelias nicht falsch gerechnet, wenn er hoffte, seinen Neffen Iason durch die Aussicht auf eine so herrliche Beute zu reizen. Iason ließ sich auch bereitwillig finden; er durchschaute die Absicht seines Oheims, ihn in den Gefahren dieses Zuges untergehen zu lassen, nicht, und verpflichtete sich feierlich, das Abenteuer zu bestehen. Die berühmtesten Helden Griechenlands wurden zu dem kühnen Unternehmen aufgefordert. Am Fuße des Berges Pelion, aus einer Holzart, die im Meere nicht fault, wurde unter Athenes Leitung von dem geschicktesten Baumeister Griechenlands ein herrliches Schiff mit fünfzig Rudern erbaut und nach seinem Erbauer Argos, dem Sohne des Arestor, Argo genannt. Es war das erste lange Schiff, auf welchem sich Griechen in die offene See wagten. Die Göttin Athene hatte dazu das weissagende Brett von einer redenden Eiche des Orakels zu Dodona gestiftet, das eine Stelle in dem Tafelwerke fand. Das Schiff war auswendig mit vielen geschnitzten Arbeiten geziert und gleichwohl so leicht, daß es die Helden zwölf Tagereisen weit auf der Achsel tragen konnten. Als das Fahrzeug fertig und die Helden versammelt waren, wurden die Plätze der Argoschiffer (Argonauten) verlost. Iason war Befehlshaber des ganzen Zuges, Tiphys war der Steuermann; Lynkeus, der scharfblikkende, machte den Lotsen des Schiffes. Im Vorderteile des Schiffes saß der herrliche Held Herakles (Herkules), im Hinterteile Peleus, der Vater des Achilles, und Telamon, der Vater des Aias. Im inneren Raume befanden sich unter anderen Kastor und Polydeukes (Pollux), die Zwillingssöhne des Zeus, Neleus, der Vater Nestors, Admetos, der Gemahl der frommen Alkestis, Meleager, der Besieger des kalydonischen Ebers, Orpheus, der wundervolle Sänger, Menoitios, der Vater des Patroklos, Theseus, nachher König von Athen, und sein Freund Peirithoos, Hylas, der junge Gefährte des Herakles, Poseidons Sohn Euphemos, und Oïleus, der Vater des kleineren Aias. Iason hatte sein Schiff dem Poseidon gewidmet, und vor der Abfahrt wurde ihm und allen Meeresgöttern ein feierliches Opfer mit Gebeten dargebracht.

Als alle im Schiffe Platz genommen, wurden die Anker gelichtet, die fünfzig Ruderer begannen ihren regelmäßigen Taktschlag, ein günstiger Wind schwellte die Segel, und bald hatte das Schiff den Hafen von Iolkos hinter sich. Orpheus mit lieblichen Harfentönen und begeisterndem Gesang belebte den Mut der Argoschiffer, lustig fuhren sie an Vorgebirgen und Inseln vorbei; erst am zweiten Tage erhob sich ein Sturm und trieb sie in den Hafen der Insel Lemnos.

Die Argonauten zu Lemnos

Auf dieser Insel hatten das Jahr zuvor die Weiber alle ihre Männer, ja das ganze männliche Geschlecht, vom Zorn der Aphrodite verfolgt und von Eifersucht getrieben, weil jene sich Nebenweiber aus Thrakien geholt hatten, ausgerottet. Nur Hypsipyle hatte ihren Vater, den König Thoas, verschont und in einer Kiste dem Meere zur Rettung übergeben. Seitdem fürchteten sie unaufhörlich einen Angriff von seiten der Thrakier, der Verwandten ihrer Nebenbuhlerinnen, und blickten oft mit ängstlichen Augen nach der hohen See hinaus. Auch jetzt, wo sie das Schiff Argo heranrudern sahen, stürzten sie alle miteinander aufgeschreckt aus den Toren und strömten mit Waffen angetan wie Amazonen, ans Ufer. Die Helden verwunderten sich höchlich, als sie das ganze Gestade voll von bewaffneten Weibern und keinen Mann erblickten. Sie fertigten in einem Nachen einen Herold mit dem Friedensstabe an die seltsame Versammlung ab, der von den Frauen vor die Königin Hypsipyle gebracht wurde und in bescheidenen Worten die Bitte der Argoschiffer um gastliche Rast vorbrachte. Die Königin versammelte ihr Frauenvolk auf dem Marktplatz der Stadt; sie selbst aber setzte sich auf den steinernen Thron ihres Vaters; ihr zunächst lagerte sich, auf einen Stab gestützt, die greise Amme, dieser zur Rechten und zur Linken saßen je zwei blondhaarige, zarte Jungfrauen. Nachdem sie der Versammlung das friedliche Ansinnen der Argonauten vorgelegt, sprach sie aufgerichtet: »Liebe Schwestern, wir haben eine große Freveltat begangen und in der Torheit uns männerlos gemacht, wir sollen gute Freunde, wenn sie sich uns darbieten, nicht zurückstoßen. Aber wir müssen auch dafür sorgen, daß sie nichts von unserer Untat erfahren. Darum ist mein Rat, den Fremden Speise, Wein und alle Notdurft in ihr Schiff tragen zu lassen, und durch solche Bereitwilligkeit sie ferne von unseren Mauern zu halten.«

Die Königin hatte sich wieder niedergesetzt und dagegen die alte Amme erhoben. Mit Mühe richtete sie ihren Kopf aus den Schultern auf und sprach: »Sendet immerhin den Fremdlingen Geschenke: dies ist wohlgetan. Denket aber auch daran, was euch bevorsteht, wenn die Thrakier kommen. Und wenn ein gnädiger Gott diese ferne hält, seid ihr darum vor allem Übel sicher? Zwar die alten Weiber, wie ich, können ruhig sein, wir werden sterben, ehe die Not dringend wird, ehe alle unsere Vorräte zu Ende sind. Ihr Jüngeren aber, wie wollet ihr alsdann leben? Werden sich die Ochsen für euch von selbst ins Joch spannen und den Pflug durchs Ackerfeld ziehen? Werden sie an eurer Statt, wenn das Jahr herum ist, die reifen Ähren abschneiden? denn ihr selbst werdet diese und andere harte Arbeiten nicht verrichten wollen. Ich rate euch, weiset den erwünschten Schutz nicht ab, der sich euch darbietet; vertrauet Gut und Habe den edelgeborenen Fremdlingen an, und laßt sie eure schöne Stadt verwalten!« Dieser Rat gefiel allen Weibern von Lemnos wohl. Die Königin schickte eine der beisitzenden Jungfrauen mit dem Herold auf das Schiff, um den Argonauten den günstigen Beschluß der Frauenversammlung kundzutun. Die Helden waren über die Nachricht hocherfreut, sie glaubten nicht anders, als Hypsipyle sei ihrem Vater, nach dessen Tode, in friedlicher Übernahme der Herrschaft gefolgt. Iason warf den purpurnen Mantel, ein Geschenk der Athene, über seine Schultern und wandelte der Stadt zu, einem schimmernden Sterne ähnlich. Als er in die Tore einzog, strömten ihm die Frauen mit lautem Gruße nach und erfreuten sich des Gastes. Er aber heftete mit sittsamer Scheu die Augen auf den Boden und eilte dem Palaste der Königin zu. Dienende Mägde taten die hohen Pforten weit vor ihm auf; die Jungfrau führte ihn in das Gemach ihrer Herrin. Hier nahm er, dieser gegenüber, auf einem prachtvollen Stuhl Platz. Hypsipyle schlug die Augen nieder, und ihre jungfräulichen Wangen röteten sich, verschämt wandte sie sich an ihn mit den schmeichlerischen Worten: »Fremdling, warum weilet ihr so scheu außerhalb unserer Tore? Diese Stadt wird ja nicht von Männern bewohnt, daß ihr euch zu fürchten hättet. Unsere Gatten sind uns treulos geworden; sie sind mit thrakischen Weibern, die sie im Kriege erbeutet, in das Land ihrer Nebenweiber gezogen und haben ihre Söhne und männlichen Diener mit sich genommen; wir aber sind hilflos zurückgeblieben. Darum, wenn es euch gefällt, kehret hier, bei unserem Volke, ein, und magst du, so sollst du an meines Vaters Thoas Statt, die Deinigen und uns beherrschen. Du wirst das Land nicht tadeln, es ist bei weitem die fruchtbarste Insel in diesem Meere. Geh daher, guter Führer, melde deinen Genossen unseren Vorschlag und bleibet nicht länger außerhalb der Stadt.« So sprach sie, und verhehlte nur die Ermordung der Männer. Ihr erwiderte Iason: »Königin, die Hilfe, die du uns Hilfsbedürftigen anbietest, nehmen wir mit dankbarem Herzen an; wenn ich meinen Genossen die Nachricht zurückgebracht habe, will ich in eure Stadt zurückkehren, aber das Szepter und die Insel behalte du selbst! Nicht als ob ich sie verachtete: aber mich erwarten schwere Kämpfe im fernen Lande.« Iason reichte der königlichen Jungfrau die Hand zum Abschiedsgruße, dann eilte er zurück ans Ufer. Bald kamen auch die Frauen auf schnellen Wagen nach, mit vielen Gastgeschenken. Ohne Mühe überredeten sie die Helden, die ihres Führers Botschaft schon vernommen hatten, die Stadt zu betreten und in ihren Häusern einzukehren. Iason nahm seine Wohnung in der Königsburg selbst, die anderen da und dort; nur Herakles, der Feind weibischen Lebens, blieb mit wenigen auserlesenen Genossen zurück auf dem Schiffe. Jetzt füllten fröhliche Mahlzeiten und Tänze die Stadt; duftiger Opferdampf stieg zum Himmel; Einwohnerinnen und Gäste ehrten den Schutzgott der Insel, Hephaistos, und Aphrodite, seine Gemahlin. Von Tag zu Tag wurde die Abfahrt verschoben, und noch lange hätten die Helden bei den freundlichen Wirtinnen verweilt, wenn nicht Herakles vom Schiffe herbeigekommen wäre und die Genossen, ohne der Weiber Wissen, um sich versammelt hätte. »Ihr Elenden«, schalt er, »hattet ihr nicht genug Frauen im eigenen Lande? Seid ihr der Hochzeit bedürftig hierher gekommen? Wollt ihr als Bauern zu Lemnos das Feld pflügen? Freilich! ein Gott wird für uns das Vlies holen und es uns zu Füßen legen! Lieber lasset uns jeden in seine Heimat zurückkehren; jener mag sich mit Hypsipyle vermählen, die Insel Lemnos mit seinen Söhnen bevölkern und von fremden Heldentaten hören!«

Keiner wagte gegen den Helden, der so sprach, die Augen aufzuheben oder ihm zu widersprechen. Von der Versammlung weg rüsteten sie sich zur Abfahrt. Aber die Lemnierinnen, ihre Absicht erratend, umschwärmten sie wie summende Bienen mit Klagen und Bitten. Doch ergaben sie sich zuletzt in den Entschluß des Helden; Hypsipyle trat mit tränenden Augen aus der Schar hervor, nahm Iason bei der Hand und sprach: »Geh, und mögen dir die Götter samt deinen Genossen, wie du es wünschest, das goldene Vlies verleihen! Wenn du je zu uns zurückkehren willst, so erwartet dich diese Insel und das Szepter meines Vaters. Aber ich weiß es wohl, du hast diese Absicht nicht. So gedenke denn wenigstens meiner in der Ferne!« Iason schied mit Bewunderung von der edlen Königin und bestieg zuerst das Schiff, nach ihm die anderen Helden alle. Sie lösten die Taue, mit welchen das Schiff ans Land gebunden war, die Ruderer setzten sich in Bewegung, und in kurzer Zeit hatten sie den Hellespont hinter sich.

Die Argonauten im Lande der Dolionen

Thrakische Winde trieben hier das Schiff in die Nähe der phrygischen Küste, wo auf dem Eilande Kyzikos die erdgeborenen Giganten, in ungezähmter Wildheit, und die friedlichen Dolionen nebeneinander wohnten. Jenen hingen sechs Arme, zwei von den mächtigen Schultern und vier an den beiden Seiten, vom Leibe herunter; diese stammten vom Meeresgotte ab, der sie auch gegen jene Ungeheuer schirmte. Ihr König war der fromme Kyzikos. Dieser und sein ganzes Volk, als sie von der Ankunft des Schiffes und dem Geschlechte der Männer gehört, gingen den Argonauten liebreich entgegen, empfingen sie gastfreundlich und überredeten sie noch, weiter zu rudern und das Schiff im Hafen der Stadt vor Anker zu legen. Der König hatte längst einen Orakelspruch erhalten, wenn die göttliche Schar der Heroen käme, so sollte er sie liebreich aufnehmen und ja nicht bekriegen. Er versah sie deswegen reichlich mit Wein und Schlachtvieh. Er selbst war noch ganz jung und kaum erst war ihm der Bart gewachsen. Im Königshause lag ihm seine Frau in den ersten Wehen; dennoch verließ er sie, um, dem Götterspruche folgsam, das Mahl mit den Fremden zu teilen. Hier erzählten sie ihm von dem Ziel und Zweck ihrer Fahrt, und er unterrichtete sie über den Weg, den sie zu nehmen hätten. Am anderen Morgen bestiegen sie einen hohen Berg, um selbst die Lage der Insel und das Meer zu überschauen. Inzwischen waren von der anderen Seite des Eilandes die Giganten hervorgebrochen und hatten den Hafen mit Felsblöcken gesperrt. In diesem lag das Schiff Argo, von Herakles, der auch diesmal nicht an das Land gestiegen war, bewacht. Als dieser die Ungeheuer das boshafte Werk unternehmen sah, schoß er ihrer viele mit seinen Pfeilen zu Tode. Zu gleicher Zeit kamen auch die übrigen Helden zurück und richteten mit Pfeilen und Speeren unter den Giganten eine furchtbare Niederlage an, so daß sie in dem engen Hafen wie ein umgehauener Wald dalagen, die einen mit Kopf und Brust im Wasser, mit den Füßen auf dem Ufersande, die anderen mit den Füßen im Meere, mit Kopf und Brust am Ufer; beide Fischen und Vögeln zur Beute bestimmt. Nachdem die Helden diesen glücklichen Kampf bestanden, lösten sie unter günstigem Winde die Ankertaue und segelten hinaus in die offene See. Aber in der Nacht legte sich der Wind; bald erhob sich ein Sturm von der entgegengesetzten Seite, und so wurden sie genötigt, noch einmal am gastlichen Lande der Dolionen vor Anker zu gehen, ohne daß sie es wußten; denn sie glaubten sich an der phrygischen Küste. Ebensowenig erkannten die Dolionen, die bei dem Geräusche der Landung sich aus ihrer nächtlichen Ruhe erhoben hatten, die Freunde wieder, mit denen sie gestern so fröhlich gezecht hatten. Sie griffen zu den Waffen und eine unglückselige Schlacht entspann sich zwischen Gastfreunden. Iason selbst stieß dem gütigen Könige Kyzikos den Speer mitten in die Brust, ohne ihn zu kennen und von ihm gekannt zu sein. Die Dolionen wurden endlich in die Flucht geschlagen und schlossen sich in die Mauern ihrer Stadt ein. Am anderen Morgen wurden beiden der Irrtum offenbar.

Bitterer Schmerz ergriff den Argonautenführer Iason mit allen seinen Helden, als sie den guten Dolionenkönig in seinem Blute liegen sahen. Drei Tage lang trauerten in friedlicher Vermischung die Helden und die Dolionen, rauften sich die Haare und stellten den Gebliebenen zu Ehren gemeinschaftlich Trauerkampfspiele an; dann schifften die fremden Helden weiter. Klite, die Gemahlin des gefallenen Dolionenkönigs, erdrosselte sich mit dem Stricke, noch ehe sie geboren hatte.

Herakles zurückgelassen

Nach einer stürmevollen Fahrt landeten die Helden in einem Meerbusen Bithyniens, bei der Stadt Kios. Die Mysier, die hier wohnten, empfingen sie gar freundlich, türmten dürres Holz zum wärmenden Feuer auf, machten den Ankömmlingen aus grünem Laub eine weiche Streu und setzten ihnen noch in der Abenddämmerung Wein und Speise zur Genüge vor. Herakles, der alle Bequemlichkeiten der Reise verschmähte, ließ seine Genossen beim Mahle sitzen und machte einen Streifzug in den Wald, um sich aus einem Tannenbaum ein besseres Ruder für den kommenden Morgen zu schnitzen. Bald fand er eine Tanne, die ihm gerecht war, nicht zu sehr mit Ästen beladen, in der Größe und im Umfang wie der Ast einer schlanken Pappel. Sogleich legte er Köcher und Bogen auf die Erde, zog sein Löwenfell aus, warf seine eherne Keule auf den Boden und zog den Stamm, den er mit beiden Händen gefaßt, mitsamt den Wurzeln und der daranhängenden Erde heraus, so daß die Tanne dalag, nicht anders, als hätte sie ein Sturm entwurzelt. Inzwischen hatte sich sein junger Gefährte Hylas auch vom Tische der Genossen verloren. Er war mit dem ehernen Kruge aufgestanden, um Wasser für seinen Herrn und Freund zum Mahle zu schöpfen und auch alles andere ihm für seine Rückkehr vorzubereiten. Herakles hatte auf seinem Zuge gegen die Dryopen seinen Vater im Wortwechsel erschlagen, den Knaben aber aus dem Hause des Vaters mit sich genommen und sich zum Diener und Freunde nachgezogen. Als dieser schöne Jüngling an dem Quelle Wasser schöpfte, leuchtete der Vollmond. Wie er sich nun eben mit dem Kruge nach dem Wasserspiegel neigte, erblickte ihn die Nymphe des Quelles. Von seiner Schönheit betört, schlang sie den linken Arm um ihn, mit der Rechten ergriff sie seinen Ellbogen und zog ihn so hinunter in die Tiefe. Einer der Helden, Polyphemos mit Namen, der die Rückkehr des Herakles nicht fern von jenem Quell erwartete, hörte den Hilfeschrei des Knaben. Aber er fand ihn nicht mehr, dagegen begegnete er dem Herakles, der aus dem Walde zurückkam. »Unglücklicher«, rief er ihm entgegen, »muß ich der Erste sein, der dir die Trauerbotschaft melde! Dein Hylas ist zum Quelle gegangen und nicht wieder zurückgekehrt; Räuber führen ihn gefangen davon, oder wilde Tiere zerreißen ihn; ich selbst habe seinen Angstruf gehört.« Dem Herakles floß der Schweiß vom Haupte, als er es hörte, und das Blut wallte ihm gegen die Brust. Zornig warf er die Tanne auf den Boden und rannte, wie ein von der Bremse gestochener Stier Hirten und Herde verläßt, mit durchdringendem Rufe durch das Dickicht der Quelle zu.

Jetzt stand der Morgenstern über dem Bergesgipfel; günstiger Wind erhob sich. Der Steuermann ermahnte die Helden, ihn zu benutzen und das Schiff zu besteigen. Schon fuhren sie im Morgenlichte fröhlich dahin, als ihnen zu spät einfiel, daß zwei ihrer Genossen, Polyphemos und Herakles, von ihnen am Ufer zurückgelassen worden. Ein stürmischer Streit erhob sich unter den Helden, ob sie ohne die tapfersten Begleiter weiter segeln sollten. Iason sprach kein Wort; stille saß er, und der Kummer fraß ihm am Herzen; den Telamon aber übermannte der Zorn: »Wie kannst du so ruhig sitzen?« rief er dem Führer zu; »gewiß fürchtest du, Herakles möchte deinen Ruhm verdunkeln! Doch was helfen da Worte! und wenn alle Genossen mit dir einverstanden wären, so will ich allein zu dem verlassenen Helden umkehren.« Mit diesen Worten faßte er den Steuermann Tiphys an seine Brust, seine Augen funkelten wie Feuerflammen, und gewiß hätte er sie gezwungen, nach dem Gestade der Mysier zurückzukehren, wenn nicht die beiden Söhne des Boreas, Kalaïs und Zetes, ihm in den Arm gefallen wären und ihn mit scheltenden Worten zurückgehalten hätten. Zugleich stieg aus der schäumenden Flut Glaukos, der Meergott, hervor, faßte mit starker Hand das Ende des Schiffes und rief den Eilenden zu: »Ihr Helden, was streitet ihr euch? Was begehret ihr wider den Willen des Zeus, den mutigen Herakles mit euch in das Land des Aietes zu führen? Ihm sind ganz andere Arbeiten zu verrichten vom Schicksale bestimmt. Den Hylas hat eine liebende Nymphe geraubt, und ihm zu lieb ist er zurückgeblieben.« Nachdem er ihnen solches geoffenbart, tauchte Glaukos wieder in die Tiefe nieder, und das dunkle Wasser schäumte in Wirbeln um ihn. Telamon war beschämt, er ging auf Iason zu, legte seine Hand in des Helden Hand und sprach: »Zürne mir nicht, Iason! der Schmerz hat mich verführt, unvernünftige Worte zu reden! Übergib meinen Fehler den Winden, und laß uns Wohlwollen üben wie früher!« Iason gab der Versöhnung gern Gehör, und so fuhren sie bei starkem und günstigem Winde dahin. Polyphemos fand sich bei den Mysiern zurecht und baute ihnen eine Stadt. Herakles aber ging weiter, wohin ihn die Bestimmung des Zeus rief.

Polydeukes und der Bebrykenkönig

Am anderen Morgen legten sie mit Sonnenaufgang an einer weit ins Meer gestreckten Landzunge sich vor Anker. Dort befanden sich die Ställe und das ländliche Wohnhaus des wilden Bebrykenkönigs Amykos. Dieser hatte allen Fremdlingen das lästige Gesetz aufgelegt, daß keiner sein Gebiet verlassen sollte, ehe er sich mit ihm im Faustkampfe gemessen. Auf diese Weise hatte er schon viele Nachbarn umgebracht. Auch jetzt näherte er sich mit verächtlichen Worten dem gelandeten Schiffe: »Höret, ihr Meervagabunden«, rief er, »was euch zu wissen not ist! Kein Fremdling darf mein Land verlassen, ohne mit mir gerungen zu haben. So suchet denn euren tapfersten Helden aus und stellet ihn mir; sonst soll es euch übel ergehen!« Nun war unter den Argoschiffern der beste Faustkämpfer Griechenlands, Polydeukes, der Leda Sohn. Diesen reizte die Aufforderung, und er rief dem König zu: »Poltere nicht, wir wollen deinen Gesetzen gehorchen, und in mir hast du deinen Mann gefunden!« Der Bebryke blickte den kühnen Helden mit rollenden Augen an, wie ein verwundeter Berglöwe den, der ihn zuerst getroffen hat. Polydeukes aber, der jugendliche Held, sah heiter aus wie ein Stern am Himmel; er schwang seine Hände in der Luft, um sie zu versuchen, ob sie von der langen Ruderarbeit nicht erstarrt seien. Als die Helden das Schiff verlassen, stellten die beiden Kämpfer sich einander gegenüber. Ein Sklave des Königs warf ein gedoppeltes Paar von Fechterhandschuhen zwischen sie auf den Boden. »Wähle, welches Paar du willst«, sagte Amykos, »ich will dich nicht lange losen lassen! Du wirst aus Erfahrung sagen können, daß ich ein guter Gerber bin und blutige Backenstreiche zu erteilen verstehe!« Polydeukes lächelte schweigend, nahm das Handschuhpaar, das ihm zunächst lag, und ließ es sich von seinen Freunden an die Hände festbinden. Dasselbe tat der Bebrykenkönig. Jetzt begann der Faustkampf. Wie eine Meerwelle, die sich dem Schiff entgegen wälzt und welche die Kunst des Steuermanns mit Mühe abweist, stürmte der fremde Ringer auf den Griechen ein und ließ ihm keine Ruhe. Dieser aber wich seinem Angriffe immer kunstvoll und unverletzt aus. Er hatte die schwache Seite seines Gegners bald ausgekundschaftet und versetzte ihm manchen unabgewehrten Streich. Doch nahm auch der König seines Vorteils wahr, und nun krachten die Kinnbacken und knirschten die Zähne von gegenseitigen Schlägen, und sie ruhten nicht eher aus, als bis beide atemlos waren. Dann traten sie beiseite, frischen Atem zu schöpfen und sich den strömenden Schweiß abzutrocknen. Im erneuten Kampfe verfehlte Amykos seines Widerpartners Haupt und sein Arm traf nur die Schulter, Polydeukes aber traf den Gegner über das Ohr, daß ihm die Knochen im Kopfe zerbrachen und er vor Schmerz in die Knie sank.

Da jauchzten die Argonauten laut auf; aber auch die Bebryken sprangen ihrem König bei, kehrten ihre Keulen und Jagdspieße gegen Polydeukes und stürmten gegen ihn heran. Vor ihm stellten sich schirmend die Genossen mit blanken Schwertern auf. Ein blutiges Treffen entspann sich; die Bebryken wurden in die Flucht geschlagen und mußten in das Innere des Landes weichen. Die Helden warfen sich auf ihre Ställe und Viehherden und machten reichliche Beute. Die Nacht über blieben sie am Lande, verbanden die Wunden, opferten den Göttern und blieben beim Becher wach. Sie bekränzten ihre Stirnen mit dem Uferlorbeer, an den auch das Schiff mit seinen Tauen angebunden war, und sangen zur Zither des Orpheus eine tönende Hymne. Das schweigende Ufer schien ihnen mit Lust zuzuhorchen; ihr Lied aber besang Polydeukes, den siegreichen Sohn des Zeus.

Phineus und die Harpyien

Der Morgen setzte dem Mahl ein Ziel und sie fuhren weiter. Nach einigen Abenteuern warfen sie die Anker, gegenüber am bithynischen Lande, an einem Ufergebiete aus, wo der König Phineus, der Sohn des Helden Agenor, hauste. Dieser war von einem großen Übel heimgesucht. Weil er die Wahrsagergabe, die ihm von Apollon verliehen worden, mißbraucht hatte, war er im hohen Alter mit Blindheit geschlagen worden; und die Harpyien, die gräßlichen Wundervögel, ließen ihn keine Speise ruhig genießen. Was sie konnten, raubten sie; das Zurückgebliebene besudelten sie so, daß man es nicht genießen, ja selbst die Nähe solcher Speisen nicht aushalten konnte. Doch war dem Phineus ein Trostspruch vom Orakel des Zeus gegeben: »Wenn die Boreassöhne mit den griechischen Schiffern kommen würden, sollte er wieder Speise genießen können.« So verließ denn der Greis, auf die erste Nachricht von des Schiffes Ankunft, sein Gemach. Bis auf die Knochen abgemagert war er anzuschauen wie ein Schatten, seine Glieder zitterten vor Altersschwäche, vor den Augen schwindelte ihm, ein Stab unterstützte seine schwankenden Tritte, und als er bei den Argonauten angekommen war, sank er erschöpft zu Boden. Diese umringten den unglücklichen Greis und entsetzten sich über sein Aussehen. Als der Fürst ihre Nähe vernommen und seine Besinnung wieder zurückgekehrt war, brach er in flehende Bitten aus: »O, ihr teuren Helden, wenn ihr wirklich diejenigen seid, welche die Weissagung mir bezeichnet hat, so helfet mir: denn nicht nur meines Augenlichtes haben die Rachegöttinnen sich bemächtigt, auch die Speisen entziehen sie meinem Alter durch die gräßlichen Vögel, die sie mir senden! Ihr leistet eure Hilfe keinem Fremdling; ich bin Phineus, Agenors Sohn, ein Grieche. Einst habe ich unter den Thrakiern geherrscht, und die Söhne des Boreas, welche Teilnehmer eures Zuges sein müssen und mich retten sollen, sind die jungen Brüder Kleopatras, die dort meine Gattin war.« Auf diese Entdeckung warf sich ihm Zetes, des Boreas Sohn, in die Arme und versprach ihm, ihn mit Hilfe seines Bruders von der Qual der Harpyien zu befreien; und auf der Stelle bereiteten sie ihm ein Mahl, das der räuberischen Vögel letztes sein sollte. Kaum hatte der König die Speise berührt, als die Vögel, wie ein plötzlicher Sturm, mit Flügelschlag aus den Wolken herabgestürzt kamen und sich gierig auf die Speisen setzten. Die Helden schrien laut auf, aber die Harpyien ließen sich nicht stören, sie blieben, bis sie alles aufgezehrt hatten, dann schwangen sie sich wieder in die Lüfte und ließen einen unerträglichen Geruch zurück. Aber Zetes und Kalaïs, die Boreassöhne, verfolgten sie mit gezücktem Schwert. Zeus verlieh ihnen Fittiche und unermüdliche Kraft, die sie wohl brauchen konnten, denn die Harpyien kamen in ihrem Fluge dem schnellsten Westwinde zuvor. Aber die Boreassöhne waren rüstig hinter ihnen drein, und oft meinten sie die Ungeheuer schon mit Händen greifen zu können. Endlich waren sie ihnen so nahe, daß sie dieselben ohne Zweifel erlegt hätten, als plötzlich die Botin des Zeus, Iris, sich aus dem Äther herabsenkte und das Heldenpaar so anredete: »Nicht ist's erlaubt, ihr Söhne des Boreas, die Jagdhunde des großen Zeus, die Harpyien, mit dem Schwerte zu fällen. Doch schwöre ich euch den größten Göttereid beim Styx, daß die Raubvögel den Sohn des Agenor nicht mehr beunruhigen sollen.« Die Söhne des Boreas wichen dem Eide und kehrten nach dem Schiffe um.

Unterdessen pflegten die griechischen Helden den Leib des Greises Phineus, hielten eine Opfermahlzeit und luden den Ausgehungerten dazu ein. Dieser verzehrte gierig die reinen reichlichen Speisen, es war ihm, als weidete sich sein Hunger im Traume. Während sie die Nacht über auf die Rückkehr der Boreassöhne warteten, teilte ihnen der alte König Phineus zum Danke von den Früchten seiner Wahrsagergabe mit. »Vor allen Dingen«, lautete seine Rede, »werdet ihr in einem Engpasse des Meeres den Symplegaden begegnen; dies sind zwei steile Felseninseln, deren unterste Wurzeln nicht bis zum Meeresboden reichen, sondern die in der See schwimmen; oft treiben sie einander entgegen, und dann schwillt die Meeresflut in der Mitte mit fürchterlichem Toben an. Wollt ihr nicht mit Mann und Maus zerquetscht werden, so rudert zwischen ihnen durch, so schnell wie eine Taube fliegt. Dann werdet ihr ans Gestade der Mariandyner kommen, wo der Eingang zur Unterwelt ist. An vielen anderen Vorgebirgen, Flüssen und Küsten fahret ihr dann vorüber, an Frauenstädten der Amazonen, am Lande der Chalyber, die in ihres Angesichtes Schweiß das Eisen aus der Erde graben. Endlich werdet ihr zur kolchischen Küste gelangen, wo der Phasis seinen breiten Strudel ins Meer sendet. Hier werdet ihr die getürmte Burg des Königs Aietes erblicken; hier hütet der schlaflose Drache das Goldvlies, das über dem Wipfel des Eichbaums ausgebreitet hängt.«

Die Helden hörten dem Greise nicht ohne Grauen zu und wollten eben weiter fragen, als sich die Söhne des Boreas aus den Lüften in ihre Mitte herniedersenkten und den König mit der tröstlichen Botschaft der Iris erfreuten.

Die Symplegaden

Phineus nahm dankbar und gerührt Abschied von seinen Rettern, die weiter und mancherlei neuen Schicksalen entgegenfuhren. Zuerst wurden sie durch vierzigtägige Nordwestwinde aufgehalten, bis Opfer und Gebet zu allen zwölf Göttern ihnen zu frischer Fahrt verhalf. Sie waren im besten Segeln begriffen, als ein lautes Tosen ihnen von fern schon ans Ohr schlug. Es war das Krachen der immer zusammenstoßenden und immer wieder zurückprallenden Symplegaden, der Widerhall der Ufer und das Zischen des zusammengepreßten Meeres. Tiphys der Steuermann stellte sich wachsam ans Steuerruder. Euphemos der Held erhob sich im Schiffe und hielt auf der flachen Rechten eine Taube. Wenn diese, hatte Phineus ihnen geweissagt, furchtlos zwischen den Felsen durchflöge, so dürften auch sie kecklich die Durchfahrt wagen. Eben öffneten sich die Felsen: Euphemos ließ die Taube fliegen; alle richteten ihre Häupter in Erwartung empor. Die Taube flog mitten hindurch, aber schon näherten sich die Felsen wieder, das schäumende Meer wallte zischend einer Wolke gleich auf; ein Brausen erfüllte Wasser und Luft; jetzt stießen die Felsen zusammen und klemmten der Taube die letzten Schwanzfedern ab, doch war sie glücklich hindurch gekommen. Mit lauter Stimme ermunterte Tiphys die Ruderer; dann aber öffneten sich die Felsen wieder, und die strömende Flut zog das Schiff mit sich hinein. Jetzt hing das Verderben über ihrem Haupte: eine turmhohe Woge wälzte sich ihnen entgegen, bei deren Anblick alle die Köpfe bückten. Aber Tiphys hieß mit dem Rudern innehalten, und die schäumende Welle wälzte sich unschädlich unter dem Kiele hin und hob das Schiff hoch über die zusammenschwimmenden Felsen empor. Die Helden arbeiteten, daß die Ruder sich krümmten; jetzt riß der Strudel das Schiff wieder mitten in den Felsen hinab. Schon stießen die Felsen zu beiden Seiten an den Bauch des Schiffes, da gab ihm die Schutzgöttin Athene einen unsichtbaren Stoß, daß es glücklich durchkam und die zusammenschlagenden Felsen nur eben noch die äußersten Bretter des Hinterteiles zermalmten. Als erst die Helden den Äther und die offene See wieder vor sich sahen, da atmeten sie von der Todesangst wieder auf, und es war ihnen, als wären sie aus der Unterwelt emporgetaucht. »Das ist nicht durch unsere Kraft geschehen«, rief Tiphys, »wohl fühlte ich hinter mir die göttliche Hand Athenes, deren Schnellkraft das Schiff durch die Felsen stieß! Nichts haben wir fortan zu fürchten; alle anderen Arbeiten nach dieser Gefahr hat uns Phineus als leicht geschildert.« Aber Iason schüttelte traurig sein Haupt und sprach: »Guter Tiphys, ich habe die Götter versucht, daß ich dieses Unternehmen mir von Pelias auflegen ließ; lieber hätte ich mich von ihm in Stücke sollen hauen lassen! Jetzt bringe ich in Seufzen die Nächte nach den Tagen zu, nicht für mich besorgt, nein, nur auf euer Leben und Heil bedacht, und wie ich aus so gräßlichen Gefahren euch der Heimat unverloren zurückgeben soll.« So sprach der Held, seine Genossen zu versuchen. Diese aber jubelten ihm freudig zu und verlangten vorwärts.

Weitere Abenteuer

Unter mancherlei Schicksalen fuhren die Helden nun weiter. Auf der Fahrt erkrankte ihnen ihr treuer Steuermann Tiphys, starb und mußte am fremden Ufer begraben werden. An seine Stelle wählten sie denjenigen unter den Helden, der des Steuerns am kundigsten war. Er hieß Ankaios und weigerte sich lange, das schwierige Geschäft zu übernehmen, bis ihm Hera, die Göttin, Mut und Zuversicht ins Herz gab. Dann aber stellte er sich ans Ruder und lenkte das Schiff so gut, als wenn Tiphys selbst noch am Steuer säße. Nach zwölf Tagen kamen sie mit vollen Segeln an die Mündung des Flusses Kallichoros; hier sahen sie auf einem Hügel das Grabmal des Helden Sthenelos, der mit Herakles in den Amazonenkrieg gezogen und hier von einem Pfeile getroffen am Meeresufer verschieden war. Sie wollten eben weiter schiffen, als der klägliche Schatten dieses Helden, von Persephone aus der Unterwelt entlassen, sichtbar ward und sehnsüchtig nach den stammesverwandten Männern blickte. Er stand zuoberst auf seinem Grabhügel in der Gestalt, in welcher er in die Schlacht gegangen war: ein purpurner Busch mit vier schönen Federn wehte ihm vom Helme. Doch war er nur wenige Augenblicke zu schauen und tauchte bald wieder in die schwarze Tiefe hinunter. Erschrocken ließen die Helden die Ruder sinken. Nur Mopsos, der Wahrsager, verstand das Verlangen der abgeschiedenen Seele: er riet seinen Genossen, den Geist des Erschlagenen mit einem Trankopfer zu sühnen. Schnell zogen sie die Segel ein, banden das Schiff am Strande an, und indem sie sich um den Grabhügel stellten, benetzten sie ihn mit Trankopfern und verbrannten geschlachtete Schafe. Dann fuhren sie weiter und weiter und gelangten endlich zur Mündung des Flusses Thermodon. Diesem glich kein anderer Strom auf der Erde: aus einer einzigen Quelle tief in den Bergen entsprungen teilte er sich bald in eine Menge kleinere Arme und stürmte in so viel Ausflüssen ins Meer, daß nur vier zu einem Hundert fehlten. Sie wimmelten wie eine Menge Schlangen in die offene See. An dem breitesten Ausflusse wohnten die Amazonen. Dieses Weibervolk stammte vom Gotte Ares ab und liebte die Werke des Krieges. Hätten die Argonauten hier gelandet, so wären sie ohne Zweifel in einen blutigen Krieg mit den Frauen geraten, denn diese waren den tapfersten Helden im Kampfe gewachsen. Sie wohnten nicht in einer Stadt vereinigt, sondern auf dem Lande zerstreut und in einzelne Stämme getrennt. Ein günstiger Westwind hielt die Argonauten von diesem kriegerischen Weibervolke fern. Nach der Fahrt eines Tages und einer Nacht kamen sie, wie ihnen Phineus geweissagt hatte, an das Land der Chalyber. Diese pflügten nicht das Erdreich, pflanzten keine fruchttragenden Bäume, weideten keine Herden auf der tauigen Wiese, sie gruben nur Erz und Eisen aus dem rauhen Boden und tauschten gegen dieses ihre Lebensmittel ein. Keine Sonne ging ihnen ohne schwere Arbeit auf; in schwarzer Nacht und dichtem Rauche verbrachten sie arbeitend ihren Tag.

Noch an mancherlei Völkern kamen sie vorüber. Als sie einer Insel, mit Namen Aretia oder Aresinsel, gegenüber waren, flog ihnen ein Bewohner dieses Eilandes, ein Vogel mit kräftigem Flügelschlage, entgegen. Als er über dem Schiffe schwebte, schüttelte er seine Schwingen und ließ eine spitze Feder fallen, die in der Schulter des Helden Oïleus stecken blieb. Verwundert ließ der Held das Ruder fahren: die Genossen staunten, als sie das geflügelte Geschoß erblickten, das ihm in der Schulter steckte. Der, der ihm zunächst saß, zog die Feder heraus und verband die Wunde. Bald erschien ein zweiter Vogel: den schoß Klytios, der den Bogen schon gespannt hielt, im Fluge, so daß der Getroffene mitten in das Schiff herabfiel. »Wohl ist die Insel in der Nähe«, sagte da Amphidamas, ein erfahrener Held, »aber trauet jenen Vögeln nicht. Gewiß sind ihrer so viele, daß, wenn wir landeten, wir nicht Pfeile genug hätten, sie zu erlegen. Lasset uns auf ein Mittel sinnen, die kriegslustigen Tiere zu vertreiben. Setzet alle eure Helme mit hohen nickenden Büschen auf; alsdann rudert abwechslungsweise zur Hälfte, zur anderen schmücket das Schiff mit blinkenden Lanzen und Schilden aus. Dann erheben wir alle ein entsetzliches Geschrei: wenn das die Vögel hören, dazu die wallenden Helmbüsche, die starrenden Lanzen, die schimmernden Schilde sehen, so werden sie sich fürchten und davonflattern.« Der Vorschlag gefiel den Helden, und alles geschah, wie er ihnen geraten hatte. Kein Vogel ließ sich blicken, solange sie heranruderten, und als sie der Insel näher gekommen mit den Schilden klirrten, flogen ihrer unzählige aufgeschreckt an der Küste auf und in stürmender Flucht über das Schiff hin. Aber wie man die Fensterladen eines Hauses vor dem Hagel schließt, wenn man ihn kommen sieht, so hatten sich die Helden mit den Schilden gedeckt, daß die Stachelfedern herabfielen, ohne ihnen zu schaden; die Vögel selbst flogen weit übers Meer den jenseitigen Ufern zu. Die Argonauten landeten auf dieser Insel nach dem Rate des wahrsagenden Königs Phineus.

Sie sollten hier Freunde und Begleiter finden, die sie nicht erwartet. Kaum nämlich hatten sie die ersten Schritte am Ufer getan, als ihnen vier Jünglinge im armseligsten Aufzuge, von allem entblößt, begegneten. Einer von diesen eilte den nahenden Helden entgegen und redete sie an. »Wer ihr auch seid, gute Männer«, sprach er, »kommt armen Schiffbrüchigen zu Hilfe! Teilet uns Kleider mit, unsere Blöße zu bedecken, und Speisen, unsern Hunger zu stillen!« Iason versprach ihnen freundlich alle Hilfe und erkundigte sich nach ihrem Namen und Geschlecht. »Ihr habt wohl von Phrixos gehört, dem Sohne des Athamas«, erwiderte der Jüngling, »der das goldene Vlies nach Kolchis gebracht hat? Der König Aietes hat ihm seine ältere Tochter zur Ehe gegeben; wir sind seine Söhne, und ich heiße Argos. Unser Vater Phrixos ist vor kurzem gestorben, und nach seinem letzten Willen hatten wir uns zu Schiffe gesetzt, die Schätze, die er in der Stadt Orchomenos gelassen, abzuholen!« Die Helden waren hocherfreut, und Iason begrüßte sie als Vettern, denn die Großväter Athamas und Kretheus waren Brüder gewesen. Die Jünglinge erzählten weiter, wie ihr Schiff im wütenden Sturme zerbrochen sei, und ein Brett sie an diese unwirtliche Insel getragen habe. Als ihnen aber die Helden ihr Vorhaben mitteilten und sie zur Teilnahme an dem Abenteuer aufforderten, da verbargen sie ihr Entsetzen nicht. »Unser Großvater Aietes ist ein grausamer Mann; er soll der Sohn des Sonnengottes und deswegen mit übermenschlicher Macht begabt sein; unzählige Kolcherstämme beherrscht er, und das Vlies hütet ein entsetzlicher Drache.« Manche der Helden wurden bei diesem Bericht bleich. Peleus jedoch, einer von ihnen, erhob sich und sprach: »Glaubet nicht, daß wir dem Kolchierkönig unterliegen müssen; auch wir sind Göttersöhne! Gibt er uns das Vlies nicht in Güte, so werden wir es ihm seinen Kolchiern zum Trotz entreißen!« So sprachen sie miteinander noch länger beim reichlichen Mahle. Am anderen Morgen schifften sich die beiden Söhne des Phrixos, bekleidet und gestärkt, mit ihnen ein, und die Fahrt ging weiter. Nachdem sie einen Tag und eine Nacht gerudert, sahen sie die Spitzen des Kaukasosgebirges über die Meeresfläche hervorragen. Als es schon dunkelte, hörten sie ein Geräusch über ihren Häuptern; es war der Adler des Prometheus, der seinem Fraß entgegen hoch über das Schiff dahin flog; und doch war sein Flügelschlag so mächtig, daß alle Segel von ihm wie im Winde sich bewegten. Denn es war ein Riesenvogel, und er schlug die Luft mit seinen Flügeln wie mit großen Segeln. Bald darauf hörten sie aus der Ferne das tiefe Stöhnen des Prometheus, in dessen Leber der Vogel schon wühlte. Nach einiger Zeit verhallten die Seufzer, und sie sahen den Adler wieder hoch über sich durch die Lüfte zurückrudern.

Noch in derselben Nacht gelangten sie ans Ziel und in die Mündung des Flusses Phasis. Freudig kletterten sie an den Segelstangen empor und takelten das Schiff ab; dann trieben sie es mit den Rudern in das breite Bett des Stromes, dessen Wellen vor der gewaltigen Masse des Fahrzeuges sich scheu zurückzuziehen schienen. Zur Linken hatten sie den hohen Kaukasos und Kytaia, die Hauptstadt des Kolcherlandes; zur Rechten breitete sich das Feld und der heilige Hain des Ares aus, wo der Drache das goldene Vlies, das an den blätterreichen Ästen einer hohen Eiche hing, mit seinen scharfen Augen bewachte. Jetzt erhob sich Iason am Bord des Schiffes, er schwenkte hoch in der Hand einen goldenen Becher voll Weins und brachte dem Flusse, der Mutter Erde, den Göttern des Landes und den auf der Fahrt verstorbenen Heroen ein Trankopfer dar. Er bat sie alle, mit liebreicher Hilfe ihnen nahe zu sein und über den Tauen des Schiffes, das sie eben anbinden wollten, zu wachen. »So wären wir denn glücklich zum kolchischen Lande gelangt«, sprach der Steuermann

Ankaios; »nun ist's Zeit, daß wir uns ernstlich beraten, ob wir den König Aietes in Güte angehen oder auf irgendeine andere Weise unser Vorhaben ins Werk setzen wollen.« »Morgen«, riefen die müden Helden. Und so befahl denn Iason, das Schiff in einer schattigen Bucht des Flusses vor Anker gehen zu lassen. Alle legten sich zu süßem Schlummer nieder; der erquickte sie jedoch nur mit kurzer Rast, denn bald öffnete ihnen das Morgenrot die Augenlider.

Iason im Palaste des Aietes

Der frühe Morgen vereinigte die Helden zur Ratsversammlung. Iason erhob sich und sprach: »Wenn euch meine Meinung gefällt, ihr Helden und Genossen, so sollt ihr übrigen alle ruhig, doch die Waffen in der Hand, im Schiff bleiben; nur ich, die Söhne des Phrixos und zwei aus eurer Mitte wollen uns nach dem Palast des Königs Aietes aufmachen. Hier will ich es versuchen und ihn zuerst mit höflichen Worten fragen, ob er das goldene Vlies in Güte uns überlassen wolle. Nun zweifle ich nicht, daß er die Bittenden, auf seine Stärke trotzend, abweisen wird. Wir aber werden auf diese Weise aus seinem eigenen Munde die Gewißheit erhalten, was wir tun müssen. Und wer kann es verbürgen, daß unsere Worte nicht doch vielleicht ihn günstig stimmen werden? Hat doch auch früher die Rede über ihn vermocht, daß er den unschuldigen Phrixos, der vor seiner Stiefmutter floh, in den Schutz seiner Gastfreundschaft aufnahm.« Die jungen Helden billigten alle die Rede Iasons. So griff er selbst zum Friedensstabe des Hermes und verließ mit des Phrixos Söhnen und mit seinen Genossen Telamon und Augeias das Schiff. Sie betraten ein mit Weiden bewachsenes Feld, das kirkaeische genannt; hier sahen sie mit Schaudern eine Menge Leichen an Ketten aufgehängt. Doch waren es keine Verbrecher oder gemordete Fremdlinge; vielmehr galt es in Kolchis für einen Frevel, die Männer zu verbrennen oder in die Erde zu begraben, sondern sie hängten sie, in rohe Stierfelle gewickelt, an den Bäumen auf, fern von der Stadt, und überließen sie der Luft zum Austrocknen. Nur die Weiber wurden, damit die Erde nicht zu kurz käme, in diese begraben.

Die Kolchier waren ein gar zahlreiches Volk; damit nun Iason und seine Begleiter von ihnen und dem Mißtrauen des Königs Aietes keine Gefahr liefen, hängte Hera, die Beschirmerin der Argonauten, solange sie unterwegs waren, eine dichte Nebelwolke über die Stadt und zerstreute sie erst wieder, als sie glücklich in dem Palast des Königs angekommen. Da standen sie denn in dem Vorhofe und bewunderten die dicken Mauern des Königshauses, die hochgeschweiften Tore, die mächtigen Säulen, die hier und dort an den Mauern vorsprangen. Das ganze Gebäude umgürtete ein hervorstehendes steinernes Gesims, das mit ehernen Dreischlitzen abgekantet war. Schweigend traten sie über die Schwelle des Vorhofes. Diese umgrünten hohe Rebenlauben, darunter perlten vier immerfließende Springquellen; der eine sandte Milch empor, der zweite Wein, der dritte duftendes Öl, der vierte Wasser, das im Winter warm, im Sommer eiskalt war. Der kunstreiche Hephaistos hatte diese köstlichen Werke geschaffen. Derselbe hatte dem Besitzer auch Stierbilder aus Erz gefertigt, aus deren Munde ein furchtbarer Feueratem ging, und einen Pflug aus lauterm Eisen geschaffen, alles dem Vater des Aietes, dem Sonnengott, zu Dank, der den Hephaistos in der Gigantenschlacht einst auf seinen Wagen genommen und gerettet hatte. Aus diesem Vorhofe kam man zu dem Säulengange des Mittelhofes, der sich zur Rechten und zur Linken hinzog und hinter welchem viele Eingänge und Gemächer zu schauen waren. Querüber standen die zwei Hauptpaläste, in deren einem der König Aietes selbst, im anderen sein Sohn Apsyrtos wohnte. Die übrigen Gemächer hielten die Dienerinnen und die Töchter des Königs, Chalkiope und Medea, besetzt. Medea, die jüngere Tochter, war sonst wenig zu schauen; fast alle Zeit brachte sie im Tempel der Hekate zu, deren Priesterin sie war. Diesmal aber hatte Hera, die Schutzgöttin der Griechen, ihr in das Herz gegeben, im Palast zu bleiben. Sie hatte eben ihr Gemach verlassen und wollte das Zimmer ihrer Schwester aufsuchen, als sie den unerwartet daherschreitenden Helden begegnete. Beim Anblick der Herrlichen tat sie einen lauten Schrei. Auf ihren Ruf stürzte Chalkiope mit allen ihren Dienerinnen aus ihrem Gemache hervor. Auch diese Schwester brach in einen lauten Jubelruf aus und streckte danksagend ihre Hände gen Himmel, denn sie erkannte in vieren der jungen Helden ihre eigenen Kinder, die Söhne des Phrixos. Diese sanken in die Arme der Mutter, und lange nahm das Grüßen und Weinen kein Ende.

Medea und Aietes

Zuletzt kam auch Aietes heraus mit seiner Gemahlin Eidyia, denn der Jubel und die Tränen ihrer Tochter hatten sie herausgelockt. Sogleich füllte sich der ganze Vorhof mit Getümmel: hier waren Sklaven damit beschäftigt, einen stattlichen Stier für die neuen Gäste zu schlachten; dort spalteten andere dürres Holz für den Herd; wieder andere wärmten Wasser in Becken am Feuer: da war keiner, der nicht im Dienste des Königs etwas zu tun gefunden hätte. Über ihnen allen ungesehen schwebte hoch in der Luft der Liebesgott, zog einen schmerzbringenden Pfeil, senkte sich mit diesem unsichtbar zur Erde nieder, und hinter Iason zusammengekauert schnellte er vom gespannten Bogen das Geschoß auf die Königstochter Medea, und der brannte bald der Pfeil, dessen Flug niemand und sie selbst nicht bemerkt hatte, unter der Brust wie eine Flamme. Wie ein schwer Erkrankter mußte sie einmal über das andere hoch aufatmen; von Zeit zu Zeit warf sie heimliche Blicke auf den herrlichen Helden Iason; alles andere war aus ihrem Gedächtnis geschwunden; ein einziger süßer Kummer bemächtigte sich ihrer Seele; Blässe wechselte auf ihrem Antlitz mit Purpurröte.

In der frohen Verwirrung war niemand auf die Verwandlung aufmerksam, die mit der Jungfrau vorgegangen war. Die

Knechte trugen die zubereiteten Speisen herbei, und die Argoschiffer, die sich vom Schweiße der Ruderarbeit im warmen Bade gereinigt hatten, labten sich, fröhlich zu Tische sitzend, an Speise und Trank. Über dem Mahle erzählten dem Aietes seine Enkel das Schicksal, das sie unterwegs betroffen hatte, und nun fragte er sie auch leise nach den Fremdlingen. »Ich will es dir nicht verbergen, Großvater«, flüsterte ihm Argos zu, »diese Männer kommen, das goldene Vlies unseres Vaters Phrixos von dir zu erbitten. Ein König, der sie gern aus ihrem Vaterland und ihrem Eigentum vertreiben möchte, hat ihnen diesen gefährlichen Auftrag erteilt. Er hofft, sie werden dem Zorne des Zeus und der Rache des Phrixos nicht entgehen, bevor sie mit dem Vlies in ihre Heimat zurückkommen. Ihr Schiff hat ihnen Athene bauen helfen, kein solches, wie wir Kolchier sie gebrauchen, von denen wir, deine Enkel, freilich das schlechteste bekommen haben, denn im ersten Windstoß ging es zu Scheitern. Nein, diese Fremdlinge haben ein Schiff, so fest gezimmert, daß alle Stürme vergebens dagegen ankämpfen, und sie selbst sitzen unaufhörlich an dem Ruder. Die tapfersten Helden Griechenlands haben sich in diesem Schiffe versammelt.« Und nun nannte er ihm die vornehmsten mit Namen, meldete ihm auch Iasons, ihres Vetters, Geschlecht.

Als der König dieses hörte, erschrak er in seinem Herzen und wurde zornig auf seine Enkel, denn durch sie veranlaßt, glaubte er, seien die Fremdlinge an seinen Hof gekommen. Seine Augen brannten unter den buschigen Brauen, und er sprach laut: »Geht mir aus den Augen, ihr Frevler, mit euren Ränken! Nicht das Vlies zu holen, sondern mir Szepter und Krone zu entreißen, seid ihr hierhergekommen! Säßet ihr nicht als Gäste an meinem Tisch, so hätte ich euch längst die Zungen ausreißen und die Hände abhauen lassen und euch nur die Füße geschenkt, um davonzugehen!« Als Telamon, des Aiakos Sohn, der zunächst saß, dieses hörte, ergrimmte er im Geist, wollte sich erheben und dem König mit gleichen Worten vergelten. Aber Iason hielt ihn zurück, und antwortete selbst mit sanften Worten: »Fasse dich, Aietes, wir sind nicht in deine Stadt und deinen Palast gekommen, dich zu berauben. Wer möchte ein so weites und gefährliches Meer befahren, um fremdes Gut zu holen? Nur das Schicksal und der grausame Befehl eines bösen Königs brachte mich zu diesem Entschluß. Verleihe uns das goldene Vlies auf unsere Bitte als eine Wohltat; du sollst in ganz Griechenland dafür verherrlicht werden. Auch sind wir bereit, dir schnellen Dank abzustatten; gibt es einen Krieg in der Nähe, willst du ein Nachbarvolk unterjochen, so nimm uns zu Bundesgenossen an, wir wollen mit dir ziehen.« So sprach Iason besänftigend; der König aber ward unschlüssig in seinem Herzen, ob er sie auf der Stelle sollte umbringen lassen oder ihre Kräfte vorher auf die Probe setzen. Nach einigem Besinnen däuchte ihm das letztere besser, und er erwiderte ruhiger als zuvor: »Was braucht es der ängstlichen Worte, Fremdling? Seid ihr wirklich Göttersöhne, oder sonst nicht schlechter als ich, und habt Lust nach fremdem Gute, so mögt ihr das goldene Vlies mit euch fortnehmen, denn tapfern Männern gönne ich alles. Aber vorher müßt ihr mir eine Probe geben und eine Arbeit verrichten, die ich selbst sonst zu tun pflege, so gefährlich sie ist. Es weiden mir auf dem Felde des Ares zwei Stiere mit ehernen Füßen, die Flammen speien. Mit diesen durchpflüge ich das rauhe Feld, und wenn ich alles umgeackert, so säe ich in die Furchen, nicht der Demeter gelbes Korn, sondern die gräßlichen Zähne eines Drachen; daraus wachsen mir Männer hervor, die mich von allen Seiten umringen und die ich mit meiner Lanze alle erlege. Mit dem frühen Morgen schirre ich die Stiere an, am späten Abend ruhe ich von der Ernte. Wenn du das gleiche vollbracht hast, o Führer, so magst du noch am selben Tage das Vlies mit dir fortnehmen nach deines Königs Haus, eher aber nicht, denn es ist nicht billig, daß der tapfere Mann dem schlechteren weiche.« Iason saß bei diesen Reden stumm und unschlüssig da, er wagte es nicht, ein so furchtbares Werk kecklich zu versprechen. Indessen faßte er sich und antwortete: »So groß diese Arbeit ist, so will ich sie doch bestehen, o König, und wenn ich darüber umkommen sollte. Schlimmeres als der Tod kann auf einen Sterblichen doch nicht warten, ich gehorche der Notwendigkeit, die mich hierher gesendet hat.« »Gut«, sprach der König, »geh jetzt zu deiner Schar, aber besinne dich! Gedenkst du nicht alles auszuführen, so überlaß es mir und mach dich aus dem Staube.«

Der Rat des Argos

Iason und seine zwei Helden erhoben sich von ihren Sitzen; von den Söhnen des Phrixos folgte ihnen allein Argos, denn er hatte den Brüdern gewinkt, drinnen zu bleiben. Jene aber verließen den Palast. Aisons Sohn leuchtete von Schönheit und Anmut. Die Jungfrau Medea ließ ihre Augen durch den Schleier nach ihm schweifen, und ihr Sinn folgte seinen Fußstapfen wie ein Traum. Als sie wieder allein in ihrem Frauengemach war, fing sie an zu weinen; dann sprach sie zu sich selbst: »Was verzehre ich mich in Schmerz? was geht mich jener Held an? mag er der herrlichste von allen Halbgöttern sein, oder der schlechteste, wenn er zugrunde gehen soll, so mag er's! Und doch – o möchte er dem Verderben entrinnen! Laß ihn, ehrwürdige Göttin Hekate, nach Hause zurückkehren! Soll er aber von den Stieren überwältigt werden, so wisse er vorher, daß ich wenigstens über sein trauriges Los mich nicht freue!«

Während Medea sich so härmte, waren die Helden unterwegs nach dem Schiffe, und Argos sagte zu Iason: »Du wirst meinen Rat vielleicht schelten: dennoch will ich ihn dir mitteilen. Ich kenne eine Jungfrau, die mit Zaubertränken umzugehen versteht, welche Hekate, die Göttin der Unterwelt, sie brauen lehrt. Können wir diese auf unsere Seite bringen, so bezweifle ich nicht, daß du siegreich aus dem Kampfe hervorgehen wirst. Willst du es, so gehe ich hin, sie für uns zu gewinnen.« – »Wenn es dir so gefällt, mein Lieber«, erwiderte Iason, »so widerstrebe ich nicht. Doch steht es schlecht um uns, wenn unsere Heimfahrt von den Weibern abhängt!« Unter solchen Reden langten sie beim Schiffe und den Genossen an. Iason berichtete, was von ihm begehrt worden sei und was er dem König versprochen habe. Eine Zeitlang saßen die Genossen stumm einander anblickend, endlich erhob sich Peleus und sprach: »Held Iason, wenn du dein Versprechen erfüllen zu können glaubst, so rüste dich. Hast du aber nicht volle Zuversicht, so bleibe fern und sieh dich auch nach keinem von diesen Männern hier um, denn was hätten sie anders zu erwarten als den Tod?«

Bei diesem Wort sprang Telamon auf und vier andere Helden, alle kampflustigen Mutes. Aber Argos beruhigte sie und sprach: »Ich kenne eine Jungfrau, die weiß mit Zaubertränken umzugehen: sie ist eine Schwester unserer Mutter, nun laßt mich zu meiner Mutter gehen und sie überreden, daß sie die Jungfrau uns geneigt mache. Alsdann kann erst wieder von jenem Abenteuer, zu welchem sich Iason erboten hat, die Rede sein.« Kaum hatte er ausgesprochen, so geschah ein Zeichen aus der Luft. Eine Taube, der ein Habicht nachjagte, flüchtete in Iasons Schoß, der nachstürzende Raubvogel aber fiel auf dem Boden des Hinterschiffes nieder. Jetzt erinnerte sie einer der Helden daran, daß auch der alte Phineus ihnen geweissagt, Aphrodite die Göttin würde ihnen zur Rückkehr verhelfen. Alle Helden stimmten darum dem Argos bei; nur Idas, der Sohn des Aphareus, erhob sich unwillig von seinem Sitz und sprach: »Bei den Göttern, sind wir als Weiberknechte hierher gekommen und, anstatt uns an den Ares zu wenden, rufen wir die Aphrodite an? Soll der Anblick von Habichten und Tauben uns vom Kampfe abhalten? Wohl, so vergesset den Krieg und gehet hin, schwache Jungfrauen zu betrügen.« So sprach er zornig, viele Helden murrten leise. Aber Iason entschied für Argos, das Schiff ward am Ufer angebunden, und die Helden harrten der Rückkehr ihres Boten.

Aietes hatte unterdessen außerhalb seines Palastes eine Versammlung der Kolchier gehalten. Er erzählte ihnen von der Ankunft der Fremdlinge, ihrem Begehren und dem Untergang, den er ihnen bereitet hätte. Sobald die Stiere den Führer umgebracht hätten, wollte er einen ganzen Wald ausreißen und das Schiff mitsamt den Männern verbrennen. Auch seinen Enkeln, die diese Abenteurer herbeigeführt hätten, dachte er eine schreckliche Strafe zu.

Mittlerweile ging Argos seine Mutter mit bittenden Worten an, daß sie ihre Schwester Medea zur Beihilfe bereden möchte. Chalkiope selbst hatte Mitleid mit den Fremdlingen gefühlt, aber nicht gewagt, dem grimmigen Zorn ihres Vaters entgegenzutreten. So kam ihr die Bitte des Sohnes erwünscht, und sie versprach ihren Beistand.

Medea selbst lag in unruhigem Schlummer auf ihrem Lager und sah einen ängstigenden Traum. Ihr war, als hätte der Held sich schon zu dem Kampfe mit den Stieren angeschickt. Er hatte aber diesen Kampf nicht um des goldenen Vlieses willen unternommen, sondern um sie als Gattin in die Heimat zu führen. Nun war es ihr im Traum, als ob sie selbst den Kampf mit den Stieren bestände, die Eltern aber wollten ihr Versprechen nicht halten und dem Iason den Kampfpreis nicht geben, weil nicht sie, sondern er geheißen war, die Stiere anzuschirren. Darüber war ein heftiger Streit zwischen ihrem Vater und den Fremdlingen entbrannt, und beide Teile machten sie zur Schiedsrichterin. Da wählte sie im Traume den Fremdling; bitterer Schmerz bemächtigte sich der Eltern, sie schrien laut auf – und mit diesem Schrei erwachte Medea.

Der Traum trieb sie nach dem Gemach ihrer Schwester; aber lange hielt die Scham sie unschlüssig im Vorhofe; viermal verließ sie ihn und viermal kehrte sie wieder zurück, und endlich warf sie sich wieder weinend in ihrem eigenen Gemach nieder. So fand sie eine ihrer vertrauten jungen Dienerinnen. Diese hatte Mitleid mit der Herrin und meldete der Schwester Medeas, was sie gesehen hatte. Chalkiope empfing diese Botschaft im Kreise ihrer Söhne, als sie eben sich mit ihnen beriet, wie die Jungfrau zu gewinnen wäre. Sie eilte in das Gemach der Schwester und fand sie, die Wangen zerfleischend und in Tränen gebadet. »Was ist dir geschehen, arme Schwester«, sprach sie mit innigem Mitleid, »welcher Schmerz peinigt deine Seele? Hat der Himmel dir eine plötzliche Krankheit gesendet? Hat der Vater über mich und meine Söhne Grausames zu dir gesprochen? O daß ich fern wäre vom Elternhaus und da, wo man den Namen der Kolchier nicht hört!«

Medea verspricht den Argonauten Hilfe

Die Jungfrau errötete bei diesen Fragen ihrer Schwester, und Scham verhinderte sie, zu antworten: bald schwebte ihr die Rede zu äußerst auf der Zunge, bald floh sie in die tiefste Brust zurück. Endlich machte sie die Liebe kühn, und sie sprach mit verschlagenen Worten: »Chalkiope, mein Herz ist betrübt um deine Söhne, es möchte sie der Vater mit den fremden Männern auf der Stelle töten. Solches verkündet mir ein schwerer Traum, möge ein Gott ihm die Erfüllung verweigern.« Unerträgliche Angst bemächtigte sich der Schwester. »Eben deswegen komme ich zu dir«, sprach sie, »und beschwöre dich, mir gegen unseren Vater beizustehen. Weigerst du dich, so werde ich mit meinen ermordeten Söhnen dich noch vom Hades aus als Erinnye umschweben!« Sie umfaßte mit beiden Händen Medeas Knie und warf das Haupt in ihren Schoß; beide Schwestern weinten bitterlich. Dann sprach Medea: »Was redest du von Erinnyen, Schwester? Beim Himmel und der Erde schwöre ich dir, was ich tun kann, deine Söhne zu retten, will ich gern tun.« – »Nun«, fuhr die Schwester fort, »so wirst du auch dem Fremdling um meiner Kinder willen irgendeinen Trug an die Hand geben, jenen furchtbaren Kampf glücklich zu bestehen, denn von ihm gesendet, fleht mein Sohn Argos mich an, dem Gastfreunde deine Hilfe zu erbitten.«

Das Herz hüpfte der Jungfrau vor Freuden im Leibe, als sie dieses hörte, ihr schönes Angesicht errötete, ihr funkelndes Auge umhüllte einen Augenblick der Schwindel, und sie brach in die Worte aus: »Chalkiope, das Morgenrot soll meinen Blicken nicht mehr leuchten, wenn dein und deiner

Söhne Leben nicht mein erstes ist. Hast du doch mich, wie mir oft die Mutter erzählte, zugleich mit ihnen gesäugt, als ich ein kleines Kind war; so liebe ich dich nicht nur wie eine Schwester, sondern auch wie eine Tochter. Morgen in aller Frühe will ich zum Tempel der Hekate gehen und dort dem Fremdling die Zaubermittel holen, welche die Stiere besänftigen sollen.« Chalkiope verließ das Gemach der Schwester und meldete den Söhnen die erwünschte Botschaft.

Die ganze Nacht lag Medea in schwerem Streite mit sich selbst. »Habe ich nicht zu viel versprochen«, sagte sie in ihrem Innern, »darf ich soviel für den Fremdling tun? Ihn ohne Zeugen schauen, ihn anrühren, was doch geschehen muß, wenn der Trug gelingen soll? Ja, ich will ihn retten; er gehe frei hin, wohin er will: aber an dem Tage, wo er den Streit glücklich vollbracht haben wird, will ich sterben. Ein Strick oder Gift soll mich vom verhaßten Leben befreien. – Aber wird mich dieses retten, wird mich nicht üble Nachrede durchs ganze Kolchierland verfolgen und sagen, daß ich mein Haus beschimpft habe, daß ich einem fremden Manne zuliebe gestorben sei?« Unter solchen Gedanken ging sie, ein Kästchen zu holen, in welchem heil- und todbringende Arzneien sich befanden. Sie stellte es auf ihre Knie und hatte es schon geöffnet, um von den tödlichen Giften zu kosten: da schwebten ihr alle holden Lebenssorgen vor, alle Lebensfreuden, alle Gespielinnen; die Sonne kam ihr schöner vor als vorher, eine unwiderstehliche Furcht vor dem Tode ergriff sie; sie stellte das Kästchen auf den Boden. Hera, die Beschützerin Iasons, hatte ihr Herz verwandelt. Kaum konnte sie die Morgenröte erwarten, um die versprochenen Zaubermittel zu holen und mit ihnen vor den geliebten Helden zu treten.

Iason und Medea

Während Argos mit der glücklichen Nachricht nach dem Schiff der Helden eilte, als kaum das Morgenrot den Himmel erhellte, war die Jungfrau schon vom Lager aufgesprungen, band ihr blondes Haar auf, das bisher in Trauerflechten heruntergehangen, wischte Tränen und Harm von den Wangen und salbte sich mit köstlichem Nektaröl. Sie zog ein herrliches Gewand an, das schön gekrümmte goldene Nadeln festhielten, und warf einen weißen Schleier über ihr strahlendes Haupt. Alle Schmerzen waren vergessen; mit leichten Füßen durcheilte sie das Haus und befahl ihren jungen Dienerinnen, deren zwölf in ihren Frauengemächern waren, schnell die Maultiere an den Wagen zu spannen, der sie nach dem Tempel der Hekate bringen sollte. Inzwischen holte Medea aus dem Kästchen die Salbe hervor, die man Prometheusöl nannte; wer, nachdem er die Göttin der Unterwelt angefleht, seinen Leib damit salbte, konnte an jenem Tage von keinem Schwertstreiche verwundet, von keinem Feuer versehrt werden, ja, er war den ganzen Tag an Kräften jedem Gegner überlegen. Die Salbe war aus dem schwarzen Saft einer Wurzel bereitet, die aus dem Blute emporgekeimt war, das aus der zerfressenen Leber des Titanensohnes auf die Heiden des Kaukasos geträufelt war. Medea selbst hatte in einer Muschel den Saft dieser Pflanze als kostbares Heilmittel aufgefangen.

Der Wagen war gerüstet; zwei Mägde bestiegen ihn mit der Herrin, sie selbst ergriff Zügel und Peitsche und fuhr, von den übrigen Dienerinnen zu Fuß begleitet, durch die Stadt. Überall wich der Königstochter das Volk ehrerbietig aus dem Wege. Als sie durchs freie Feld am Tempel angekommen war, flog sie mit gewandtem Sprunge vom Wagen und sprach zu ihren Mägden mit listigen, verstellten Worten: »Freundinnen, ich habe wohl schwer gesündigt, daß ich nicht fern von den Fremdlingen geblieben bin, die in unserem Lande angekommen sind! Nun verlangt gar meine Schwester und ihr Sohn Argos, ich soll Geschenke von ihrem Führer annehmen, der die Stiere zu bändigen versprochen hat, und ihn mit Zaubermitteln unverwundlich machen! Ich aber habe zum Scheine zugesagt und ihn hierher in den Tempel bestellt, wo ich ihn allein sprechen soll. Da will ich die Geschenke nehmen, und wir wollen sie nachher untereinander verteilen. Ihm selbst aber werde ich eine verderbliche Arznei reichen, damit er um so gewisser zugrunde geht! Entfernt euch indessen, sobald er kommt, damit er keinen Verdacht schöpfe und ich ihn allein empfangen kann, wie ich verheißen habe.«

Den Mägden gefiel der schlaue Plan. Während diese im Tempel verweilten, machte sich Argos mit seinem Freunde Iason und dem Vogelschauer Mopsos auf. So schön war kein Sterblicher, ja keiner der Göttersöhne zuvor je gewesen, wie heute des Zeus Gemahlin ihren Schützling Iason mit allen Gaben der Huldgöttinnen ausgerüstet hatte. Seine beiden Genossen selbst, so oft sie ihn unterwegs betrachteten, mußten über seine Herrlichkeit staunen. Medea war unterdessen mit ihren Mägden im Tempel, und obwohl sie sich die Zeit mit Singen verkürzten, so war doch ihr Geist in ganz anderen Gedanken, und kein Lied wollte ihr lange gefallen; ihre Augen weilten nicht im Kreise ihrer Dienerinnen, sondern schweiften durch die Tempelpforte verlangend über die Straße hinaus. Bei jedem Fußtritt oder Windhauch richtete sich ihr Haupt begierig in die Höhe. Nicht lange, so trat Iason mit seinen Begleitern in den Tempel, hoch einherschreitend und schön wie Sirius dem Ozean entsteigt. Da war's der Jungfrau, als fiele ihr das Herz aus der Brust. Nacht war vor ihren Augen, und mit heißem Rot bedeckte sich ihre Wange. Inzwischen hatten sie die Dienerinnen alle verlassen. Lange standen der Held und die Königstochter einander stillschweigend gegenüber, schlanken Eichen oder Tannen ähnlich, die auf den Bergen tiefgewurzelt in Windstille regungslos bei einander stehen. Plötzlich aber kommt ein Sturm, und alle Blätter zittern in rauschender Bewegung; so sollten, vom Hauch der Liebe angeweht, sie bald vielbewegte Worte tauschen. »Warum scheuest du mich«, so brach Iason zuerst das Schweigen, »nun, da ich allein bei dir bin? Ich bin nicht, wie andere prahlerische Männer, und war auch zu Hause nie so. Fürchte dich nicht zu fragen und zu sagen, was dir beliebt; aber vergiß nicht, daß wir an einem heiligen Orte sind, wo betrügen ein Frevel wäre: darum täusche mich nicht mit süßen Worten; ich komme als ein Schutzflehender und bitte dich um die Heilmittel, die du deiner Schwester für mich versprochen. Die harte Notwendigkeit zwingt mich, deine Hilfe zu suchen; verlange welchen Dank du willst, und wisse, daß du den Müttern und Frauen unserer Helden, die uns vielleicht schon, am Ufer sitzend, beweinen, durch deinen Beistand die schwarzen Sorgen zerstreuen und in ganz Griechenland Unsterblichkeit erlangen wirst.«

Die Jungfrau hatte ihn ausreden lassen; sie senkte ihre Augen mit einem süßen Lächeln; ihr Herz erfreute sich seines Lobes, ihr Blick erhob sich wieder, die Worte drängten sich auf ihre Lippen, und gern hätte sie alles zumal gesagt. So aber blieb sie ganz sprachlos, wickelte nur die duftende Binde von dem Kästchen ab, das Iason ihr eilig und froh aus den Händen nahm. Sie aber hätte ihm auch freudig die Seele aus der Brust gegeben, wenn er sie verlangt hätte, so süße Flammen wehte ihr der Liebesgott von Iasons blondem Haupte zu; ihre Seele war durchwärmt, wie der Tau auf den Rosen von den Strahlen der Morgensonne durchglüht wird. Beide blickten verschämt zu Boden, dann richteten sie ihre Augen wieder aufeinander und schickten sehnende Blicke unter den Wimpern hervor. Erst spät und mit Mühe hob die Jungfrau an: »Höre nun, wie ich dir Hilfe schaffen will. Wenn dir mein Vater die verderblichen Drachenzähne zum Säen überliefert hat, dann bade dich einsam im Wasser des Flusses, bekleide dich mit schwarzen Gewändern und grabe eine kreisförmige Grube; in dieser errichte einen Scheiterhaufen, schlachte ein weibliches Lamm und verbrenne es ganz darauf; dann träufle der Hekate ein Trankopfer süßen Honigs aus der Schale und entferne dich wieder vom Scheiterhaufen; auf keinen Fußtritt, auf kein Hundegebell kehre dich um, sonst wird das Opfer vereitelt. Am anderen Morgen salbe dich mit diesem Zaubermittel, das ich hier dir gereicht habe; in ihm wohnt unermeßliche Stärke und hohe Kraft: du wirst dich nicht den Männern, sondern den unsterblichen Göttern gewachsen fühlen. Auch deine Lanze, dein Schwert und deinen Schild mußt du salben, dann wird kein Eisen in Menschenhand, keine Flamme der Wunderstiere dir schaden oder widerstehen können. Doch wirst du so nicht lange sein, sondern nur an jenem einen Tage: dennoch entziehe dich auf keine Weise dem Streit. Ich will dir auch noch ein anderes Hilfsmittel in die Hand geben. Wenn du nämlich die gewaltigen Stiere eingespannt und das Blachfeld durchpflügt hast und schon die von dir ausgesäte Drachensaat aufgegangen ist, so wirf unter sie einen mächtigen Stein: um diesen werden jene rasenden Gesellen kämpfen wie Hunde um ein Stück Brot; indessen kannst du auf sie einstürzen und sie niedermachen. Dann magst du das goldene Vlies unangefochten aus Kolchis mit dir nehmen, dann magst du gehen; ja, gehe nur, wohin dir zu gehen beliebt!« So sprach sie, und heimliche Tränen rollten ihr über die Wange hinab; denn sie dachte daran, daß der edle Held weit fort über die Meere ziehen werde. Traurig redete sie ihn an, indem sie ihn bei der Rechten faßte, denn der Schmerz ließ sie vergessen, was sie tat: »Wenn du nach Hause kommst, so vergiß nicht den Namen Medeas; auch ich will deiner, des Fernen, gedenken. Sage mir auch, wo dein Vaterland ist, nach welchem du auf deinem schönen Schiffe zurückkehren wirst.« Mit diesen Reden der Jungfrau bemächtigte sich auch des Helden eine unwiderstehliche Neigung, und er brach in die Worte aus: »Glaube mir, hohe Fürstin, daß ich, wenn ich dem Tode entrinne, keine Stunde bei Tag und bei Nacht dein vergessen werde. Meine Heimat ist Iolkos in Haimonien, da wo der gute Deukalion, der Sohn des Prometheus, viele Städte gegründet und Tempel gebaut hat. Dort kennt man euer Land auch nicht mit Namen.« – »So wohnest du in Griechenland, Fremdling«, erwiderte die Jungfrau; »dort sind die Menschen wohl gastlicher als hier bei uns; darum erzähle nicht, welche Aufnahme dir hier geworden, sondern gedenke nur in der Stille mein. Ich werde dein gedenken, wenn alles dich hier vergäße. Wärest du aber imstande, mein zu vergessen, o daß dann der Wind einen Vogel aus Iolkos herbeiführte, durch welchen ich dich daran erinnern könnte, daß du durch meine Hilfe von hier entronnen bist! Ja, wäre ich dann vielmehr selbst in deinem Hause und könnte dich mahnen!« So sprach sie und weinte. »O du Gute«, antwortete Iason, »laß die Winde flattern und den Vogel dazu, denn du sprichst Überflüssiges! Aber wenn du selbst nach Griechenland und in meine Heimat kämest, o wie würdest du von Frauen und Männern verehrt, ja wie eine Gottheit angebetet werden, weil ihre Söhne, ihre Brüder, ihre Gatten durch deinen Rat dem Tode entronnen und fröhlich der Heimat zurückgegeben sind; und mir, mir würdest du dann ganz gehören, und nichts sollte unsere Liebe trennen als der Tod.« So sprach er; ihr aber zerfloß die Seele, als sie solches hörte. Zugleich stand vor ihrem Geist alles Schreckliche, womit die Trennung vom Vaterlande drohte, und dennoch zog es sie mit wunderbarer Gewalt nach Griechenland, denn Hera hatte es ihr ins Herz gegeben. Diese wollte, daß die Kolchierin Medea ihr Vaterland verlassen und zu des Pelias' Verderben nach Iolkos kommen sollte.

Inzwischen harrten in der Ferne die Dienerinnen still und traurig; denn die Zeit war längst da, wo die Fürstin nach Hause zurückkehren sollte. Sie selbst hätte die Heimkehr ganz vergessen; denn ihre Seele erfreute sich der trauten Rede, wenn nicht der vorsichtigere Iason, wiewohl auch dieser spät, so gesprochen hätte: »Es ist Zeit zu scheiden, daß nicht das Sonnenlicht früher scheide als wir und die anderen alles inne werden. Laß uns an diesem Orte wieder zusammenkommen.«

Iason erfüllt des Aietes Begehr

So schieden sie. Iason kehrte fröhlich zu seinen Genossen und dem Schiffe zurück. Die Jungfrau begab sich zu ihren Dienerinnen. Diese eilten ihr alle entgegen, – sie aber sah es nicht, denn ihre Seele schwebte hoch in den Wolken. Mit leichten Füßen bestieg sie den Wagen, trieb die Maultiere an, die von selbst nach Hause rannten, und kam zum Palast zurück. Hier hatte Chalkiope voll banger Sorge um ihre Söhne längst auf sie gewartet. Sie saß auf einem Schemel, das gebeugte Haupt mit der linken Hand gestützt; ihre Augen waren feucht unter den Augenlidern, denn sie dachte daran, in welches Übels Genossenschaft sie verstrickt wäre.

Iason erzählte unterdessen seinen Genossen, wie ihm die Jungfrau das herrliche Zaubermittel gereicht habe, zugleich hielt er ihnen die Salbe entgegen. Alle freuten sich; nur Idas, der Held, saß seitwärts und knirschte mit den Zähnen vor Zorn. Am anderen Morgen sandten sie zwei Männer ab, den Drachensamen von Aietes zu erbitten, der sich nicht lange weigerte. Er gab ihnen von desselben Drachen Zähnen, den Kadmos bei Theben umgebracht hatte. Er tat es ganz getrost, denn er hielt es gar nicht für möglich, daß Iason es nur bis zum Säen der Zähne bringen könnte. In der Nacht, die auf diesen Tag folgte, badete sich Iason und opferte der Hekate ganz wie Medea ihm geheißen. Die Göttin selbst vernahm sein Gebet und kam aus ihren tiefen Höhlen hervor, die Entsetzliche, umringt von gräßlichen Drachen, die flammende Eichenäste im Rachen trugen. Hunde der Unterwelt schwärmten bellend um sie her. Der Anger zitterte unter ihrem Tritt, und die Nymphen des Flusses Phasis heulten. Selbst den Iason ergriff Entsetzen, als er heimkehrte; aber dem Gebote der Geliebten getreu, schaute er sich nicht um, bis er wieder bei seinen Genossen war: und schon schimmerte die Morgenröte über dem Schneegipfel des Kaukasos.

Jetzt warf Aietes seinen starken Panzer über, den er im Kampfe mit den Giganten getragen; auf sein Haupt setzte er den goldenen Helm mit vier Büschen und griff zu dem vierhäutigen Schilde, den außer Herakles kein anderer Held hätte aufheben können. Sein Sohn hielt ihm die schnellen Rosse am Wagen: diesen bestieg er und flog, die Zügel in der Hand, aus der Stadt, ihm nach unzähliges Volk. Wie selbst zum Kampfe gerüstet, wollte er dem Schauspiel beiwohnen. Iason aber hatte sich nach Medeas Anleitung mit dem Zauberöle Lanze, Schwert und Schild gesalbt. Rings um ihn her versuchten die Genossen ihre Waffen an der Lanze, aber sie hielt stand, und jene vermochten es nicht, sie auch nur ein wenig zu krümmen; sie war in seiner festen Hand wie zu Stein geworden. Darüber ärgerte sich Idas, des Aphareus Sohn, und führte einen Streich auf den Schaft unter der Spitze; aber der Stahl fuhr zurück wie der Hammer vom Amboß, und fröhlich schrien die Helden auf in der frohen Aussicht auf den Sieg. Jetzt erst salbte sich Iason auch den Leib; da fühlte er entsetzliche Kraft in allen Gliedern, seine beiden Hände schwollen auf von Stärke und verlangten nach dem Kampf. Wie ein Kriegsroß vor der Schlacht wiehernd den Boden stampft, sich aufrichtet und mit gespitzten Ohren den Kopf erhebt, so streckte er sich im Gefühl seiner Streitbarkeit, hob die Füße, schwang den Erzschild und die Lanze mit der Hand. Dann ruderten die Helden mit ihrem Führer bis zum Aresfelde, wo sie den König Aietes und die Menge der Kolchier schon antrafen, jenen am Ufer, diese auf den Klippenvorsprüngen des Kaukasos gelagert. Als das Schiff angebunden war, sprang Iason mit Lanze und Schild gerüstet aus demselben und empfing sofort einen funkelnden Erzhelm voll spitzer Drachenzähne. Dann hing er das Schwert mit einem Riemen um die Schultern und schritt vor, herrlich wie Ares oder Apollon. Auf dem Blachfeld umherblickend sah er bald die ehernen Joche der Stiere auf dem Boden liegen, dabei Pflug und Pflugschar, alles ganz aus Eisen gehämmert. Als er sich das Geräte näher betrachtete, schraubte er die Eisenspitze an den starken Schaft seiner Lanze und legte den Helm nieder. Hierauf schritt er von seinem Schilde gedeckt weiter, nach den Fußstapfen der Tiere forschend. Diese aber brachen von einer anderen Seite unvermutet aus einem unterirdischen Gewölbe hervor, wo ihre festen Ställe waren, beide Flammen schnaubend und in dicken Rauch gehüllt. Iasons Freunde schraken zusammen, als ihr Blick auf die Ungeheuer fiel; er aber stand mit ausgespreizten Beinen, den Schild vorgehalten, und erwartete ihren Anlauf wie ein Meerfels die Fluten. Sie kamen auch wirklich, mit den Hörnern stoßend, auf ihn angestürzt, und doch vermochte ihr Anlauf ihm nicht ein Glied zu verrücken. Wie in den Schmiedewerkstätten die Blasbälge murren und bald mächtige Feuer sprühen machen, bald mit ihrem Atem innehalten, so wiederholten sie brüllend und Flammen speiend ihre Stöße, daß den Helden die Glut wie lauter Blitzstrahlen umzuckte. Ihn aber schirmte das Zaubermittel der Jungfrau. Endlich ergriff er den Stier zur Rechten am äußersten Horn und zog ihn mit allen seinen Kräften, bis er ihn an die Stelle geschleppt, wo das eherne Joch lag. Hier gab er seinen ehernen Füßen einen Fußtritt und warf ihn mit gekrümmten Knien zu Boden. Auf dieselbe Weise zwang er auch den zweiten, der auf ihn losrannte, mit einem einzigen Streich auf die Erde nieder. Dann warf er seinen breiten Schild weg und hielt, von ihren Flammen bedeckt, die beiden niedergeworfenen Stiere mit beiden Händen fest. Aietes mußte die ungeheuere Stärke des Mannes bewundern. Inzwischen reichten ihm Kastor und Polydeukes, wie es unter ihnen verabredet war, die Joche, die auf dem Boden lagen, und er befestigte sie mit Sicherheit an das Genick der Tiere. Dann erhob er die eherne Deichsel und fügte sie in den Ring des Joches. Die Zwillingsbrüder verließen nun schnell das Feuer, denn sie waren nicht gefeit wie Iason. Dieser aber nahm seinen Schild wieder auf und warf ihn am Riemen hinter den Rücken; dann griff er auch wieder zu dem Helme voll Drachenzähne, faßte seine Lanze und zwang mit ihren Stichen die zornigen und Flammen sprühenden Stiere, den Pflug zu ziehen. Durch ihre Kraft und den mächtigen Pflüger wurde der Boden tief aufgerissen, und die gewaltigen Erdschollen krachten in den Furchen. Iason selbst folgte mit festem Tritt und säte die Zähne in den aufgepflügten Boden, vorsichtig rückwärts blickend, ob die aufkeimende Gigantensaat sich nicht gegen ihn erhebe; die Tiere aber arbeiteten sich mit ihren ehernen Hufen vorwärts. Als noch der dritte Teil des Tages übrig war, am hellen Nachmittag, war das ganze Blachfeld, obgleich es vier Juchart faßte, von dem unermüdlichen Pflüger umgeackert, und nun wurden die Stiere vom

Pflug erlöst; diese schreckte der Held mit seinen Waffen, daß sie über das offene Feld hin flohen; er selbst kehrte zum Schiffe zurück, solange er die Furchen noch leer von Erdgeborenen sah. Mit lautem Zuruf umringten ihn von allen Seiten die Genossen: er jedoch sprach nichts, sondern füllte seinen Helm mit Flußwasser und löschte seinen brennenden Durst. Dann prüfte er die Gelenke seiner Knie und erfüllte sein Herz mit neuer Streitlust, wie ein schäumender Eber seine Zähne gegen die Jäger wetzt. Denn schon waren das ganze Feld entlang die Giganten hervorgekeimt: der ganze Areshain starrte von Schilden und spitzen Lanzen und erglänzte von Helmen, so daß der Schimmer durch die Luft bis zum Himmel emporblitzte. Da gedachte Iason an das Wort der schlauen Medea: er faßte einen großen runden Stein auf dem Felde, vier kräftige Männer hätten ihn nicht vom Boden heben können; er aber ergriff ihn leicht mit der Hand und warf ihn springend weit hin mitten unter die bodenentsprossenen Krieger. Er selbst barg sich, ins Knie geworfen, kühn und vorsichtig unter seinem Schilde. Die Kolchier schrien laut auf, wie das Meer braust, wenn es sich an spitzen Klippen bricht. Aietes selbst starrte voll Verwunderung dem Wurfe des ungeheueren Steines nach. Die Erdgeborenen, wie schnelle Hunde, fingen auf einmal an herumzuhüpfen, gingen aufeinander los, brachten sich gegenseitig mit dumpfem Knirschen um, und sie fielen auf ihre Mutter Erde unter ihren Lanzen nieder, wie Tannenbäume oder Eichen, welche Windwirbel umgerissen haben. Als sie mitten im Gefechte begriffen waren, stürzte Iason unter sie, wie ein fallender Stern, der als Wunderzeichen mitten durch die dunkle Nachtluft schießt. Jetzt zog er sein Schwert aus der Scheide, teilte hier und dort Wunden aus, hieb manche, die schon standen, nieder, mähte andere, die erst bis zu den Schultern hervorgewachsen waren, wie Gras ab; anderen spaltete er das Haupt, als sie schon zum Kampfe rannten. Die Furchen strömten vom Blute wie ein Abzugsbach, die Verwundeten und Toten stürzten nach allen Seiten hin, und viele sanken mit blutigen Köpfen wieder so tief in den Boden, als sie hervorgetaucht waren.

An der Seele des Königs Aietes nagte zehrender Ärger; ohne ein Wort zu sprechen, drehte er sich um und kehrte zur Stadt zurück, nur darauf sinnend, auf welche Weise er wirksamer gegen Iason verfahren könnte. Unter diesen Begebenheiten war der Tag zu Ende gegangen, und der Held ruhte unter den Glückwünschen seiner Freunde von der Arbeit.

Medea raubt das goldene Vlies

Die ganze Nacht hindurch hielt der König Aietes die Häupter seines Volkes um sich im Palast versammelt und ratschlagte, wie die Argonauten zu überlisten wären, denn er war es wohl inne geworden, daß alles, was sich den Tag zuvor ereignet hatte, nicht ohne Mitwirkung seiner Töchter geschehen war. Hera, die Göttin, sah die Gefahr, in welcher Iason schwebte; deswegen erfüllte sie das Herz Medeas mit zagender Furcht, daß sie zitterte wie ein Reh im tiefen Walde, das der Jagdhunde Gebell aufgeschreckt hat. Sogleich ahnte sie, daß ihre Hilfe dem Vater nicht verborgen sei; sie fürchtete auch die Mitwissenschaft der Mägde; darum brannten ihre Augen von Tränen und die Ohren sausten ihr. Ihr Haar ließ sie wie in Trauer hängen und, wäre das Schicksal nicht zuwider gewesen, so hätte die Jungfrau durch Gift ihrem Jammer zur Stunde ein Ende gemacht. Schon hatte sie die gefüllte Schale in der Hand, als Hera ihr den Mut aufs neue beflügelte und sie mit verwandelten Gedanken das Gift wieder in seinen Behälter goß. Jetzt raffte sie sich zusammen; sie war entschlossen zu fliehen, bedeckte ihr Lager und die Türpfosten mit Abschiedsküssen, berührte mit den Händen noch einmal die Wände ihres Zimmers, schnitt sich eine Haarlocke ab und legte sie zum Andenken für ihre Mutter aufs Bett. »Lebewohl, geliebte Mutter«, sprach sie weinend, »lebewohl, Schwester Chalkiope und das ganze Haus! O Fremdling! hätte dich das Meer verschlungen, ehe du nach Kolchis gekommen wärest!« Und so verließ sie ihre süße Heimat, wie eine Gefangene fliehend den bitteren Kerker der Sklaverei verläßt. Die Pforten des Palastes taten sich vor ihren Zaubersprüchen auf; durch enge Seitenwege rannte sie mit bloßen Füßen, mit der Linken den Schleier bis über die Wangen herunterziehend, mit der Rechten ihr Nachtgewand vor der Befleckung des Weges schützend. Bald war sie, unerkannt von den Wächtern, draußen vor der Stadt und schlug einen Fußpfad nach dem Tempel ein, denn als Zauberweib und Gifttrankmischerin war sie vom Wurzelsuchen her aller Wege des Feldes wohl kundig. Die Mondgöttin, welche sie so wandeln sah, sprach zu sich selbst, lächelnd herniederscheinend: »So quält denn doch nicht mich allein die Liebe zum schönen Endymion! Oft hast du mich mit deinen Hexensprüchen vom Himmel hinweggezaubert: jetzt leidest du selbst um einen Iason bittere Qualen. Nun, so geh nur, aber, so schlau du bist, hoffe nicht, dem herbsten Schmerz zu entfliehen!« So sprach die Göttin mit sich selber; jene aber trugen ihre Füße eilig davon. Endlich bogen ihre Schritte gegen das Meeresufer ein, wo das Freudenfeuer, das die Helden wegen Iasons Siege die ganze Nacht hindurch auflodern ließen, ihr zum Leitstern diente. Dem Schiffe gegenüber angekommen, rief sie mit lauter Stimme ihren jüngsten Schwestersohn Phrontis; dieser, der mit Iason ihre Stimme erkannte, erwiderte dreimal den dreifachen Ruf. Die Helden, die dies mit hörten, staunten anfangs, dann ruderten sie ihr entgegen. Ehe das Schiff ans jenseitige Ufer gebunden war, sprang Iason vom Verdeck ans Land, Phrontis und Argos ihm nach. »Rettet mich«, rief das Mädchen, indem sie die Knie ihrer Neffen umfaßte, »entreißt mich und euch meinem Vater! Alles ist verraten und keine Hilfe mehr; laßt uns zu Schiffe fliehen, ehe er die schnellen Rosse besteigt; das goldene Vlies will ich euch verschaffen, indem ich den Drachen einschläfere. Du aber, o Fremdling, schwöre mir zu den Göttern vor deinen Genossen, daß du mich Verwaiste in der Fremde nicht beschimpfen willst!« So sprach sie traurig und erfreute Iasons Herz. Er hob die ins Knie Gesunkene sanft vom Boden auf, umfaßte sie und sprach: »Geliebte, Zeus und Hera, die Beschirmerin der Ehe, seien meine Zeugen, daß ich, nach Griechenland zurückgekehrt, dich als rechtmäßige Gattin in mein Haus einführen will!« So schwor er und legte seine Hand in die ihrige. Dann hieß Medea die Helden noch in der Nacht das Schiff nach dem heiligen Haine rudern, um dort das goldene Vlies zu entführen. Die Helden fuhren mit dem Schiffe davon, Iason und die Jungfrau gingen über den Pfad einer Wiese dem Haine zu. Dort suchten sie den hohen Eichbaum, an welchem das goldene Vlies hing, strahlend durch die Nacht, einer Morgenwolke ähnlich, die von der aufgehenden Sonne beschienen wird. Gegenüber aber reckte der schlaflose Drache, aus scharfen Augen in die Ferne blickend, seinen langen Hals den Herannahenden entgegen und zischte fürchterlich, daß die Ufer des Flusses und der ganze Hain widerhallte. Wie über einen angezündeten Wald die Flammen sich hinwälzen, so rollte das Untier mit leuchtenden Schuppen in unzähligen Krümmungen daher. Die Jungfrau aber ging ihm keck entgegen, sie rief mit süßer Stimme den Schlaf, den mächtigsten der Götter an, das Ungeheuer einzulullen; sie rief zur mächtigen Königin der Unterwelt, ihr Vorhaben zu segnen; nicht ohne Furcht folgte ihr Iason. Aber schon durch den Zaubergesang der Jungfrau eingeschläfert, senkte der Drache die Wölbung des Rückens, und sein geringelter Leib dehnte sich der Länge nach aus, nur mit dem gräßlichen Kopfe stand er noch aufrecht und drohte die beiden mit seinem aufgesperrten Rachen zu fassen. Da sprengte Medea ihm mit einem Wacholderstengel unter Beschwörungsformeln einen Zaubertrank in die Augen, dessen Duft ihn mit Schlummer übergoß; jetzt schloß sich sein Rachen, und schlafend dehnte sich der Drache mit seinem ganzen Leibe durch den langen Wald hin.

Auf ihre Ermahnung zog nun Iason das Vlies von der Eiche, während das Mädchen fortwährend den Kopf des Drachen mit dem Zauberöl besprengte. Dann verließen beide eilig den beschatteten Areshain, und Iason hielt von fern schon freudig das große Widdervlies entgegen, von dessen Widerschein seine Stirn und sein blondes Haar in goldenem Schimmer glänzten; auch beleuchtete sein Schein ihm weithin den nächtlichen Pfad. So ging er, es auf der linken Schulter tragend; die goldene Last hing ihm vom Hals bis auf die Füße herunter; dann rollte er es wieder auf, denn immer fürchtete er, ein Mensch oder Gott möchte ihm begegnen und ihn des Schatzes berauben. Mit der Morgenröte traten sie ins Schiff, die Genossen umringten den Führer und staunten das Vlies an, das funkelte wie der Blitz des Zeus; jeder wollte es mit den Händen betasten, aber Iason litt es nicht, sondern warf einen neugefertigten Mantel darüber. Die Jungfrau setzte er auf das Hinterverdeck des Schiffes und sprach dann so zu seinen Freunden: »Jetzt, ihr Lieben, laßt uns eilig ins Vaterland zurückkehren. Durch dieser Jungfrau Rat ist vollbracht, weswegen wir unsere Fahrt unternommen haben; zum Lohne führe ich sie als meine rechtmäßige Gemahlin nach Hause; ihr aber helft mir, sie als die Gehilfin ganz Griechenlands beschirmen. Denn ich zweifle nicht, bald wird Aietes da sein und mit allem seinem Volke unsere Ausfahrt aus dem Flusse hindern wollen! Deswegen soll von euch abwechslungsweise die eine Hälfte rudern, die andere, unsere mächtigen Schilde aus Rindshaut den Feinden entgegenhaltend, die Rückfahrt schirmen. Denn in unserer Hand steht jetzt die Heimkehr zu den Unsrigen und die Ehre oder Schande Griechenlands!« Mit diesen Worten hieb er die Taue ab, mit denen das Schiff angebunden war, warf sich in volle Rüstung und stellte sich neben das Mägdlein, dem Steuermann Ankaios zur Seite. Das Schiff eilte unter den Rudern der Mündung des Flusses entgegen.

Die Argonauten, verfolgt, entkommen mit Medea

Inzwischen hatten Aietes und alle Kolchier Medeas Liebe, Taten und Flucht erfahren. Sie traten bewaffnet auf dem Markte zusammen, und bald sah man sie mit lautem Schalle das Ufer des Flusses hinabziehen: Aietes fuhr auf einem festgezimmerten Wagen, mit den Pferden, die ihm der Sonnengott verliehen; in der Linken trug er einen runden Schild, in der Rechten eine lange Pechfackel; an seiner Seite lehnte die gewaltige Lanze. Die Zügel der Rosse handhabte sein Sohn Apsyrtos. Als sie aber an der Mündung des Flusses angekommen waren, da fuhr das Schiff, von den unermüdlichen Rudern getrieben, schon weit auf der hohen See. Fackel und Schild entsanken dem König; er hob die Hände gen Himmel, rief Zeus und den Sonnengott zu Zeugen der Übeltaten und erklärte grimmig seinen Untertanen: wenn sie ihm die Tochter nicht, zu Wasser oder zu Lande ergriffen, herbeiführen würden, daß er, seines Herzens Gelüste folgend, Rache üben könnte, so sollten sie es alle mit ihren Häuptern büßen. Die erschrockenen Kolchier zogen noch an demselben Tage ihre Schiffe in die See, spannten Segel aus und fuhren hinaus ins Meer; ihre Flotte, welche des Königs Sohn Apsyrtos befehligte, glich einer unabsehbaren Vogelschar, welche die Luft verdunkelnd über die See dahin schwirrt.

In die Segel der Argonauten blies der günstigste Wind, denn Heras Wille war es, daß die Kolchierin Medea sobald als möglich das Verderben in des Pelias Haus bringen solle. Schon mit der dritten Morgenröte banden sie das Schiff beim Flusse Halys am Ufer der Paphlagonen an. Hier brachten sie auf Medeas Geheiß der Göttin Hekate, die sie gerettet hatte, ein Opfer. Da fiel ihrem Führer und auch anderen Helden ein, daß der alte Wahrsager Phineus ihnen zur Rückkehr auf einem neuen Wege geraten hatte; der Gegenden aber war keiner kundig. Nun belehrte sie Argos, der Sohn des Phrixos, der es aus Priesterschriften wußte, daß sie nach dem Isterflusse steuern sollten, dessen Quellen fern in den rhipaeischen Bergen murmeln und der das Füllhorn seiner Wasser zur Hälfte ins ionische, zur anderen Hälfte ins sizilische Meer ergießt. Als Argos dies geraten, erschien die breite Himmelsfurche eines Regenbogens in der Richtung, in welcher sie fahren sollten, und der günstige Wind ließ nicht ab zu wehen, und das Himmelszeichen hörte nicht auf zu leuchten, bis sie glücklich an die ionische Mündung des Flusses Ister gelangt waren.

Die Kolchier ließen aber mit ihrer Verfolgung nicht nach und kamen, schneller segelnd, mit ihren leichten Schiffen noch vor den Helden an der Mündung des Ister an. Hier legten sie sich in Hinterhalt an den Buchten und Inseln des Ausflusses und verstellten den Helden, als diese sich in der Mündung des Stromes vor Anker gelegt, den Ausweg. Die Argonauten, die Menge der Kolchier fürchtend, landeten und warfen sich auf eine Insel des Flusses; die Kolchier folgten und ein Treffen bereitete sich vor. Da traten die bedrängten Griechen in Unterhandlung, und von beiden Teilen wurde verabredet, daß jedenfalls die Griechen das goldene Vlies, das der König dem Helden Iason für seine Arbeit versprochen hatte, davontragen sollten; die Königstochter Medea aber sollten sie auf einer zweiten Insel, im Tempel der Artemis, aussetzen, bis ein gerechter Nachbarkönig als Schiedsrichter entschieden hätte, ob sie zu ihrem Vater zurückkehren, oder ob sie den Helden nach Griechenland folgen sollte. Bittere Sorgen bemächtigten sich der Jungfrau, als sie solches hörte; sogleich führte sie ihren Geliebten seitwärts an einen Ort, wo keiner seiner Genossen sie hören konnte; dann sprach sie unter Tränen: »Iason, was habt ihr über mich beschlossen? Hat das Glück alles bei dir in Vergessenheit gesenkt, was du mir mit heiligem Eide in der Not versprochen? In dieser Hoffnung habe ich Leichtsinnige, Ehrvergessene Vaterland, Haus und Eltern verlassen, was mein Höchstes war. Für deine Rettung treibe ich mich auf dem Meere mit dir herum; meine Vermessenheit hat dir das goldene Vlies verschafft; für dich habe ich Schmach auf den Frauennamen geladen, deswegen folge ich dir als dein Mädchen, als dein Weib, als deine Schwester ins griechische Land. Und darum beschirme mich auch, laß mich nicht allein hier, überlaß mich nicht den Königen zum Urteil. Wenn mich jener Richter meinem Vater zuspricht, so bin ich verloren, wie wäre dir dann deine Rückkehr angenehm? Wie könnte des Zeus Gemahlin, Hera, dieses billigen, sie, deren du dich rühmest? Ja, wenn du mich verlässest, so wirst du einst, in Elend versunken, mein gedenken. Wie ein Traum soll dir das goldene Vlies in den Hades entschwinden! Aus dem Vaterlande sollen dich meine Rachegeister treiben, wie ich durch deine Verkehrtheit aus meinem Vaterlande getrieben worden bin!« So sprach sie in wilder Leidenschaft und gedachte Feuer in das Schiff zu legen, alles zu verbrennen und selbst hineinzustürzen. Bei ihrem Anblick ward Iason scheu, das Gewissen schlug ihm und er sprach mit begütigenden Worten: »Fasse dich, Gute! Mir selbst ist jener Vertrag nicht ernst! Suchen wir ja nur einen Aufschub der Schlacht, weil eine ganze Wolke von Feinden uns umringt, um deinetwillen. Denn alles was hier wohnt, ist den Kolchiern befreundet und will deinem Bruder Apsyrtos helfen, daß er dich als Gefangene dem Vater zurückbringe. Wir alle aber, wenn wir jetzt den Kampf beginnen, werden elendiglich umkommen, und deine Lage wird noch hoffnungsloser, wenn wir gestorben sind und dich den Feinden als Beute zurücklassen. Vielmehr soll jener Vertrag nur ein Hinterhalt sein, der den Apsyrtos ins Verderben stürzt; denn wenn ihr Führer tot ist, so werden den Kolchiern die Nachbarn keine Hilfe mehr leisten wollen.« So sprach er schmeichelnd, und Medea gab ihm den gräßlichen Rat: »Höre mich. Ich habe einmal gesündigt und, vom Verhängnis verblendet, Übles getan. Rückwärts kann ich nicht mehr, so muß ich vorwärts schreiten im Frevel. Wehre du im Treffen die Lanzen der Kolchier ab; ich will den Bruder betören, daß er sich in deine Hände gibt. Du empfange ihn mit einem glänzenden Mahle; kann ich dann die Herolde überreden, daß sie ihn zum Zwiegespräch allein mit mir lassen, alsdann – ich kann nicht widerstreben – magst du ihn töten und die Schlacht den Kolchiern liefern.« Auf diese Weise legten die beiden dem Apsyrtos einen schweren Hinterhalt. Sie sandten ihm viele Gastgeschenke, darunter ein herrliches Purpurkleid, das die Königin von Memnos dem Iason gegeben hatte; die Huldgöttinnen selbst hatten es einst dem Gotte Dionysos gefertigt, und mit himmlischem Duft war es getränkt, seit der nektartrunkene Gott darauf geschlummert hatte. Den Herolden redete die schlaue Jungfrau zu, Apsyrtos sollte im Dunkel der Nacht auf die andere Insel zum Artemistempel kommen; dort wollten sie eine List ausdenken, wie er das goldene Vlies wiederbekäme und es dem König, ihrem Vater, zurückbringen könnte; denn sie selbst, so heuchelte sie, sei von den Söhnen des Phrixos mit Gewalt den Fremdlingen überliefert worden. Nachdem sie so die Friedensboten betört hatte, spritzte sie von ihren Zauberölen in den Wind soviel, daß ihr Duft auch das wildeste Tier vom höchsten Berge herabzulocken kräftig gewesen wäre. Es geschah, wie sie gewünscht hatte. Apsyrtos, durch die heiligsten Versprechungen betrogen, schiffte in dunkler Nacht nach der heiligen Insel hinüber. Dort allein mit der Schwester zusammengekommen, versuchte er das Gemüt der Verschlagenen, ob sie wirklich eine List gegen die Fremdlinge hegte; aber es war, als wenn ein schwacher Knabe durch einen angeschwollenen Bergstrom waten wollte, über den kein kräftiger Mann ungestraft setzen kann. Denn als sie mitten im Gespräche waren, und die Schwester ihm alles zusagte, da stürzte plötzlich Iason aus dem verborgenen Hinterhalt hervor, das bloße Schwert in der Hand. Die Jungfrau aber wandte ihre Augen ab und bedeckte sich mit dem Schleier, um den Mord ihres Bruders nicht mit ansehen zu müssen. Wie ein Opfertier stürzte der Königssohn unter den Streichen Iasons und bespritzte Gewand und Schleier der abgekehrten Medea mit seinem Bruderblut. Aber die Rachegöttin, die nichts übersieht, sah aus ihrem Versteck mit finsterem Auge die gräßliche Tat, die hier begangen ward.

Nachdem Iason sich von dem Morde gereinigt und den Leichnam begraben hatte, gab Medea den Argonauten mit einer Fackel das verabredete Zeichen. Diese, die sich während der Unterhandlung wieder auf ihr Schiff zurückbegeben hatten, landeten jetzt auf der Artemisinsel und fielen, wie Habichte über Taubenscharen oder Löwen über Schafherden über die ihres Führers beraubten Begleiter des Apsyrtos her. Keiner entging dem Tode. Iason, der den Seinigen zu Hilfe kommen wollte, erschien zu spät, denn schon war der Sieg entschieden.

Weitere Heimfahrt der Argonauten

Auf des Peleus Rat fuhren die Helden aus der Mündung hervor und schleunig davon, ehe die zurückgelassenen Kolchier zur Besinnung kommen konnten. Als diese inne wurden, was geschehen war, gedachten sie anfangs, die Feinde zu verfolgen, aber Hera schreckte sie mit warnenden Blitzen vom Himmel, und da sie zu Hause den Zorn des Königs fürchteten, wenn sie ihm Sohn und Tochter nicht zurückbrächten, so blieben sie auf den Artemisinseln in der Mündung des Ister zurück und siedelten sich hier an.

Die Argonauten aber schifften an mancherlei Gestaden und Inseln vorüber, auch an dem Eilande, wo die Königin Kalypso, die Tochter des Atlas, wohnte. Schon glaubten sie in der Ferne die höchsten Bergspitzen des heimischen Festlandes aufsteigen zu sehen, als Hera, welche die Pläne des erzürnten Zeus fürchtete, einen Sturm gegen sie erhob, der ihr Schiff mit Ungestüm an die unwirtliche Insel Elektris trieb. Jetzt begann auch das weissagende Holz, das Athene mitten in den Kiel eingefügt hatte, zu sprechen, und entsetzliche Furcht ergriff die Horchenden. »Ihr werdet dem Zorn des Zeus und den Irrfahrten des Meeres nicht entgehen«, tönte das hohle Brett, »bevor nicht die Zaubergöttin Kirke euch den grausamen Mord des Apsyrtos abgewaschen hat. Kastor und Polydeukes sollen zu den Göttern beten, daß sie euch die Pfade des Meeres öffnen und ihr Kirke finden könnet, die Tochter des Sonnengottes und der Perse.« So sprach der hölzerne Mund des Schiffes Argo um die Abenddämmerung. Schauder und Furcht ergriff die Helden, als sie den seltsamen Propheten so Schreckliches verkünden hörten. Die Zwillinge Kastor und Polydeukes allein sprangen auf und hatten den Mut, zu den unsterblichen Göttern um Schutz zu beten; das Schiff aber schoß weiter bis in die innerste Bucht des Eridanos, da wo einst Phaethon verbrannt vom Sonnenwagen in die Flut gefallen war. Noch jetzt schickt er aus der Tiefe Rauch und Glut aus seiner brennenden Wunde hervor, und kein Schiff kann mit leichten Segeln über dieses Gewässer hinfliegen, sondern es springt mitten in die Flamme hinein. Ringsumher am Ufer seufzen, in Pappeln verwandelt, Phaethons Schwestern, die Heliaden, im Winde, und träufeln lichte Tränen aus Bernstein auf den Boden, welche die Sonne trocknet und die Flut in den Eridanos hineinzieht. Den Argonauten half zwar ihr starkes Schiff aus dieser Gefahr, aber alle Lust nach Speise und Trank verging ihnen; denn bei Tage peinigte sie der unerträgliche Geruch, der aus den Fluten des Eridanos vom dampfenden Phaethon aufstieg, und bei Nacht hörten sie ganz deutlich das Wehklagen der Heliaden, und wie die Bernsteintropfen gleich Öltropfen ins Meer rollten. An den Ufern des Eridanos hin kamen sie zu einer Mündung des Rhodanos und wären hineingeschifft, von wannen sie nicht lebendig herauskommen sollten, wenn nicht Hera plötzlich auf einer Klippe erschienen wäre und mit furchtbarer Götterstimme sie abgemahnt hätte. Diese hüllte das Schiff schirmend in schwarzen Nebel, und so fuhren sie an unzähligen Keltenvölkern viele Tage und Nächte vorbei, bis sie endlich das tyrrhenische Ufer erblickten und bald darauf glücklich in den Hafen der Insel Kirkes einliefen.

Hier fanden sie die Zaubergöttin, wie sie, am Meeresgestade stehend, ihr Haupt in den Wellen badete. Ihr hatte geträumt, das Gemach und ganze Haus überströme von Blut, und die Flamme fresse alle Zaubermittel, mit welchen sie sonst die Fremdlinge behext hatte, sie aber schöpfe mit hohler Hand das Blut und lösche das Feuer damit. Dieser entsetzliche Traum hatte sie mit der Morgenröte vom Lager aufgeschreckt und ans Meeresufer getrieben, hier wusch sie Kleider und Haare, als ob sie blutbefleckt wären. Ungeheuere Bestien, nicht anderen Tieren ähnlich, sondern aus den verschiedensten Gliedern zusammengesetzt, folgten ihr herdenweise, wie das Vieh dem Hirten aus dem Stalle. Die Helden ergriff entsetzliches Grausen, zumal da sie der Kirke nur ins Angesicht zu sehen brauchten, um sich zu überzeugen, daß sie die Schwester des grausamen Aietes sei. Die Göttin, als sie die nächtlichen Schrecken von sich entfernt hatte, kehrte schnell wieder um, lockte die Tiere und streichelte sie, wie man Hunde streichelt.

Iason hieß die ganze Mannschaft im Schiffe bleiben, er selbst sprang mit Medea ans Land und zog das widerstrebende Mädchen mit sich fort, Kirkes Palast zu. Kirke wußte nicht, was die Fremden bei ihr suchten. Sie hieß sie auf schönen Sesseln Platz nehmen. Jene aber flüchteten still und traurig an den Herd und ließen sich dort nieder. Medea legte ihr Haupt in beide Hände, und Iason stieß das Schwert, mit welchem er den Apsyrtos umgebracht hatte, in den Boden, legte die Hand auf dasselbe und stützte sein Kinn darauf, ohne die Augen aufzuschlagen. Da merkte Kirke, daß es Schutzflehende seien und verstand sogleich, daß es sich um den Jammer der Verbannung und die Sühnung eines Mordes handle. Sie trug Scheu vor Zeus, dem Beschirmer der Flehenden, und brachte das verlangte Opfer dar, indem sie eine Hündin, die frisch geworfen hatte, schlachtete und den reinigenden Zeus dazu anrief. Ihre Dienerinnen, die Naiaden, mußten die Sühnungsmittel aus dem Hause und ins Meer tragen; sie selbst stellte sich an den Herd und verbrannte heilige Opferkuchen unter feierlichen Gebeten, um den Zorn der Erinnyen zu besänftigen und die Verzeihung des Göttervaters für die Mordbefleckten anzurufen. Als alles vorüber war, ließ sie die Fremden erst auf die glänzenden Stühle sitzen und setzte sich ihnen gegenüber. Dann fragte sie die Fremdlinge über ihr Geschäft und ihre Schiffahrt, woher sie kämen, warum sie hier gelandet und wofür sie ihren Schutz begehrt hätten: denn ihr blutiger Traum war ihr wieder in den Sinn gekommen. Als die Jungfrau nun ihr Haupt aufrichtete und ihr ins Angesicht sah, fielen ihr die Augen des Mädchens auf: denn Medea stammte ja, wie Kirke selbst, vom Sonnengotte; und alle Abkömmlinge dieses Gottes haben strahlende Augen voll Goldglanz. Nun verlangte sie die Muttersprache der Landesflüchtigen zu hören, und die Jungfrau fing an, in kolchischer Mundart, alles, was mit Aietes, den Helden und ihr geschehen war, der Wahrheit nach zu erzählen; nur die Ermordung ihres Bruders Apsyrtos wollte sie nicht gestehen.

Aber der Zaubergöttin Kirke blieb nichts verborgen; doch jammerte sie ihre Nichte und sie sprach: »Arme, du bist unehrlich geflohen und hast einen großen Frevel begangen. Gewiß wird dein Vater nach Griechenland kommen, den Mord seines Sohnes an dir zu rächen. Von mir jedoch sollst du kein weiteres Übel leiden, weil du eine Schutzflehende und dazu meine Verwandte bist. Nur verlange auch keine Hilfe von mir. Entferne dich mit dem fremden Manne, wer es auch sein mag. Ich kann weder deine Pläne noch deine schimpfliche Flucht billigen!« Ein unendlicher Schmerz ergriff die Jungfrau bei diesen Worten. Sie warf den Schleier über ihr Haupt und weinte bitterlich, bis der Held sie an der Hand ergriff und die Wankende mit sich aus Kirkes Palast hinausführte.

Doch Hera erbarmte sich ihrer Schützlinge. Sie sandte ihre Botin Iris auf dem bunten Regenbogenpfade zur Meeresgöttin Thetis hinab, ließ diese zu sich rufen und empfahl das Heldenschiff ihrem Schirm. Sogleich mit Iasons und Medeas Ankunft an Bord fingen nun sanfte Zephyre zu wehen an; leichteren Mutes lichteten die Helden die Anker und spannten die hohen Segel aus. Mit sanftem Winde wogte das Schiff weiter, und bald stellte sich ihnen eine schöne blühende Insel dar, die der Sitz der trügerischen Sirenen war, welche die Vorüberschiffenden durch ihre Gesänge anzulocken und zu verderben pflegten. Halb Vögel, halb Jungfrauen saßen sie immer auf ihrer Warte, und kein Fremder, der vorüberfuhr, entging ihnen. Auch jetzt sangen sie den Argonauten die schönsten Lieder zu, und schon waren diese im Begriff, die Taue nach dem Ufer zu werfen und anzulegen, als der thrakische Sänger Orpheus sich von seinem Sitz erhob und seine göttliche Leier so mächtig zu schlagen begann, daß sie die Stimmen der Jungfrauen übertönte; zugleich blies ein tönender gottgesandter Zephyr in den Rücken des Schiffes, so daß der Sirenengesang ganz in den Lüften verhallte. Nur einer der Genossen, Butes, der Sohn des Teleon, hatte der hellen Stimme der Sirenen nicht zu widerstehen vermocht, sprang von der Ruderbank ins Meer und schwamm dem verführerischen Hall entgegen. Er wäre verloren gewesen, wenn ihn nicht die Beherrscherin des Berges Eryx in Sizilien, Aphrodite, erblickt hätte. Sie riß ihn mitten aus den Wirbeln heraus und warf ihn auf ein Vorgebirge dieser Insel, wo er hinfort wohnen blieb. Die Argonauten betrauerten ihn für tot und schifften neuen Gefahren entgegen, denn sie kamen an eine Meerenge, wo auf der einen Seite der steile Fels der Skylla in die Fluten hinausragte und das Schiff zu zerbrechen, auf der anderen Seite der Strudel der Charybdis die Wasser in die Tiefe riß und das Schiff zu verschlingen drohte. Dazwischen irrten unter der Flut vom Grunde losgerissene Felsen, wo sonst die glühende Werkstätte des Hephaistos ist; jetzt aber rauchte sie nur und erfüllte den Äther mit Finsternis. Hier begegneten ihnen von allen Seiten die Meernymphen, des Nereus Töchter; im Rücken des Schiffes faßte ihre Fürstin Thetis selbst das Steuerruder. Alle miteinander umgaukelten das Schiff, und wenn es sich den schwimmenden Felsen nähern wollte, so stieß es eine Nymphe der anderen zu, wie Jungfrauen, die Ball spielen. Bald stieg es mit den Wellen hoch zu den Wolken, bald stieg es wieder in den Abgrund hinab. Auf dem Gipfel einer Klippe sah, den Hammer auf die Schulter gelehnt, Hephaistos dem Schauspiel zu, und vom gestirnten Himmel herab des Zeus Gemahlin Hera; diese aber ergriff Athenes Hand, denn sie konnte es ohne Schwindel nicht mit ansehen. Endlich waren sie den Gefahren glücklich entgangen und fuhren weiter auf der offenen See, bis sie zu der Insel kamen, wo die guten Phaiaken und ihr frommer König Alkinoos wohnten.

Neue Verfolgung der Kolchier

Hier waren sie aufs gastlichste aufgenommen worden und wollten sich eben recht gütlich tun, als plötzlich an der Küste ein furchtbares Heer der Kolchier erschien, deren Flotte auf einem anderen Wege bis hierher vorgedrungen war. Sie verlangten die Königstochter Medea, um sie in das väterliche Haus zurückzuführen, oder bedrohten die Griechen mit einer mörderischen Schlacht schon jetzt, und noch mehr, wenn Aietes selbst mit einem noch gewaltigeren Heere nachkommen würde. Der gute König Alkinoos aber hielt sie, da sie schon in die Schlacht eilten, zurück, und Medea umfaßte die Knie seiner Gemahlin Arete: »Herrin, ich flehe dich an«, sprach sie, »laß mich nicht zu meinem Vater bringen; wenn du anders dem menschlichen Geschlechte angehörst, das allzumal durch leichten Irrtum in schnelles Unglück stürzt. So ist auch mir die Besonnenheit entschwunden. Doch nicht Leichtsinn, sondern nur entsetzliche Furcht hat mich zur Flucht mit diesem Manne bewogen. Als Jungfrau führt er mich in seine Heimat. Darum erbarme dich meiner, und die Götter mögen dir langes Leben und Kinder, und deiner Stadt unsterbliche Zier gewähren.« Auch den einzelnen Helden warf sie sich flehend zu Füßen: ein jeder aber, den sie anrief, hieß sie guten Mutes sein, schüttelte die Lanze, zog sein Schwert und versprach ihr beizustehen, wenn Alkinoos sie ausliefern wollte.

In der Nacht ratschlagte der König mit seiner Gemahlin über das kolchische Mädchen. Arete bat für sie und erzählte ihm, daß der große Held Iason sie zu seiner rechtmäßigen Gemahlin machen wolle. Alkinoos war ein sanfter Mann, und sein Gemüt wurde noch weicher, als er dieses hörte. »Gern würde ich«, erwiderte er seiner Gemahlin, »die Kolchier den Helden und der Jungfrau zuliebe auch mit den Waffen vertreiben, aber ich fürchte das Gastrecht des Zeus zu verletzen; auch ist es nicht klug, den mächtigen König Aietes zu reizen, denn, so ferne er wohnt, er wäre doch imstande, Griechenland mit einem Kriege zu überziehen. Höre daher den Ratschluß, den ich gefaßt habe. Ist das Mädchen noch eine freie Jungfrau, so soll sie ihrem Vater zurückgegeben werden; ist sie aber des Helden Gemahlin, so werde ich sie dem Gatten nicht rauben, denn diesem gehört sie vor dem Vater.« Arete erschrak, als sie diesen Entschluß des Königs hörte. Noch in der Nacht sandte sie einen Herold zu Iason, der ihm alles hinterbrachte und ihm riet, sich noch vor Anbruch des Morgens mit Medea zu vermählen. Die Helden, welchen Iason den unerwarteten Vorschlag mitteilte, waren es alle zufrieden, und so wurde unter den Liedern des Orpheus in einer heiligen Grotte die Jungfrau feierlich zur Gattin Iasons geweiht.

Am anderen Morgen, als die Ufer der Insel und das tauige Feld von den ersten Sonnenstrahlen schimmerten, rührte sich alles Phaiakenvolk auf den Straßen der Stadt, und am anderen Ende der Insel standen die Kolchier auch schon unter den Waffen. Alkinoos trat versprochenermaßen hervor aus seinem Palast, das goldene Szepter in der Hand, zu richten über das Mädchen; hinter ihm gingen scharenweise die edelsten Phaiaken einher; auch die Frauen waren zusammengekommen, um die herrlichen Helden der Griechen zu schauen, und viele Landleute hatten sich versammelt, denn Hera hatte das Gerücht weit und breit ausgestreut. So war alles vor den Mauern der Stadt bereit, und die Opfer dampften zum Himmel empor. Schon lange harrten hier die Helden der Entscheidung. Als nun der König auf seinem Thron Platz genommen hatte, trat Iason hervor und erklärte mit eidlicher Bekräftigung die Königstochter Medea für seine rechtmäßige Gemahlin. Sobald Alkinoos dieses hörte und Zeugen der Vermählung aufgetreten waren, tat er mit einem feierlichen Schwur den Ausspruch, daß Medea nicht ausgeliefert werden sollte, und schirmte seine Gäste. Vergebens widersetzten sich die Kolchier; der König hieß sie entweder als friedliche Gäste in seinem Lande wohnen oder mit ihren Schiffen sich aus seinem Hafen entfernen. Sie aber, die den Zorn ihres Landesherrn fürchteten, wenn sie ohne seine Tochter zurückkehrten, wählten das letztere. Am siebenten Tage brachen auch die Argonauten, ungern von Alkinoos entlassen und herrlich beschenkt, zur Weiterfahrt auf.

Letzte Abenteuer der Helden

Wieder waren sie an mancherlei Ufern und Inseln vorübergesegelt, und schon erblickten sie in der Ferne die heimische Küste des Pelopslandes (Peloponnesos), als ein grausamer Nordsturm das Schiff erfaßte und mitten durchs libysche Meer neun volle Tage und Nächte auf ungewissem Pfade dahinjagte. Endlich wurden sie an das Sandwüstenufer der afrikanischen Syrten verschlagen, in eine Bucht, deren Gewässer, mit dichtem Seegras und trägem Schaume bedeckt, wie ein Sumpf in starrer Ruhe brütete. Ringsum breiteten sich Sandflächen aus, auf denen kein Tier, kein Vogel sichtbar ward. Hier wurde das Schiff von der Flut so dicht aufs Gestade geschwemmt, daß der Kiel ganz auf dem Sande aufsaß. Mit Schrecken sprangen die Helden aus dem Schiff, und mit Entsetzen erblickten sie den breiten Erdrücken, der sich, der Luft ähnlich, ohne Abwechslung ins Unendliche ausdehnte. Kein Wasserquell, kein Pfad, kein Hirtenhof zeigte sich; alles ruhte in totem Schweigen. »Weh uns, wie heißt dieses Land? Wohin haben uns die Stürme verschlagen?« So fragten einander die Genossen. »Wären wir doch lieber mitten in die schwimmenden Felsen hineingefahren! Hätten wir lieber gegen des Zeus Willen etwas unternommen und wären in einem großen Versuch untergegangen!« – »Ja«, sagte der Steuermann Ankaios, »die Flut hat uns sitzen lassen und wird uns nicht wieder abholen. Alle Hoffnung der Fahrt und Heimkehr ist abgeschnitten, steure wer da kann und will!« Damit ließ er das Steuerruder aus der Hand gleiten und setzte sich weinend im Schiffe nieder. Wie Männer in einer verpesteten Stadt untätig, Gespenstern gleich, dem Verderben entgegensehen, so trauerten die Helden, dem öden Ufer entlang schleichend. Als der Abend gekommen war, gaben sie einander traurig die Hände zum Abschied, warfen sich, ohne Nahrung genommen zu haben, der eine da, der andere dort im Sande nieder und erwarteten, in ihre Mäntel gehüllt, eine schlaflose Nacht hindurch, den Tag und den Tod. Auf einer anderen Seite seufzten die phaiakischen Jungfrauen, welche Medea vom König Alkinoos zum Geschenk bekommen hatte, um ihre Herrin gedrängt; sie stöhnten wie sterbende Schwäne, ihren letzten Gesang in die Lüfte verhauchend; und gewiß wären sie alle, Männer und Frauen, untergegangen, ohne daß jemand sie betrauert hätte, wenn sich nicht die Beherrscherinnen Libyens, welche drei Halbgöttinnen waren, ihrer erbarmt hätten. Diese erschienen, mit Ziegenfellen vom Hals bis an die Knöchel bedeckt, um die heiße Mittagsstunde dem Iason und zogen ihm den Mantel, mit dem er sein Haupt bedeckt hatte, leise von den Schläfen. Erschrocken sprang er auf und wandte den Blick voll Ehrfurcht von den Göttinnen ab. »Unglücklicher«, sprachen sie, »wir kennen alle deine Mühsale, aber trauere nicht länger! Wenn die Meeresgöttin den Wagen des Poseidons losgeschirret hat, so zollet eurer Mutter Dank, die euch lange im Leibe getragen hat: dann möget ihr ins glückselige Griechenland zurückkehren.« Die Göttinnen verschwanden, und Iason erzählte seinen Genossen das tröstliche, doch rätselhafte Orakel. Während alle sich noch darüber staunend besannen, ereignete sich ein ebenso seltsames Wunderzeichen. Ein ungeheueres Meerpferd, dem von beiden Seiten goldene Mähnen über den Nakken wallten, sprang vom Meer ans Land und schüttelte den Wasserschaum ab, der von ihm stäubte wie mit Windesflügeln. Freudig erhob jetzt der Held Peleus seine Stimme und rief: »Die eine Hälfte des Rätselwortes ist erfüllt: die Meeresgöttin hat ihren Wagen abgeschirrt, den dieses Roß gezogen hat; die Mutter aber, die uns lange im Leibe getragen, das ist unser Schiff Argo; dem sollen wir jetzt den schuldigen Dank bezahlen. Laßt es uns auf unsere Schultern nehmen und über den Sand hintragen, den Spuren des Meerpferdes nach. Dieses wird ja nicht in den Boden schlüpfen, sondern uns den Weg zu irgendeinem Stapelplatze zeigen.« Gesagt, getan. Die Göttersöhne nahmen das Schiff auf ihre Schultern und seufzten zwölf Tage und zwölf Nächte wandernd unter der Last. Immer ging es über öde wasserlose Sandflächen hin; hätte sie ein Gott nicht gestärkt, sie wären am ersten Tage erlegen. So aber kamen sie endlich glücklich an die tritonische Meerbucht; hier legten sie es von den Schultern nieder, und suchten, vom Durste gepeinigt, wie wütende Hunde, nach einem Quell. Unterwegs begegnete der Sänger Orpheus den Hesperiden, den lieblich singenden Nymphen, welche auf dem heiligen Felde saßen, wo der Drache Ladon die goldenen Äpfel gehütet hatte. Diese flehte der Sänger an, den Schmachtenden eine Wasserquelle zu zeigen. Die Nymphen erbarmten sich, und die vornehmste unter ihnen, Aigle, fing an zu erzählen: »Gewiß ist der kühne Räuber, der gestern hier erschienen ist, dem Drachen das Leben und uns die goldenen Äpfel genommen hat, euch zum Heile erschienen, ihr Fremdlinge. Es war ein wilder Mann, seine Augen funkelten unter der zornigen Stirn; eine rohe Löwenhaut hing ihm über die Schultern, in der Hand trug er einen Ölzweig und die Pfeile, mit welchen er das Ungeheuer erlegt hat. Auch er kam durstig von der Sandwüste her; da er nirgends Wasser fand, stieß er mit seiner Ferse an einen Felsen. Wie von einem Zauberschlag entfloß diesem reichliches Wasser, und der schreckliche Mann legte sich bis an die Brust auf den Boden, stemmte sich mit beiden Händen an den Felsen und trank nach Herzenslust, bis er wie ein gesättigter Stier sich auf die Erde legte.« So sprach Aigle und zeigte ihnen den Felsquell, um den bald alle Helden sich drängten. Der erfrischende Trunk machte sie wieder fröhlich, und: »Wahrlich«, sprach einer, nachdem er die brennenden Lippen noch einmal genetzt, »auch getrennt von uns hat Herakles seine Genossen noch gerettet! Möchten wir ihm doch auf unserer ferneren Wanderung noch begegnen!« So machten sie sich auf, der eine da, der andere dorthin, den Helden zu suchen. Als sie wieder zurückgekommen waren, glaubte ihn nur der scharfblickende Lynkeus von ferne gesehen zu haben, aber nur etwa so, wie ein Bauer den Neumond hinter Wolken erblickt zu haben meint, und er versicherte, daß niemand den Schweifenden erreichen werde. Endlich, nachdem sie durch unglückliche Zufälle zwei Genossen verloren und betrauert hatten, bestiegen sie das Schiff wieder. Lange suchten sie vergebens aus der tritonischen Bucht in die offene See zu gelangen; der Wind blies ihnen entgegen, und das Schiff kreuzte unruhig in dem Hafen hin und her wie eine Schlange, die vergebens aus ihrem Versteck hervorzudringen strebt und zischend mit funkelnden Augen ihr Haupt da und dorthin kehrt. Auf den Rat des Sehers Orpheus stiegen sie daher noch einmal ans Land und weihten den einheimischen Göttern den größten Opferdreifuß, den sie im Schiffe besaßen und den sie am Gestade zurückließen. Auf dem Rückwege begegnete ihnen der Meeresgott Triton in Jünglingsgestalt. Er hob eine Erdscholle vom Boden auf und reichte sie als Zeichen der Gastfreundschaft dem Helden Euphemos, der sie in seinem Busen barg. »Mich hat der Vater«, sprach der Meergott, »zum Beschirmer dieser Meeresgegend gesetzt. Sehet, dort wo das Wasser schwarz aus der Tiefe sprudelt, dort ist der schmale Ausweg aus der Bucht ins offene Meer: dorthin rudert; guten Wind will ich euch schicken. Dann seid ihr nicht mehr ferne von der Pelopsinsel!« Lustig stiegen sie ins Schiff; Triton nahm den Dreifuß auf die Schulter und verschwand damit in den Fluten. Nun kamen sie, nach einer Fahrt von wenigen Tagen, unangefochten nach der Felseninsel Karpathos und wollten von da nach dem herrlichen Eilande Kreta hinüberschiffen. Der Wächter dieser Insel war aber der schreckliche Riese Talos. Er war allein noch übrig aus dem ehernen Geschlechte der Menschen, welche einst aus Buchen entsprossen waren, und Zeus hatte ihn Europa als Schwellenhüter geschenkt, daß er dreimal des Tages mit seinen ehernen Füßen die Runde auf der Insel machen sollte. Dieser war am ganzen Leibe von Erz und deswegen unverwundbar, nur am einen Knöchel hatte er eine fleischerne Sehne und eine Ader, darin Blut floß. Wer diese Stelle wußte und sie treffen konnte, durfte gewiß sein, ihn zu töten, denn er war nicht unsterblich. Als die Helden auf die Insel zuruderten, stand er auf einer der äußersten Klippen mit seiner Wacht beschäftigt; sobald er ihrer ansichtig ward, bröckelte er Felsblöcke los und fing an, sie gegen das herannahende Schiff zu schleudern. Erschrocken ruderten die Argonauten rückwärts; sie hätten, obwohl aufs neue von

Durst geplagt, das schöne Kreta auf der Seite gelassen, hätte sich nicht Medea erhoben und den Erschrockenen zugeredet: »Höret mich, Männer! Ich weiß, wie dieses Ungeheuer zu bändigen ist. Haltet das Schiff nur außerhalb der Steinwurfweite!« Dann hob sie die Falten ihres purpurnen Gewandes empor und bestieg die Schiffsgänge, über welche Iasons Hand sie hinleitete. Mit schauerlicher Zauberformel rief sie dreimal die lebenraubenden Moiren an, die schnellen Hunde der Unterwelt, die in der Luft hausend, allenthalben nach den Lebendigen jagen. Hierauf verzauberte sie die Augenlider des ehernen Talos, daß sie sich schlossen und schwarze Traumbilder vor seine Seele traten. Er sank im Schlafe zusammen und stieß den fleischernen Knöchel an eine spitze Felsenkante, daß das Blut, wie flüssiges Blei, aus der Wunde quoll. Von dem Schmerz aufgeweckt, versuchte er es wieder, einen Augenblick sich aufzurichten; aber wie eine halb angehauene Fichte der erste Windstoß erschüttert und sie endlich krachend in die Tiefe stürzt, so taumelte er noch eine kurze Zeit auf seinen Füßen und stürzte dann entseelt, mit ungeheuerem Schall, in die Meerestiefe.

Jetzt konnten die Genossen ungefährdet landen und erholten sich auf dem gesegneten Eilande bis zum Morgen. Kaum über Kreta hinausgeschifft, erschreckte sie ein neues Abenteuer. Eine entsetzliche Nacht brach ein, die kein Strahl des Mondes, kein Stern erleuchtete; als wäre alle Finsternis aus dem Abgrunde losgelassen, so schwarz war die Luft, sie wußten nicht, ob sie auf dem Meere oder in den Fluten des Tartaros schifften. Mit aufgehobenen Händen flehte Iason zu Phoibos Apollon, sie aus diesem gräßlichen Dunkel zu befreien; Angsttränen stürzten ihm von den Wangen, und er versprach dem Gotte die herrlichsten Weihgeschenke. Dieser vernahm sein Flehen; er kam vom Olymp hernieder, sprang auf einen Meerfels, und den goldenen Bogen hoch in den Händen haltend, schoß er silberne Lichtpfeile über die Gegend hin. In dem plötzlichen Lichtglanze zeigte sich ihnen eine kleine Insel. Auf diese steuerten sie zu und dort erwarteten sie die tröstliche Morgenröte. Als sie wieder im heitersten

Sonnenlichte auf der hohen See dahinfuhren, da gedachte der Held Euphemos eines nächtlichen Traumes. Ihm hatte gedeucht, die Erdscholle des Triton, die er an der Brust liegen hatte, beginne sich zu beleben und aus seinem Busen zu rollen, dann gestaltete sie sich zu einem Jungfrauenbilde, das sprach: »Ich bin die Tochter des Triton und der Libya, vertraue mich den Töchtern des Nereus an, daß ich im Meere wohne bei Anaphe; dann werde ich wieder ans Sonnenlicht hervorkommen und deinen Enkeln bestimmt sein.« An diesen Traum erinnerte sich jetzt Euphemos, denn Anaphe hatte die Insel geheißen, bei der sie den Morgen erwartet hatten. Iason, dem der Held den Traum erzählte, verstand seinen Sinn alsbald: er riet dem Freunde, die Erdscholle, die er auf dem Herzen trug, in die See zu werfen. Dieser tat es und siehe da, vor den Augen der Schiffenden erwuchs aus dem Meeresgrunde eine blühende Insel mit fruchtbarem Rücken. Man nannte sie Kalliste, d. h. *die Schönste*, und Euphemos bevölkerte sie in der Folge mit seinen Kindern.

Dies war das letzte Wunder, das die Helden erlebten. Bald darauf nahm sie die Insel Aigina auf. Von dort der Heimat zusteuernd, lief ohne weiteren Unfall das Schiff Argo mit seinen Helden glücklich in den Hafen von Iolkos ein. Iason weihte das Schiff auf der korinthischen Meerenge dem Poseidon, und als es längst in Staub zerfallen war, glänzte es, in den Himmel erhoben, am südlichen Firmament als ein leuchtendes Gestirn.

Iasons Ende

Iason gelangte nicht zu dem Throne von Iolkos, um dessentwillen er die gefahrvolle Fahrt bestanden, Medea ihrem Vater geraubt und an ihrem Bruder einen schändlichen Mord begangen hatte. Er mußte das Königreich dem Sohne des Pelias, Akastos, überlassen und sich mit seiner jungen Gemahlin nach Korinth flüchten. Hier wohnte er zehn Jahre mit ihr, und sie gebar ihm drei Söhne. Die beiden ältesten waren Zwillinge und hießen Thessalos und Alkimenes; der dritte, Tisander, war viel jünger. Während jener Zeit war Medea nicht nur um ihrer Schönheit willen, sondern auch wegen ihres edlen Sinnes und ihrer übrigen Vorzüge von ihrem Gatten geliebt und geehrt. Als aber später die Zeit die Reize ihrer Gestalt allmählich vertilgte, wurde Iason von der Schönheit eines jungen Mädchens, der Tochter des Korintherkönigs Kreon, mit Namen Glauke, entzündet und betört. Ohne daß seine Gattin darum wußte, warb er um die Jungfrau, und nachdem der Vater eingewilligt und den Tag der Hochzeit bestimmt hatte, suchte er erst seine Gemahlin zu bewegen, daß sie freiwillig auf die Ehe verzichten sollte. Er versicherte sie auch, daß er die neue Heirat nicht schließen wolle, weil er ihrer Liebe überdrüssig sei, sondern aus Fürsorge für seine Kinder suche er in Verwandtschaft mit dem hohen Königshause zu treten. Aber Medea ward entrüstet über diesen Antrag und rief zürnend die Götter an, als Zeugen seiner Schwüre. Iason achtete dies nicht und vermählte sich mit der Königstochter. Verzweifelnd irrte Medea in dem Palast ihres Gatten umher. »Wehe mir«, rief sie, »möchte die Flamme des Himmels auf mein Haupt hernieder zücken. Was soll ich länger leben? Möchte der Tod sich meiner erbarmen. O Vater, o Vaterstadt, die ich schimpflich verlassen habe! O Bruder, den ich gemordet und dessen Blut jetzt über mich kommt! Aber nicht an meinem Gatten Iason war es, mich zu strafen, für ihn habe ich gesündigt! Göttin der Gerechtigkeit, mögest du ihn und sein junges Kebsweib verderben!«

Noch jammerte sie so, als Kreon, Iasons neuer Schwiegervater, im Palast ihr begegnete. »Du finster Blickende, auf deinen Gemahl Ergrimmte«, redete er sie an, »nimm deine Söhne an der Hand und verlaß mir mein Land auf der Stelle; ich werde nicht nach Hause kehren, ehe ich dich über meine Grenzen gejagt.« Medea, ihren Zorn unterdrückend, sprach mit gefaßter Stimme: »Warum fürchtest du ein Übel von mir, Kreon? Was hast du mir Böses getan, was warst du mir schuldig? Du hast deine Tochter dem Manne gegeben, der dir gefallen hat. Was ging ich dich an? Nur meinen Gatten hasse ich, der mir alles schuldig ist. Doch, es ist geschehen: mögen sie als Gatten leben. Mich aber laßt in diesem Lande wohnen, denn obgleich ich tief gekränkt bin, so will ich doch schweigen und den Mächtigeren mich unterwerfen.« Aber Kreon sah ihr die Wut in den Augen an, er traute ihr nicht, obgleich sie seine Knie umschlang und ihn bei dem Namen der eigenen, ihr so verhaßten Tochter Glauke beschwor. »Geh«, erwiderte er, »und befreie mich von Sorgen!« Da bat sie nur um einen einzigen Tag Aufschub, um einen Weg zur Flucht und ein Asyl für ihre Kinder wählen zu können. »Meine Seele ist nicht tyrannisch«, sprach da der König, »schon viel törichte Nachgiebigkeit habe ich aus falscher Scheu geübt. Auch jetzt fühle ich, daß ich nicht weise handle, dennoch sei es dir gestattet, Weib.«

Als Medea die gewünschte Frist erhalten hatte, bemächtigte sich ihrer der Wahnsinn, und sie schritt zur Vollführung einer Tat, die ihr wohl bisher dunkel im Geiste vorgeschwebt, an deren Möglichkeit sie jedoch selbst nicht geglaubt hatte. Dennoch machte sie vorher einen letzten Versuch, ihren Gatten von seinem Unrecht und seinem Frevel zu überzeugen. Sie trat vor ihn und sprach zu ihm: »O du schlimmster aller Männer, du hast mich verraten, hast einen neuen Ehebund eingegangen, während du doch Kinder hast. Wärest du kinderlos, so wollte ich dir verzeihen; du hättest eine Ausrede. So bist du unentschuldbar; ich weiß nicht, meinst du, die Götter, die damals herrschten, als du mir Treue versprachest, regieren nicht mehr, oder es seien den Menschen neue Gesetze für ihre Handlungen gegeben worden, daß du glaubst meineidig werden zu dürfen? Sage mir, ich will dich fragen, als wenn du mein Freund wärest: wohin rätst du mir zu gehen? Schickst du mich zurück in meines Vaters Haus, den ich verraten, dem ich den Sohn getötet habe, dir zuliebe? Oder welche andere Zuflucht weißt du für mich? Fürwahr, es wird ein herrlicher Ruhm für dich, den Neuvermählten, sein, wenn deine erste Gattin mit deinen eigenen Söhnen in der Welt betteln geht!« Doch Iason war verhärtet. Er versprach ihr, sie und die Kinder, mit reichlichem Gelde und Briefen an seine Gastfreunde versehen, zu entlassen. Sie aber verschmähte alles: »Geh, vermähle dich«, sprach sie, »du wirst eine Hochzeit feiern, die dich gereuen wird!« Als sie ihren Gemahl verlassen hatte, reuten sie die letzten Worte wieder, nicht weil sie anderen Sinnes geworden war, sondern weil sie fürchtete, er möchte ihre Schritte beobachten und sie an der Ausführung ihres Frevels verhindern. Sie ließ daher um eine zweite Unterredung mit ihm bitten und sprach zu ihm mit veränderter Miene: »Iason, verzeihe mir, was ich gesprochen; der blinde Zorn hat mich verführet, ich sehe jetzt ein, daß alles, was du getan hast, zu unserem eigenen Besten gereichen soll. Arm und verbannt sind wir hierher gekommen, du willst durch deine neue Heirat für dich, für deine Kinder, zuletzt auch für mich selbst sorgen. Wenn sie eine Weile fern gewesen sind, wirst du deine Söhne zurückberufen, wirst sie teilnehmen lassen an dem Glücke der Geschwister, die sie erhalten sollen. Kommt herbei, Kinder, umarmt euren Vater, versöhnet euch mit ihm, wie ich mich mit ihm versöhnet habe!« Iason glaubte an diese Sinnesänderung und war hocherfreut darüber, er versprach ihr und den Kindern das Beste; und Medea fing an, ihn noch sicherer zu machen. Sie bat ihn, die Kinder bei sich zu behalten, und sie allein ziehen zu lassen. Damit die neue Gattin und ihr Vater dieses dulde, ließ sie aus ihrer Vorratskammer köstliche goldene Gewänder holen und reichte sie dem Iason als Brautgeschenk für die Königstochter. Nach einigem Bedenken ließ dieser sich überreden, und ein Diener ward abgesandt, die Gaben der Braut zu bringen. Aber diese köstlichen Kleider waren mit Zauberkraft getränkte giftige Gewänder, und als Medea heuchlerischen Abschied von ihrem Gatten genommen hatte, harrte sie von Stunde zu Stunde der Nachricht vom Empfang ihrer Geschenke, die ein vertrauter Bote ihr bringen sollte. Dieser kam endlich und rief ihr entgegen: »Steig in dein Schiff, Medea, fliehe! fliehe! deine Feindin und ihr Vater sind tot. Als deine Söhne mit ihrem Vater das Haus der Braut betraten, freuten wir Diener uns alle, daß die Zwietracht verschwunden und die Versöhnung vollkommen sei. Die junge Königin empfing deinen Gatten mit heiterem Blick; als sie aber die Kinder sah, bedeckte sie ihre Augen, wandte das Antlitz ab und verabscheute ihre Gegenwart. Doch Iason besänftigte ihren Zorn, sprach ein gutes Wort für dich und breitete die Geschenke vor ihr aus. Als sie die herrlichen Gewänder sah, wurde ihr Herz von der Pracht gereizt, es wandte sich und sie versprach ihrem Bräutigam, in alles zu willigen. Als dein Gemahl mit den Söhnen sie verlassen hatte, griff sie mit Begierde nach dem Schmuck, legte den Goldmantel um, setzte den goldenen Kranz sich ins Haar, und betrachtete sich vergnügt in einem hellen Spiegel. Dann durchwandelte sie die Gemächer und freute sich wie ein kindisches Mädchen ihrer Herrlichkeit. Bald aber wechselte das Schauspiel. Mit verwandelter Farbe, an allen Gliedern zitternd, wankte sie rückwärts, und bevor sie ihren Sitz erreicht hatte, stürzte sie auf den Boden nieder, erbleichte, begann die Augensterne zu verdrehen und Schaum trat ihr über den Mund. Wehklagen ertönten in dem Palast, die einen Diener eilten zu ihrem Vater, die anderen zu ihrem künftigen Gatten. Inzwischen flammte der verzauberte Kranz auf ihrem Haupte in Feuer auf; Gift und Flamme zehrten an ihr um die Wette, und als ihr Vater jammernd herbeigestürzt kam, fand er nur noch den entstellten Leichnam der Tochter. Er warf sich in Verzweiflung auf sie; von dem Gifte des mörderischen Gewandes ergriffen, hat auch er sein Leben geendet. Von Iason weiß ich nichts.«

Die Erzählung dieser Greuel, statt die Wut Medeas zu dämpfen, entflammte sie vielmehr; und ganz zur Erinnye der Rachsucht geworden, rannte sie fort, ihrem Gatten und sich selbst den tödlichsten Schlag zu versetzen. Sie eilte nach der Kammer, wo ihre Söhne schliefen, denn die Nacht war herbeigekommen. »Waffne dich, mein Herz«, sprach sie unterwegs zu sich selber, »was zögerst du, das Gräßliche und Notwendige zu vollbringen? Vergiß, Unglückliche, daß es deine Kinder sind, daß du sie geboren hast. Nur diese eine Stunde vergiß es! Nachher beweine sie dein ganzes Leben lang. Du tust ihnen selbst einen Dienst. Tötest du sie nicht, so sterben sie von einer feindseligen Hand.«

Als Iason in sein Haus geflogen kam, die Mörderin seiner jungen Braut aufzusuchen und sie seiner Rache zu opfern, scholl ihm das Jammergeschrei seiner Kinder entgegen, die unter dem Mordstahl bluteten; er trat in die aufgestoßene Kammer und fand seine Söhne wie Schuldopfer hingewürgt, Medea aber war nicht zu erblicken. Als er in Verzweiflung sein Haus verließ, hörte er in der Luft ein Geräusch über seinem Haupte. Emporschauend, ward er hier die fürchterliche Mörderin gewahr, wie sie auf einem mit Drachen bespannten Wagen, den ihre Kunst herbeigezaubert hatte, durch die Lüfte davonfuhr und den Schauplatz ihrer Rache verließ. Iason hatte die Hoffnung verloren, sie je für ihren Frevel zu strafen; die Verzweiflung kam über ihn, der Mord des Apsyrtos wachte wieder auf in seiner Seele; er stürzte sich in sein Schwert und fiel auf der Schwelle seines Hauses.

DRITTES BUCH

Meleagros und die Eberjagd

Oineus, König von Kalydon, brachte die Erstlinge eines mit besonderer Fülle gesegneten Jahres den Göttern dar, der Demeter Feldfrüchte, dem Bakchos Wein, Öl der Athene und so jeder Gottheit die ihr willkommene Frucht; nur Artemis wurde von ihm vergessen, und ihr Altar blieb ohne Weihrauch. Dies erzürnte die Göttin, und sie beschloß Rache an ihrem Verächter zu nehmen. Ein verheerender Eber wurde von ihr auf die Fluren des Königs losgelassen. Glut sprühten seine roten Augen, sein Nacken starrte, gleich Schanzpfählen richteten sich seine struppigen Borsten auf, aus dem schäumenden Rachen schoß es ihm wie ein Blitzstrahl, und seine Hauer waren gleich riesigen Elefantenzähnen. So stampfte er durch Saaten und Kornfelder hin; Tenne und Scheuer warteten vergeblich auf die versprochene Ernte; die Trauben fraß er mitsamt den Ranken, die Olivenbeeren mitsamt den Zweigen ab; Schäfer und Schäferhunde vermochten ihre Herden, die trotzigsten Stiere ihre Rinder nicht gegen das Ungeheuer zu verteidigen. Endlich erhob sich der Sohn des Königs, der herrliche Held Meleagros, und versammelte Jäger und Hunde, den grausamen Eber zu erlegen. Die berühmtesten Helden aus ganz Griechenland kamen, zu der großen Jagd eingeladen, unter ihnen auch die heldenmütige Jungfrau Atalante aus Arkadien, die Tochter des Iasion. In einem Walde ausgesetzt, von einer Bärin gesäugt, von Jägern gefunden und erzogen, brachte die schöne Männerfeindin ihr Leben im Walde zu und lebte von der Jagd. Alle Männer wehrte sie von sich ab, und zwei Kentauren, die ihr in dieser Einsamkeit nachstellten, hatte sie mit ihren Pfeilen erlegt. Jetzt lockte sie die Liebe zur Jagd hervor in die Gemeinschaft der Helden. Sie kam, ihr einfaches Haar in einen einzelnen Knoten gebunden, über den Schultern hing ihr der elfenbeinerne Köcher, die

Linke hielt den Bogen; ihr Antlitz wäre an Knaben ein Jungferngesicht, an Jungfrauen ein Knabengesicht gewesen. Als Meleagros sie in ihrer Schönheit erblickte, sprach er bei sich selbst: »Glücklich der Mann, den diese würdiget, ihr Gatte zu sein!« Mehr zu denken erlaubte ihm die Zeit nicht, denn die gefährliche Jagd durfte nicht länger aufgeschoben werden.

Die Schar der Jäger ging einem Gehölz mit uralten Stämmen zu, das, in der Ebene anfangend, sich einen Bergesabhang hinanzog. Als die Männer hier angekommen waren, stellten die einen Netze, die anderen ließen die Hunde von der Fessel los, wieder andere folgten schon der Fährte. Bald gelangte man in ein abschüssiges Tal, das die geschwollenen Waldbäche ausgehöhlt; Binsen, Sumpfgras, Weidengebüsch und Schilfrohr wucherten unten im Abgrunde. Hier hatte das Schwein im Versteck gelegen und, von den Hunden aufgejagt, durchbrach es das Gehölz wie ein Blitzstrahl die Wetterwolke und stürzte sich wütend mitten unter die Feinde. Die Jünglinge schrien laut auf und hielten ihm die eisernen Spitzen ihrer Speere vor; aber der Eber wich aus und durchbrach eine Koppel von Hunden. Geschoß um Geschoß flog ihm nach, aber die Wunden reizten ihn nur und vermehrten seinen Grimm. Mit funkelndem Auge und dampfender Brust kehrte er um, flog wie ein vom Wurfgeschoß geschleuderter Felsblock auf die rechte Flanke der Jäger und riß ihrer drei, tödlich verwundet, zu Boden. Ein vierter, es war Nestor, der nachmals so berühmte Held, rettete sich auf die Äste eines Eichbaumes, an dessen Stamm der Eber grimmig seine Hauer wetzte. Hier hätten ihn die Zwillingsbrüder Kastor und Polydeukes, die hoch auf schneeweißen Rossen saßen, mit ihren Speeren erreicht, wenn das borstige Tier sich nicht ins unzugänglichere Dickicht geflüchtet hätte. Jetzt legte Atalante einen Pfeil auf ihren Bogen und sandte ihn dem Tier in das Gebüsch nach. Das Rohr traf den Eber unter dem Ohr, und zum erstenmal rötete Blut seine Borsten. Meleagros sah die Wunde zuerst und zeigte sie jubelnd seinen Gefährten: »Fürwahr, o Jungfrau«, rief er, »der Preis der Tapferkeit gebühret dir!« Da schämten sich die Männer, daß ein Weib ihnen den Sieg streitig machen sollte, und alle zumal warfen ihre Speere; aber gerade dieser Schwarm von Geschossen verhinderte die Würfe, das Tier zu treffen. Mit stolzen Worten erhob jetzt der Arkadier Ankaios die doppelte Streitaxt mit seinen beiden Händen und stellte sich zum Hieb ausholend auf die Zehen. Aber der Eber stieß ihm die beiden Hauer in die Weichen, ehe er den Streich vollführen konnte, und er stürzte von Blut gebadet, mit entblößten Gedärmen, auf den Boden. Dann warf Iason seinen Speer, allein diesen lenkte der Zufall in den Nakken einer unschuldigen Dogge. Endlich schoß Meleagros zwei Speere hintereinander ab. Der erste fuhr in den Boden, der zweite dem Eber mitten in den Rücken. Das Tier fing an zu toben und sich im Kreise zu drehen. Schaum und Blut quoll aus seinem Munde, Meleagros versetzte ihm mit dem Jagdspieß eine neue Wunde in den Hals, und nun fuhren ihm von allen Seiten die Spieße in den Leib. Der Eber, weit auf der Erde ausgestreckt, wälzte sich sterbend in seinem Blute. Meleagros stemmte seinen Fuß auf den Kopf des Getöteten, streifte mit Hilfe seines Schwertes die borstige Hülle des Rückens vom Leibe des Tieres nieder, und reichte sie mitsamt dem abgehauenen Haupte, aus dem die mächtigen Hauer hervorschimmerten, der tapferen Arkadierin Atalante. »Nimm die Beute hin«, sprach er, »die von Rechts wegen mir gehörte; ein Teil des Ruhmes soll auch auf dich kommen!« Diese Ehre mißgönnten die Jäger dem Weibe, und rings in der Schar erhob sich ein Gemurmel. Mit geballten Fäusten und lauter Stimme traten vor Atalante die Söhne des Thestios hin, die Brüder der Mutter des Meleagros. »Auf der Stelle«, riefen sie, »lege die Beute nieder, Weib, und erschleiche nicht, was uns zugehört; deine Schönheit dürfte dir sonst wenig helfen, und dein verliebter Gabenspender auch nicht!« Mit diesen Worten nahmen sie ihr das Geschenk weg und sprachen dem Helden das Recht ab, darüber zu verfügen. Dies ertrug Meleagros nicht. Vor Jähzorn knirschend, schrie er: »Ihr Räuber fremden Verdienstes! lernet von mir, wie weit Drohungen von Taten verschieden sind!« Und damit stieß er dem einen, und ehe der sich besinnen konnte, auch dem anderen Oheim den Stahl in die Brust.

Althaia, die Mutter des Meleagros, war auf dem Wege nach dem Göttertempel, um Dankopfer für den Sieg ihres Sohnes darzubringen, als sie die Leichen ihrer Brüder herbeibringen sah. Sie zerschlug sich wehklagend die Brust, eilte in ihren Palast zurück, legte statt der goldenen Freudengewänder schwarze Kleidung an und erfüllte die Stadt mit Jammergeschrei. Aber als sie erfuhr, daß der Urheber des Mordes ihr eigener Sohn Meleagros sei, da versiegten ihre Tränen, ihre Trauer ward in Mordlust verwandelt, und sie schien sich plötzlich auf etwas zu besinnen, das ihrem Gedächtnis längst entschwunden war. Denn als Meleagros nur erst wenige Tage zählte, da waren die Moiren bei dem Wochenbette seiner Mutter Althaia erschienen. »Aus deinem Sohn wird ein tapferer Held«, verkündigte ihr die erste; »dein Sohn wird ein großmütiger Mann sein«, sprach die zweite; »dein Sohn wird so lange leben«, schloß die dritte, »als der eben jetzt auf dem Herde glühende Brand vom Feuer nicht verzehrt wird.« Kaum hatten sich die Moiren entfernt, so nahm die Mutter das hell auflodernde Brandscheit aus dem Feuer, löschte es in Wasserflut, und liebevoll für das Leben ihres Sohnes besorgt, verwahrte sie es im geheimsten ihrer Gemächer. Entflammt von Rache dachte sie jetzt wieder an dieses Holz und eilte in die Kammer, wo es in einem heimlichen Verschluß sorgsam aufbewahrt lag. Sie hieß Kienholz auf Reisig legen und fachte einen lodernden Brand an. Dann ergriff sie das hervorgesuchte Holzscheit. Aber in ihrem Herzen bekämpfte sich Mutter und Schwester, blasse Angst und glühender Zorn wechselten auf ihrem Angesicht, viermal wollte sie den Ast auf die Flammen legen, viermal zog sie die Hand zurück. Endlich siegte die Schwesterliebe über das Muttergefühl. »Wendet eure Blicke hierher«, sprach sie, »ihr Strafgöttinnen, zu diesem Erinnyenopfer! und ihr, kürzlich geschiedene Geister meiner Brüder, fühlet, was ich für euch tue, sieget und nehmet als teuer erkauftes Totengeschenk die unselige Frucht meines eigenen Leibes an! Mir selbst bricht das Herz von Mutterliebe, und bald werde ich dem Troste, den ich euch sende, selbst nachfolgen.« So sprach sie, und mit abgewendetem Blick und zitternder Hand legte sie das Holz mitten in die Flammen hinein.

Meleagros, der inzwischen auch in die Stadt zurückgekehrt war und über seinem Siege, seiner Liebe und seiner Mordtat in wechselnden Empfindungen brütete, fühlte plötzlich, ohne zu wissen woher, seinen innersten Leib von einer heimlichen Fieberglut ergriffen, und verzehrende Schmerzen warfen ihn auf das Lager. Er besiegte sie mit Heldenkraft; aber es jammerte ihn tief, eines unrühmlichen und unblutigen Todes sterben zu müssen. Er beneidete die Genossen, die unter den Streichen des Ebers gefallen waren, er rief den Bruder, die Schwestern, den greisen Vater und mit stöhnendem Munde auch die Mutter herbei, die noch immer am Feuer stand und mit starren Augen dem sich verzehrenden Brande zusah. Der Schmerz ihres Sohnes wuchs mit dem Feuer, aber als allmählich die Kohle sich in der bleichenden Asche verbarg, erlosch auch seine Qual, und er verhauchte seinen Geist mit dem letzten Funken in die Luft. Über seiner Leiche wehklagten Vater und Schwestern, und ganz Kalydon trauerte, nur die Mutter war fern. Den Strick um den Hals gewunden, fand man ihre Leiche vor dem Herde niedergestreckt, auf welchem die verglommene Asche des Feuerbrandes ruhte.

Tantalos

Tantalos, ein Sohn des Zeus, herrschte zu Sipylos in Phrygien und war außerordentlich reich und berühmt. Wenn je einen sterblichen Mann die olympischen Götter geehrt haben, so war es dieser. Seiner hohen Abstammung wegen wurde er zu ihrer vertrauten Freundschaft erhoben, zuletzt durfte er an der Tafel des Zeus speisen und alles mit anhören, was die Unsterblichen unter sich besprachen. Aber sein eitler Menschengeist vermochte das überirdische Glück nicht zu ertragen, und er fing an, mannigfaltig gegen die Götter zu freveln. Er verriet den Sterblichen die Geheimnisse der Götter; er entwendete von ihrer Tafel Nektar und Ambrosia und verteilte den Raub unter seine irdischen Genossen; er barg den köstlichen goldenen Hund, den ein anderer aus dem Tempel des Zeus zu Kreta gestohlen hatte, und als dieser ihn zurückforderte, leugnete er mit einem Eide ab, ihn erhalten zu haben. Endlich lud er im Übermut die Götter wieder zu Gaste, und um ihre Allwissenheit auf die Probe zu setzen, ließ er ihnen seinen eigenen Sohn Pelops schlachten und zurichten. Nur Demeter verzehrte von dem gräßlichen Gericht ein Schulterblatt; die übrigen Götter aber merkten den Greuel, warfen die zerstückelten Glieder des Knaben in einen Kessel, und die Moire Klotho zog ihn mit erneuter Schönheit hervor. Anstatt der verzehrten Schulter wurde eine elfenbeinerne eingesetzt.

Jetzt hatte Tantalos das Maß seiner Frevel erfüllt und wurde von den Göttern in die Hölle gestoßen. Hier wurde er von quälendem Leiden gepeinigt. Er stand mitten in einem Teiche, und die Wasser spielten ihm um das Kinn, dennoch litt er den brennendsten Durst und konnte den Trank, der ihm so nahe war, niemals erreichen. So oft er sich bückte und den Mund gierig ans Wasser bringen wollte, entschwand vor ihm die Flut versiegend, der dunkle Boden erschien zu seinen Füßen; ein Dämon schien den See ausgetrocknet zu haben. So litt er zugleich den peinigendsten Hunger. Hinter ihm strebten am Ufer des Teiches herrliche Fruchtbäume empor und wölbten ihre Äste über seinem Haupt. Wenn er sich emporrichtete, so lachten ihm saftige Birnen, rotwangige Äpfel, glühende Granaten, liebliche Feigen und grüne Olivenbeeren ins Auge; aber sobald er hinauflangte, sie mit seiner Hand zu fassen, so riß ein Sturmwind, der plötzlich angeflogen kam, die Zweige hoch hinauf zu den Wolken. Zu dieser Höllenpein gesellte sich beständige Todesangst, denn ein großes Felsenstück hing über seinem Haupte in der Luft und drohte unaufhörlich, auf ihn herabzustürzen. So ward dem Verächter der Götter, dem ruchlosen Tantalos, dreifache Qual, niemals endend, in der Unterwelt beschieden.

Pelops

So schwer der Vater an den Göttern sich versündigt hatte, so fromm ehrte sie sein Sohn Pelops. Er war nach der Verbannung seines Vaters in die Unterwelt in einem Kriege mit dem benachbarten König Troias aus seinem Reiche vertrieben worden und wanderte nach Griechenland aus. Eben erst bekleidete sich das Kinn des Jünglings mit schwärzlicher Wolle, aber schon hatte er sich im Herzen eine Gattin auserseehen. Es war dies die schöne Tochter des Königs von Elis, Oinomaos, mit Namen Hippodameia. Sie war ein Kampfpreis, der nicht leicht zu erringen war. Das Orakel hatte nämlich ihrem Vater vorhergesagt, er werde sterben, wenn seine Tochter einen Gatten erhielte. Deswegen wandte der erschrockene König alles an, um jeden Freier von ihr zu entfernen. Er ließ eine Verkündigung in alle Lande hinausgehen, daß derjenige seine Tochter zur Gemahlin erhalten sollte, der ihn selbst im Wagenrennen überwinden würde. Wen aber er, der König, besiegte, der sollte sein Leben lassen. Der Wettlauf geschah von Pisa aus nach dem Altar des Poseidon auf der Meerenge bei Korinth, und die Zeit zur Abfahrt der Wagen bestimmte er also: er selbst wollte erst gemächlich dem Zeus einen Widder opfern, während der Freier mit dem vierspännigen Wagen ausführe; erst wenn er das Opfer beendigt hätte, sollte Oinomaos den Lauf beginnen und auf seinem von dem Wagenlenker Myrtilos geleiteten Wagen, mit einem Spieß in der Hand, den Freier verfolgen. Gelänge es ihm, den vorauseilenden Wagen einzuholen, so sollte er das Recht haben, den Freier mit seinem Spieß zu durchbohren. Als die vielen Freier, welche Hippodameia wegen ihrer Schönheit zählte, dieses vernahmen, waren sie alle getrosten Mutes. Sie hielten den König Oinomaos für einen altersschwachen Greis, der, im Bewußtsein, mit Jünglingen doch nicht in die Wette rennen zu können, ihnen absichtlich einen so großen Vorsprung bewilligte, um seine wahrscheinliche Niederlage aus dieser Großmut erklären zu können. Daher kam einer um den anderen nach Elis gezogen, stellte sich vor den König und begehrte seine Tochter zum Weibe. Dieser empfing sie jedesmal freundlich, überließ ihnen ein schönes Viergespann zur Fahrt und ging hin, dem Zeus seinen Widder zu opfern, wobei er sich gar nicht beeilte. Dann erst bestieg er einen leichten Wagen, vor welchen seine beiden Rosse Phylla und Harpinna gespannt waren, die geschwinder liefen als der Nordwind. Mit ihnen holte sein Wagenlenker die Freier jedesmal noch lange vor Ende der Bahn ein, und unversehens durchbohrte sie der Speer des grausamen Königs von hinten. Auf diese Art hatte er schon mehr denn zwölf Freier erlegt, denn immer holte er sie mit seinen schnellen Pferden ein.

Nun war Pelops vor seiner Fahrt nach der Geliebten an der Halbinsel, die später seinen Namen führen sollte, gelandet. Bald hörte er, was sich zu Elis mit den Freiern zutrage. Da trat er nächtlicherweile ans Meeresufer und rief seinen Schutzgott, den mächtigen Dreizackenschwinger Poseidon, an, der ihm zu Füßen aus der Meeresflut emporrauschte. »Mächtiger Gott«, rief Pelops ihn an, »wenn dir selbst die Geschenke der Liebesgöttin willkommen sind, so lenke den ehernen Speer des Oinomaos von mir ab, entsende mich auf dem schnellsten Wagen gen Elis und führe mich zum Siege. Denn schon hat er dreizehn liebende Männer ins Verderben gestürzt, und noch schiebt er die Hochzeit der Tochter auf. Eine große Gefahr duldet keinen unkriegerischen Mann. Ich bin entschlossen, sie zu bestehen. Wer doch einmal sterben muß, was soll der ein namenloses Alter in Finsternis dasitzend erwarten, alles Edlen unteilhaftig? Darum will ich den Kampf bestehen: du gib mir erwünschten Erfolg!«

So betete Pelops, und sein Flehen war nicht vergebens. Denn abermals rauschte es in den Wassern, und ein schimmernder goldener Wagen mit vier pfeilschnellen Flügelrossen stieg aus den Wellen empor. Auf ihn schwang sich Pelops und flog, die Götterpferde nach Gefallen lenkend, mit dem Wind um die Wette nach Elis. Als Oinomaos ihn kommen sah, erschrak er, denn auf den ersten Blick erkannte er das göttliche Gespann des Meergottes. Doch verweigerte er dem

Fremdling den Wettkampf nach den gewohnten Bedingungen nicht; auch verließ er sich auf die Wunderkraft seiner eigenen Rosse, die es dem Winde zuvortaten. Nachdem die Rosse des Pelops von der Reise durch die Halbinsel gerastet, betrat er mit ihnen die Laufbahn. Schon war er dem Ziele ganz nahe, als der König, der das Widderopfer wie gewöhnlich verrichtet hatte, mit seinen luftigen Rossen plötzlich ihm auf den Nacken kam und schon den Speer schwang, dem kühnen Freier den tödlichen Stoß zu versetzen. Da fügte es Poseidon, der den Pelops beschirmte, daß mitten im Laufe die Räder des königlichen Wagens aus den Fugen gingen und dieser zusammenbrach. Oinomaos stürzte zu Boden und gab vom Falle den Geist auf. In demselben Augenblick hielt Pelops mit seinem Viergespann am Ziele. Als er hinter sich blickte, sah er den Palast des Königs in Flammen stehen; ein Blitzstrahl hatte ihn angezündet und zerstörte ihn von Grund aus, daß nichts als eine Säule davon stehen blieb. Pelops aber eilte mit seinem Flügelgespann dem Brennenden zu und holte sich die Braut aus den Flammen.

Niobe

Niobe, die Königin von Theben, war auf vieles stolz. Amphion, ihr Gemahl, hatte von den Musen die herrliche Leier erhalten, auf deren Spiel sich die Steine der thebischen Königsburg von selbst zusammensetzten; ihr Ahnherr war Tantalos, der Gast der Götter; sie war die Gebieterin eines gewaltigen Reiches und selbst voll Hoheit des Geistes und von majestätischer Schönheit; nichts aber von allem diesen schmeichelte ihr so sehr als die stattliche Zahl ihrer vierzehn blühenden Kinder, die zur einen Hälfte Söhne und zur anderen Töchter waren. Auch hieß Niobe unter allen Müttern die glücklichste, und sie wäre es gewesen, wenn sie nur sich selbst nicht dafür gehalten hätte; so aber wurde das Bewußtsein ihres Glückes ihr Verderben.

Einst rief die Seherin Manto, die Tochter des Wahrsagers Teiresias, von göttlicher Regung angetrieben, mitten in den Straßen die Frauen Thebens zur Verehrung der Leto und ihrer Zwillingskinder Apollon und Artemis auf, hieß sie die Haare mit Lorbeeren bekränzen und frommes Gebet unter Weihrauchopfer darbringen. Als nun die Thebanerinnen zusammenströmten, kam auf einmal Niobe im Schwarm eines königlichen Gefolges, mit einem golddurchwirkten Gewand angetan, prunkend einhergerauscht. Sie strahlte von Schönheit, soweit es der Zorn zuließ, ihr schmuckes Haupt bewegte sich zugleich mit dem über beide Schultern herabwallenden Haar. So stand sie in der Mitte der unter freiem Himmel mit dem Opfer beschäftigten Frauen, ließ die Augen voll Hoheit auf dem Kreise der Versammelten ruhen und rief: »Seid ihr nicht wahnsinnig, Götter zu ehren, von denen man euch fabelt, während vom Himmel begünstigtere Wesen mitten unter euch weilen? Wenn ihr der Leto Altäre errichtet, warum bleibt mein göttlicher Name ohne Weihrauch? Ist doch mein Vater Tantalos der einzige Sterbliche, der am Tische der Himmlischen gesessen hat, meine Mutter Dione, die Schwester der Pleiaden, die als leuchtendes Gestirn am Himmel glänzen; mein einer Ahn ist Atlas der Gewaltige, der das Gewölbe des Himmels auf dem Nacken trägt; mein anderer Ahn Zeus der Vater der Götter; selbst Phrygiens Völker gehorchen mir; mir und meinem Gatten ist die Stadt des Kadmos, sind die Mauern untertan, die sich dem Saitenspiel Amphions gefügt haben; jeder Teil meines Palastes zeigt mir unermeßliche Schätze; dazu kommt ein Antlitz, wie es einer Göttin wert ist, dazu eine Kinderschar, wie keine Mutter sie aufweisen kann. Sieben blühende Töchter, sieben starke Söhne, bald ebensoviel Eidame und Schwiegertöchter. Fraget nun, ob ich auch Grund habe stolz zu sein! Waget es noch ferner, mir Leto, die unbekannte Titanentochter, vorzuziehen, welcher einst die breite Erde keinen Raum gegönnt hat, wo sie dem Zeus gebären könnte, bis die schwimmende Insel Delos der Umherschweifenden aus Mitleid ihren unbefestigten Sitz darbot. Dort wurde sie Mutter zweier Kinder, die

Armselige. Das ist der siebente Teil meiner Mutterfreude! Wer leugnet, daß ich glücklich bin, wer zweifelt, daß ich glücklich bleibe? Die neidische Schicksalsgöttin hätte viel zu tun, wenn sie gründlich meinem Besitze schaden wollte! Nehme sie mir dies oder jenes selbst von der Schar meiner Geborenen: wann wird je ihr Haufe zu der armen Zwillingszahl Letos heruntersinken? Darum fort mit den Opfern, heraus aus den Haaren mit dem Lorbeer! Zerstreuet euch in eure Häuser und laßt euch nicht wieder über so törichtem Beginnen treffen!«

Erschrocken nahmen die Frauen die Kränze vom Haupt, ließen die Opfer unvollendet und schlichen nach Hause, mit stillen Gebeten die gekränkte Gottheit verehrend.

Auf dem Gipfel des delischen Berges Kynthos stand mit ihren Zwillingen Leto und schaute mit ihrem Götterauge, was in dem fernen Theben vorging. »Seht Kinder, ich, eure Mutter, die auf eure Geburt so stolz ist, die keiner Göttin außer Hera weicht, werde von einer frechen Sterblichen geschmäht, ich werde von den alten heiligen Altären hinweggestoßen, wenn ihr mir nicht beisteht, meine Kinder! Ja, auch ihr werdet von Niobe beschimpft, werdet ihrem Kinderhaufen von ihr nachgesetzt!« Leto wollte zu ihrer Erzählung noch Bitten hinzufügen, aber Phoibos unterbrach sie und sprach: »Laß die Klage, Mutter, sie hält die Strafe nur auf!« Ihm stimmte seine Schwester bei: beide hüllten sich in eine Wolkendecke und mit einem raschen Schwung durch die Lüfte hatten sie die Stadt und Burg des Kadmos erreicht. Hier breitete sich vor den Mauern ein geräumiges Brachfeld aus, das nicht für die Saat bestimmt, sondern den Wettläufen und Übungen zu Roß und Wagen gewidmet war. Da belustigten sich eben die sieben Söhne Amphions; die einen bestiegen mutige Rosse, die anderen erfreuten sich des Ringspieles. Der älteste, Ismenos, trieb eben sein Tier im Viertelstrabe sicher im Kreise um, den schäumenden Rachen ihm bändigend, als er plötzlich: »Wehe mir!« ausrief, den Zaum aus den erschlaffenden Händen fahren ließ und, einen Pfeil mitten ins Herz geheftet, langsam rechts am Bug des Rosses heruntersank.

Sein Bruder Sipylos, der ihm zunächst sich tummelte, hatte das Gerassel des Köchers in den Lüften gehört, und floh mit verhängtem Zügel, wie ein Steuermann vor dem Wetter jedes Lüftchen in den Segeln auffängt, um in den Hafen einzulaufen. Dennoch holte ihn ein durch die Lüfte schwirrender Wurfspieß ein, zitternd haftete ihm der Schaft hoch im Genick, und das nackte Eisen ragte zum Halse heraus. Über die Mähne des Pferdes am gestreckten Halse herab gleitete der tödlich Getroffene zu Boden und besprengte die Erde mit seinem rauchenden Blut. Zwei andere, der eine hieß wie sein Großvater, Tantalos, der andere Phaidimos, lagen miteinander ringend, in fester Umschlingung Brust an Brust verschränkt. Da tönte der Bogen aufs neue und, sie wie vereinigt waren, durchbohrte sie beide ein Pfeil. Beide seufzten zugleich auf, krümmten die schmerzdurchzuckten Glieder auf dem Boden, verdrehten die erlöschenden Augen und hauchten mit einem Atem die Seele im Staube aus. Ein fünfter Sohn, Alphenor, sah diese fallen: die Brust sich schlagend, flog er herbei und wollte die erkalteten Glieder der Brüder durch seine Umarmungen wieder beleben, aber unter diesem frommen Geschäft sank auch er dahin, denn Phoibos Apollon sandte ihm das tödliche Eisen tief in die Herzkammer hinein, und als er es wieder herauszog, drängte sich mit dem Atem das Blut und das Eingeweide des Sterbenden hervor. Damasichthon, den sechsten, einen zarten Jüngling mit langen Locken, traf ein Pfeil in das Kniegelenk, und während er sich rückwärts bog, das unerwartete Geschoß mit der Hand herauszuziehen, drang ihm ein anderer Pfeil bis ans Gefieder durch den offenen Mund hinab in den Hals, und ein Blutstrahl schoß wie ein Springbrunnen hoch aus dem Schlunde empor. Der letzte und jüngste Sohn, der Knabe Ilioneus, der dies alles mit angesehen hatte, warf sich auf die Knie nieder, breitete die Arme aus und fing an zu flehen: »O, all ihr Götter miteinander, verschonet mich!« Der furchtbare Bogenschütze selbst wurde gerührt, aber der Pfeil war nicht mehr zurückzurufen. Der Knabe sank zusammen. Doch fiel er an der leichtesten Wunde, die kaum bis zum Herzen hindurchgedrungen war.

Der Ruf des Unglücks verbreitete sich bald in der Stadt. Amphion, der Vater, als er die Schreckenskunde hörte, durchbohrte sich die Brust mit dem Stahl. Der laute Jammer seiner Diener und alles Volks drang bald auch in die Frauengemächer. Niobe vermochte lange das Schreckliche nicht zu fassen; sie wollte nicht glauben, daß die Himmlischen so viel Vorrecht hätten, daß sie es wagten, daß sie es vermöchten. Aber bald konnte sie nicht mehr zweifeln. Ach, wie unähnlich war die jetzige Niobe der vorigen, die eben erst das Volk von den Altären der mächtigen Göttin zurückscheuchte und mit hohem Nacken durch die Stadt einherschritt! Jene erschien auch ihren liebsten Freunden beneidenswert, diese des Mitleids würdig selbst dem Feinde! Sie kam herausgestürzt auf das Feld, sie warf sich auf die erkalteten Leichname, sie verteilte ihre letzten Küsse an die Söhne, bald an diesen, bald an jenen. Dann hob sie die zerschlagenen Arme gen Himmel und rief: »Weide dich nun an meinem Jammer, sättige dein grimmiges Herz, du grausame Leto, der Tod dieser sieben wirft mich in die Grube; triumphiere, siegende Feindin!«

Jetzt waren auch ihre sieben Töchter, schon in Trauergewänder gekleidet, herbeigekommen und standen mit fliegenden Haaren um die gefallenen Brüder her. Ein Strahl der Schadenfreude zuckte bei ihrem Anblick über Niobes blasses Gesicht. Sie vergaß sich, warf einen spottenden Blick gen Himmel und sagte: »Siegerin! Nein, auch in meinem Unglück bleibt mir mehr, als dir in deinem Glück. Auch nach so vielen Leichen bin ich noch die Siegerin!« Kaum hatte sie's gesprochen, als man eine Sehne ertönen hörte wie von einem straff angezogenen Bogen. Alles erschrak, nur Niobe bebte nicht, das Unglück hatte sie beherzt gemacht. Da fuhr plötzlich eine der Schwestern mit der Hand ans Herz; sie zog einen Pfeil heraus, der ihr im Innersten haftete. Ohnmächtig zu Boden gesunken, neigte sie ihr sterbendes Antlitz über den nächstgelegenen Bruder. Eine andere Schwester eilt auf die unglückselige Mutter zu, sie zu trösten; aber von einer verborgenen Wunde gebeugt, verstummt sie plötzlich. Eine dritte sinkt im Fliehen zu Boden, andere fallen, über die sterbenden Schwestern hingeneigt. Nur die letzte war noch übrig, die sich in den Schoß der Mutter geflüchtet und an diese, von ihrem faltigen Gewande zugedeckt, sich kindlich anschmiegte. »Nur die einzige laßt mir«, schrie Niobe wehklagend zum Himmel, »nur die jüngste von so vielen!« Aber während sie noch flehte, stürzte schon das Kind aus ihrem Schoße nieder, und einsam saß Niobe zwischen ihres Gatten, ihrer Söhne und ihrer Töchter Leichen. Da erstarrte sie vor Gram; kein Lüftchen bewegte das Haar ihres Hauptes; aus dem Gesicht wich das Blut; die Augen standen unbewegt in den traurigen Wangen; im ganzen Bilde war kein Leben mehr; die Adern stockten mitten im Pulsschlag, der Nacken drehte, der Arm regte, der Fuß bewegte sich nicht mehr; auch das Innere des Leibes war zum kalten Felsstein geworden. Nichts lebte mehr an ihr als die Tränen; diese rannen unaufhörlich aus den steinernen Augen hervor. Jetzt faßte den Stein eine gewaltige Windsbraut, führte ihn fort durch die Lüfte und über das Meer und setzte ihn erst in der alten Heimat Niobes, in Lydien, im öden Gebirge, unter den Steinklippen des Sipylos nieder. Hier haftete Niobe als ein Marmorfelsen am Gipfel des Berges, und noch jetzt zerfließt der Marmor in Tränen.

Salmoneus

Salmoneus, der Herrscher in Elis, war ein reicher, ungerechter und in seinem Herzen übermütiger Fürst. Er hatte eine herrliche Stadt, Salmonea genannt, gegründet, und ging in seinem Stolze so weit, daß er von seinen Untertanen göttliche Ehren und Opfer forderte und für Zeus gehalten sein wollte. Als Zeus durchzog er auch sein Land und die griechischen Völkerschaften auf einem Wagen, der dem Wagen des Donnerers gleichen sollte. Er ahmte dabei den Blitz des Zeus durch emporgeworfene Fackeln, den Donner durch den Hufschlag wilder Rosse nach, die er über eherne Brücken trieb. Menschen ließ er niedermachen und gab vor, der Blitz habe sie getötet. Zeus sah vom Olymp herab das törichte Beginnen. Aus dichten Wolken griff er einen echten Blitz heraus und schleuderte ihn wirbelnd auf den im wahnsinnigen Übermut dahinfahrenden Sterblichen herunter. Der Donnerstrahl zerschmetterte den König und vertilgte die von ihm erbaute Stadt samt allen ihren Bewohnern.

VIERTES BUCH

Aus der Heraklessage

Herakles der Neugeborene

Herakles (Herkules) war ein Sohn des Zeus und der Alkmene, Alkmene eine Enkelin des Perseus; der Stiefvater des Herakles hieß Amphitryon; auch er war ein Enkel des Perseus und König von Tiryns, hatte jedoch diese Stadt verlassen, um in Theben zu wohnen. Hera, die Gemahlin des Zeus, haßte ihre Nebenbuhlerin Alkmene und gönnte ihr den Sohn nicht, von dessen Zukunft Zeus den Göttern selbst Großes verkündet hatte. Als daher Alkmene den Herakles geboren, trug sie ihn, aus Furcht vor der Göttermutter, aus dem Palast und setzte ihn an einem Platze aus, der noch in späten Zeiten das Heraklesfeld hieß. Hier wäre das Kind ohne Zweifel verschmachtet, wenn nicht ein wunderbarer Zufall seine Feindin Hera selbst, von Athene begleitet, des Weges geführt hätte. Athene betrachtete die schöne Gestalt des Kindes mit Verwunderung, erbarmte sich sein und bewog die Begleiterin, dem Kleinen ihre göttliche Brust zu reichen. Aber der Knabe sog viel kräftiger an der Brust, als sein Alter erwarten ließ; Hera empfand Schmerzen und warf das Kind unwillig wieder zu Boden. Jetzt hob es Athene voll Mitleid wieder auf, trug es in die nahe Stadt und brachte es der Königin Alkmene als ein armes Findelkind, das sie aus Barmherzigkeit aufzuziehen bat. So war die leibliche Mutter, aus Angst vor der Stiefmutter, bereit gewesen, die Pflicht der natürlichen Liebe verleugnend, ihr Kind umkommen zu lassen; und die Stiefmutter, die von natürlichem Hasse gegen dasselbe erfüllt ist, muß ohne es zu wissen, ihren Feind vom Tode erretten. Ja noch mehr. Herakles hatte nur ein paar Züge an Heras

Brust getan: aber die wenigen Tropfen Göttermilch hatten genügt, ihm Unsterblichkeit einzuflößen.

Alkmene hatte indessen ihr Kind auf den ersten Blick erkannt und es freudig in die Wiege gelegt. Aber auch Hera hatte erfahren, wer an ihrer Brust gelegen und wie leichtsinnig sie den Augenblick der Rache vorübergelassen habe. Sogleich schickte sie zwei entsetzliche Schlangen aus, die, das Kind zu töten bestimmt, durch die offenen Pforten in Alkmenes Schlafgemach geschlichen kamen und, ehe die Dienerinnen des Gemaches und die schlummernde Mutter selbst es inne wurden, sich an der Wiege emporringelten und den Hals des Knaben zu umstricken anfingen. Der Knabe erwachte mit einem Schrei und richtete seinen Kopf auf. Das ungewohnte Halsband war ihm unbequem. Da gab er die erste Probe seiner Götterkraft; er ergriff mit jeder Hand eine Schlange am Genick und erstickte die beiden mit einem einzigen Druck. Die Wärterinnen hatten die Schlangen jetzt wohl bemerkt; aber unbezwingliche Furcht hielt sie fern. Alkmene war auf den Schrei ihres Kindes erwacht; mit bloßen Füßen sprang sie aus dem Bett und stürzte hilferufend auf die Schlangen zu, die sie schon von den Händen ihres Kindes erwürgt fand. Jetzt traten auch die Fürsten der Thebaner, durch den Hilferuf aufgeschreckt, bewaffnet in das Schlafgemach; der König Amphitryon, der den Stiefsohn als ein Geschenk des Zeus betrachtete und lieb hatte, eilte erschrocken herbei, das bloße Schwert in der Hand. Da stand er vor der Wiege, sah und hörte, was geschehen war; Lust, mit Entsetzen gemischt, durchbebte ihn über der unerhörten Kraft des kaum geborenen Sohnes. Er betrachtete die Tat als ein großes Wunderzeichen und rief den Propheten des großen Zeus, den Wahrsager Teiresias, herbei. Dieser weissagte dem König, der Königin und allen Anwesenden den Lebenslauf des Knaben, wie viele Ungeheuer auf Erden, wie viele Ungetüme des Meeres er hinwegräumen, wie er mit den Giganten selbst im Kampfe zusammenstoßen und sie besiegen werde und wie ihn am Ende seines mühevollen Erdenlebens das ewige Leben bei den Göttern und Hebe, die ewige Jugend, als himmlische Gemahlin erwarte.

Die Erziehung des Herakles

Als Amphitryon das hohe Geschick des Knaben aus dem Munde des Sehers vernahm, beschloß er, ihm eine würdige Heldenerziehung zu geben, und Heroen aller Gegenden versammelten sich, den jungen Herakles in allen Wissenschaften zu unterrichten. Sein Vater selbst unterwies ihn in der Kunst, einen Wagen zu regieren; den Bogen zu spannen und mit Pfeilen zielen, lehrte ihn Eurytos; die Künste der Ringer und Faustkämpfer Harpalykos. Eumolpos lehrte ihn den Gesang und den zierlichen Schlag der Leier; Kastor, der Zeussohn, die Kunst schwerbewaffnet und geordnet im Felde zu fechten. Linos aber, der greise Sohn Apolls, lehrte ihn die Buchstabenschrift. Herakles zeigte sich als gelehriger Knabe, aber Härte konnte er nicht ertragen, und der alte Linos war ein grämlicher Lehrer. Als er ihn einst mit ungerechten Schlägen zurechtwies, griff der Knabe nach seinem Zitherspiel und warf es dem Hofmeister an den Kopf, daß dieser tot zu Boden fiel. Herakles, obgleich voll Reue, wurde dieser Mordtat halber vor Gericht gefordert; aber der berühmte, gerechte Richter Rhadamanthys sprach ihn frei und stellte das Gesetz auf, daß, wenn ein Totschlag Folge der Selbstverteidigung gewesen, Blutrache nicht stattfinde. Doch fürchtete Amphitryon, sein überkräftiger Sohn möchte sich wieder Ähnliches zuschulden kommen lassen und schickte ihn deswegen auf das Land zu seinen Ochsenherden. Hier wuchs er auf und tat sich durch Größe und Stärke vor allen hervor. Als ein Sohn des Zeus war er furchtbar anzusehen. Er war vier Ellen lang, und Feuerglanz entströmte seinen Augen. Nie fehlte er im Schießen des Pfeils und im Werfen des Spießes. Als er achtzehn Jahre alt geworden, war er der schönste und stärkste Mann Griechenlands, und es sollte sich jetzt entscheiden, ob er diese Kraft zum Guten oder zum Schlimmen anwenden werde.

Herakles am Scheidewege

Herakles selbst begab sich um diese Zeit von Hirten und Herden weg in eine einsame Gegend und überlegte bei sich, welche Lebensbahn er einschlagen sollte. Als er so sinnend dasaß, sah er auf einmal zwei Frauen von hoher Gestalt auf sich zukommen. Die eine zeigte in ihrem ganzen Wesen Anstand und Adel, ihren Leib schmückte Reinlichkeit, ihr Blick war bescheiden, ihre Haltung sittsam, fleckenlos weiß ihr Gewand. Die andere war wohlgenährt und von schwellender Fülle, das Weiß und Rot ihrer Haut durch Schminke über die natürliche Farbe gehoben, ihre Haltung so, daß sie aufrechter schien als von Natur, ihr Auge war weit geöffnet und ihr Anzug so gewählt, daß ihre Reize soviel als möglich durchschimmerten. Sie warf feurige Blicke auf sich selbst, sah dann wieder um sich, ob nicht auch andere sie erblickten; und oft schaute sie nach ihrem eigenen Schatten. Als beide näher kamen, ging die erstere ruhig ihren Gang fort, die andere aber, um ihr zuvorzukommen, lief auf den Jüngling zu und redete ihn an: »Herakles! ich sehe, daß du unschlüssig bist, welchen Weg durch das Leben du einschlagen sollst. Willst du nun mich zur Freundin wählen, so werde ich dich die angenehmste und mächtigste Straße führen: keine Lust sollst du ungekostet lassen, jede Unannehmlichkeit sollst du vermeiden. Um Kriege und Geschäfte hast du dich nicht zu bekümmern, darfst nur darauf bedacht sein, mit den köstlichsten Speisen und Getränken dich zu laben, deine Augen, Ohren und übrigen Sinne durch die angenehmsten Empfindungen zu ergötzen, auf einem weichen Lager zu schlafen und den Genuß aller dieser Dinge dir ohne Mühe und Arbeit zu verschaffen. Solltest du jemals um die Mittel dazu verlegen sein, so fürchte nicht, daß ich dir körperliche oder geistige Anstrengungen aufbürden werde, im Gegenteil, du wirst nur die Früchte fremden Fleißes zu genießen und nichts auszuschlagen haben, was dir Gewinn bringen kann. Denn meinen Freunden gebe ich das Recht, alles zu benützen.«

Als Herakles diese lockenden Anerbietungen hörte, sprach er verwundert: »O Weib, wie ist denn aber dein Name?« »Meine Freunde«, antwortete sie, »nennen mich die Glückseligkeit; meine Feinde hingegen, die mich herabsetzen wollen, geben mir den Namen der Liederlichkeit.«

Mittlerweilen war auch die andere Frau herzugetreten. »Auch ich«, sagte sie, »komme zu dir, lieber Herakles, denn ich kenne deine Eltern, deine Anlagen und deine Erziehung. Dies alles gibt mir die Hoffnung, du würdest, wenn du meine Bahn einschlagen wolltest, ein Meister in allem Guten und Großen werden. Doch will ich dir keine Genüsse vorspiegeln, will dir die Sache darstellen, wie die Götter sie gewollt haben. Wisse also, daß von allem was gut und wünschenswert ist, die Götter den Menschen nichts ohne Arbeit und Mühe gewähren. Wünschest du, daß die Götter dir gnädig seien, so mußt du die Götter verehren; willst du, daß deine Freunde dich lieben, so mußt du deinen Freunden nützlich werden; strebst du von einem Staate geehrt zu werden, so mußt du ihm Dienste leisten; willst du, daß ganz Griechenland dich um deiner Tugend willen bewundere, so mußt du Griechenlands Wohltäter werden; willst du ernten, so mußt du säen; willst du kriegen und siegen, so mußt du die Kriegskunst erlernen; willst du deinen Körper in Gewalt haben, so mußt du ihn durch Arbeit und Schweiß abhärten.« Hier fiel ihr die Liederlichkeit in die Rede. »Siehst du wohl, lieber Herakles«, sprach sie, »was für einen langen, mühseligen Weg dich dieses Weib zur Zufriedenheit führt? Ich hingegen werde dich auf dem kürzesten und bequemsten Pfade zur Seligkeit leiten.« – »Elende«, erwiderte die Tugend, »wie kannst du etwas Gutes besitzen? oder welches Vergnügen kennst du, die du jeder Lust durch Sättigung zuvorkommst? Du ißt, ehe dich hungert, und trinkst, ehe dich dürstet. Um die Eßlust zu reizen, suchst du Köche auf; um mit Lust zu trinken, schaffst du dir kostbare Weine an, und des Sommers gehst du umher und suchst nach Schnee; kein Bett kann dir weichlich genug sein; deine Freunde läßt du die Nächte durchprassen und den besten Teil des Tages verschlafen: darum hüpfen sie auch sorgenlos und geputzt durch die Jugend dahin und schleppen sich mühselig und im Schmutze durch das Alter, beschämt über das, was sie getan und fast erliegend unter der Last dessen, was sie tun müssen. Und du selbst, obwohl unsterblich, bist gleichwohl von den Göttern verstoßen und von den guten Menschen verachtet. Was dem Ohre am liebsten klingt, dein eigenes Lob, hast du nie gehört; was das Auge mehr als alles erfreut, ein eigenes gutes Werk, hast du nie gesehen. – Ich hingegen habe mit den Göttern, habe mit allen guten Menschen Verkehr. An mir haben die Künstler eine willkommene Gehilfin, an mir die Hausväter eine treue Wächterin, an mir hat das Gesinde einen liebreichen Beistand. Ich bin eine redliche Teilnehmerin an den Geschäften des Friedens, eine zuverlässige Mitkämpferin im Kriege, die treueste Genossin der Freundschaft. Speise, Trank und Schlaf schmeckt meinen Freunden besser als den Trägen. Die Jüngeren freuen sich des Beifalls der Alten, die Älteren der Ehre bei den Jungen; mit Vergnügen erinnern sie sich an ihre früheren Handlungen und fühlen sich bei ihrem jetzigen Tun glücklich, durch mich sind sie geliebt von den Göttern, geliebt von den Freunden, geachtet vom Vaterland. Und kommt das Ende, so liegen sie nicht ruhmlos in Vergessenheit begraben, sondern, gefeiert von der Nachwelt, blühen sie fort im Andenken aller Zeiten. Zu solchem Leben, Herakles, entschließe dich und vor dir liegt das seligste Los.«

Des Herakles erste Taten

Die Gestalten waren verschwunden und Herakles wieder allein. Er war entschlossen, den Weg der Tugend zu gehen. Auch fand er bald Gelegenheit, etwas Gutes zu tun. Griechenland war damals noch voll von Wäldern und Sümpfen, von grimmigen Löwen, wütenden Ebern und anderen Ungeheuern durchstreift. Das Land von diesen Untieren zu säubern und von den Räubern zu befreien, die dem Wanderer in den Einöden auflauerten, war der alten Helden größtes Verdienst. Auch dem Herakles war dieser Beruf angewiesen. Zu den Seinigen zurückgekehrt, hörte er, daß auf dem Berge Kithairon, an dessen Fuße die Herden des Königs Amphitryon weideten, ein entsetzlicher Löwe hause. Der junge Held war, nach den Worten, die er soeben gehört, bald entschlossen. Er stieg bewaffnet hinauf ins wilde Waldgebirge, bezwang den Löwen, warf seine Haut um sich und setzte den Rachen als Helm auf.

Während er von dieser Jagd heimkehrte, begegneten ihm Herolde des Minyerkönigs Erginos, welche einen schimpflichen und ungerechten Jahrestribut von den Thebanern in Empfang nehmen sollten. Herakles, der sich von der Tugend zum Anwalt aller Unterdrückten geweiht fühlte, ward mit den Boten, die sich allerhand Mißhandlungen des Landes erlaubt hatten, bald fertig und schickte sie, mit Stricken um den Nacken, verstümmelt ihrem König zurück. Erginos verlangte die Auslieferung des Täters, und Kreon, der König der Thebaner, aus Furcht vor der drohenden Gewalt, war geneigt, seinen Willen zu tun. Da beredete Herakles eine Menge mutiger Jünglinge, mit ihm dem Feind entgegenzugehen. Nun war aber in keinem Bürgerhause eine Waffe zu finden, denn die Minyer hatten die ganze Stadt entwaffnet, damit den Thebanern kein Gedanke an einen Aufstand kommen sollte. Da rief Athene den Herakles in ihren Tempel und rüstete ihn mit ihren eigenen Waffen aus, die Jünglinge aber griffen zu den in den Tempeln aufgehängten Waffenrüstungen, welche die Vorfahren erbeutet und den Göttern geweiht hatten. So ausgerüstet, zog er mit seiner kleinen Mannschaft den herannahenden Minyern bis zu einem Engpaß entgegen. Hier konnte dem Feind die Größe seiner Kriegsmacht nichts nützen: Erginos selbst fiel in der Schlacht, und fast sein ganzes Heer wurde aufgerieben. Aber in dem Gefecht war auch Amphitryon, des Herakles Stiefvater, der wacker mitgekämpft hatte, umgekommen. Herakles rückte nach der Schlacht schnell gegen Orchomenos, die Hauptstadt der

Minyer vor, drang zu den Toren ein, verbrannte ihre Königsburg und zerstörte die Stadt.

Ganz Griechenland bewunderte die außerordentliche Tat, und der Thebanerkönig Kreon, das Verdienst des Jünglings zu ehren, gab ihm seine Tochter Megara zur Ehe, die dem Helden drei Söhne gebar. Seine Mutter Alkmene aber vermählte sich zum zweitenmal mit dem gerechten Richter Rhadamanthys. Die Götter selbst beschenkten den siegreichen Halbgott. Hermes gab ihm ein Schwert, Apollon Pfeile, Hephaistos einen goldenen Köcher, Athene einen Waffenrock.

Herakles im Gigantenkampfe

Der Held fand bald eine Gelegenheit, den Göttern für so große Auszeichnungen einen glänzenden Dank abzustatten. Die Giganten, Riesen mit schrecklichen Gesichtern, langen Haaren und Bärten, geschuppten Drachenschwänzen statt der Füße, Ungeheuer, welche die Gaia, die Erde, dem Uranos, dem Himmel, geboren, wurden von ihrer Mutter gegen Zeus, den neuen Weltbeherrscher, aufgewiegelt, weil dieser ihre älteren Söhne, die Titanen, in den Tartaros verstoßen hatte. Sie brachen aus dem Erebos (der Unterwelt) auf dem weiten Gefilde von Phlegra in Thessalien hervor. Aus Furcht vor ihrem Anblick erblaßten die Gestirne, und Phoibos drehte den Sonnenwagen um. »Gehet hin und rächet mich und die alten Götterkinder«, sprach die Mutter Erde. »An Prometheus frißt der Adler, an Tityos zehrt der Geier, Atlas muß den Himmel tragen, die Titanen liegen in Banden. Geht, rächt, rettet sie. Braucht meine eigenen Glieder, die Berge, zu Stufen, zu Waffen! Ersteigt die gestirnten Burgen! Du, Typhon, reiß dem Gewaltherrscher Szepter und Blitz aus der Hand; Enkelados, du bemächtige dich des Meeres und verjage den Poseidon! Rhoitos soll dem Sonnengott die Zügel entreißen, Porphyrion das Orakel zu Delphi erobern!« Die

Riesen jubelten bei diesen Worten auf, als hätten sie den Sieg schon errungen, als schleppten sie schon den Poseidon oder den Ares im Triumphe daher, und zögen den Apollon am herrlichen Lockenhaar; der eine nannte schon Aphrodite sein Weib, ein anderer wollte Artemis, ein dritter Athene freien. So zogen sie den thessalischen Bergen zu, um von dort aus den Himmel zu stürmen.

Indessen rief Iris, die Götterbotin, alle Himmlischen zusammen, alle Götter, die in Wasser und Flüssen wohnen, selbst die Manen aus der Unterwelt rief sie herauf; Persephone verließ ihr schattiges Reich, und ihr Gemahl, der König der Schweigenden, fuhr mit seinen lichtscheuen Rossen zum strahlenden Olymp empor. Wie in einer belagerten Stadt die Bewohner von allen Seiten zusammenlaufen, ihre Burg zu schirmen, so kamen die vielgestalteten Gottheiten am Vaterherde zusammen. »Versammelte Götter«, redete sie Zeus an, »ihr sehet, wie die Mutter Erde mit einer neuen Brut sich gegen uns verschworen hat. Auf, und sendet ihr so viele Leichen hinunter, als sie uns Söhne heraufschickt!« Als der Göttervater ausgesprochen, ertönte die Wetterposaune vom Himmel, und Gaia drunten antwortete mit einem donnernden Erdbeben. Die Natur geriet in Verwirrung wie bei der ersten Schöpfung, denn die Giganten rissen einen Berg nach dem andern aus seinen Wurzeln, schleppten den Ossa, den Pelion, den Oita, den Athos herbei, brachen den Rhodope mit der Hälfte des Hebrosquelles ab, und auf dieser Leiter von Gebirgen zum Göttersitz emporgeklommen, fingen sie an, mit Feuerbränden von Eichen und ungeheuren Felsenstücken den Olymp zu stürmen.

Nun war den Göttern ein Orakelspruch erteilt worden, daß von den Himmlischen keiner der Giganten vernichtet werden könnte, und diese nur dann sterben würden, wenn ein Sterblicher mitkämpfte. Gaia hatte dies in Erfahrung gebracht, und suchte deswegen nach einem Arzneimittel, das ihre Söhne, auch gegenüber von Sterblichen, unverletzlich machte. Auch war wirklich ein solches Kraut gewachsen, aber Zeus kam ihr zuvor; er verbot der Morgenröte, dem

Mond und der Sonne, zu scheinen, und während Gaia in der Finsternis herumsuchte, schnitt er die Arzneikräuter eilig selbst ab, und ließ seinen Sohn Herakles durch Athene zur Teilnahme am Kampfe auffordern.

Auf dem Olymp war inzwischen der Streit schon entbrannt. Ares hatte seinen Kriegswagen mit den wiehernden Rossen mitten in die dichteste Schar der heranstürzenden Feinde gelenkt. Sein goldener Schild brannte heller als Feuer, schimmernd flatterte die Mähne seines Helmes. Im Kampfgetümmel durchbohrte er den Giganten Peloros, dessen Füße zwei lebendige Schlangen waren. Dann fuhr er über die sich krümmenden Glieder des Gefallenen zermalmend mit seinem Wagen hin; aber erst bei des sterblichen Herakles Anblick, der eben die letzte Stufe des Olymps erstiegen hatte, hauchte das Ungeheuer seine drei Seelen aus. Herakles sah sich auf dem Schlachtfelde um und erkor sich ein Ziel seines Bogens. Sein Pfeilschuß streckte den Alkyoneus nieder, der alsbald in die Tiefe stürzte, aber sobald er seinen Heimatboden berührt hatte, mit erneuter Lebenskraft sich wieder erhob. Auf den Rat der Athene stieg auch Herakles hinab und schleppte ihn über die Grenze seines Geburtslandes hinaus; und so wie der Riese auf fremder Erde angekommen war, entfuhr ihm der Atem.

Jetzt ging der Gigant Porphyrion in drohender Stellung auf Herakles und Hera zugleich los, um einzeln mit ihnen zu kämpfen. Aber Zeus flößte ihm schnell ein Verlangen ein, das himmlische Antlitz der Göttin zu schauen, und während er an Heras umhüllendem Schleier zerrte, traf ihn Zeus mit dem Donner, und Herakles tötete ihn vollends mit seinem Pfeile. Bald rannte aus der Schlachtreihe der Giganten Ephialtes mit funkelnden Riesenaugen hervor. »Das sind helle Zielscheiben für unsere Pfeile!« sprach lachend Herakles zu dem neben ihm kämpfenden Apollon, und nun schoß ihm der Gott das linke und der Halbgott das rechte Auge aus dem Kopfe. Den Eurytos schlug Dionysos mit seinem Thyrsosstabe nieder; ein Hagel glühender Eisenschlacken aus des Hephaistos Hand warf den Klytios zu Boden; auf den fliehenden Enkelados schleuderte Pallas Athene die Insel Sizilien; der Riese Polybotes, von Poseidon über das Meer verfolgt, flüchtete sich nach Kos, aber der Meergott riß ein Stück dieser Insel ab und bedeckte ihn damit. Hermes, den Helm des Pluton auf dem Kopfe, erschlug den Hippolytos, zwei andere trafen der Moiren eherne Keulen. Die übrigen schmetterte Zeus mit seinem Donner nieder, und Herakles erschoß sie mit seinen Pfeilen.

Für diese Tat wurde dem Halbgott hohe Gunst von den Himmlischen zuteil. Zeus nannte diejenigen unter den Göttern, welche den Kampf mit ausfechten geholfen, Olympier, um durch diesen Ehrennamen die Tapferen von den Feigen zu unterscheiden. Dieser Benennung würdigte er nun auch zwei Söhne sterblicher Weiber, den Dionysos und den Herakles.

Herakles und Eurystheus

Zeus hatte vor der Geburt des Herakles im Rat der Götter erklärt, der erste Perseusenkel, welcher geboren werden würde, sollte der Beherrscher aller übrigen Nachkommen des Perseus werden. Diese Ehre war seinem und Alkmenes Sohn zugedacht. Aber Heras Hinterlist, welche dieses Glück dem Sohn der Nebenbuhlerin nicht gönnte, kam ihm zuvor und ließ den Eurystheus, der auch ein Enkel des Perseus war, obwohl er später als Herakles zur Welt kommen sollte, früher geboren werden. Dadurch war Eurystheus König zu Mykene im Argiverlande, und der später geborene Herakles ihm unterworfen. Jener sah mit Besorgnis den steigenden Ruhm seines jungen Verwandten und berief ihn, als seinen Untertan, zu sich, um ihm verschiedene Arbeiten aufzutragen. Da Herakles nicht gehorchte, so ließ Zeus selbst, der seinem Ratschluß nicht zuwider handeln wollte, seinem Sohn befehlen, dem Argiverkönig seine Dienste zu widmen. Aber der Halbgott entschloß sich ungern, der Diener eines Sterblichen zu sein; er ging nach Delphi und befragte das Orakel darüber.

Dieses gab ihm zur Antwort, die von Eurystheus erschlichene Oberherrschaft sei von den Göttern dahin gemildert, daß Herakles zehn Arbeiten, welche jener ihm auflegen würde, zu vollbringen habe. Wenn solches geschehen sei, sollte er der Unsterblichkeit teilhaftig werden.

Herakles fiel hierüber in tiefe Schwermut: einem Geringeren zu dienen, widerstrebte seinem Selbstgefühl und deuchte ihm unter seiner Würde; aber Zeus dem Vater nicht zu gehorchen, erschien ihm unheilbringend und unmöglich zugleich. Diesen Augenblick ersah sich Hera, aus deren Seele die Verdienste des Herakles um die Götter den Haß nicht zu tilgen vermocht hatten, und verwandelte seinen düsteren Unmut in wilde Raserei. Er kam so ganz von Sinnen, daß er seinen geliebten Vetter Iolaos ermorden wollte; als dieser entfloh, erschoß er seine eigenen Kinder, die ihm Megara geboren hatte, im Wahne, sein Bogen ziele nach Giganten. Es währte lange, bis er von diesem Wahnsinn wieder frei wurde; als er zur Erkenntnis seines Irrtums kam, bekümmerte er sich tief über sein schweres Unglück, verschloß sich in sein Haus und vermied allen Verkehr mit den Menschen. Als endlich die Zeit seinen Kummer linderte, entschloß er sich, die Aufträge des Eurystheus zu übernehmen und kam zu diesem nach Tiryns, das auch zu dessen Königreich gehörte.

Die drei ersten Arbeiten des Herakles

Die erste Arbeit, welche dieser König ihm auferlegte, bestand darin, daß Herakles ihm das Fell des nemeischen Löwen herbringen sollte. Dieses Ungeheuer hauste auf dem Peloponnes, in den Wäldern zwischen Kleonai und Nemea in der Landschaft Argolis. Der Löwe konnte mit keinen menschlichen Waffen verwundet werden. Die einen sagten, er sei ein Sohn des Riesen Typhon und der Schlange Echidna, die anderen, er sei vom Mond auf die Erde herabgefallen. Also zog Herakles gegen den Löwen aus und kam auf seiner Fahrt nach

Kleonai, wo er von einem armen Tagelöhner, namens Molorchos, gastfreundlich aufgenommen wurde. Er traf diesen an, wie er eben dem Zeus ein Opfertier schlachten wollte. »Guter Mann«, sprach Herakles, »bewahre dein Tier noch dreißig Tage am Leben: komme ich bis dahin glücklich von der Jagd zurück, so magst du es Zeus dem Retter schlachten; erliege ich aber, so sollst du es mir selbst zum Totenopfer bringen, als einem zur Unsterblichkeit eingegangenen Helden.« So zog Herakles weiter, den Köcher auf dem Rücken, den Bogen in der einen Hand, in der anderen eine Keule aus dem Stamme eines wilden Ölbaumes, den er selbst auf dem Helikon angetroffen und mitsamt den Wurzeln ausgerissen hatte. Als er in den Wald von Nemea kam, ließ Herakles seine Augen nach allen Seiten schweifen, um das reißende Tier zu entdecken, ehe er von ihm erblickt würde. Es war Mittag, und nirgends konnte er die Spur des Löwen bemerken, nirgends den Pfad zu seinem Lager erkunden, denn keinen Menschen traf er auf dem Felde bei den Stieren oder im Walde bei den Bäumen an; alle hielt die Furcht in ihre fernen Gehöfte verschlossen. Den ganzen Nachmittag durchstreifte er den dichtbelaubten Hain, entschlossen, seine Kraft zu erproben, sobald er des Ungeheuers ansichtig würde. Endlich gegen Abend kam der Löwe auf einem Waldwege gelaufen, um vom Fange in seinen Erdspalt zurückzukehren: er war von Fleisch und Blut gesättigt, Kopf, Mähne und Brust troffen von Mord, mit der Zunge leckte er sich das Kinn. Der Held, der ihn von ferne kommen sah, rettete sich in einen dichten Waldbusch, wartete bis der Löwe näher kam und schoß ihm dann einen Pfeil in die Flanken zwischen Rippen und Hüfte. Aber das Geschoß drang nicht ins Fleisch, es prallte wie von einem Steine ab und flog zurück auf den moosigen Waldboden. Das Tier hob seinen zur Erde gekehrten blutigen Kopf empor, ließ die Augen forschend nach allen Seiten rollen und im aufgesperrten Rachen die entsetzlichen Zähne sehen. So streckte es dem Halbgott die Brust entgegen, und dieser sandte schnell einen zweiten Pfeil ab, um ihn mitten in den Sitz des Atems zu treffen; aber auch diesmal drang das

Geschoß nicht bis unter die Haut, sondern prallte von der Brust ab und fiel zu den Füßen des Ungetüms nieder. Herakles griff eben zum dritten Pfeil, als der Löwe, die Augen seitwärts drehend, ihn erblickte; er zog seinen langen Schweif an sich bis zu den hinteren Kniekehlen, sein ganzer Nacken schwoll von Zorn auf, unter Murren sträubte sich seine Mähne, sein Rücken wurde krumm wie ein Bogen. Er sann auf Kampf und ging mit einem Sprunge auf seinen Feind los; Herakles aber warf seine Pfeile aus der Hand und seine eigene Löwenhaut vom Rücken, mit der Rechten schwang er über dem Haupte des Tieres die Keule und versetzte ihm einen Schlag auf den Nacken, daß es mitten im Sprunge wieder zu Boden stürzte und auf zitternden Füßen zu stehen kam, mit dem Kopfe wackelnd. Ehe es wieder aufatmen konnte, kam ihm Herakles zuvor; er warf auch noch Bogen und Köcher zu Boden, um ganz ungehindert zu sein, nahte dem Untier von hinten, schlang die Arme um seinen Nacken und schnürte ihm die Kehle zu, bis es erstickte und seine grauenvolle Seele zum Hades zurücksandte. Lange versuchte er vergebens, die Haut des Gefallenen abzuweiden: sie wich keinem Eisen, keinem Stein. Endlich kam ihm in den Sinn, sie mit den Klauen des Tieres selbst abzuziehen, was auch sogleich gelang. Später verfertigte er sich aus diesem herrlichen Löwenfell einen Panzer und aus dem Rachen einen neuen Helm; für jetzt aber nahm er Kleid und Waffen, in denen er gekommen war, wieder zu sich und machte sich, das Fell des nemeischen Löwen über den Arm gehängt, auf den Rückweg nach Tiryns. Als der König Eurystheus ihn mit der Hülle des gräßlichen Tieres daherkommen sah, geriet er über die göttliche Kraft des Helden in solche Angst, daß er in einen ehernen Topf kroch. Auch ließ er forthin den Herakles nicht mehr unter seine Augen kommen, sondern ihm seine Befehle nur außerhalb der Mauer durch Kopreus, einen Sohn des Pelops, zufertigen.

Die zweite Arbeit des Helden war, die Hydra zu erlegen, die ebenfalls eine Tochter des Typhon und der Echidna war. Diese, zu Argolis im Sumpfe von Lerna aufgewachsen, kam aufs Land heraus, zerriß die Herden und verwüstete das Feld. Die Hydra war unmäßig groß, eine Schlange mit neun Häuptern, von denen acht sterblich, das in der Mitte stehende aber unsterblich war. Herakles ging auch diesem Kampfe mutig entgegen: er bestieg sofort einen Wagen; sein geliebter Neffe Iolaos, der Sohn seines Stiefbruders Iphikles, der lange Zeit sein unzertrennlicher Gefährte blieb, setzte sich als Rosselenker an seine Seite, und so ging es im Fluge Lerna zu. Endlich wurde die Hydra auf einem Hügel bei den Quellen der Amymone sichtbar, wo sich ihre Höhle befand. Hier ließ Iolaos die Pferde halten; Herakles sprang vom Wagen und zwang durch Schüsse mit brennenden Pfeilen die vielköpfige Schlange, ihren Schlupfwinkel zu verlassen. Sie kam zischend hervor, und ihre neun Hälse schwankten aufgerichtet auf dem Leibe, wie die Äste eines Baumes im Sturm. Herakles ging unerschrocken auf sie zu, packte sie kräftig und hielt sie fest. Sie aber umschlang einen seiner Füße, ohne sich auf weitere Gegenwehr einzulassen. Nun fing er an, mit einem Sichelschwert ihr die Köpfe abzuschlagen. Aber er konnte nicht zum Ziele kommen. War ein Haupt abgeschlagen, so wuchsen deren zwei hervor. Zugleich kam der Hydra ein Riesenkrebs zu Hilfe, der den Helden empfindlich in den Fuß kniff. Den tötete er jedoch mit seiner Keule und rief dann den Iolaos zu Hilfe. Dieser hatte schon eine Fackel gerüstet; er zündete damit einen Teil des nahen Waldes an, mit den Bränden überfuhr er die neu wachsenden Häupter der Schlange bei ihrem ersten Emporkeimen und hinderte sie so, hervorzutreiben. Auf diese Weise wurde der Held der emporwachsenden Köpfe Meister und schlug nun der Hydra auch das unsterbliche Haupt ab; dieses begrub er am Wege und wälzte einen schweren Stein darüber. Den Rumpf der Hydra spaltete er in zwei Teile; seine Pfeile aber tauchte er in ihr Blut, das giftig war. Seitdem versetzte des Helden Geschoß unheilbare Wunden.

Der dritte Auftrag des Eurystheus war, die Hirschkuh Kerynitis lebendig zu fangen; dies war ein herrliches Tier, hatte goldene Geweihe und eherne Füße und weidete auf einem Hügel Arkadiens. Sie war eine der fünf Hindinnen gewesen, an welchen die Göttin Artemis ihre erste Jagdprobe abgelegt hatte. Diese allein von den fünfen hatte sie wieder in die Wälder laufen lassen, weil es vom Schicksal beschlossen war, daß Herakles sich einmal daran müde jagen sollte. Ein ganzes Jahr verfolgte er sie, kam auf dieser Jagd zu den Hyperboreern und an die Quellen des Isterflusses und holte die Hindin endlich am Flusse Ladon, unweit der Stadt Oinoe, am artemisischen Gebirge ein. Doch wußte er des Tieres nicht auf andere Weise Meister zu werden, als daß er es durch einen Pfeilschuß lähmte und dann auf seinen Schultern durch Arkadien trug. Hier begegnete ihm die Göttin Artemis mit Apoll, schalt ihn, daß er das Tier, das ihr geheiligt war, habe töten wollen und machte Miene, ihm die Beute zu entreißen. »Nicht Mutwille hat mich bewogen, große Göttin«, sprach Herakles zu seiner Rechtfertigung, »die Notwendigkeit hat mich gezwungen so zu tun; wie könnte ich sonst vor Eurystheus bestehen?« So besänftigte er den Zorn der Göttin und brachte das Tier lebendig nach Mykene.

Die vierte Arbeit des Herakles bis zur sechsten

Sofort ging es an die vierte Unternehmung. Sie bestand darin, den erymanthischen Eber, der, gleichfalls der Artemis geheiligt, die Gegend des Berges Erymanthos verwüstete, lebendig nach Mykene zu liefern. Auf seiner Wanderung nach diesem Abenteuer kehrte Herakles unterwegs bei Pholos, dem Sohne des Silen ein. Dieser, der wie alle Kentauren halb Mensch halb Roß war, empfing seinen Gast sehr freundlich und setzte ihm das Fleisch gebraten vor, während er selbst es roh verzehrte. Aber Herakles begehrte zu der feinen Mahlzeit auch einen guten Trunk. »Lieber Gast«, sprach Pholos, »es liegt wohl ein Faß in meinem Keller, dieses aber gehört allen Kentauren gemeinschaftlich zu, und ich trage Bedenken, es öffnen zu lassen, weil ich weiß, wie wenig die Kentauren nach Gästen fragen.« »Öffne es nur guten Mutes«, erwiderte Herakles, »ich verspreche dir, dich gegen alle ihre Anfälle zu verteidigen; mich dürstet!« Es hatte aber dieses Faß Bakchos, der Gott des Weines, selbst den Kentauren mit dem Befehl übergeben, dasselbe nicht eher zu eröffnen, als bis nach vier Menschenaltern Herakles in dieser Gegend einkehren würde. So ging denn Pholos in den Keller; kaum aber hatte er das Faß eröffnet, so rochen die Kentauren den Duft des starken alten Weines und umringten, haufenweise herbeiströmend, mit Felsstücken und Fichtenstämmen bewaffnet, die Höhle des Pholos. Die ersten, die es wagten einzudringen, jagte Herakles mit geschleuderten Feuerbränden zurück; die übrigen verfolgte er mit Pfeilschüssen bis nach Malea, wo der gute Kentaur Chiron, des Herakles alter Freund, wohnte. Zu diesem flüchteten seine Stammesbrüder. Aber Herakles hatte, als sie eben mit ihm zusammentrafen, auf sie mit dem Bogen gezielt und schoß einen Pfeil ab, der, durch den Arm eines anderen Kentauren dringend, unglücklicherweise in das Knie Chirons fuhr, und dort stecken blieb. Jetzt erst erkannte Herakles den Freund seiner früheren Tage, lief bekümmert hinzu, zog den Pfeil heraus, und legte ein Heilmittel auf, das der arzneikundige Chiron selbst hergegeben hatte. Aber die Wunde, vom Gifte der Hydra durchdrungen, war unheilbar; Chiron ließ sich in seine Höhle bringen und wünschte hier in den Armen seines Freundes zu sterben. Vergeblicher Wunsch! Der Arme hatte nicht daran gedacht, daß er zu seiner Qual unsterblich sei. Herakles nahm von dem Gequälten unter vielen Tränen Abschied und versprach ihm, es koste was es wolle, den Tod, den Erlöser, zu senden. Wir wissen, daß er Wort gehalten hat. Als Herakles von der Verfolgung der übrigen Kentauren in seines Freundes Höhle zurückkehrte, fand er Pholos, seinen liebreichen Wirt, auch tot. Dieser hatte aus einem Kentaurenleichnam den Todespfeil gezogen; während er sich nun wunderte, wie ein so kleines Ding so große Geschöpfe hatte niederwerfen können, entglitt das vergiftete Geschoß seiner Hand, fuhr ihm in den Fuß und tötete ihn auf der Stelle. Herakles war sehr betrübt; er bestattete ihn ehrenvoll, indem er ihn unter den Berg legte, der seitdem Pholoe genannt ward. Dann ging er weiter, den Eber zu jagen, er trieb denselben mit Geschrei aus dem Dickicht des Waldes heraus, verfolgte ihn ins tiefe Schneefeld, fing hier das erschöpfte Tier mit einem Strick und brachte es, wie ihm befohlen war, lebendig nach Mykene.

Darauf schickte ihn der König Eurystheus zur fünften Arbeit fort, die eines Helden wenig würdig war. Er sollte den Viehhof des Augeias in einem einzigen Tage ausmisten. Augeias war König in Elis und hatte eine Menge Viehherden. Sein Vieh stand nach Art der Alten in einer großen Verzäunung vor dem Palast. Dreitausend Rinder waren da geraume Zeit gestanden, und so hatte sich seit vielen Jahren eine unendliche Menge Mist angehäuft, den nun Herakles zur Schmach, und, was unmöglich schien, in einem einzigen Tage hinausschaffen sollte.

Als der Held vor den König Augeias trat und, ohne etwas von dem Auftrage des Eurystheus zu erwähnen, sich zu dem genannten Dienste erbot, maß dieser die herrliche Gestalt in der Löwenhaut und konnte kaum das Lachen unterdrücken, wenn er dachte, daß einen so edlen Krieger nach so gemeinem Knechtsdienst gelüsten könne. Indessen dachte er bei sich, der Eigennutz hat schon manchen wackeren Mann verführt; es mag sein, daß er sich an mir bereichern will. Das wird ihm wenig helfen. Ich darf ihm immerhin einen großen Lohn versprechen, wenn er mir den ganzen Stall ausmistet, denn er wird in dem einen Tage wenig genug hinaustragen. Darum sprach er getrost: »Höre, Fremdling, wenn du das kannst, und mir an einem Tage all den Mist hinausschaffest, so will ich dir den zehnten Teil meines ganzen Viehstandes zur Belohnung überlassen.« Herakles ging die Bedingung ein, und der König dachte nun nichts anderes, als daß er zu schaufeln anfangen würde. Herakles aber, nachdem er zuvor den Sohn des Augeias, Phyleus, zum Zeugen jenes Vertrages genommen hatte, riß den Grund des Viehhofes auf der einen Seite auf, leitete die nicht weit davon fließenden Ströme Alpheios und Peneios durch einen Kanal herzu und ließ sie den Mist wegspülen und durch eine andere Öffnung wieder ausströmen. So vollzog er einen schmachvollen Auftrag, ohne zu einer Handlung sich zu erniedrigen, die eines Unsterblichen unwürdig gewesen wäre. Als aber Augeias erfuhr, daß dies von Herakles im Auftrag des Eurystheus geschehen sei, verweigerte er den Lohn und leugnete geradezu, ihn versprochen zu haben; doch erklärte er sich bereit, die Streitsache einem richterlichen Spruche anheimzustellen. Als die Richter beisammen saßen, das Urteil zu fällen, trat Phyleus, von Herakles aufgefordert, auf, zeugte gegen seinen eigenen Vater und erklärte, daß dieser allerdings über einen Lohn mit Herakles übereingekommen sei. Augeias wartete den Spruch nicht ab, er ergrimmte und befahl dem Sohne wie dem Fremdling, sein Reich auf der Stelle zu verlassen.

Herakles kehrte nun unter neuen Abenteuern zu Eurystheus zurück. Dieser aber wollte die eben vollbrachte Arbeit nicht gültig sein lassen, weil Herakles Lohn dafür gefordert habe. Dennoch schickte er ihn sogleich wieder auf ein sechstes Abenteuer aus, und gab ihm auf, die Stymphaliden zu verjagen. Dies waren ungeheure Raubvögel, so groß wie Kraniche, mit eisernen Flügeln, Schnäbeln und Klauen versehen. Sie hausten um den See Stymphalis in Arkadien und besaßen die Macht, ihre Federn wie Pfeile abzudrücken und mit ihren Schnäbeln selbst eherne Panzer zu durchbrechen; dadurch richteten sie in der Umgegend unter Menschen und Vieh große Verwüstungen an, und wir kennen sie schon vom Argonautenzuge her. Herakles, des Wanderns gewohnt, langte nach kurzer Reise bei dem See an, der, von einem großen Gehölz dicht umschattet, ruhte. In diesen Wald hatte sich eben eine unermeßliche Schar jener Vögel geflüchtet, aus Furcht, von den Wölfen geraubt zu werden. Herakles stand ratlos da, als er die ungeheure Menge erblickte und nicht wußte, wie er über so viele Feinde Meister werden sollte. Auf einmal fühlte er einen leichten Schlag auf der Schulter; hinter sich blickend, ward er Athenes Riesenerscheinung gewahr, die ihm zwei mächtige eherne Klappern in die Hände gab, welche Hephaistos ihr verfertigt hatte; sie bedeutete ihm, diese gegen die Stymphaliden anzuwenden, und verschwand wieder. Herakles bestieg nun eine Anhöhe in der Nähe des Sees und schreckte die Vögel, indem er die Klappern zusammenschlug. Diese hielten das gellende Getöse nicht aus, sondern flogen furchtsam aus dem Walde hervor. Darauf griff Herakles zum Bogen, legte Pfeil um Pfeil an und schoß ihrer viele im Fluge weg. Die anderen verließen die Gegend und kamen nicht wieder.

Die siebente, achte und neunte Arbeit des Herakles

Der König Minos in Kreta hatte dem Gott Poseidon versprochen, ihm zu opfern, was zuerst aus dem Meere auftauchen würde; denn Minos hatte behauptet, daß er kein Tier besitze, das würdig sei, zu einem so hohen Opfer zu dienen. Darum ließ der Gott einen ausnehmend schönen Ochsen aus dem Meere aufsteigen; den König aber verleitete die herrliche Gestalt des Stieres, der sich seinen Blicken darbot, denselben heimlich unter seine Herden zu stecken und dem Poseidon einen anderen als Opfer unterzuschieben. Hierüber erzürnt, hatte der Meergott zur Strafe den Stier rasend werden lassen, und dieser richtete nun auf der Insel Kreta große Verwüstungen an. Diesen Stier zu bändigen und vor Eurystheus zu bringen, wurde dem Herakles als siebente Arbeit aufgetragen. Als er mit seinem Ansinnen nach Kreta und vor Minos kam, war dieser nicht wenig erfreut über die Aussicht, den Verderber der Insel los zu werden, ja er half ihm selbst das wütende Tier einfangen, und die Heldenkraft des Herakles bändigte den rasenden Ochsen so gründlich, daß, um den Stier nach dem Peloponnes zu schaffen, er sich von demselben auf dem ganzen Wege nach der See wie von einem Schiffe tragen ließ. Mit dieser Arbeit war Eurystheus zufrieden, ließ jedoch das Tier, nachdem er es eine kurze Weile mit Wohlgefallen betrachtet, sofort wieder frei. Als der Stier nicht mehr im Banne des Herakles war, kehrte seine alte Raserei zurück, er durchirrte ganz Lakonien und Arkadien, streifte über den Isthmos nach Marathon in Attika und verheerte hier das Land wie vordem auf der Insel Kreta. Erst dem Theseus gelang es später, Meister über ihn zu werden.

Als achte Arbeit trug nun sein Vetter dem Herakles auf, die Stuten des Thrakiers Diomedes nach Mykene zu bringen. Dieser war ein Sohn des Ares und König der Bistonen, eines sehr kriegerischen Volkes. Er besaß Stuten, die so wild und stark waren, daß man sie an eherne Krippen und mit eisernen Ketten band. Ihr Futter bestand nicht aus Hafer, sondern die Fremdlinge, welche das Unglück hatten, in die Stadt des Königs zu kommen, wurden ihnen vorgeworfen, und ihr Fleisch diente den Rossen zur Nahrung. Als Herakles ankam, war sein erstes, den unmenschlichen König selbst zu fassen und ihn seinen eigenen Stuten vorzuwerfen, nachdem er die bei den Krippen aufgestellten Wächter übermannt hatte. Durch diese Speise wurden die Tiere zahm, und er trieb sie nun ans Gestade des Meeres. Aber die Bistonen kamen unter Waffen hinter ihm her, daß Herakles sich umwenden und gegen sie kämpfen mußte. Er gab die Stuten seinem Liebling und Begleiter Abderos, dem Sohne des Hermes, zu bewachen. Als Herakles fort war, kam den Stuten wieder ein Gelüste nach Menschenfleisch an, und Herakles fand, als er die Bistonen in die Flucht geschlagen hatte und zurückgekehrt war, seinen Freund von den Stuten zerrissen. Er betrauerte den Getöteten und gründete ihm zu Ehren eine Stadt seines Namens. Dann bändigte er die Stuten wieder und gelangte glücklich mit ihnen zu Eurystheus. Dieser weihte die Pferde der Hera. Ihre Nachkommenschaft dauerte noch lange fort, ja der König Alexander von Makedonien ritt noch auf einem Abkömmling derselben. Nachdem Herakles diese Arbeit ausgeführt, schiffte er sich mit dem Heere des Iason, der das goldene Vlies holen sollte, nach Kolchis ein, wovon wir schon erzählt haben.

Von langer Irrfahrt zurückgekehrt, unternahm der Held den Zug gegen die Amazonen, um das neunte Abenteuer zu bestehen, und das Wehrgehenk der Amazone Hippolyte dem

Eurystheus zu bringen. Die Amazonen bewohnten die Gegend um den Fluß Thermodon in Pontos und waren ein großes Frauenvolk, das einzig Männerwerk trieb. Von ihren Kindern erzogen sie nur diejenigen, die weiblichen Geschlechts waren. In Scharen vereinigt, zogen sie zu Kriegen aus. Hippolyte, ihre Königin, trug als Zeichen ihrer Herrscherwürde den genannten Gürtel, den sie vom Kriegsgott selbst zum Geschenk erhalten hatte. Herakles sammelte zu seinem Zuge freiwillige Kampfgenossen auf einem Schiffe, fuhr nach mancherlei Ereignissen ins Schwarze Meer und lief endlich in die Mündung des Flusses Thermodon und in den Hafen der Amazonenstadt Themiskyra ein. Hier kam ihm die Königin der Amazonen entgegen. Das herrliche Ansehen des Helden flößte ihr Hochachtung ein, und als sie die Absicht seines Kommens erkundet, versprach sie ihm das Wehrgehenk. Aber Hera, die unversöhnliche Feindin des Herakles, nahm die Gestalt einer Amazone an, mischte sich unter die Menge der übrigen und breitete das Gerücht aus, daß ein Fremder ihre Königin entführe. Augenblicklich schwangen sich alle Männinnen zu Pferde und griffen den Halbgott in dem Lager an, das er vor der Stadt aufgeschlagen hatte. Die gemeinen Amazonen fochten mit den Kriegern des Helden, die vornehmsten aber stellten sich ihm selbst gegenüber und bereiteten ihm einen schweren Kampf. Die erste, die den Streit mit ihm begann, hieß, von ihrer Schnelligkeit, Aëlla oder Windsbraut; aber sie fand an Herakles einen noch schnelleren Gegner, mußte weichen und ward auf windschneller Flucht von ihm eingeholt und niedergemacht. Eine zweite fiel auf den ersten Angriff, dann Prothoë, die dritte, die siebenmal im Zweikampfe gesiegt hatte. Nach ihr erlagen acht andere, darunter drei Jagdgefährtinnen der Artemis, die sonst immer so sicher mit dem Wurfspieße getroffen hatten, nur diesmal ihr Ziel verfehlten, und vergebens unter ihren Schildern sich deckend, den Pfeilen des Heros erlagen. Auch Alkippe fiel, die geschworen hatte, ihr Leben lang unvermählt zu bleiben; den Schwur hielt sie, aber am Leben blieb sie nicht. Nachdem auch Melanippe, die tapfere Führerin der

Amazonen, gefangen war, griffen alle zur wilden Flucht, und Hippolyte, die Königin, gab das Wehrgehenk heraus, wie sie auch vor der Schlacht versprochen hatte. Herakles nahm es als Lösegeld an und gab Melanippe dafür frei. Auf der Rückfahrt bestand der Held ein neues Abenteuer. Hier war Hesione, Laomedons Tochter, an einen Felsen gebunden und einem Ungeheuer zum Fraß ausgesetzt. Ihrem Vater hatte Poseidon die Mauern von Troia erbaut und den Lohn nicht erhalten; dafür verwüstete ein Seeuntier Troias Gebiet so lange, bis der verzweifelnde Laomedon ihm seine eigene Tochter preisgab. Als Herakles vorüberfuhr, rief ihn der jammernde Vater zu Hilfe, und versprach ihm, für die Rettung der Tochter die herrlichen Rosse zu geben, die sein Vater von Zeus zum Geschenk bekommen hatte. Herakles legte an und erwartete das Ungetüm. Als es kam und den Rachen aufsperrte, die Jungfrau zu verschlingen, sprang er in den Rachen des Tieres, zerschnitt ihm alle Eingeweide, und stieg aus dem Getöteten wie aus einer Mördergrube wieder hervor. Aber Laomedon hielt auch diesmal sein Wort nicht, und Herakles fuhr unter Drohungen davon.

Die drei letzten Arbeiten des Herakles

Als der Held das Wehrgehenk der Königin Hippolyta zu Eurystheus Füßen niedergelegt hatte, gönnte dieser ihm keine Rast, sondern schickte ihn sogleich wieder aus, die Rinder des Riesen Geryones herbeizuschaffen. Dieser besaß auf der Insel Erytheia, im Meerbusen von Gadeira (Cadix), eine Herde schöner braunroter Rinder, die ein anderer Riese und ein zweiköpfiger Hund ihm hüteten. Geryones selbst war ungeheuer groß, hatte drei Leiber, drei Köpfe, sechs Arme und sechs Füße. Kein Erdensohn hatte sich je an ihn gewagt; Herakles sah wohl, wie viele Vorbereitungen dieses beschwerliche Unternehmen erforderte. Es war weltbekannt, daß des Geryones Vater, Chrysaor, der den Namen Goldschwert von seinem Reichtum hatte, König von ganz Iberien (Spanien) war, daß außer Geryones noch drei tapfere und riesige Söhne für ihn stritten, und jeder Sohn ein zahlreiches Heer von streitbaren Männern unter seinem Befehl hatte. Eben darum hatte Eurystheus dem Herakles jene Arbeit aufgetragen, denn er hoffte, auf einem Kriegszuge in ein solches Land werde er sein verhaßtes Leben doch endlich lassen müssen. Doch Herakles ging den Gefahren nicht erschrockener entgegen als allen seinen früheren Taten. Er sammelte seine Heere auf der Insel Kreta, die er von wilden Tieren befreit hatte, und landete zuerst in Libyen. Hier rang er mit dem Riesen Antaios, der neue Kräfte erhielt, so oft er die Erde berührte; aber Herakles hielt ihn in die freie Luft empor und drückte ihn da zu Tode. Auch reinigte er Libyen von den Raubtieren; denn er haßte wilde Tiere und ruchlose Menschen, weil er in ihnen allen das Bild des übermütigen und ungerechten Herrschers erblickte, dem er so lange dienstbar gewesen war.

Nach einer langen Wanderung durch wasserlose Gegenden kam er endlich in ein fruchtbares, von Flüssen durchströmtes Gebiet. Hier gründete er eine Stadt von ungeheurer Größe, und nannte sie Hekatompylos (Hunderttor). Zuletzt gelangte er an den Atlantischen Ozean, gegenüber von Gadeira; hier pflanzte er die beiden berühmten Heraklessäulen auf. Die Sonne brannte entsetzlich; Herakles ertrug es nicht länger; er richtete seine Augen nach dem Himmel und drohte mit aufgehobenem Bogen, den Sonnengott niederzuschießen. Dieser bewunderte seinen Mut und lieh ihm, um weiter zu kommen, die goldene Schale, in welcher der Sonnengott selbst seinen nächtlichen Weg vom Niedergang bis zum Aufgang zurücklegt. Auf dieser fuhr Herakles mit seiner nebenher segelnden Flotte nach Iberien hinüber. Hier fand er die drei Söhne des Chrysaor mit drei großen Heeren, einen nicht weit vom anderen gelagert, er aber erlegte die Anführer alle im Zweikampfe und eroberte das Land. Dann kam er nach der Insel Erytheia, wo Geryones mit seinen Herden hauste. Sobald der doppelköpfige Hund seiner Ankunft inne wurde, fuhr er auf ihn los; allein Herakles empfing ihn mit dem Knüppel, erschlug ihn und tötete auch den riesigen Rinderhirten, der dem Hunde zu Hilfe gekommen war. Dann eilte er mit den Rindern davon, aber Geryones holte ihn ein, und es kam zu einem schweren Kampf. Hera selbst erschien, dem Riesen beizustehen; doch Herakles schoß ihr einen Pfeil in die Brust, daß die Göttin verwundet entfliehen mußte. Auch der dreifache Leib des Riesen, der in der Gegend des Magens zusammenlief, fing hier den tödlichen Pfeil auf und mußte erliegen. Unter glorreichen Taten vollbrachte Herakles seinen Rückweg, indem er zu Lande die Rinder durch Iberien und Italien trieb. Bei Rhegion in Unteritalien entlief ihm einer seiner Ochsen, setzte über die Meerenge und entkam so nach Sizilien. Sogleich trieb er auch die anderen Ochsen ins Wasser und schwamm, indem er einen Stier am Horn faßte, glücklich nach Sizilien hinüber. Unter mancherlei Taten kam der Held nun glücklich über Italien, Illyrien und Thrakien nach Griechenland zurück und in dem Isthmos an.

Jetzt hatte Herakles zehn Arbeiten vollbracht; weil aber Eurystheus zwei nicht gelten ließ, so mußte er sich bequemen, noch zwei weitere zu verrichten.

Einst, bei der feierlichen Vermählung des Zeus mit Hera, als alle Götter dem erhabenen Paar ihre Hochzeitsgeschenke darbrachten, wollte auch Gaia, die Erde, nicht zurückbleiben. Sie ließ am Westgestade des großen Weltmeeres einen ästereichen Baum voll goldener Äpfel hervorwachsen. Vier Jungfrauen, Hesperiden genannt, Töchter der Nacht, waren die Wächterinnen dieses heiligen Gartens, den außerdem noch ein hundertköpfiger Drache bewachte, Ladon, ein Sprößling des Phorkys, des berühmten Vaters so vieler Ungeheuer, und der erdgeborenen Keto. Kein Schlaf kam je über die Augen dieses Drachen, und ein fürchterliches Gezisch verkündete seine Nähe; denn jede seiner hundert Kehlen ließ eine andere Stimme hören. Diesem Ungeheuer, so lautete der Befehl des Eurystheus, sollte Herakles die goldenen Äpfel der Hesperiden entreißen. Der Halbgott machte sich auf den langen und abenteuervollen Weg, auf welchem er sich dem blinden Zufall überließ, denn er wußte nicht, wo die Hesperiden wohnten. Zuerst gelangte er nach Thessalien, wo der Riese Termeros hauste, der alle Reisenden, denen er begegnete, mit seinem harten Hirnkasten zu Tode rannte. Aber an des göttlichen Herakles Schädel zersplitterte das Haupt des Riesen. Weiter vorwärts, am Flusse Echedoros, kam dem Helden ein anderes Ungetüm in den Weg, Kyknos, der Sohn des Ares und der Pyrene. Dieser, von dem Halbgott nach den Gärten der Hesperiden befragt, forderte statt aller Antwort den Wanderer zum Zweikampf heraus und wurde von Herakles erschlagen. Da erschien Ares, der Gott selbst, den getöteten Sohn zu rächen, und Herakles sah sich gezwungen, mit ihm zu kämpfen. Aber Zeus wollte nicht, daß seine Söhne Bruderblut vergössen, und ein plötzlich mitten zwischen beide geschleuderter Blitz trennte die Kämpfer. Herakles schritt nun weiter durchs illyrische Land, eilte über den Fluß Eridanos und kam zu den Nymphen des Zeus und der Themis, die an den Ufern dieses Stromes wohnten. Auch an sie richtete der Held seine Frage. »Geh zu dem alten Stromgott Nereus«, war die Antwort, »der ist ein Wahrsager und weiß alle Dinge. Überfall ihn im Schlafe und binde ihn, so wird er gezwungen den rechten Weg dir angeben.« Herakles befolgte diesen Rat und bemeisterte sich des Flußgottes, obgleich dieser nach seiner Gewohnheit sich in allerlei Gestalten verwandelte. Er ließ ihn nicht eher los, bis er erkundet hatte, in welcher Weltgegend er die goldenen Äpfel der Hesperiden antreffen werde. Hierüber belehrt, durchzog er weiter Libyen und Ägypten. Über das letztere Land herrschte Busiris, der Sohn des Poseidon und der Lysianassa. Ihm war bei einer neunjährigen Teuerung durch einen Wahrsager aus Kypros das grausame Orakel geworden, daß die Unfruchtbarkeit aufhören sollte, wenn dem Zeus jährlich ein fremder Mann geschlachtet würde. Zum Danke machte Busiris den Anfang mit dem Wahrsager selbst; allmählich fand der Barbar einen Gefallen an dieser Gewohnheit und schlachtete alle Fremdlinge, welche nach Ägypten kamen. So wurde denn auch Herakles ergriffen und zu den Altären des Zeus geschleppt. Er aber riß die Bande, die ihn fesselten, entzwei und erschlug den Busiris mitsamt seinem Sohn und dem priesterlichen Herold. Unter mancherlei Abenteuern zog der Held weiter, befreite, wie schon erzählt worden ist, den an den Kaukasos geschmiedeten Titanen Prometheus, und gelangte endlich, nach der Anweisung des Befreiten, in das Land, wo Atlas die Last des Himmels trug und in dessen Nähe der Baum mit den goldenen Äpfeln von den Hesperiden gehütet wurde. Prometheus hatte dem Halbgott geraten, sich nicht selbst dem Raube der goldenen Früchte zu unterziehen, sondern den Atlas auf diesen Fang auszusenden. Er selbst erbot sich dafür diesem, solange das Tragen des Himmels auf sich zu nehmen. Atlas bezeugte sich willig, und Herakles stemmte die mächtigen Schultern dem Himmelsgewölbe unter. Jener dagegen machte sich auf, schläferte den um den Baum sich ringelnden Drachen ein und tötete ihn, überlistete die Hüterinnen und kam mit drei Äpfeln, die er gepflückt, glücklich zu Herakles. »Aber«, sprach er, »meine Schultern haben nun einmal empfunden, wie es schmeckt, wenn der eherne Himmel nicht auf ihnen lastet. Ich mag ihn fürder nicht wieder tragen.« So warf er die Äpfel vor dem Halbgott auf den Rasen und ließ diesen mit der ungewohnten, unerträglichen Last stehen. Herakles mußte auf eine List sinnen, um loszukommen. »Laß mich«, sprach er zu dem Himmelsträger, »nur einen Bausch von Stricken um den Kopf winden, damit mir die entsetzliche Last nicht das Gehirn zersprengt.« Atlas fand die Forderung billig und stellte sich, nach seiner Meinung auf wenige Augenblicke, dem Himmel wieder unter. Aber er konnte lange warten, bis Herakles ihn wieder ablöste, und der Betrüger wurde zum Betrogenen. Denn jener hatte kaum die Äpfel vom Rasen aufgelesen, als er mit den goldenen Früchten sich aus dem Staube machte. Er brachte diese dem Eurystheus, der sie, da sein Zweck, den Herakles aus dem Wege zu räumen, doch nicht erreicht war, dem Helden wieder als Geschenk zurückgab. Der legte sie auf dem Altar Athenes nieder; die Göttin aber wußte, daß es der heiligen Bestimmung dieser göttlichen Früchte zuwider war, irgendwo anders niedergelegt zu werden, und so trug sie die Äpfel wieder in den Garten der Hesperiden zurück.

Statt den verhaßten Nebenbuhler zu vernichten, hatten die bisher ihm von Eurystheus aufgetragenen Arbeiten den Herakles nur in dem Berufe verherrlicht, der ihm vom Schicksal angewiesen war, sie hatten ihn als Vertilger jeder Unmenschlichkeit auf Erden, als den echt menschlichen Wohltäter der Sterblichen dargestellt. Das letzte Abenteuer aber sollte er in einer Region bestehen, wohin ihn – so hoffte der arglistige König – seine Heldenkraft nicht begleiten würde; ein Kampf mit den finsteren Mächten der Unterwelt stand ihm bevor: er sollte Kerberos (Cerberus), den Höllenhund, aus dem Hades heraufbringen. Dies Untier hatte drei Hundsköpfe mit gräßlichen Rachen, aus denen unaufhörlich giftiger Geifer träufelte; ein Drachenschwanz hing ihm vom Leibe herunter, und das Haar der Köpfe und des Rückens bildeten zischende geringelte Schlangen. Sich für diese Grausen erregende Fahrt vorzubereiten, ging Herakles in die Stadt Eleusis im attischen Gebiet, wo eine Geheimlehre über göttliche Dinge der Ober- und Unterwelt von Priestern gehegt wurde, und ließ sich von dem Priester Eumolpos in die dortigen Geheimnisse einweihen, nachdem er an heiliger Stätte vom Morde der Kentauren entsündigt worden war. So mit geheimer Kraft, den Schrecken der Unterwelt zu begegnen, ausgerüstet, wanderte er in den Peloponnes und nach der lakonischen Stadt Tainaros, wo sich die Mündung der Unterwelt befand. Hier stieg er, von Hermes, dem Begleiter der Seelen, geleitet, die tiefe Erdkluft hinab und kam zur Unterwelt vor die Stadt des Königs Pluton. Die Schatten, die vor den Toren der Hadesstadt traurig lustwandelten – denn in der Unterwelt ist kein heiteres Leben wie im Sonnenlicht –, ergriffen die Flucht, als sie Fleisch und Blut in lebendiger Menschengestalt erblickten; nur die Gorgo Medusa und der Geist Meleagros hielten stand. Nach jener wollte Herakles einen Schwertstreich führen, aber Hermes fiel ihm in den Arm und belehrte ihn, daß die Seelen der Abgeschiedenen leere Schattenbilder und vom Schwerte nicht verwundbar seien. Mit der Seele des Meleagros dagegen unterhielt sich der Halbgott freundlich und empfing von ihm sehnsüchtige Grüße für die Oberwelt an seine geliebte Schwester Deïaneira. Ganz nahe zu den Pforten des Hades gekommen, erblickte er seine Freunde Theseus und Peirithoos; der letztere hatte sich in der Unterwelt, vom anderen begleitet, als Freier der Persephone eingefunden, und beide waren wegen dieses frechen Unterfangens von Pluton an den Stein, auf den die Ermüdeten sich niedergelassen hatten, gefesselt worden. Als beide den befreundeten Halbgott erblickten, streckten sie flehend die Hände nach ihm aus und zitterten vor Hoffnung, durch seine Kraft die Oberwelt wieder erklimmen zu können. Den Theseus ergriff auch Herakles wirklich bei der Hand, befreite ihn von seinen Banden und richtete ihn vom Boden, an dem er gefesselt gelegen hatte, wieder auf. Ein zweiter Versuch, auch den Peirithoos zu befreien, mißlang, denn die Erde fing an, ihm unter den Füßen zu beben. Vorschreitend, erkannte Herakles auch den Askalaphos, der einst verraten hatte, daß Persephone von den Rückkehr verwehrenden Granatäpfeln des Hades gegessen; er wälzte den Stein ab, den Demeter in Verzweiflung über den Verlust ihrer Tochter auf ihn gewälzt hatte. Dann fiel er unter die Herden des Pluton und schlachtete eines der Rinder, um die Seelen mit Blut zu tränken; dies wollte der Hirt dieser Rinder, Menoitios, nicht gestatten und forderte deswegen den Helden zum Ringkampf auf. Herakles aber faßte ihn mitten um den Leib, zerbrach ihm die Rippen und gab ihn nur auf Bitten der Unterweltsfürstin Persephone selbst wieder frei. Am Tore der Totenstadt stand der König Pluton und verwehrte ihm den Eintritt. Aber das Pfeilgeschoß des Heroen durchbohrte den Gott an der Schulter, daß er Qualen der Sterblichen empfand und, als der Halbgott nun bescheidentlich um Entführung des Höllenhundes bat, sich nicht länger widersetzte. Doch forderte er als Bedingung, daß Herakles desselben mächtig werden sollte, ohne die Waffen zu gebrauchen, die er bei sich führe. So ging der Held einzig mit seinem Brustharnisch bedeckt und mit der Löwenhaut umhangen aus, das Un-

Herakles

tier zu fangen. Er fand es an der Mündung des Acheron hingekauert, und ohne auf das Bellen des Dreikopfes zu achten, das wie ein sich in Widerhallen vervielfältigender dumpfer Donner tönte, nahm er die Köpfe zwischen die Beine, umschlang den Hals mit den Armen und ließ ihn nicht los, obgleich der Schwanz des Tieres, der ein lebendiger Drache war, sich vorwärts bäumte, und der Drache ihn in die Weiche biß. Er hielt den Nacken des Ungetüms fest und schnürte ihn so lange zu, bis er über das ungebärdige Tier Meister ward, hob es dann auf und tauchte durch eine andere Mündung des Hades bei Troizen im argolischen Lande glücklich wieder zur Oberwelt auf. Als der Höllenhund das Tageslicht erblickte, entsetzte er sich und fing an, den Geifer von sich zu speien; davon wuchs der giftige Eisenhut aus dem Boden hervor. Herakles brachte das Ungeheuer in Fesseln sofort nach Tiryns und hielt es dem staunenden Eurystheus, der seinen eigenen Augen nicht traute, entgegen. Jetzt verzweifelte der König daran, jemals des verhaßten Zeussohnes los zu werden, ergab sich in sein Schicksal und entließ den Helden, der den Höllenhund seinem Eigentümer zurück in die Unterwelt brachte.

Herakles und Eurytos

Herakles, nach allen diesen Mühsalen endlich vom Dienste des Eurystheus befreit, kehrte nach Theben zurück. Mit seiner Gemahlin Megara, der er im Wahnsinn die Kinder umgebracht hatte, konnte er nicht mehr leben; er trat sie daher mit ihrem Willen seinem geliebten Vetter Iolaos zur Gattin ab und dachte selbst auf eine neue Vermählung. Seine Neigung wandte sich der schönen Iole zu, der Tochter des Königs Eurytos zu Oichalia, auf der Insel Euboia, der den Herakles einst als Knaben in der Kunst des Bogenschießens unterrichtet hatte. Dieser König hatte seine Tochter dem Wettkämpfer versprochen, der ihn und seine Söhne im Bogenschießen übertreffen würde. Auf diese Bekanntmachung eilte Herakles nach Oichalia und trat unter der Schar der Bewerber auf. Er bewies in diesem Wettkampfe, daß er kein unwürdiger Schüler des alten Eurytos gewesen, denn er besiegte ihn und seine Söhne. Der König hielt seinen Gast in allen Ehren; im Herzen aber erschrak er gewaltig über dessen Sieg, denn er mußte an das Schicksal der Megara denken und fürchtete für seine Tochter ein gleiches Los. Er erklärte daher auf die Anfrage des Helden, sich wegen der Heirat noch längere Zeit bedenken zu wollen. Inzwischen war der älteste Sohn des Eurytos, Iphitos, ein Altersgenosse des Herakles, der eine neidlose Freude über die Stärke und Heldenherrlichkeit seines Gastes empfand, sein inniger Freund geworden und wandte alle Künste der Überredung an, um seinen Vater dem edlen Fremdling geneigter zu machen. Eurytos aber beharrte auf seiner Weigerung. Gekränkt verließ Herakles das Königshaus und irrte lange in der Fremde umher. Was ihm hier bei dem König Admetos begegnet, soll der nächste Abschnitt erzählen. Mittlerweile kam ein Bote vor den König Eurytos und meldete, daß ein Räuber unter die Rinderherde des Königs gefallen sei. Es hatte dies der listige und betrügerische Autolykos verübt, dessen Diebereien weit und breit bekannt waren. Der erbitterte König aber sprach: »Dies hat kein anderer getan als Herakles; solche unedle Rache nimmt er, weil ich ihm, dem Mörder seiner Kinder, die Tochter versagt habe!« Iphitos verteidigte seinen Freund mit warmen Worten und erbot sich, selbst zu Herakles zu gehen und mit ihm die gestohlenen Rinder aufzusuchen. Dieser nahm den Königssohn gastfreundlich auf und zeigte sich bereitwillig, den Zug mit ihm zu übernehmen. Indessen kehrten sie unverrichteterdinge zurück, und als sie die Mauern von Tiryns bestiegen hatten, um mit den Blicken die Gegend durchschweifen und die gestohlenen Rinder irgendwo entdecken zu können, siehe, da bemächtigte sich der unselige Wahnsinn auf einmal wieder des Heldengeistes; Herakles, von Heras Zorn getrieben, hielt seinen treuen Freund Iphitos für einen Mitverschworenen des Vaters und stürzte ihn über die hohen Stadtmauern von Tiryns herab.

Herakles bei Admetos

Zu der Zeit, als der Held, aus dem Hause des Königs von Oichalia mit Unwillen entwichen, in der Irre umherstreifte, hat sich folgendes begeben. Zu Pherai in Thessalien lebte der edle König Admetos mit seiner jungen und schönen Gemahlin Alkestis, die ihren Gatten über alles liebte, von blühenden Kindern umringt, von glücklichen Untertanen geliebt. In früherer Zeit, als Apollon, der die Kyklopen getötet hatte, aus dem Olymp entflohen war und sich gezwungen sah, einem Sterblichen dienstbar zu werden, hatte ihn Admetos, der Sohn des Pheres, liebreich aufgenommen, und er weidete ihm als Sklave seine Rinder. Seitdem stand er unter dem wirksamen Schutze des später von Vater Zeus wieder zu Gnaden angenommenen Gottes. Als nun die Lebenszeit des Königs Admetos verstrichen, und vom Schicksal ihm der Tod zuerkannt war, da wirkte sein Freund Apollon, dem dies als einem Gott bewußt, bei den Schicksalsgöttinnen aus, daß sie ihm gelobten, Admetos solle dem Hades, der ihn bedrohte, entfliehen, wenn ein anderer Mensch für ihn sterben und in das Totenreich hinabsteigen wollte. Apollon verließ daher den Olymp und kam nach Pherai zu seinem alten Gastfreunde, ihm und den Seinigen die Botschaft von dem Tode, den das Geschick über ihn beschlossen, zu überbringen, zugleich aber ihm das Mittel anzugeben, wodurch er seinem Schicksal zu entrinnen vermöge. Admetos war ein redlicher Mann, aber er liebte das Leben. Alle die Seinigen samt seinen Untertanen erschraken aber, daß dem Hause die Stütze, der Gattin und den Kindern Gatte und Vater, dem Volke ein milder Herrscher geraubt werden sollte. Deswegen ging Admetos umher und forschte, wo er einen Freund fände, der für ihn sterben wollte. Aber da war nicht einer, der dazu Lust gehabt hätte, und so sehr sie vorher den Verlust, der ihnen bevorstände, bejammert hatten, so kalt wurde ihr Sinn, als sie von ihm hörten, unter welcher Bedingung ihm das Leben erhalten werden könnte. Selbst der greise Vater des Königs, Pheres, und die gleichfalls hochbetagte Mutter, die den Tod jede Stunde vor sich sahen, wollten das wenige Leben, das sie noch zu hoffen hatten, nicht für den Sohn dahingeben. Nur Alkestis, seine blühende, lebensvolle Gattin, die glückliche Mutter hoffnungsvoll heranblühender Kinder, war von so reiner und aufopfernder Liebe zu dem Gemahl beseelt, daß sie sich bereit erklärte, dem Sonnenlichte für ihn zu entsagen. Kaum war diese Erklärung aus ihrem Munde gegangen, als auch schon der schwarze Priester der Toten, Thanatos (der Tod), den Toren des Palastes nahte, sein Opfer ins Schattenreich hinabzuführen. Denn er wußte Tag und Stunde genau, an welchem dem Admetos vom Schicksal bestimmt gewesen war, zu sterben. Als Apollon den Tod herankommen sah, verließ er schnell den Königspalast, um, als Gott des Lebens, von seiner Nähe nicht entheiligt zu werden. Die fromme Alkestis aber, als sie den entscheidenden Tag sich nahen sah, reinigte sich als Opfer des Todes in fließendem Wasser, nahm ihr festliches Gewand und Geschmeide aus dem Schranke von Zedernholz und, nachdem sie so sich ganz würdevoll geschmückt, betete sie vor ihrem Hausaltar zur Göttin der Unterwelt. Dann umschlang sie Kinder und Gemahl und trat endlich, von Tag zu Tag mehr abgezehrt, zur bestimmten Stunde von ihren Dienerinnen umringt, an der Seite ihres Gatten und ihrer Kinder in das Gemach, wo sie den Boten der Unterwelt empfangen wollte. Hier schickte sie sich zum feierlichen Abschied von den Ihrigen an. »Laß mich zu dir reden, was mein Herz begehrt«, sprach sie zu ihrem Gemahl. »Weil dein Leben mir teurer ist als das meinige, sterbe ich für dich jetzt, wo *mir* das Sterben noch nicht drohte, wo ich, einen edlen Thessalier zum zweiten Gemahl wählend, im beglückten Fürstenhause hätte wohnen können. Aber ich wollte nicht leben, deiner beraubt, die verwaisten Kinder anschauend. Dein Vater und deine Mutter haben dich verraten, da doch ihnen Sterben rühmlicher gewesen wäre; denn dann wärest du nicht einsam geworden und hättest keine Waisen aufzuziehen gehabt. Doch, da es die Götter einmal so gefügt haben, so bitte ich dich nur, meiner Wohltat eingedenk zu sein und den Kleinen, die du nicht weniger liebst als ich, die ich sie verlassen muß, kein anderes Weib als Mutter zuzuführen, das, von Neid gequält, sie selber plagen könnte. Denn oft sind Drachen sanftmütiger als Stiefmütter.« Unter Tränen schwur ihr der Gemahl, daß, wie sie im Leben die Seine gewesen, so auch im Tode nur sie ihm Gattin heißen solle. Dann übergab ihm Alkestis die wehklagenden Kinder und sank ohnmächtig nieder.

Unter den Vorbereitungen zur Bestattung geschah es nun, daß der umherirrende Herakles nach Pherai und vor die Tore des Königspalastes kam. Eingelassen, geriet er in eine Unterredung mit den Dienern des Hauses und zufällig kam Admetos selbst dazu. Dieser nahm seinen Gast, den eigenen Kummer unterdrückend, mit großer Herzlichkeit auf, und als Herakles, durch den Anblick seiner Trauerkleider betroffen, ihn um seinen Verlust befragte, erwiderte er, um den Gast nicht zu betrüben oder gar zu verscheuchen, auf eine so verdeckte Weise, daß Herakles der Meinung war, es sei eine ferne Anverwandte des Admetos, die zu Besuch bei dem König war, gestorben. Er blieb daher fröhlichen Sinnes, ließ sich von einem Sklaven in das Gastgemach geleiten und hier Wein vorsetzen. Als ihm die Traurigkeit des Dieners auffiel, schalt er diesen um sein übermäßiges Leid. »Was siehst du mich so ernst und feierlich an?« sprach er; »ein Diener muß gefällig gegen Fremdlinge sein! Was ist's auch, wenn eine Fremde in eurem Hause gestorben ist; weißt du denn nicht, daß dies das allgemeine Los der Menschen ist? Den Trübseligen ist das Leben eine Qual; geh, bekränze dich, wie du mich siehst und trinke mit mir! Ich weiß gewiß, ein überwallender Becher wird bald alle Runzeln deiner Stirn vertreiben.« Aber der Diener wandte sich mit Grauen ab. »Uns traf ein Geschick«, sprach er, »dem nicht Lachen und Schmausen ziemt. Fürwahr, der Sohn des Pheres ist nur allzu gastfreundlich, daß er in so tiefer Trauer einen so leichtsinnigen Gast aufgenommen hat!« – »Soll ich nicht fröhlich sein«, erwiderte Herakles verdrießlich, »weil eine fremde Frau gestorben ist?« – »Eine fremde Frau!« rief der

Diener verwundert. »*Dir* mochte sie fremd sein; *uns* war sie es nicht!« – »So hat mir Admetos seinen Unfall nicht recht berichtet«, sagte Herakles stutzend. Aber der Sklave sprach: »Nun sei du immer fröhlich; der Gebieter Weh geht ja nur ihre Freunde und Diener an!« Aber Herakles hatte keine Ruhe mehr, bis er die Wahrheit erfahren hatte. »Ist's möglich?« rief er, »eines so herrlichen Weibes ward er beraubt, und dennoch hat er den Fremdling so gastlich aufgenommen? Trat ich doch mit geheimem Widerwillen zum Tore hinein, und nun hab' ich hier im Trauerhause das Haupt mit Kränzen geschmückt, gejubelt und getrunken! Aber sage mir, wo liegt das fromme Weib bestattet?« – »Wenn du den geraden Weg gehst, der nach Larissa führt«, antwortete der Sklave, »so siehst du das schmucke Totenmal, das ihr schon aufgerichtet ist.« Mit diesen Worten verließ der Diener weinend den Fremdling.

Allein gelassen, brach Herakles in keine Klagen aus, sondern der Held hatte schnell einen Entschluß gefaßt. »Retten muß ich diese Gestorbene«, sprach er zu sich selbst, »sie wieder einführen in das Haus des Gatten; anders kann ich seine Gunst nicht würdig vergelten. Ich gehe an das Grabmal; dort harre ich des Thanatos, des Totenbeherrschers. Ich finde ihn wohl, wie er kommt, das Opferblut zu trinken, das ihm über dem Denkmal der Verstorbenen gespendet wird. Dann springe ich aus meinem Hinterhalt hervor, ergreife ihn schnell, umschlinge ihn mit den Händen, und keine Macht auf Erden soll ihn mir entreißen, ehe er mir seine Beute überläßt.« Mit diesem Vorsatz verließ er in aller Stille den Palast des Königs.

Admetos war in sein verödetes Haus zurückgekehrt und trauerte mit seinen verlassenen Kindern in schmerzlicher Sehnsucht nach der geopferten Gattin, und kein Trost getreuer Diener vermochte seinen Kummer zu lindern. Da betrat sein Gastfreund Herakles die Schwelle wieder, ein verschleiertes Weib an der Hand führend. »Du hast nicht wohl daran getan, o König«, sagte er, »mir den Tod deiner Gattin zu verhehlen; du nahmst mich in dein Haus auf, als ob nur fremdes Leiden dich bekümmerte; so habe ich unwissend großes Unrecht getan und im Unglückshause fröhliches Trankopfer ausgegossen. Doch will ich dich in deinem Ungemach nicht noch weiter betrüben. Höre jedoch, warum ich noch einmal gekommen bin. Diese Jungfrau hier habe ich als Siegeslohn bei einem Kampfspiel empfangen. Nun gehe ich hin, den König der Bistonier in Thrakien zu bekriegen. Bis ich diesen Zug vollbracht habe, übergebe ich dir die Jungfrau als Dienerin, sorge du für sie als das Eigentum eines Freundes.«

Admetos erschrak, als er den Herakles so sprechen hörte. »Nicht, weil ich den Freund verachtet oder verkannt hätte«, erwiderte er, »habe ich meiner Gattin Tod verborgen, sondern um mir nicht noch mehr Leiden dadurch zu bereiten, daß ich dich in eines anderen Freundes Haus davonziehen ließe. Dieses Weib aber, Herr, bitte ich dich, einem anderen Bewohner von Pherai zuzuführen, nicht mir, der ich soviel gelitten habe. Hast du ja doch genug Gastfreunde in dieser Stadt. Wie könnte ich ohne Tränen diese Jungfrau in meinem Hause erblicken? Den Männeraufenthalt könnte ich ihr nicht zur Wohnung geben, und sollte ich ihr die Gemächer der verstorbenen Gattin einräumen? Das sei ferne! Ich fürchte die üble Nachrede der Pheraier, ich fürchte auch den Tadel der Entschlafenen!« So sprach abwehrend der König; aber ein wunderbares Sehnen zog seine Blicke doch wieder auf die tief verschleierte Gestalt. »Wer du auch seiest, o Weib«, sagte er seufzend, »wisse, daß du an Größe und Gestalt wundersam meiner Alkestis gleichst. Bei den Göttern beschwöre ich dich, Herakles, führe mir diese Frau aus den Augen und quäle den Gequälten nicht noch mehr; denn wenn ich sie erblicke, wähne ich mein verstorbenes Gemahl zu sehen, ein Strom von Tränen bricht aus meinen Augen, und aufs neue versink ich in Kümmernis.« Herakles unterdrückte sein wahres Gesicht und antwortete betrübt: »Oh, wäre mir von Zeus die Macht verliehen, dir dein heldenmütiges Weib aus dem Schattenreich ans Licht zurückzuführen, und dir für deine Güte solche Gunst zu erweisen!« – »Ich weiß, du tätest es«, erwiderte Admetos, »wann aber kehrte je ein Toter aus dem Schattenreiche zurück?« – »Nun«, fuhr Herakles lebhafter fort, »weil dies nicht geschehen kann, so gestatte der Zeit, deinen Kummer zu lindern, den Toten geschieht doch kein Gefallen mit deiner Trauer. Verbanne auch den Gedanken nicht ganz, daß eine zweite Gattin dir einst noch das Leben erheitern kann. Endlich, mir zuliebe nimm das edle Mädchen, das ich dir hier bringe, in dein Haus auf. Versuch es wenigstens; sobald es dir nicht frommen sollte, soll sie dein Haus wieder verlassen!« Admetos sah sich von dem Gast, den er nicht beleidigen wollte, bedrängt; er befahl, jedoch nur ungern, daß die Diener das Weib in die inneren Gemächer geleiten sollten. Aber Herakles gab dieses nicht zu. »Vertraue«, sprach er, »mein Kleinod keinen Sklavenhänden, o Fürst! Du selbst, wenn es dir gefällt, sollst sie hineinführen!« – »Nein«, sprach Admet, »ich berühre sie nicht, ich würde schon das Wort, das ich der geliebten Toten gegeben habe, zu verletzen glauben. Eingehen möge sie, aber ohne mich!« Doch Herakles ruhte nicht, bis er die Hand der Verschleierten ergriffen hatte. »Nun dann«, sagte Herakles freudig, »so bewahre sie; blicke die Jungfrau auch recht an, ob sie wirklich deinem Ehegemahl gleicht, und ende deinen Gram!«

Damit enthüllte er die Verschleierte und gab dem in Staunen zweifelnden König seine wiederbelebte Gemahlin zu schauen. Während er selbst, wie leblos, die Lebende an der Hand hielt und sich mit Furcht und Zittern an ihrem Anblick weidete, erzählte ihm der Halbgott, wie er den Thanatos am Grabeshügel ergriffen und seine Beute ihm abgerungen habe. Da sank Admetos in die Arme seines Weibes. Aber diese blieb sprachlos und durfte seinen zärtlichen Ausruf nicht erwidern. »Du wirst«, belehrte ihn Herakles, »ihre Stimme nicht wieder vernehmen, als bis die Totenweihe von ihr genommen und der dritte Tag erschienen ist. Doch führe sie getrost hinein in dein Gemach und freue dich ihres Besitzes. Er ist dir zuteil geworden, weil du an Fremdlingen so edle Gastfreundschaft geübt hast! Mich aber laß meinem Geschick nachziehen!« »So zeuch in Frieden, Held!« rief Admetos dem Scheidenden nach. »Du hast mich in ein besseres Leben zurückgeführt; glaube mir, daß ich meine Seligkeit dankbar erkenne! Alle Bürger meines Königreichs sollen mir Chortänze aufführen helfen, und Opferduft entsteige den Altären! Dabei wollen wir dein, o du mächtiger Zeussohn, in Dank und Liebe gedenken!«

Herakles im Dienste der Omphale

Der Mord des Iphitos, obgleich im Wahnsinn verübt, lag schwer auf Herakles. Er wanderte von einem Priesterkönig zum andern, um sich reinigen zu lassen; erst zum König Neleus von Pylos, dann zu Hippokoon, König von Sparta; aber beide weigerten sich dessen; der dritte endlich, Deïphobos, ein König zu Amyklai, übernahm es, ihn zu entsühnen. Nichtsdestoweniger schlugen ihn die Götter zur Strafe der Untat mit einer schweren Krankheit. Der Held, sonst von Kraft und Gesundheit strotzend, konnte das plötzliche Siechtum nicht ertragen. Er wandte sich nach Delphi und hoffte bei dem pythischen Orakel Genesung zu finden. Aber die Priesterin verweigerte ihm, als einem Mörder, ihren Spruch. Da raubte er im Heldenzorn den Dreifuß, trug ihn hinaus aufs Feld und errichtete ein eigenes Orakel. Erbost über diesen kühnen Eingriff in seine Rechte, erschien Apollon und forderte den Halbgott zum Kampfe heraus. Aber Zeus wollte auch diesmal kein Bruderblut fließen sehen; er schlichtete den Kampf, indem er einen Donnerkeil zwischen die Streitenden warf. Jetzt erhielt endlich Herakles einen Orakelspruch, welchem zufolge er von seinem Übel frei werden sollte, wenn er zu dreijährigem Knechtsdienste verkauft würde, das Handgeld aber, als Sühne, dem Vater gebe, dem er den Sohn erschlagen. Herakles, von Krankheit überwältigt, fügte sich in diesen harten Spruch. Er schiffte sich mit einigen Freunden nach Asien ein und wurde dort von einem derselben mit seiner Einwilligung als Sklave verkauft an Omphale, die Tochter des Iardanos, die Königin des damaligen Maioniens, was später Lydien hieß. Den Kaufpreis brachte der Verkäufer, dem Orakel gemäß, dem Eurytos, und als dieser das Geld zurückwies, übergab er es den Kindern des erschlagenen Iphitos. Jetzt wurde Herakles wieder gesund. Im Vollgefühl der wiedergewonnenen Körperkraft zeigte er sich anfangs auch als Sklave der Omphale noch als Held und fuhr fort, in seinem Berufe als ein Wohltäter der Menschheit zu wirken. Er züchtigte alle Räuber, welche das Gebiet seiner Herrin und der Nachbarn beunruhigten. Die Kerkopen, die in der Gegend von Ephesos hausten und durch Plünderung viel Schaden anrichteten, wurden von ihm teils erschlagen, teils gebunden der Omphale überliefert. Den König Syleus in Aulis, einen Sohn des Poseidon, der die reisenden Fremden auffing und sie zwang, ihm die Weinberge zu hacken, erschlug er mit dem Spaten und grub seine Weinstöcke mit den Wurzeln aus. Den Itonen, die wiederholt ins Land der Omphale einfielen, zerstörte er ihre Stadt von Grund aus, und machte sämtliche Einwohner zu Sklaven. In Lydien trieb damals Lityerses, ein unechter Sohn des Midas, sein Wesen. Er war ein reichbegüterter Mann und lud alle Fremden, die bei seinem Sitze vorüberreisten, höflich zu Gaste. Nach dem Mahle zwang er sie mit ihm in seine Ernte zu gehen, und des Abends schlug er ihnen die Köpfe ab. Auch diesen Tyrannen brachte Herakles um und warf ihn in den Fluß Mäander. Einmal fuhr er auf einem dieser Züge an der Insel Doliche an und sah hier einen Leichnam, von den Wellen herangespült, am Gestade liegen. Es war die Leiche des unglücklichen Ikaros, der mit den wachsgefügten Flügeln seines Vaters auf der Flucht aus dem Labyrinth zu Kreta der Sonne zu nahe gekommen und in das Meer gefallen war. Mitleidig begrub Herakles den Verunglückten und gab der Insel, ihm zu Ehren, den Namen Ikaria. Für diesen Dienst errichtete der Vater des Ikaros, der kunstreiche Daidalos, das wohlgetroffene Bildnis des Herakles zu Pisa. Der Held selbst aber, als er einst dorthin kam, hielt das Bild, von der Dunkelheit der Nacht getäuscht, für belebt. Seine eigene Heldengebärde erschien ihm als das Drohen eines Feindes, er griff zu einem Steine und zerschmetterte so das schöne Denkmal, das seiner Barmherzigkeit vom Freunde gesetzt worden war. In die Zeit seiner Knechtschaft bei Omphale fiel auch die Teilnahme des Helden an der Jagd des kalydonischen Ebers.

Omphale bewunderte die Tapferkeit ihres Knechtes und mochte wohl ahnen, daß ein herrlicher, weltberühmter Held ihr Sklave sei. Nachdem sie erfahren, daß er Herakles, der große Sohn des Zeus sei, gab sie ihm nicht nur in Anerkennung seiner Verdienste die Freiheit wieder, sondern sie vermählte sich auch mit ihm. Aber Herakles vergaß hier im üppigen Leben des Morgenlandes der Lehren, die ihm die Tugend am Scheidewege seines Jugendlebens gegeben; er versank in weibische Wollust. Dadurch geriet er bei seiner Gemahlin Omphale selbst in Verachtung; sie kleidete sich in die Löwenhaut des Helden, ihm selbst aber ließ sie weichliche lydische Weiberkleider anlegen und brachte ihn in seiner blinden Liebe so weit, daß er, zu ihren Füßen sitzend, Wolle spann. Der Nacken, dem einst bei Atlas der Himmel eine leichte Last gewesen war, trug jetzt ein goldenes Weiberhalsband, die nervigen Heldenarme umspannten Armbänder mit Juwelen besetzt, sein Haar quoll ungeschoren unter einer Mitra hervor; langes Frauengewand wallte über die Heldenglieder herab. So saß er, den Rocken vor sich, unter anderen ionischen Mägden, spann mit seinen knochigen Fingern den dikken Faden ab, und fürchtete das Schelten seiner Herrin, wenn er sein Tagewerk nicht vollständig geliefert. War sie aber guter Laune, so mußte der Mann in Weibertracht ihr und ihren Frauen die Taten seiner Heldenjugend erzählen, wie er die Schlangen mit der Knabenhand erdrückt, wie den Riesen Geryones als Jüngling erlegt, wie der Hydra den unsterblichen Kopf abgeschlagen, wie den Höllenhund aus dem Rachen des Hades heraufgezogen. An diesen Taten ergötzten sich dann die Weiber, wie man an Ammenmärchen seine Freude hat.

Endlich, als seine Dienstjahre bei Omphale vorüber waren, erwachte Herakles aus seiner Verblendung. Mit Abscheu schüttelte er die Weiberkleider ab, und es kostete ihn nur das Wollen eines Augenblicks, so war er wieder der krafterfüllte Zeussohn, voll von Heldenentschlüssen. Der Freiheit zurückgegeben, beschloß er, zuallererst an seinen Feinden Rache zu nehmen.

Die späteren Heldentaten des Herakles

Vor allen Dingen machte er sich auf den Weg, den gewaltigen und eigenmächtigen König Laomedon, den Erbauer und Beherrscher Troias, zu züchtigen. Denn als Herakles, von dem Amazonenkampfe zurückkehrend, die von den Drachen bedrohte Tochter dieses Fürsten, Hesione, befreit hatte, hielt ihm der wortbrüchige Laomedon den versprochenen Lohn, die schnellen Arespferde, zurück und hieß ihn scheltend weiter ziehen. Jetzt nahm Herakles nicht mehr als sechs Schiffe und nur eine geringe Menge Kriegsvolk mit sich. Aber unter diesen waren die ersten Helden Griechenlands, Peleus, Oïkleus, Telamon. Zu dem letzteren war Herakles in seine Löwenhaut gekleidet gekommen und hatte ihn eben beim Schmause getroffen. Telamon erhob sich vom Tisch und reichte dem willkommenen Gast eine goldene Schale voll Weines, hieß ihn sitzen und trinken. Freudig bewegt von solcher Gastfreundschaft, hob Herakles die Hände gen Himmel und betete: »Vater Zeus, wenn du je meine Bitten gnädig erhört hast, so flehe ich jetzt zu dir, daß du dem kinderlosen Telamon hier einen kühnen Sohn zum Erben verleihen mögest, so unverwundbar, wie ich es in dieser Haut des nemeischen Löwen bin. Hoher Mut soll ihm immer zur Seite sein!« Kaum hatte Herakles das Wort geredet, so sandte ihm der Gott den König der Vögel, einen mächtigen Adler. Dem Herakles lachte darüber das Herz im Leibe; wie ein Wahrsager rief er begeistert aus: »Ja, Telamon, du wirst den Sohn haben, den du begehrst, herrlich wird er sein wie dieser gebieterische Adler, und Aias soll sein Name sein, weithin gewaltig im Werke des Kriegsgottes.« So sprach er und setzte sich wieder nieder zum Schmause; dann zogen sie, Telamon und Herakles, vereint mit den anderen Helden, in den Krieg gegen Troia. Als sie dort ans Land gestiegen, übertrug Herakles die Wache bei den Schiffen dem Oïkleus; er selbst mit den übrigen Helden rückte gegen die Stadt vor. Inzwischen hatte Laomedon mit eilig zusammengerafftem Volk die

Schiffe der Heroen überfallen und den Oïkleus im Kampf getötet; aber als er sich wieder entfernen wollte, wurde er von den Gefährten des Herakles umringt. Die Belagerung wurde unterdessen scharf betrieben; Telamon durchbrach die Mauer und war der erste, der in die Stadt eindrang. Erst hinter ihm kam Herakles. Es war das erste Mal in seinem Leben, daß der Held sich in Tapferkeit von einem anderen übertroffen sah; die schwarze Eifersucht bemächtigte sich seines Geistes, und ein böser Gedanke stieg in seinem Herzen auf: er zückte das Schwert und war im Begriff, den vor ihm herschreitenden Telamon niederzuhauen. Dieser blickte um sich und erriet das Vorhaben des Herakles an seiner Gebärde. Schnell besonnen las er die nächstgelegenen Steine zusammen, und auf des Nebenbuhlers Frage, was er hier mache, erwiderte er: »Ich baue Herakles, dem Sieger, einen Altar!« Diese Antwort entwaffnete den eifersüchtigen Zorn des Helden. Sie kämpften wieder gemeinsam, und Herakles erlegte den Laomedon samt allen seinen Söhnen, mit Ausnahme eines einzigen, mit seinen Pfeilen. Als die Stadt erobert war, schenkte er Laomedons Tochter Hesione seinem Freunde Telamon als Siegesbeute. Zugleich gab er ihr die Erlaubnis, nach eigener Wahl einen der Gefangenen in Freiheit zu setzen. Sie wählte ihren Bruder Podarkes. »Es ist recht, er sei dein«, sagte Herakles, »aber er muß vorher die Schmach erlitten haben und Sklave gewesen sein, dann magst du ihn um den Preis, den du für ihn geben willst, hinnehmen!« Als der Knabe nun wirklich zum Sklaven verkauft war, riß Hesione ihren königlichen Schmuck vom Haupte und gab ihn als Lösegeld für den Bruder hin; daher trug dieser den Namen Priamos (der Losgekaufte) davon. Von ihm wird die Sage vieles zu erzählen haben.

Hera gönnte dem Halbgott diesen Triumph nicht. Auf der Heimfahrt von Troia begriffen, wurde er durch ihre Schikkung von schweren Ungewittern überfallen, bis der ergrimmte Zeus ihrem Schalten Einhalt tat. Nach mancherlei Abenteuern beschloß der Held eine zweite Rache am König Augeias zu nehmen, der ihm auch einst den versprochenen

Lohn vorenthalten hatte; er bewältigte seine Stadt Elis und tötete ihn mitsamt seinen Söhnen. Dem Phyleus aber, der einst wegen seiner Freundschaft für Herakles vertrieben worden war, übergab er das Königreich Elis. Nach diesem Siege setzte Herakles die olympischen Spiele ein und weihte ihrem ersten Stifter, Pelops, einen Altar, auch den zwölf Göttern Altäre, je zweien einen. Damals soll selbst Zeus in Menschengestalt mit Herakles gerungen und, überwunden, seinem Sohne zur Götterstärke Glück gewünscht haben. Dann zog Herakles gegen Pylos und den König Neleus, der ihm einst die Entsündigung verweigert hatte; er überfiel seine Stadt und machte ihn mit zehn seiner Söhne nieder. Nur der junge Nestor, der in der Ferne bei den Gereniern erzogen wurde, blieb verschont. In dieser Schlacht verwundete Herakles selbst den Gott der Unterwelt, den Hades, der den Pyliern zu Hilfe gekommen war.

Noch war Hippokoon von Sparta übrig zu bestrafen, der zweite König, der sich nach Ermordung des Iphitos der Reinigung des Mörders entzogen hatte. Auch die Söhne dieses Königs hatten den Haß des Helden aufs neue sich zugezogen. Als er nämlich mit Oionos, seinem Vetter und Freunde, nach Sparta gekommen war, fiel jenen, der den Palast des Hippokoon betrachtete, ein großer molossischer Schäferhund an. Oionos begrüßte ihn mit einem Steinwurf. Da rannten die Söhne des Königs hervor und schlugen den Fremdling mit Knüppeln tot. Um nun auch seines Freundes Tod zu rächen, versammelte Herakles ein Heer gegen Sparta; auf dem Marsche durch Arkadien lud er auch den König Kepheus mit seinen zwanzig Söhnen zum Kampfe ein. Dieser fürchtete jedoch einen Einfall von seinen Nachbarn, den Argivern, und lehnte es anfangs ab, mitzuziehen. Aber Herakles hatte von Athene in einer ehernen Urne eine Locke des Medusenhauptes erhalten. Diese übergab er der Tochter des Kepheus, Sterope, und sprach: »Wenn das Heer der Argiver anrückt, so darfst du nur diese Locke, ohne auf sie hinzublicken, dreimal über die Stadtmauern emporhalten, dann werden eure Feinde die Flucht ergreifen!« Als Kepheus solches hörte, ließ er sich bewegen, mit allen seinen Söhnen auszuziehen. Die Argiver wurden auch glücklich von seiner Tochter abgetrieben; ihm selbst aber schlug der Feldzug zum Unheil aus; er wurde mit allen seinen Söhnen erschlagen und außer diesen auch der Bruder des Herakles, Iphikles. Herakles selbst aber eroberte Sparta, und nachdem er den Hippokoon und seine Söhne getötet, führte er den Tyndareos, den Vater der Dioskuren Kastor und Polydeukes, zurück und setzte ihn wieder auf den Thron, behielt sich aber das eroberte Reich, das er ihm übergab, für seine Nachkommen vor.

Herakles und Deïaneira

Nachdem der Heros noch mancherlei Taten im Peloponnes verrichtet, kam er nach Aitolien und Kalydon zum König Oineus, der eine wunderschöne Tochter Deianeira mit Namen hatte. Diese erlitt mehr als irgendein anderes Aitolerweib bittere Not durch sehr lästige Brautwerbung. Sie lebte anfangs zu Pleuron, einer anderen Hauptstadt ihres väterlichen Reiches. Dort hatte sich ein Fluß, Acheloos genannt, als Freier eingefunden, und, in drei Gestalten verwandelt, erbat er sie von ihrem Vater. Das eine Mal kam er in einen leibhaftigen Stier verzaubert, das andere Mal als schillernder gewundener Drache, endlich zwar in Menschengestalt, aber mit einem Stierhaupt, dem vom zottigen Kinn hernieder frische Quellbäche strömten. Deianeira konnte einem so entsetzlichen Freier nicht ohne tiefe Bekümmernis entgegensehen; sie flehte zu den Göttern inbrünstig um ihren Tod. Lange hatte sie dem Bewerber widerstrebt, aber dieser wurde immer dringender, und ihr Vater zeigte sich nicht abgeneigt, sie dem Stromgott von uraltem Götteradel zu überlassen. Da erschien, wenn auch spät, doch immer noch zur rechten Zeit, als zweiter Freier Herakles, dem sein Freund Meleagros von der hohen Schönheit dieser Königstochter erzählt hatte. Er kam mit der Vorahnung, daß er die liebliche Jungfrau nicht ohne heißen Kampf gewinnen würde; daher war er streitbar ausgerüstet, wie wenn er sonst in Fehden zog. Wie er auf den Palast zuwandelte, flatterte ihm die Löwenhaut im Winde vom Rücken, sein Köcher hallte von Wurfpfeilen, und er schwang in der Luft prüfend die Keule. Als der gehörnte Stromgott ihn kommen sah, quollen die Augen seines Stierhauptes auf, und er versuchte sein Horn im Stoße. Der König Oineus, wie er beide so kampflustig und furchtbar mit ihrer Werbung vor sich stehen sah, wollte keinen der mächtigen Liebhaber durch eine abschlägige Antwort beleidigen und versprach seine Tochter demjenigen zum Weibe zu geben, der den andern im Kampfe überwinden würde.

Bald begann auch vor den Augen des Königs, der Königin und ihrer Tochter Deianeira der wütende Zweikampf. Von der Faust des Herakles, von seinem Bogen klang es, aber mitten durch Streich und Schuß fuhr, lange unverwundet, das gewaltige Stierhaupt des Stromgottes und suchte den Gegner mit den tödlichen Stößen seiner Hörner auf. Endlich wurde das Gefecht zum Ringkampf, Arm verschlang sich mit Arm, Fuß in Fuß, der Schweiß strömte den Ringern von Haupt und Gliedern, beide stöhnten laut unter übermenschlicher Anstrengung. Zuletzt bekam der Sohn des Zeus die Oberhand und warf den starken Flußgott zu Boden. Dieser verwandelte sich sofort in eine Schlange; aber Herakles, der mit Schlangen längst zu hantieren verstand, faßte sie und hätte sie erdrückt, wenn nicht Acheloos, plötzlich zu einer anderen Verwandlung schreitend, die Gestalt eines Stieres angenommen hätte. Doch Herakles ließ sich nicht irre machen, er ergriff das Untier an einem Horn und stürzte es mit solcher Macht zur Erde, daß das ergriffene Horn abbrach. Nun erkannte sich der Stromgott für überwunden und überließ dem Sieger die Braut. Acheloos, der vor Zeiten von der Nymphe Amaltheia das Horn des Überflusses, mit Obst aller Art, Granatäpfeln und Trauben angefüllt, erhalten hatte, tauschte gegen dieses Horn das eigene, das ihm Herakles abgebrochen hatte, wieder ein.

Die Vermählung des Helden brachte in seiner Lebensweise keine Veränderung hervor, er eilte, wie zuvor, von Abenteuer zu Abenteuer, und als er wieder bei seiner Gattin und ihrem Vater zu Hause war, nötigte ihn der unvorsätzliche Totschlag eines Knaben, der ihm bei der Mahlzeit das Wasser zum Händewaschen reichen sollte, abermals zur Flucht, auf welcher ihn seine junge Gemahlin und sein kleiner Sohn Hyllos, den sie ihm geboren hatte, begleiteten.

Herakles und Nessos

Die Reise ging nach Trachis, zu dem Freunde des Helden, Keyx. Es war die verhängnisvollste, die Herakles je unternommen hatte. Als er nämlich am Flusse Euenos angelangt war, fand er dort den Kentauren Nessos, der für Lohn die Reisenden auf seinen Händen über den Fluß zu setzen pflegte und dieses Vorrecht von den Göttern seiner Ehrlichkeit wegen erhalten zu haben behauptete. Herakles selbst bedurfte nun freilich seiner nicht; er durchschritt den Fluß mit mächtigen Schritten ohne fremde Beihilfe. Deianeira aber überließ er zum Hinüberschaffen dem Nessos, der ihn um den gewohnten Lohn ansprach; der Kentaur nahm die Gemahlin des Herakles auf die Schulter und trug sie rüstig durch das Wasser. Mitten in der Furt aber, durch die Schönheit des Weibes betört, wagte er es, sie mit schnöder Hand anzurühren. Herakles, der am Ufer war, hörte den Hilferuf seiner Frau und wendete sich schnell um. Als er sie in der Gewalt des rauhbehaarten Halbmenschen sah, besann er sich nicht lange, holte aus seinem Köcher einen beflügelten Pfeil hervor und schoß den Nessos, der mit seiner Beute eben ans Ufer emporstieg, durch den Rücken, so daß das Geschoß zur Brust wieder herausging. Deianeira hatte sich den Armen des zu Boden Sinkenden entwunden und wollte ihrem Gatten zueilen, als der Sterbende, der noch im Tode auf Rache sann, sie zurückrief und die trügerischen Worte sprach: »Höre mich, Tochter des Oineus! Weil du die letzte bist, die ich getragen habe, so sollst du auch noch einen Vorteil von meinem Dienste haben, wenn du mir folgen willst! Fasse das frische Blut auf, das mir aus der Todeswunde quoll und jetzt da, wo der Pfeil, vom Geifer der lernäischen Schlange vergiftet, mir im Leibe steckt, ganz verdickt und leicht zu sammeln ringsum steht, so wird es dir zu einem Zauber für das Gemüt deines Gatten dienen; färbst du damit sein Unterkleid, so wird er niemals ein anderes Weib, das ihm je vorkommt, mehr lieben denn dich allein!« Nachdem er Deianeira dieses tückische Vermächtnis hinterlassen, verschied er augenblicklich an der vergifteten Wunde. Deianeira, obgleich sie an der Liebe ihres Gatten nicht zweifelte, tat doch nach Nessos Vorschrift, sammelte das verdickte Blut in ein Gefäß, das sie bei der Hand hatte und bewahrte es ohne Wissen des Herakles auf, der zu fern stand, um zu sehen was sie tat. Sie kamen darauf nach einigen anderen Abenteuern miteinander glücklich zu Keyx, dem König von Trachis, und ließen sich mit ihren Begleitern aus Arkadien, die dem Herakles überallhin folgten, dort häuslich nieder.

Herakles, Iole und Deïaneira · Sein Ende

Die letzte Fehde, die Herakles bestand, war sein Feldzug gegen Eurytos, den König von Oichalia, gegen welchen er einen alten Groll hegte, weil derselbe ihm seine Tochter Iole verweigert hatte. Er versammelte ein großes Heer von Griechen und zog nach Euboia, den Eurytos und seine Söhne in ihrer Stadt Oichalia zu belagern. Der Sieg folgte ihm, die hohe Burg wurde in den Staub geworfen, der König mit seinen drei Söhnen erschlagen, die Stadt vertilgt. Iole, noch immer jung und schön, wurde die Gefangene des Herakles.

Derweil hatte Deianeira in Sorgen zu Hause auf Nachricht von ihrem Gatten geharrt. Endlich jauchzte im Palast Freudengeschrei empor. Ein Bote kam herangesprengt: »Dein

Gemahl, o Fürstin, lebt« – so meldete er der ängstlich auf seine Botschaft Horchenden – »naht in Siegesruhm und führt jetzt eben die Erstlinge des Kampfes den heimatlichen Göttern zu. Sein Diener Lichas, den er hinter mir her gesendet hat, verkündet auf offener Wiese dem Volke den Sieg. Seine eigene Ankunft verzögert sich nur dadurch, daß er auf Euboias Vorgebirge Kenaion dem Zeus das schuldige Dankopfer darzubringen sich anschickt.« Bald erschien der Abgeordnete des Helden, Lichas, und in seinem Geleite die Gefangenen. »Heil dir, Gemahlin meines Herrn«, sprach er zu Deianeira, »die Himmlischen lieben den Frevel nicht; Herakles' gerechte Sache ist gesegnet worden; die üppigen Prahler mit ihrem verruchten Munde sind alle in den Hades hinabgeeilt, die Stadt ist in Knechtschaft. Doch der Gefangenen, die wir hier bringen, sollst du schonen, läßt dein Gemahl dir sagen, vor allem der unglücklichen Jungfrau, die sich hier vor deine Füße wirft.« Deianeira heftete einen Blick voll tiefen Mitleids auf das schöne, jugendliche Mädchen, das von Gestalt und Auge lieblich glänzte, erhob sie vom Boden und sprach: »Ja, ihr Lieben, herbes Mitgefühl hat mich gefaßt, so oft ich Unglückselige heimatlos durch fremde Landschaft herumgeschleppt und Freigeborene Sklavenlos dulden sah. Zeus, Überwinder, mögest du nie deinen Arm so gegen mein Haus erheben! Aber wer bist du, jammervolles Mägdlein? Du scheinst unvermählt und von hohem Stamme! Sage mir, Lichas, wer sind die Eltern dieser Jungfrau?« – »Wie weiß ich das? Weshalb fragst du dies?« antwortete der Abgesandte mit verstelltem Sinn und seine Miene verriet ein Geheimnis. »Sie ist«, fuhr er nach einigem Zögern fort, »gewiß aus keinem der niedrigsten Häuser Oichalias.« Da das arme Mädchen selbst nur seufzte und schwieg, so forschte Deianeira auch nicht weiter, sondern befahl, sie in das Haus zu führen und dort auf das schonendste zu behandeln. Während Lichas diesem Befehl Folge leistete, trat der zuerst angekommene Bote seiner Gebieterin näher, und sobald er sich unbelauscht wußte, flüsterte er ihr die Worte zu: »Traue dem Abgesandten deines Gemahls nicht, Deianeira. Er verbirgt dir die Wahrheit. Aus seinem eigenen Munde habe ich mitten auf dem Marktplatze von Trachis, in vieler Zeugen Gegenwart, gehört, daß dein Gatte Herakles ganz allein um dieser Jungfrau willen die hohe Burg Oichalias niedergeworfen hat. Es ist Iole, die Tochter des Eurytos, die du aufgenommen hast, von deren Liebe Herakles entbrannt war, ehe er dich kennen gelernt hat. Nicht als deine Sklavin, sondern als deine Nebenbuhlerin, als Nebenweib ist sie in dein Haus gekommen!« Über diese Mitteilung brach Deianeira in laute Wehklagen aus. Doch faßte sie sich bald wieder und rief den Diener ihres Gatten, Lichas selbst, herbei. Dieser schwur anfangs beim höchsten Zeus, daß er ihr die Wahrheit gesagt habe und ihm unbewußt sei, wer die Eltern der Jungfrau wären. Lange beharrte er bei dieser Lüge. Deianeira aber beschwor ihn, des höchsten Zeus nicht länger zu spotten. »Wäre es auch möglich, daß ich meinem Gatten seiner Untreue wegen abhold würde«, sagte sie zu ihm weinend, »so bin ich nicht so unedler Gesinnung, daß ich dieser Jungfrau zürne, die mir nie einen Schimpf angetan hat. Nur mit Mitleid schaue ich sie an, denn ihr hat die Schönheit all ihr Lebensglück zertrümmert, ja ihr ganzes Geburtsland in Knechtschaft gestürzt!« Als Lichas sie so menschlich reden hörte, gestand er alles. Hierauf entließ ihn Deianeira ohne Vorwurf und befahl ihm nur, so lange zu warten, bis sie für die reiche Schar von Gefangenen, die der Gemahl ihr zugesendet und zur Verfügung gestellt hatte, diesem eine Gegengabe gerüstet hätte.

Fern vom Feuer, unberührt vom Strahle des Lichtes hatte Deianeira, der Vorschrift des tückischen Kentauren gemäß, die Salbe, die sie vom giftigen Blute seiner Pfeilwunde gesammelt, am verborgenen Orte bewahrt. An dieses Zaubermittel, das sie, unerfahren in den Ränken, welche Rache spinnt, für ganz unschädlich hielt, und das ihr nur das Herz und die Treue des Gatten wiedergewinnen sollte, dachte nun die gedrängte Fürstin zum erstenmal wieder, seit sie es sorgsam verhüllt im Schranke geborgen. Jetzt galt es zu handeln. Sie schlich sich daher in das Gemach, und färbte mit einer Flocke von weißem Lämmervlies, welche sie mit der Salbe getränkt hatte, im Verborgenen ein köstliches Unterkleid, das für Herakles bestimmt war. Sorgfältig hütete sie während dieser Arbeit Flocke und Gewand vor dem Sonnenstrahl, und schloß das blutrot gefärbte Kleid, schön zusammengefaltet, in ein Kästchen ein. Als dies geschehen war, warf sie die Wolle, die zu nichts mehr dienlich, auf die Erde, ging und überreichte dem herbeigerufenen Lichas das für ihren Gemahl bestimmte Geschenk. »Bring meinem Gemahl«, sprach sie, »dieses schöngewobene Leibgewand, meiner eigenen Hände Werk. Kein anderer soll es tragen, als er selbst, auch soll er das Kleid nicht dem Feuerherde oder dem Sonnenglanz aussetzen, bevor er es, am feierlichen Opfertage damit geschmückt, den Göttern gezeigt hat. Denn dieses Gelübde habe ich getan, wenn ich ihn je siegreich zurückkehren sehen würde. Daß du ihm wirklich meine Botschaft bringest, soll er an diesem Siegelring erkennen, den ich dir für ihn anvertraue.« Lichas versprach alles auszurichten, wie die Herrin befohlen; er verweilte keinen Augenblick länger im Palast, sondern eilte mit der Gabe nach Euboia, um den opfernden Herrn nicht länger ohne Kunde von der Heimat zu lassen. Einige Tage vergingen, und der älteste Sohn des Herakles und der Deianeira, Hyllos, war seinem Vater entgegengeeilt, um ihm die Ungeduld der harrenden Mutter zu schildern und ihn zu beschleunigter Heimkehr zu bewegen. Inzwischen hatte Deianeira zufällig das Gemach wieder betreten, wo das Zaubergewand von ihr gefärbt worden war. Sie fand die Wollenflocke auf dem Boden liegen, wie sie dieselbe unachtsam hingeworfen, dem Sonnenstrahl ausgesetzt und von ihm durchwärmt. Ihr Anblick aber entsetzte sie, denn die Wolle war wie zu Staub oder Sägespänen zusammengeschwunden und aus den Überbleibseln zischte ein blasenvoller, giftiger Schaum auf. Eine dunkle Ahnung ergriff die jammervolle Frau, daß sie Unglückseliges begangen habe, und in entsetzlicher Unruhe durchirrte sie seit diesem Augenblick den Palast.

Endlich kam Hyllos zurück, aber ohne den Vater. »O Mutter«, rief er ihr mit Abscheu zu, »ich wollte, du hättest nie gelebt, oder du wärest nie meine Mutter gewesen, oder die Götter hätten dir eine andere Sinnesart gegeben!« So unruhig die Fürstin schon vorher war, so erschrak sie doch noch mehr bei diesen Worten ihres Sohnes. »Kind«, erwiderte sie ihm, »was ist denn so Gehässiges an mir?« – »Ich komme vom Vorgebirge Kenaion, Mutter«, entgegnete ihr der Sohn mit lautem Schluchzen, »du bist es, die mir den Vater dahingewürgt!« Deianeira wurde totenbleich, doch raffte sie sich zusammen und sprach: »Von wem weißt du solches, mein Sohn, wer darf mich so entsetzlicher Untat zeihen?« – »Kein fremder Mund hat mich belehrt«, fuhr der Jüngling fort, »mit eigenen Augen habe ich mich von dem Jammerlose des Vaters überzeugt. Ich traf ihn auf dem Vorgebirge Kenaion, wo er eben dem Überwinder Zeus auf vielen Dankaltären zugleich Brandopfer schlachten wollte. Da erschien der Herold Lichas, sein Diener, mit deiner Gabe, deinem verfluchten mörderischen Gewande. Deinem Auftrage folgend, legte er das Unterkleid sogleich an, und damit geschmückt begann die Opferung zwölf stattlicher Stiere. Anfangs betete der Unglückselige deines schönen Schmuckes froh, voll Heiterkeit. Plötzlich aber, als die Opferglut schon gen Himmel flammte, durchbrach ein heftiger Schweiß seine Haut, das Gewand schien, wie vom Schmied angelötet, an seinen Seiten zu kleben, und eine Zuckung fuhr durch sein ganzes Gebein. Als fräße eine Natter an seinem Leibe, schrie der Gequälte brüllend nach Lichas, dem unschuldigen Überbringer deines giftigen Gewandes; dieser kam und wiederholte unbefangen deinen Auftrag; der Vater aber ergriff ihn am Fuße und warf ihn an die Felsen des Meeres, daß er zerschmettert in der aufspritzenden Flut untersank. Das ganze Volk jammerte bei dieser Tat des Wahnsinns auf, und niemand wagte, sich dem rasenden Helden zu nähern. Dieser wälzte sich bald auf dem Boden, bald sprang er heulend wieder auf, daß rings Fels und Waldgebirge widerhallten. Er verfluchte dich und euren Ehebund, der ihm zur Todesqual geworden. Endlich kehrte er sich zu mir und rief: »Söhnlein, wenn du Mitleid mit deinem Vater empfindest, so schiffe mit mir ohne Zögerung fort, daß ich nicht im fremden Lande sterbe!« Auf dieses Verlangen legten wir den Armen in das Schiff, und unter Zuckungen brüllend ist er hier angelangt, und bald wirst du ihn lebendig oder tot vor dir sehen. Das alles ist dein Werk, Mutter. Den allerbesten Helden hast du jämmerlich dahingemordet!«

Deianeira, ohne sich auf diese schreckliche Rede zu rechtfertigen, verließ ihren Sohn Hyllos in schweigender Verzweiflung. Das Hausgesinde, dem sie ihr Geheimnis, den Gatten sich durch des Nessos Zaubersalbe treu zu erhalten, früher anvertraut hatte, belehrte den Knaben, daß sein Jähzorn der Mutter unrecht getan. Er eilte der Unglücklichen nach, aber er kam zu spät. Sie lag im Schlafgemach tot auf dem Lager ihres Gatten ausgestreckt, die Brust mit einem zweischneidigen Schwerte durchbohrt. Der Sohn umarmte jammernd die Leiche, und streckte sich dann zu ihrer Seite hin, seine Unbedachtsamkeit beseufzend. Die Ankunft des Vaters im Palast störte ihn aus dieser kläglichen Ruhe auf. »Sohn«, rief dieser, »Sohn, wo bist du. Zieh doch das Schwert gegen deinen Vater, durchhaue mir den Nacken und heile so die Wut, in welche deine gottlose Mutter mich versetzt hat! Zage nicht, sei mitleidig mit mir, mit einem Helden, der wie ein Mägdlein in Tränen schluchzen muß!« Dann wandte er sich verzweiflungsvoll an die Umstehenden, streckte seine Arme aus, und rief: »Kennet ihr diese Glieder, denen das Mark entsaugt ist, noch? Es sind dieselben, die den Schrecken der Hirten, den nemeischen Löwen gebändigt, die den Drachen von Lerna erwürgt, die den erymanthischen Eber erlegen halfen, die den Kerberos aus der Hölle heraufgetragen! Kein Speer, kein wildes Tier des Waldes, kein Gigantenheer hat mich überwältigt; die Hand eines Weibes hat mich vertilgt! Darum, Sohn, töte mich und strafe deine Mutter!«

Aber als Herakles aus dem Munde seines Sohnes Hyllos unter heiligen Beteuerungen erfuhr, daß seine Mutter die unfreiwillige Ursache seines Unglücks gewesen, und ihre Unbedachtsamkeit mit dem Selbstmorde gebüßt habe, wandte sich auch sein Sinn vom Zorn zur Wehmut. Er verlobte seinen Sohn Hyllos mit der gefangenen Jungfrau Iole, die ihm selbst so lieb gewesen war, und da ein Orakel von Delphi gekommen, daß er auf dem Berge Oita, der zum Gebiet von Trachis gehörte, sein Leben beschließen müsse, so ließ er sich, seinen Qualen zum Trotz, auf den Gipfel dieses Berges tragen. Hier ward auf seinen Befehl ein Scheiterhaufen errichtet; darauf nahm der kranke Held seinen Platz. Und nun befahl er den Seinigen, den Holzstoß von unten anzuzünden. Aber niemand wollte ihm den traurigen Liebesdienst erweisen. Endlich entschloß sich, auf die eindringliche Bitte des vor Schmerzen bis zur Verzweiflung gequälten Helden, sein Freund Philoktetes, seinen Willen zu tun. Zum Dank für diese Bereitwilligkeit reichte Herakles ihm seine unüberwindlichen Pfeile, nebst dem siegreichen Bogen. Sobald der Scheiterhaufen angezündet war, schlugen Blitze vom Himmel darein und beschleunigten die Flammen. Da senkte sich eine Wolke herab auf den Holzstoß und trug den Unsterblichen unter Donnerschlägen zum Olymp empor. Als nun, da der Scheiterhaufen schnell zu Asche verbrannt war, Iolaos und die anderen Freunde der Brandstätte sich näherten, die Überbleibsel des Helden zusammen zu lesen, fanden sie kein einziges Gebein mehr. Sie konnten auch nicht länger zweifeln, daß Herakles, dem alten Götterspruch zufolge, aus dem Kreise der Menschen in den der Himmlischen versetzt worden sei, brachten ihm ein Totenopfer als einem Heros und weihten ihn so zu einer allmählich von ganz Griechenland verehrten Gottheit. Im Himmel empfing den vergötterten Herakles seine Freundin Athene und führte ihn in den Kreis der Unsterblichen. Hera selbst versöhnte sich mit ihm, nachdem er sein sterbliches Geschick vollendet. Sie gab ihm ihre Tochter Hebe, die Göttin der ewigen Jugend, zur Gemahlin, und diese gebar ihm droben im Olymp unsterbliche Kinder.

FÜNFTES BUCH

Bellerophontes

Sisyphos, der Sohn des Aiolos, der listigste aller Sterblichen, baute und beherrschte die herrliche Stadt Korinth auf der schmalen Erdzunge zwischen zwei Meeren und zwei Ländern. Für allerlei Betrug traf ihn in der Unterwelt die Strafe, daß er einen schweren Marmorstein, mit Händen und Füßen angestemmt, von der Ebene eine Anhöhe hinaufwälzen mußte. Wenn er aber schon glaubte, ihn auf den Gipfel gedreht zu haben, so wandte sich die Last um und der tückische Stein rollte wieder in die Tiefe hinunter. So mußte der gepeinigte Verbrecher von neuem und immer von neuem wieder das Felsstück emporwälzen, daß der Angstschweiß von seinen Gliedern floß.

Sein Enkel war Bellerophontes, der Sohn des Korintherkönigs Glaukos. Wegen eines unvorsätzlichen Mordes flüchtig, wandte sich der Jüngling nach Tiryns, wo der König Proitos regierte. Von diesem wurde er gütig aufgenommen und von seinem Morde gereinigt. Aber Bellerophontes hatte von den Unsterblichen schöne Gestalt und männliche Tugenden empfangen. Deswegen entbrannte die Gemahlin des Königs Proitos, Anteia, in unreiner Liebe zu ihm und wollte ihn zum Bösen verführen. Aber der edelgesinnte Bellerophontes gehorchte ihr nicht. Da verwandelte sich ihre Liebe in Haß; sie sann auf Lüge, ihn zu verderben, erschien vor ihrem Gemahl und sprach zu ihm: »Erschlage den Bellerophontes, o Gemahl, wenn dich nicht selbst unrühmlicher Tod treffen soll, denn der Treulose hat mir seine strafbare Neigung bekannt, und mich zur Untreue gegen dich verleiten wollen.« Als der König solches vernommen, bemächtigte sich seiner ein blinder Eifer. Weil er jedoch den verständigen Jüngling so lieb gehabt hatte, vermied er den Gedanken, ihn zu ermorden, denn er machte ihm Grauen. Aber dennoch sann er auf sein Verderben. Er schickte daher den Unschuldigen zu seinem Schwiegervater Iobates, dem Könige von Lykien, und gab ihm ein zusammengefaltetes Täfelchen mit, das er dem letzteren bei seiner Ankunft in Lykien, gleichsam als einen Empfehlungsbrief, vorweisen sollte; auf dieses waren gewisse Zeichen eingeritzt, die den Wink enthielten, den Überbringer hinrichten zu lassen. Arglos wandelte Bellerophontes dahin, aber die allwaltenden Götter nahmen ihn in ihren Schutz. Als er übers Meer nach Asien gefahren, am schönen Strome Xanthos angekommen war und also Lykien erreicht hatte, trat er vor den König Iobates. Dieser aber, ein gütiger, gastfreundlicher Fürst nach der alten Sitte, nahm den edlen Fremdling auf, ohne zu fragen, wer er sei, noch woher er komme. Seine würdige Gestalt und sein fürstliches Benehmen genügten ihm zur Überzeugung, daß er keinen gemeinen Gast beherberge. Er ehrte den Jüngling auf alle Weise, gab ihm alle Tage ein neues Fest und brachte den Göttern von Tag zu Tag ein neues Stieropfer. Neun Tage waren so vorübergegangen, und erst als die zehnte Morgenröte am Himmel aufstieg, fragte er den Gast nach seiner Herkunft und seinen Absichten. Da sagte ihm Bellerophontes, daß er von seinem Eidam Proitos komme, und wies ihm als Beglaubigungsschreiben das Täfelchen vor. Als der König Iobates den Sinn der mörderischen Zeichen erkannte, erschrak er in tiefster Seele, denn er hatte den edlen Jüngling sehr lieb gewonnen. Doch mochte er nicht denken, daß sein Schwiegersohn ohne gewichtige Ursache die Todesstrafe über den Unglücklichen verhänge; glaubte also, dieser müsse durchaus ein todeswürdiges Verbrechen verübt haben. Aber auch er konnte sich nicht entschließen, den Menschen, der so lange sein Gast gewesen war und durch sein ganzes Benehmen sich seine Zuneigung zu erwerben gewußt hatte, geradezu umzubringen. Er gedachte ihm deswegen nur Kämpfe aufzutragen, in denen er notwendig zugrunde gehen müßte. Zuerst ließ er ihn das Ungeheuer Chimaira erlegen, das Lykien verwüstete, und das göttlicher, nicht menschlicher Art emporgewachsen war. Der gräßliche Typhon hatte es mit der riesigen Schlange Echidna gezeugt.

Vorn war es ein Löwe, hinten ein Drache, in der Mitte eine Ziege, aus seinem Rachen ging Feuer und entsetzlicher Gluthauch. Die Götter selbst trugen Mitleid mit dem schuldlosen Jüngling, als sie sahen, welcher Gefahr er ausgesetzt wurde. Sie schickten ihm auf seinem Wege zu dem Ungeheuer das unsterbliche Flügelroß Pegasos, das Poseidon mit der Medusa gezeugt hatte. Wie konnte ihm aber dieses helfen? Das göttliche Pferd hatte nie einen sterblichen Reiter getragen. Es ließ sich nicht einfangen und nicht zähmen. Müde von seinen vergeblichen Anstrengungen war der Jüngling am Quell Peirene, wo er das Roß gefunden hatte, eingeschlafen. Da erschien ihm im Traume seine Beschirmerin Athene; sie stand vor ihm, einen köstlichen Zaum mit goldenen Buckeln in der Hand und sprach: »Was schläfst du, Abkömmling des Aiolos? Nimm dieses rossebändigende Werkzeug; opfere dem Poseidon einen schönen Stier, und brauche des Zaums.« So schien sie dem Helden im Traume zuzusprechen, schüttelte ihren dunklen Aigisschild und verschwand. Er aber erwachte aus dem Schlafe, sprang auf und faßte mit der Hand nach dem Zaume. Und, o Wunder, der Zaum, nach dem er im Traume gegriffen, der Wachende hielt ihn wirklich und leibhaft in der Hand. Bellerophontes suchte nun den Seher Polyidos auf und erzählte ihm seinen Traum sowie das Wunder, das sich in demselben zugetragen. Der Seher riet ihm, das Begehren der Göttin ungesäumt zu erfüllen, dem Poseidon den Stier zu schlachten und seiner Schutzgöttin Athene einen Altar zu bauen. Als dies alles geschehen war, fing und bändigte Bellerophontes das Flügelroß ohne alle Mühe, legte ihm den goldenen Zaum an und bestieg es in eherner Rüstung. Nun schoß er aus den Lüften herab und tötete die Chimaira mit seinen Pfeilen. Hierauf schickte ihn Iobates gegen das Volk der Solymer aus, ein streitbares Männergeschlecht, das an den Grenzen von Lykien wohnte, und nachdem er wider Erwarten den härtesten Kampf mit diesen glücklich bestanden, wurde er von dem König gegen die männergleiche Schar der Amazonen gesandt. Auch aus diesem Streite kam er unverletzt und siegreich zurück. Nun legte ihm der König, um dem Verlangen seines Eidams doch endlich nachzukommen, eben auf diesem Rückwege einen Hinterhalt, wozu er die tapfersten Männer des lykischen Landes ausersehen hatte. Aber keiner von ihnen kehrte zurück, denn Bellerophontes vertilgte alle, die ihn überfallen hatten, bis auf den letzten. Nunmehr erkannte der König, daß der Gast, den er beherbergt, kein Verbrecher, sondern ein Liebling der Götter sei. Statt ihn länger zu verfolgen, hielt er ihn in seinem Königreich zurück, teilte den Thron mit ihm und gab ihm seine blühende Tochter Philonoë zur Gemahlin. Die Lykier überließen ihm die schönsten Äcker und Pflanzungen zum Bebauen. Seine Gemahlin gebar ihm drei Kinder, zwei Söhne und eine Tochter.

Aber jetzt hatte das Glück des Bellerophontes ein Ende. Sein ältester Sohn Isander wuchs zwar auch zu einem gewaltigen Helden auf, aber er fiel in einer Schlacht gegen die Solymer. Seine Tochter Laodameia wurde, nachdem sie dem Zeus den Helden Sarpedon geboren, durch einen Pfeil der Artemis erschossen. Nur sein jüngerer Sohn Hippolochos gelangte zu ruhmvollem Alter und schickte im Kampfe der Troianer seinen heldenmütigen Sohn Glaukos, den auch sein Vetter Sarpedon begleitete, mit einer stattlichen Schar von Lykiern den Troern zu Hilfe.

Bellerophontes selbst, durch den Besitz des unsterblichen Flügelrosses übermütig gemacht, wollte sich auf ihm zum Olymp emporschwingen und, der Sterbliche, sich in die Versammlung der Unsterblichen eindrängen. Aber das göttliche Roß selbst widersetzte sich dem kühnen Unterfangen, bäumte sich in der Luft und schleuderte den irdischen Reiter hinunter auf den Boden. Bellerophontes erholte sich zwar von diesem Fall, aber den Himmlischen seitdem verhaßt und vor den Menschen sich schämend, irrte er einsam umher, vermied die Pfade der Sterblichen und verzehrte sich in einem ruhmlosen und kummervollen Alter.

Theseus

Seine Geburt und Jugend

Theseus, der große Held und König von Athen, war ein Sohn des Aigeus und der Aithra, der Tochter des Königs Pittheus von Troizen. Seine väterliche Abkunft steigt zu dem König Erechtheus und zu jenen Athenern auf, die nach der Sage des Landes aus dem Boden desselben unmittelbar entsprossen waren. Von der Mutter Seite war Pelops, durch die Zahl seiner Kinder der mächtigste unter den Königen des Peloponnes, sein Ahnherr. Bei einem seiner Söhne, Pittheus, dem Gründer der kleinen Stadt Troizen im Peloponnes, kehrte der kinderlose König Aigeus von Athen, der dort etwa zwanzig Jahre vor Iasons Argonautenzug herrschte, ein, weil er sein Gastfreund war. Diesen Aigeus, den ältesten der vier Söhne des Königs Pandion, bekümmerte es schwer, daß seine Ehe mit keiner Nachkommenschaft gesegnet war. Er fürchtete nämlich gar sehr die fünfzig Söhne seines Bruders Pallas, welche feindliche Absichten gegen ihn hegten und den Kinderlosen verachteten. So kam er auf den Gedanken, sich heimlich und ohne Wissen seiner Gemahlin noch einmal zu vermählen, in der Hoffnung, er werde so einen Sohn erhalten, welcher die Stütze seines Alters und seines Reiches werden könnte. Er vertraute sich seinem Gastfreunde Pittheus, und das gute Glück wollte, daß gerade diesem ein seltsames Orakel zuteil geworden war, das ihm verkündigte, daß seine Tochter kein rühmliches Ehebündnis eingehen, aber einen berühmten Sohn gebären werde. Dies machte den König von Troizen geneigt, dem Manne, der schon zu Hause eine Gattin hatte, seine Tochter Aithra heimlich zu vermählen. Als dieses geschehen war, blieb Aigeus nur noch wenige Tage zu Troizen und reiste dann wieder nach Athen zurück. Als er am Meeresufer Abschied von seiner neuvermählten Gattin nahm, legte er Schwert und Fußsohlen unter ein Felsstück und sprach: »Wenn die Götter unserem Bunde, den ich nicht aus Leichtsinn geschlossen habe, sondern um meinem Hause und Land eine Stütze zu verschaffen, hold sind und dir einen Sohn gebären, so ziehe ihn heimlich auf und sage keinem Menschen, wer sein Vater ist. Ist er so weit herangewachsen, daß er imstande ist, das Felsstück abzuwälzen, so führe ihn an diese Stelle, laß ihn Schwert und Schuhe hervorholen und sende ihn damit zu mir nach Athen.« Aithra gebar auch wirklich einen Sohn, nannte ihn Theseus und ließ ihn unter der Fürsorge seines Großvaters Pittheus aufwachsen; den wahren Vater des Theseus verheimlichte sie dem Befehl ihres Gatten gemäß, und der Großvater verbreitete die Sage, daß er ein Sohn des Poseidon sei. Diesem Gott erwiesen nämlich die Troizenier besondere Ehre als dem Schutzgott ihrer Stadt, brachten ihm die Erstlinge ihrer Früchte zum Opfer, und sein Dreizack war das Abzeichen von Troizen. So gab es dem Lande keinen Anstoß, wenn die Königstochter einer Leibesfrucht von dem hochgeehrten Gotte gewürdigt worden war. Als aber der Jüngling nicht bloß zu herrlicher Körperstärke heranwuchs, sondern auch Kühnheit, Einsicht und festen Sinn zeigte, da führte ihn seine Mutter Aithra zu dem Steine, unterrichtete ihn über seine wahre Herkunft, und forderte ihn auf, die Erkennungszeichen seines Vaters Aigeus hervorzuholen und nach Athen zu schiffen. Theseus stemmte sich an den Stein und schob ihn mit Leichtigkeit zurück; er band sich die Sohlen unter die Füße und das Schwert an die Seite. Zur See zu reisen aber weigerte er sich, obgleich Großvater und Mutter ihn inständig darum baten. Der Landweg nach Athen war nämlich damals sehr gefährlich, weil allenthalben Räuber und Bösewichte lauerten. Denn jenes Zeitalter brachte Menschen hervor, die sich zwar in Leibesstärke und Taten der Faust unüberwindlich zeigten, aber diese Vorzüge nicht zu menschenfreundlichen Handlungen anwandten, sondern ihre Freude an Übermut und Gewalttaten hatten und alles mißhandelten oder vertilgten, was ihnen in die Hände fiel. Einige derselben hatte Herakles auf seinen Zügen erschlagen. Um jene Zeit aber diente dieser gerade als Sklave bei der Königin Omphale in Lydien und säuberte zwar jenes

Land; in Griechenland aber brachen die Gewalttätigkeiten von neuem hervor, weil niemand ihnen Einhalt tat. Deswegen war die Landreise aus dem Peloponnes nach Athen mit der größten Gefahr verbunden, und sein Großvater beschrieb dem jungen Theseus genau jeden dieser Räuber und Bösewichte und welche Grausamkeiten sie an den Fremden zu verüben pflegten. Aber Theseus hatte sich längst den Herakles und seine Tapferkeit zum Vorbild genommen. Als er sieben Jahre alt war, hatte dieser Held seinen Großvater Pittheus besucht, und wie derselbe mit dem König zu Tische saß und schmauste, durfte unter anderen Knaben der Troizenier auch der kleine Theseus zuschauen. Herakles hatte beim Mahl seine Löwenhaut abgelegt. Die übrigen Knaben nun machten sich, als sie die Haut erblickten, auf die Flucht. Theseus aber ging ohne Furcht hinaus, nahm einem der Diener eine Axt aus der Hand und rannte damit auf die Haut los, die er für einen wirklichen Löwen hielt. Seit diesem Besuch des Herakles träumte Theseus voll Bewunderung des Nachts von dessen Taten, und am Tage sann er auf nichts anderes als wie er dereinst ähnliches unternehmen wollte. Auch waren sie blutsverwandt, denn ihre Mütter waren Kinder von Geschwistern. So konnte jetzt der sechzehnjährige Theseus den Gedanken nicht ertragen, daß, während sein Vetter überall die Frevler aufsuche und Land und Meer von ihnen reinige, er die sich ihm darbietenden Kämpfe fliehen sollte. »Was würde«, sprach er unwillig, »der Gott, den man meinen Vater nennt, von dieser feigen Reise im sicheren Schoße seiner Gewässer denken, was würde mein wahrer Vater sagen, wenn ich ihm als Kennzeichen Schuhe ohne Staub und ein Schwert ohne Blut brächte?« Diese Worte gefielen seinem Großvater, der auch ein tapferer Held gewesen war. Die Mutter gab ihm ihren Segen und Theseus ging davon.

Seine Wanderung zum Vater

Der erste, der ihm in den Weg kam, war der Straßenräuber Periphetes, dessen Waffe eine mit Eisen beschlagene Keule war, von welcher er den Beinamen Keulenschwinger führte und mit der er die Wanderer zu Boden schmetterte.

Als Theseus in die Gegend von Epidauros kam, stürzte dieser Bösewicht aus einem finsteren Walde hervor und versperrte ihm den Weg. Der junge Theseus aber rief ihm wohlgemut zu: »Elender! du kommst mir eben gelegen, deine Keule wird dem wohl anstehen, der als ein zweiter Herakles in der Welt aufzutreten gesonnen ist!« Mit diesem Ausrufe warf er sich auf den Räuber und erschlug ihn nach einem kurzen Kampfe. Dem Getöteten nahm er die Keule aus der Hand und trug sie als Siegeszeichen und Waffe von dannen.

Einem anderen Frevler begegnete er auf der Landenge von Korinth; dieses war Sinis der Fichtenbeuger, so genannt, weil er, wenn er einen Wanderer in seine Gewalt bekommen hatte, mit seinen riesenstarken Händen zwei Fichtenwipfel herunter zu beugen pflegte, an diese band er seinen Gefangenen und ließ ihn von den zurückschnellenden Bäumen zerreißen. Mit der Erlegung dieses Ungeheuers weihte Theseus seine Keule ein. Sinis hatte eine sehr schöne schlanke Tochter, Perigune mit Namen, die Theseus bei der Ermordung ihres Vaters erschrocken hatte fliehen sehen und nun überall suchte. Das Mädchen hatte sich an einen dicht mit Gartengewächsen bepflanzten Ort versteckt und flehte, als verständen sie es, mit kindlicher Unschuld diese Sträucher an, indem sie ihnen unter Schwüren gelobte, sie niemals zu verletzen oder zu verbrennen, wenn dieselben sie verdecken und retten wollten. Da sie aber Theseus zurückrief, mit der Versicherung, ihr nichts zuleide zu tun, vielmehr aufs beste für sie zu sorgen, kam sie hervor und blieb seitdem in seinem Geleite. Er gab sie später dem Deïoneus, dem Sohne des Königs Eurytos von Oichalia, zur Gattin. Ihre ganze Nachkommenschaft hielt den Schwur und verbrannte nie eines von den Gewächsen, welche ihre Ahnfrau geschirmt hatten.

Aber nicht nur von verderblichen Menschen säuberte er den Weg, auf welchem er einherzog; auch gegen schädliche Tiere glaubte er, auch hierin dem Herakles ähnlich, den Kampf wagen zu müssen. So erlegte er denn unter anderen die Phaia, so hieß das krommyonische Schwein, welches kein gemeines Tier, sondern streitbar und schwer zu besiegen war. Über solche Taten kam er an die Grenze von Megara und stieß hier auf den Skiron, einen dritten berüchtigten Straßenräuber, der seinen Aufenthalt auf den hohen Felsen zwischen dem Megarerlande und Attika genommen hatte. Dieser pflegte aus frechem Mutwillen den Fremden seine Füße vorzuhalten, mit dem Befehl, sie zu waschen, und während dies geschah, stürzte er sie mit einem Tritt ins Meer. Dieselbe Todesstrafe vollzog nun Theseus an ihm selber. Schon auf attischem Gebiet bei der Stadt Eleusis begegnete er dem Wegelagerer Kerkyon; dieser forderte die Vorbeireisenden zum Ringkampfe auf, und wenn er siegte, brachte er sie um. Theseus nahm seine Herausforderung an, überwand ihn und befreite die Welt von dem Ungeheuer. Nachdem er nun eine kleine Strecke weitergereist war, kam er zu dem letzten und grausamsten jener Straßenräuber, dem Damastes, den aber jedermann nur unter seinem Beinamen Prokrustes, d. h. der Gliedausrecker, kannte. Dieser hatte zwei Bettstellen, eine sehr kurze und eine sehr lange. Kam nun ein Fremder in sein Gehege, der klein war, so führte ihn der finstere Räuber beim Schlafengehen zur langen Bettstelle. »Wie du siehst«, sprach er dann, »ist meine Lagerstatt für dich viel zu groß; laß dir das Bett anpassen, Freund!« und damit reckte er ihm die Glieder so lange auseinander, bis er den Geist aufgab; kam aber ein langer Gast, so brachte er ihn zur kurzen Bettstelle; und zu diesem sagte er: »Es ist mir leid, Guter, daß mein Lager nicht für dich gemacht und viel zu klein ist, doch dem soll bald abgeholfen sein!« und so hieb er ihm die Füße ab, so weit sie das Bett überragten. Diesen, der ein Riese von Natur war, legte er in das kleine Bett des Räubers selbst und schnitt ihm den Leib zusammen, daß er jämmerlich umkam. So widerfuhr den meisten dieser Verbrecher von der Hand des Theseus nach der Weise ihres eigenen Unrechtes ihr Recht.

Auf seiner ganzen bisherigen Reise war dem Theseus nichts Freundliches begegnet. Endlich aber, als er zum Flusse Kephissos kam, traf er auf einige Männer aus dem Geschlecht der Phytaliden, bei denen er gastfreie Aufnahme fand. Vor allen Dingen reinigten sie ihn auf seine Bitte mit den gewohnten Gebräuchen vom vergossenen Blute und bewirteten ihn in ihrem Hause. Nachdem er sich gütlich getan und den wackeren Leuten seinen Dank mit herzlichen Worten bezeugt, lenkte er seine Schritte der nahen väterlichen Heimat zu.

Theseus in Athen

Zu Athen fand der junge Held nicht den Frieden und die Freude, die er erwartet hatte. Bei der Bürgerschaft herrschte Verwirrung und Zwietracht, und das Haus seines Vaters Aigeus selbst fand er in trauriger Lage. Medea, die auf ihrem Drachenwagen Korinth und den verzweifelten Iason verlassen hatte, war zu Athen angekommen, hatte sich in die Gunst des alten Aigeus eingeschlichen und versprochen, durch ihre Zaubermittel ihm die Kraft seiner Jugend zurückzugeben. Deswegen lebte der König mit ihr in vertrautem Verhältnis. Durch ihren Zauber hatte das furchtbare Weib vorher Kunde von der Ankunft des Theseus erhalten, und nun überredete sie den Aigeus, den der Parteizwist seiner Bürger mit Argwohn erfüllte, den Fremdling, in welchem der Greis den Sohn nicht ahnte und den sie ihm als einen gefährlichen Späher darzustellen wußte, als Gast zu bewirten und mit Gift aus dem Wege zu räumen. So erschien denn Theseus unerkannt beim Frühmahl und freute sich, den Vater selbst entdecken zu lassen, wen er vor sich habe. Schon war ihm der Giftbecher vorgesetzt, und Medea harrte mit Ungeduld auf den Augenblick, wo der neue Ankömmling, von dem sie aus dem Hause vertrieben zu werden fürchtete, die ersten Züge daraus tun würde, die wirksam genug sein sollten, ihm die jungen wachsamen Augen für immer zu schließen. Theseus aber, den mehr nach der Umarmung seines Vaters als nach dem Becher verlangte, zog, scheinbar um das vorgelegte Fleisch zu zerschneiden, das Schwert, das sein Vater für ihn unter den Felsblock hinterlegt hatte, damit Aigeus es gewahr werden und den Sohn in ihm erkennen sollte. Dieser sah nicht sobald das ihm wohlbekannte Schwert blinken, als er den Giftbecher umwarf und nachdem er sich durch einige Fragen vollends überzeugt hatte, daß er den vom Schicksal ersehnten Sohn in junger Heldenblüte vor sich habe, so schloß er ihn in seine Arme. Sofort stellte der Vater ihn der Versammlung des Volkes vor, dem er die Abenteuer seiner Reise erzählen mußte, und das den früh erprobten Helden mit freudigem Jauchzen begrüßte. Gegen die falsche Medea hatte der König Aigeus jetzt einen Abscheu gefaßt, und die mordlustige Zauberin wurde aus dem Lande vertrieben.

Theseus bei Minos

Die erste Tat, die Theseus verrichtete, seitdem er als Königssohn und Erbe des attischen Thrones an seines Vaters Seite lebte, war die Aufreibung der fünfzig Söhne seines Oheims Pallas, welche früher gehofft hatten, den Thron zu erlangen, wenn Aigeus ohne Kinder stürbe, und welche ergrimmt waren, daß jetzt nicht bloß ein angenommener Sohn des Pandion, wie Aigeus war, König der Athener sei, sondern daß auch in Zukunft ein hergelaufener Fremdling die Herrschaft über sie und das Land führen sollte. Sie griffen daher zu den Waffen und legten dem Ankömmling einen Hinterhalt. Aber der Herold, den sie mit sich führten und der ein fremder Mann war, verriet diesen Plan dem Theseus, der nun plötzlich ihren Hinterhalt überfiel und alle fünfzig niedermachte. Um durch diese blutige Notwehr die Gemüter des Volkes nicht von sich abzukehren, zog hierauf Theseus auf ein gemeinnütziges Wagestück aus, bezwang den marathonischen Stier, der den Bewohnern vier attischer Gemeinden nicht wenig Not verursacht hatte, führte ihn zur Schau durch die Stadt und opferte ihn endlich dem Apollon.

Um diese Zeit kamen von der Insel Kreta zum drittenmal Abgeordnete des Königs Minos, um den gebräuchlichen Tribut abzuholen. Mit demselben verhielt es sich also: Der Sohn des Minos, Androgeos, war, wie die Sage ging, im attischen Gebiet durch Hinterlist getötet worden. Dafür hatte sein Vater die Einwohner mit einem verderblichen Kriege heimgesucht, und die Götter selbst hatten das Land durch Dürre und Seuchen verwüstet. Da tat das Orakel Apolls den Spruch, der Zorn der Götter und die Leiden der Athener würden aufhören, wenn sie den Minos besänftigen und seine Verzeihung erlangen könnten. Hierauf hatten sich die Athener mit Bitten an ihn gewendet und Frieden erhalten unter der Bedingung, daß sie alle neun Jahre sieben Jünglinge und sieben Jungfrauen als Tribut nach Kreta schicken sollten. Diese sollen nun von Minos in sein berühmtes Labyrinth eingeschlossen worden sein und dort solle sie der gräßliche Minotauros, ein zwitterhaftes Geschöpf, das halb Mensch und halb Stier war, getötet haben, oder sie sollen auf andere Weise verschmachtet sein. Als nun die Zeit des dritten Tributes herbeigekommen war, und die Väter, welche unverheiratete Söhne und Töchter hatten, diese dem entsetzlichen Lose unterwerfen mußten, da erneuerte sich der Unwille der Bürger gegen Aigeus, und sie fingen an darüber zu murren, daß er, der Urheber des ganzen Unheils, allein seinen Teil an der Strafe nicht zu leiden habe, und nachdem er einen hergelaufenen Bastard zum Nachfolger ernannt, gleichgültig zusehe, wie ihnen ihre rechtmäßigen Kinder entrissen würden. Den Theseus, der sich schon gewöhnt hatte, das Geschick seiner Mitbürger nicht als ein fremdes zu betrachten, schmerzten diese Klagen. Er stand in der Volksversammlung auf und erklärte sich bereit, an dem Tribut teilzunehmen und sich selbst ohne Los hinzugeben. Alles Volk bewunderte seinen Edelmut und aufopfernden

Bürgersinn, auch blieb sein Entschluß, obgleich sein Vater ihn mit den dringendsten Bitten bestürmte, daß er ihn des unerwarteten Glückes, einen Sohn und Erben zu besitzen, doch nicht sobald wieder berauben solle, unerschütterlich fest. Seinen Vater aber beruhigte er durch die bestimmte Versicherung, daß er mit den herausgelosten Jünglingen und Jungfrauen nicht in das Verderben gehe, sondern den Minotauros bezwingen werde. Bisher nun war das Schiff, das die unglücklichen Opfer nach Kreta hinüberführte, zum Zeichen ihrer Rettungslosigkeit mit schwarzem Segel abgesendet worden. Jetzt aber, als Aigeus seinen Sohn mit so kühnem Stolze sprechen hörte, rüstete er zwar das Schiff noch auf dieselbe Weise aus, doch gab er dem Steuermann ein anderes Segel von weißer Farbe mit und befahl ihm, wenn Theseus gerettet zurückkehre, dieses auszuspannen, wo nicht, mit dem schwarzen zurückzukehren, und so das Unglück zum voraus anzukündigen.

Als nun das Los gezogen war, führte der junge Theseus die Knaben und Mädchen, die es getroffen hatte, zuerst in den Tempel des Apollon, und brachte dem Gott in ihrem Namen den mit weißer Wolle umwundenen Ölzweig, das Weihegeschenk der Schutzflehenden, dar. Nachdem er das feierliche Gebet gesprochen, ging er von allem Volke begleitet mit den auserlesenen Jünglingen und Jungfrauen ans Meeresufer hinab und bestieg das Trauerschiff.

Das Orakel zu Delphi hatte ihm geraten, er solle die Göttin der Liebe zur Führerin wählen und ihr Geleite sich erbitten. Theseus verstand diesen Spruch nicht, brachte jedoch der Aphrodite ein Opfer dar. Der Erfolg aber gab der Weissagung ihren guten Sinn. Denn als Theseus auf Kreta gelandet und vor dem König Minos erschienen war, zog seine Schönheit und Heldenjugend die Augen der reizenden Königstochter Ariadne auf sich. Sie gestand ihm ihre Zuneigung in einer geheimen Unterredung und händigte ihm ein Knäuel Faden ein, dessen Ende er am Eingang des Labyrinths festknüpfen und den er während des Hinschreitens durch die verwirrenden Irrgänge in der Hand ablaufen lassen sollte, bis er an die

Stelle gelangt wäre, wo der Minotauros seine gräßliche Wache hielt. Zugleich übergab sie ihm ein gefeites Schwert, womit er dieses Ungeheuer töten könnte. Theseus ward mit allen seinen Gefährten von Minos in das Labyrinth geschickt, machte den Führer seiner Genossen, erlegte mit seiner Zauberwaffe den Minotauros und wand sich mit allen, die bei ihm waren, durch Hilfe des abgespulten Zwirns aus den Höhlengängen des Labyrinths glücklich heraus. Jetzt entfloh Theseus samt allen seinen Gefährten mit Hilfe und in Begleitung Ariadnes, die der junge Held, beglückt durch den lieblichen Kampfpreis, den er unerwartet errungen, mit sich führte. Auf ihren Rat hatte er auch den Boden der kretischen Schiffe zerhauen und so ihrem Vater das Nachsetzen unmöglich gemacht. Schon glaubte er seine holde Beute ganz in Sicherheit und kehrte mit Ariadne sorglos auf der Insel Dia ein, die später Naxos genannt wurde. Da erschien ihm der Gott Bakchos im Traum, erklärte, daß Ariadne die ihm vom Schicksal bestimmte Braut sei, und drohte ihm alles Unheil, wenn Theseus die Geliebte nicht ihm überlassen würde. Theseus war von seinem Großvater in Götterfurcht erzogen worden; er scheute den Zorn des Gottes, ließ die wehklagende, verzagende Königstochter auf der einsamen Insel zurück und schiffte weiter. In der Nacht erschien Ariadnes rechter Bräutigam, Bakchos, und entführte sie auf den Berg Drios; dort verschwand zuerst der Gott, bald darauf ward auch Ariadne unsichtbar. Theseus und seine Gefährten waren über den Raub der Jungfrau tiefbetrübt. In ihrer Traurigkeit vergaßen sie, daß ihr Schiff noch die schwarzen Segel aufgezogen hatte, mit welchen es die attische Küste verlassen; sie unterließen es, dem Befehl des Aigeus zufolge, die weißen Tücher aufzuspannen, und das Schiff flog in seiner schwarzen Trauertracht der Heimatküste entgegen. Aigeus befand sich eben an der Küste, als das schwarze Schiff herangesegelt kam, und genoß von einem Felsenvorsprunge die Aussicht auf die offene See. Aus der Farbe der Segel schloß er, daß sein Sohn tot sei. – Da erhob er sich von dem Felsen, auf dem er saß, und in unbegrenztem Schmerze des Lebens überdrüssig, stürzte er sich in die jähe Tiefe. Indessen war Theseus gelandet, und nachdem er im Hafen die Opfer dargebracht hatte, die er bei der Abfahrt den Göttern gelobt, schickte er einen Herold in die Stadt, die Rettung der sieben Jünglinge und sieben Jungfrauen und seine eigene zu verkündigen. Der Bote wußte nicht, was er von dem Empfange denken sollte, der ihm in der Stadt zuteil ward. Während die einen ihn voll Freude bewillkommneten und als den Überbringer froher Botschaft bekränzten, fand er andere in tiefer Trauer versenkt, die seinen fröhlichen Worten gar kein Gehör schenkten. Endlich löste sich ihm das Rätsel durch die erst allmählich sich verbreitende Nachricht vom Tode des Königs Aigeus. Der Herold nahm nun zwar die Kränze in Empfang, schmückte aber damit nicht seine Stirn, sondern nur den Heroldsstab und kehrte so zum Gestade zurück. Hier fand er den Theseus noch im Tempel mit der Darbringung des Dankopfers beschäftigt, er blieb daher vor der Tür des Tempels stehen, damit die heilige Handlung nicht durch die Trauernachricht gestört würde. Sobald das Brandopfer ausgegossen war, meldete er des Aigeus Ende. Theseus warf sich, vom Schmerz wie vom Blitze getroffen, zur Erde, und als er sich wieder aufgerafft hatte, eilten alle, nicht unter Freudenjubel, wie sie es sich gedacht hatten, sondern unter Wehgeschrei und Klageruf in die Stadt.

Theseus als König

Nachdem Theseus unter vielen Klagen seinen Vater bestattet hatte, weihte er dem Apollon, was er ihm gelobt hatte. Das Schiff, in welchem er mit den attischen Jünglingen und Jungfrauen abgefahren und gerettet zurückgekehrt war, ein Fahrzeug von dreißig Rudern, wurde zum ewigen Andenken von den Athenern aufbewahrt, indem das abgängige Holz immer wieder durch neues ersetzt ward. Und so wurde dieser heilige Überrest alter Heldenzeit noch geraume Zeit nach Alexander dem Großen den Freunden des Altertums gezeigt.

Theseus, der jetzt König geworden war, zeigte bald, daß er nicht nur ein Held in Kampf und Fehde sei, sondern auch fähig, einen Staat einzurichten und ein Volk im Frieden zu beglücken. Hierin tat er es selbst seinem Vorbilde Herakles zuvor. Er unternahm nämlich ein großes und bewundernswürdiges Werk. Vor seiner Regierung wohnten die meisten Einwohner Attikas zerstreut um die Burg und kleine Stadt Athen herum, auf einzelnen Bauernhöfen und weilerartigen Dörfern. Sie konnten daher nur schwer zusammengebracht werden, um über öffentliche Angelegenheiten zu ratschlagen, ja bisweilen gerieten sie auch über kleinliche Gegenstände des Nachbarsitzes miteinander in Streit. Theseus nun war es, der alle Bürger des attischen Gebietes in eine Stadt vereinigte und so aus den zerstreuten Gemeinden einen gemeinschaftlichen Staat bildete; und dieses große Werk brachte er nicht wie ein Tyrann durch Gewalt zustande, sondern er reiste bei den einzelnen Gemeinden und Geschlechtern herum und suchte ihre freiwillige Einstimmung zu erlangen. Die Armen und Niedrigen bedurften keiner langen Ermahnung, sie konnten bei dem Zusammenleben mit den Vermöglicheren nur gewinnen; den Mächtigen und Reichen aber versprach er Beschränkung der Königsgewalt, die bisher zu Athen unbeschränkt gewesen war, und eine vollkommen freie Verfassung. »Ich selbst«, sprach er, »will nur euer Anführer im Kriege und Beschützer der Gesetze sein, im übrigen soll allen meinen Mitbürgern Gleichheit der Rechte gestattet werden.« Dieses leuchtete vielen der Vornehmen ein; andere, denen die Umwandlung der Staatsverhältnisse weniger willkommen war, fürchteten sich vor seiner Beliebtheit beim Volke, der großen Macht, die er bereits besaß und seinem wohlbekannten kühnen Mute. Sie wollten daher lieber der Überredung desjenigen nachgeben, der sie zwingen konnte.

So hob er denn alle einzelnen Rathäuser und unabhängigen Obrigkeiten in den Gemeinden auf und begründete ein allen gemeinsames Rathaus mitten in der Stadt, stiftete auch ein Fest für alle Staatsbürger, welches er das All-Athenerfest nannte. Erst jetzt wurde Athen zu einer förmlichen Stadt und auch sein Name Athen wurde erst jetzt recht gangbar. Vorher war es nichts anderes als eine Königsburg gewesen, Kekropsburg von ihrem Gründer benannt, und nur wenige Bürgerhäuser standen darum herum. Um diese neue Stadt noch mehr zu vergrößern, rief er unter Zusicherung gleicher Bürgerrechte aus allen Gegenden neue Ansiedler herbei, denn er wollte in Athen einen allgemeinen Völkerverein gründen. Damit aber die zusammengeströmte Menschenmenge nicht Unordnung in den neu begründeten Staat brächte, teilte er das Volk zuerst in Edle, Landbauern und Handwerker und wies jedem Stande seine eigentümlichen Rechte und Pflichten zu, so daß die Edlen durch Ansehen und Amtstätigkeit, die Landbauern durch ihre Nützlichkeit, die Handwerker durch ihre Menge den Vorzug zu haben schienen. Seine eigene Gewalt als König beschränkte er, wie er versprochen hatte, und machte sie von dem Rate der Edlen und der Versammlung des Volkes abhängig.

Der Amazonenkrieg

Während Theseus damit beschäftigt war, den Staat durch Götterfurcht zu festigen und daher den Dienst der Athene als Schutzgöttin des Landes begründete, auch dem Poseidon zu Ehren, dessen besonderer Schützling er war und für dessen Sohn er lange gegolten hatte, die heiligen Kampfspiele auf dem Isthmos von Korinth einführte oder doch erneuerte, wie einst Herakles die olympischen Spiele dem Zeus angeordnet hatte, wurde Athen von einem seltsamen und außerordentlichen Kriege heimgesucht. Theseus war nämlich in jüngeren Jahren auf einem Fehdenfeldzuge an der Küste der Amazonen gelandet, und diese, die nicht männerscheu waren, flohen so wenig vor dem stattlichen Helden, daß sie ihm vielmehr Gastgeschenke zusandten. Dem Theseus aber gefielen nicht nur die Geschenke, sondern auch die schöne Amazone, die deren Überbringerin war. Diese hieß Hippolyte, und der

Held lud sie ein, sein Schiff zu besuchen; als sie dieses bestiegen hatte, fuhr er mit seinem schönen Raube davon. Zu Athen angekommen, vermählte er sich mit ihr. Hippolyte war nicht ungern die Gemahlin eines Helden und eines herrlichen Königs. Aber das streitbare Weibervolk der Amazonen war über jenen frechen Raub entrüstet, und noch als derselbe längst vergessen schien, sannen sie auf Rache, nahmen eine Gelegenheit wahr, wo der Staat der Athener unbewacht schien, und plötzlich eines Tages landeten sie mit einer Schiffeschar, bemächtigten sich des Landes und umzingelten die Stadt, in welche sie im Sturm einbrachen. Ja, sie schlugen mitten in derselben ein ordentliches Lager, und die erschrockenen Einwohner hatten sich auf die Burg zurückgezogen. Beide Teile verzögerten darauf aus Scheu den Angriff; endlich begann Theseus den Kampf von der Burg herab, nachdem er dem Orakel gemäß dem Gotte des Schreckens ein Opfer gebracht hatte. Anfangs wichen die athenischen Männer dem Andrange der fremden Mannweiber und wurden bis zu dem Tempel der Erinnyen zurückgedrängt. Dann aber erneuerte sich der Kampf von einer anderen Seite her; der rechte Flügel der Amazonen wurde bis zu ihrem Lager zurückgetrieben, und viele wurden getötet. Die Königin Hippolyte soll in dieser Schlacht, ihres Ursprungs uneingedenk, mit ihrem Gemahl gegen die Amazonen gekämpft haben. Ein Wurfspieß traf sie an Theseus Seite und streckte sie tot danieder. Ihrem Gedächtnis wurde später eine Säule zu Athen errichtet. Den ganzen Krieg beschloß ein Friedensschluß, demzufolge die Amazonen Athen verließen und in ihr Vaterland zurückkehrten.

Theseus und Peirithoos
Lapithen- und Kentaurenkampf

Theseus stand im Rufe außerordentlicher Stärke und Tapferkeit. Peirithoos (Pirithous), einer der berühmtesten Helden des Altertums, ein Sohn Ixions, empfand Lust, ihn auf die

Probe zu stellen, und trieb Rinder, die jenem gehörten, von Marathon weg; und als ihm zu Ohren kam, daß Theseus die Waffen in der Hand ihm nachsetzte, da hatte er, was er wollte, und floh nicht, sondern wandte sich um, ihm entgegenzugehen. Als die beiden Helden einander nahe genug waren, um einer den anderen zu messen, da wurde jeder von Bewunderung der schönen Gestalt und der Kühnheit des andern so sehr ergriffen, daß sie wie auf ein gegebenes Zeichen die Streitwaffen zu Boden warfen und aufeinander zueilten. Peirithoos streckte dem Theseus die Rechte entgegen und forderte ihn auf, selbst als Schiedsrichter über den Raub der Rinder zu entscheiden; welche Genugtuung Theseus bestimmen werde, der wolle er sich freiwillig unterwerfen. »Die einzige Genugtuung, die ich verlange«, erwiderte Theseus mit leuchtendem Blick, »ist die, daß du aus einem Feinde und Beschädiger mein Freund und Kampfgenosse werdest!« Nun umarmten sich die beiden Helden und schwuren einander treue Freundschaft zu.

Als hierauf Peirithoos die thessalische Fürstentochter Hippodameia, aus dem Geschlecht der Lapithen, freite, lud er auch seinen Waffenbruder Theseus zu der Hochzeit. Die Lapithen, unter denen die Festlichkeit gefeiert wurde, waren ein berühmter Stamm Thessaliens, rohe, zur Tiergestalt sich neigende Bergmenschen, die ersten Sterblichen, welche Pferde bändigen lernten. Die Braut aber, welche diesem Geschlecht entsproßt war, hatte nichts den Männern dieses Stammes Ähnliches. Sie war holdselig von Gestalt, zarten jungfräulichen Antlitzes, und so schön, daß den Peirithoos alle Gäste um ihretwillen glückselig priesen. Alle Fürsten Thessaliens waren bei dem Fest erschienen; aber auch die Verwandten des Peirithoos, die Kentauren, fanden sich ein, die Halbmenschen, die von dem Ungeheuer abstammten, das die Wolke, welche Ixion, der Vater des Peirithoos, anstatt der Hera umarmt hatte, diesem dereinst geboren, daher sie auch alle zusammen die Wolkensöhne hießen. Diese waren die beständigen Feinde der Lapithen. Diesmal aber hatte die Verwandtschaft mit dem Bräutigam sie den alten Groll vergessen lassen und zu dem Freudenfeste herbeigelockt. Die festliche Hofburg des Peirithoos erscholl von wirrem Getümmel; Brautlieder wurden gesungen; von Glut, Wein und Speisen dampften die Gemächer. Der Palast faßte nicht alle Gäste. Lapithen und Kentauren, in bunten Reihen gemengt, saßen an geordneten Tischen in baumumschatteten Grotten zu Gaste.

Lange rauschte das Fest in ungestörter Fröhlichkeit. Da begann vom vielen Genuß des Weines das Herz des wildesten unter den Kentauren, Eurytion, zu rasen, und der Anblick der schönen Jungfrau Hippodameia verführte ihn zu dem tollen Gedanken, dem Bräutigam seine Braut zu rauben. Niemand wußte, wie es gekommen war, niemand hatte den Beginn der unsinnigen Tat bemerkt, aber auf einmal sahen die Gäste den wütenden Eurytion, wie er die sich sträubende und hilferufende Hippodameia an den Haaren gewaltsam auf dem Boden schleifte. Seine Untat war für die weinerhitzte Schar der Kentauren ein Zeichen, Gleiches zu wagen, und ehe die fremden Helden und die Lapithen sich von ihren Sitzen erhoben hatten, hielt schon jeder der Kentauren eines der thessalischen Mädchen, die am Hofe des Königs dienten, oder als Gäste bei der Hochzeit zugegen waren, mit rohen Händen als eine Beute gefaßt. Die Hofburg und die Gärten glichen einer eroberten Stadt. Das Geschrei der Weiber hallte durch das weite Haus. Schnell sprangen Freunde und Geschlechtsverwandte der Braut von ihren Sitzen empor. »Welche Verblendung treibt dich, Eurytion«, rief Theseus, »den Peirithoos zu reizen, während ich noch lebe und so zwei Helden in einem zu kränken?« Mit diesem Worte drängte er auf die Stürmenden ein und entriß dem wütenden Räuber die Geraubte. Eurytion sprach nichts darauf, denn er konnte seine Tat nicht verteidigen, sondern er hob seine Hand gegen Theseus auf und versetzte diesem einen Schlag auf die Brust. Aber Theseus griff – da ihm keine Waffe zur Hand war – einen ehernen Krug mit erhabener Arbeit, der zufällig neben ihm stand; diesen schmetterte er dem Gegner ins Antlitz, daß er rücklings in den Sand fiel und Gehirn und Blut zugleich aus der

Kopfwunde drang. »Zu den Waffen!« scholl es jetzt von allen Seiten an den Kentaurentischen; zuerst flogen Becher, Flaschen und Näpfe; dann entriß ein tempelräuberisches Untier die Weihgeschenke den benachbarten heiligen Stätten, ein anderer riß die Lampe herab, die über dem Mahle voll Kerzen brannte, wieder ein anderer focht mit einem Hirschgeweih, das an den Wänden der Grotte als Schmuck und Weihgeschenk hing. Ein entsetzliches Gemetzel wurde unter den Lapithen angerichtet. Rhoitos, der Schlimmste nach Eurytion, ergriff die größte Brandfackel vom Altar und bohrte sie einem schon verwundeten Lapithen wie ein Schwert in die klaffende Wunde, daß das Blut wie Eisen in der Esse zischte. Gegen diesen jedoch hob der tapferste Lapithe, Dryas, einen im Feuer geglühten Pfahl und durchbohrte ihn zwischen Nacken und Schulter. Der Fall dieses Kentauren tat dem Morden seiner rasenden Gesellen Einhalt, und Dryas vergalt nun den Wütenden, indem er fünf hintereinander niederstreckte. Jetzt flog auch der Speer des Helden Peirithoos und durchbohrte einen riesigen Kentauren, den Petraios, wie er gerade einen Eichenstamm aus der Erde zu rütteln bemüht war, um damit zu kämpfen; so wie er den Stamm eben umklammert hielt, heftete der Speer seine schwer atmende Brust ans knorrige Eichenholz. Ein zweiter, Diktys, fiel unter den Streichen des griechischen Helden und zerknickte im Fallen eine mächtige Esche. Ein dritter wollte diesen rächen, wurde aber von Theseus mit einem Eichpfahl zermalmt. Der schönste und jugendlichste unter den Kentauren war Kyllaros, goldfarben sein langes Lockenhaar und sein Bart, sein Antlitz freundlich, Nacken, Schultern, Hände und Brust wie vom Künstler geformt, auch der untere Teil seines Körpers, der Roßleib, war ohne Fehl, der Rücken bequem zum Sitzen, die Brust hochgewölbt, die Farbe pechschwarz, nur Beine und Roßschweif lichtfarbig. Er war mit seiner Geliebten, der schönen Kentaurin Hylonome, beim Fest erschienen, die sich beim Mahle liebkosend an ihn lehnte und auch jetzt mit ihm vereint im wütenden Kampf an seiner Seite focht. Diesen traf, von unbekannter Hand, eine leichte

Wunde ins Herz, daß er sterbend seiner Geliebten in die Arme sank. Hylonome pflegte seine sterbenden Glieder, küßte ihn und versuchte vergebens den entfliehenden Atem aufzuhalten. Als sie ihn verscheiden sah, zog sie ihm den Wurfpfeil aus dem Herzen und stürzte sich darein.

Noch lange wütete der Kampf zwischen den Lapithen und den Kentauren fort, bis die letzteren ganz unterlegen waren und nur Flucht und Nacht dem weiteren Gemetzel sie entrückte. Jetzt blieb Peirithoos im unbestrittenen Besitz seiner Braut, und Theseus verabschiedete sich am anderen Morgen von seinem Freunde. Der gemeinschaftliche Kampf hatte das frischgeknüpfte Band dieser Verbrüderung schnell in einen unauflöslichen Knoten zusammengezogen.

Theseus und Phaidra

Theseus stand jetzt auf dem Wendepunkt seines Glückes. Gerade ein Versuch, dasselbe nicht nur auf Abenteuern zu suchen, sondern es sich an seinem eigenen Herde zu gründen, stürzte ihn in schwere Drangsal. Als der Held in der Blüte seiner Taten und in den ersten Jünglingsjahren die Geliebte seiner Jugend, Ariadne, ihrem Vater Minos aus Kreta entführte, wurde diese von ihrer kleinen Schwester Phaidra (Phaedra) begleitet, welche nicht von ihr weichen wollte, und, nachdem Ariadne von Bakchos geraubt worden war, den Theseus nach Athen begleitete, weil sie nicht wagen durfte, zu ihrem tyrannischen Vater zurückzukehren. Erst als ihr Vater gestorben war, ging das aufblühende Mädchen in ihre Heimat Kreta zurück und erwuchs dort in dem Königshause ihres Bruders Deukalion, der als der älteste Sohn des Königs Minos die Insel jetzt beherrschte, zu einer schönen und klugen Jungfrau heran. Theseus, der nach dem Tode seiner Gemahlin Hippolyte lange Zeit unvermählt geblieben war, hörte viel von ihren Reizen und hoffte, sie an Schönheit und Anmut seiner ersten Geliebten, ihrer Schwester Ariadne, ähnlich zu finden; Deukalion, der neue König von Kreta, war auch dem Helden nicht abhold und schloß, als Theseus von der blutigen Hochzeit seines thessalischen Freundes zurückgekehrt war, ein Schutz- und Trutzbündnis mit den Athenern. An ihn wandte sich nun Theseus mit seiner Bitte, ihm die Schwester Phaidra zur Gemahlin zu geben. Sie wurde ihm nicht versagt, und bald führte der Sohn des Aigeus die Jungfrau aus Kreta heim, die wirklich von Gestalt und äußerer Sitte der Geliebten seiner Jugend so ähnlich war, daß Theseus die Hoffnung seiner jungen Jahre im späteren Mannesalter erfüllt glauben konnte. Damit zu seinem Glück nichts fehlen konnte, gebar sie in den ersten Jahren ihrer Ehe dem König zwei Söhne, den Akamas und den Demophon. Aber Phaidra war nicht so gut und getreu, als sie schön war. Ihr gefiel der junge Sohn des Königs, Hippolytos, der ihres Alters war, besser als der greise Vater. Dieser Hippolytos war der einzige Sohn, den die von Theseus entführte Amazone ihrem Gemahl geboren hatte. In früher Jugend hatte diesen Sohn der Vater nach Troizen geschickt, um ihn bei den Brüdern seiner Mutter Aithra erziehen zu lassen. Wie er erwachsen war, kam der schöne und züchtige Jüngling, der sein ganzes Leben der reinen Göttin Artemis zu weihen beschlossen und noch keiner Frau ins Auge geschaut hatte, nach Athen und Eleusis, um hier die Mysterien mitfeiern zu helfen. Da sah ihn Phaidra zum erstenmal; sie glaubte ihren Gatten verjüngt wiederzusehen, und seine schöne Gestalt und Unschuld entflammte ihr Herz zu unreinen Wünschen, doch verschloß sie ihre verkehrte Leidenschaft noch in ihre Brust. Als der Jüngling abgereist war, erbaute sie auf der Burg von Athen der Liebesgöttin einen Tempel, von wo aus man nach Troizen blicken konnte und der später den Namen Tempel der Aphrodite Fernschauerin erhielt. Hier saß sie tagelang, den Blick auf das Meer gerichtet. Als endlich Theseus eine Reise nach Troizen machte, seine dortigen Verwandten und den Sohn zu besuchen, begleitete ihn seine Gemahlin dorthin und verweilte geraume Zeit daselbst. Auch hier kämpfte sie noch lange mit dem unlauteren Feuer in ihrer Brust, suchte die Einsamkeit und verweinte ihr Elend unter einem Myrtenbaume. Endlich aber vertraute sie sich ihrer alten Amme, einem verschmitzten und ihrer Gebieterin in blinder und törichter Liebe ergebenen Weibe an, die es bald über sich nahm, den Jüngling von der strafbaren Leidenschaft seiner Stiefmutter zu unterrichten. Aber der unschuldige Hippolytos hörte ihren Bericht mit Abscheu an, und sein Entsetzen stieg, als ihm die pflichtvergessene Stiefmutter sogar den Antrag machen ließ, den eigenen Vater vom Throne zu stoßen und mit der Ehebrecherin Szepter und Herrschaft zu teilen. In seinem Abscheu fluchte er allen Weibern und meinte schon durch das bloße Anhören eines so schändlichen Vorschlages entweiht zu sein. Und weil Theseus gerade abwesend von Troizen war – denn diesen Zeitpunkt hatte das treulose Weib erspäht –, so erklärte Hippolytos, auch keinen Augenblick mit Phaidra unter einem Dache verweilen zu wollen, sondern machte sich, nachdem er die Amme nach Gebühr abgefertigt, ins Freie, um im Dienste seiner geliebten Herrin, der Göttin Artemis, in den Wäldern zu jagen und so lange dem Königshause nicht wieder zu nahen, bis sein Vater zurückgekehrt sein würde und er sein gepeinigtes Herz vor ihm ausschütten könnte.

Phaidra vermochte die Abweisung ihrer verbrecherischen Anträge nicht zu überleben. Das Bewußtsein ihres Frevels und die unerhörte Leidenschaft stritten sich in ihrer Brust; aber die Bosheit gewann die Oberhand. Als Theseus zurückkehrte, fand er seine Gattin erhängt und in ihrer krampfhaft zusammengeballten Rechten einen von ihr vor dem Tode abgefaßten Brief, in welchem geschrieben stand: »Hippolytos hat nach meiner Ehre getrachtet; seinen Nachstellungen zu entfliehen ist mir nur ein Ausweg geblieben. Ich bin gestorben, ehe ich die Treue meines Gatten verletzt habe.«

Lange stand Theseus vor Entsetzen und Abscheu wie eingewurzelt in der Erde. Endlich hob er seine Hände gen Himmel und betete: »Vater Poseidon, der du mich stets geliebt hast wie dein leibliches Kind, du hast mir einst drei Bitten freigegeben, die du mir erfüllen wolltest und deine Gnade mir erzeigen unweigerlich. Jetzt gemahne ich dich an dein Versprechen. Nur eine Bitte will ich erfüllt haben: laß meinem verfluchten Sohn an diesem Tage die Sonne nicht mehr untergehen!« Kaum hatte er diesen Fluch ausgesprochen, als auch Hippolytos, von der Jagd heimgekehrt und von der Rückkehr seines Vaters unterrichtet, in den Palast einging und, der Spur des Wehklagens nachgehend, vor das Antlitz des Vaters und die Leiche der Stiefmutter trat. Auf die Schmähungen des Vaters erwiderte der Sohn mit sanfter Ruhe: »Vater, mein Gewissen ist jungfräulich. Ich weiß mich dieser Untat nicht schuldig.« Aber Theseus hielt ihm den Brief der Stiefmutter entgegen und verbannte ihn ungerichtet aus dem Lande. Hippolytos rief seine Schutzgöttin, die jungfräuliche Artemis, zur Zeugin seiner Unschuld auf und sagte seinem zweiten Heimatlande Troizen unter Seufzern und Tränen Lebewohl.

Noch am Abend desselben Tages suchte den König Theseus ein Eilbote auf und sprach, als er vor ihn gestellt war: »Herr und König, dein Sohn Hippolytos sieht das Tageslicht nicht mehr!« Theseus empfing diese Botschaft ganz kalt und sagte mit bitterem Lächeln: »Hat ihn ein Feind erschlagen, dessen Weib er entehrt hat, wie er das Weib des Vaters entehren wollte?« – »Nein, Herr!« erwiderte der Bote. »Sein eigener Wagen und der Fluch deines Mundes haben ihn umgebracht!« – »O Poseidon«, sprach Theseus, die Hände dankend gen Himmel erhoben, »so hast du dich mir heute als ein rechter Vater bezeugt und meine Bitte erhört! Aber sprich, Bote, wie hat mein Sohn geendet, wie hat meinen Ehrenschänder die Keule der Vergeltung getroffen?« Der Bote fing an zu erzählen: »Wir Diener striegelten am Meeresufer die Rosse unseres Herrn Hippolytos, als die Botschaft von seiner Verbannung und bald er selbst kam, von einer Schar wehklagender Jugendfreunde begleitet, und uns Rosse und Wagen zur Abfahrt zu rüsten befahl. Als alles bereit war, hob er die Hände gen Himmel und betete: »Zeus, mögest du mich vertilgen, wenn ich ein schlechter Mann war! Und möge, sei ich nun tot oder lebendig, mein Vater erfahren, daß er mich ohne Fug entehrt!« Dann nahm er den Rossestachel zur Hand, schwang sich auf den Wagen, ergriff die Zügel und fuhr von uns Dienern begleitet auf dem Wege nach Argos und Epidaurien davon. Wir waren so ans öde Meergestade gekommen, zu unserer Rechten die Flut, zur Linken von den Hügeln vorspringende Felsblöcke, als wir plötzlich ein tiefes Geräusch vernahmen, unterirdischem Donner ähnlich. Die Rosse wurden aufmerksam und spitzten ihr Ohr, und wir alle sahen uns ängstlich um, woher der Schall käme. Als unser Blick auf das Meer fiel, zeigte sich uns hier eine Welle, die turmhoch gen Himmel ragte und alle Aussicht auf das weitere Ufer und den Isthmos uns benahm; der Wasserschwall ergoß sich bald mit Schaum und Tosen über das Ufer, gerade auf den Pfad zu, den die Rosse gingen. Mit der tobenden Welle zugleich aber spie die See ein Ungeheuer aus, einen riesenhaften Stier, von dessen Brüllen das Ufer und die Felsen widerhallten. Dieser Anblick jagte den Pferden eine plötzliche Angst ein. Unser Herr jedoch, ans Lenken der Rosse gewöhnt, zog den Zügel mit beiden Händen straff an und gebrauchte desselben, wie ein geschickter Steuermann sein Ruder regiert. Aber die Rosse waren läufig geworden, bissen den Zaum und rannten dem Lenker ungehorsam davon. Aber wie sie nun auf ebener Straße fortjagen wollten, vertrat ihnen des Seeungeheuer den Weg; bogen sie seitwärts zu den Felsen um, so drängte es sie ganz hinüber, indem es den Rädern dicht zur Seite trabte. So geschah es endlich, daß auf der anderen Seite die Radfelgen auf die Felsen aufzusitzen kamen und dein unglücklicher Sohn kopfüber vom Wagen gestürzt und mit dem umgeworfenen Wagen von den Rossen, die ohne Führer dahinstürmten, über Sand und Felsgestein dahingeschleift wurde. Alles ging viel zu schnell, als daß wir begleitenden Diener dem Herrn hätten zu Hilfe kommen können. Halb zerschmettert hauchte er den Zuruf an seine sonst so gehorsamen Rosse und die Wehklage über den Fluch seines Vaters in die Lüfte. Eine Felsecke entzog uns den Anblick. Das Meerungeheuer war verschwunden, wie vom Boden eingeschlungen. Während nun die übrigen Diener atemlos die Spur des Wagens verfolgten, bin ich hierhergeeilt, o König, das jammervolle Schicksal deines Sohnes dir zu verkünden!«

Theseus starrte auf diesen Bericht lange sprachlos zu Boden. »Ich freue mich nicht über sein Unglück, ich beklage es nicht«, sprach er endlich nachsinnend und in Zweifel vertieft. »Könnte ich ihn doch lebend noch sehen, ihn befragen, mit ihm handeln über seine Schuld.« Diese Rede wurde durch das Wehgeschrei einer alten Frau unterbrochen, die, mit grauem, fliegendem Haar und zerrissenem Gewande herbeieilend, die Reihen der Dienerschaft trennte und dem König Theseus sich zu Füßen warf. Es war die greise Amme der Königin Phaidra, die, auf das Gerücht von Hippolytos jämmerlichem Untergange von ihrem Gewissen gefoltert, nicht länger schweigen konnte und unter Tränen und Geschrei die Unschuld des Jünglings und die Schuld ihrer Gebieterin dem König offenbarte. Ehe der unglückliche Vater recht zur Besinnung kommen konnte, wurde auf einer Tragbahre von wehklagenden Dienern sein Sohn Hippolytos, zerschmettert, aber noch atmend, in den Palast und vor seine Augen getragen. Theseus warf sich reumütig und verzweifelnd über den Sterbenden, der seine letzten Lebensgeister zusammenraffte und an die Umstehenden die Frage richtete: »Ist meine Unschuld erkannt?« Ein Wink der Nächststehenden gab ihm diesen Trost: »Unglückseliger, getäuschter Vater«, sprach der sterbende Jüngling, »ich vergebe dir!« und verschied.

Er wurde von Theseus unter demselben Myrtenbaum begraben, unter welchem einst Phaidra mit ihrer Liebe gekämpft und dessen Blätter sie oft, in der Verzweiflung an den Ästen zerrend, zerrissen hatte, und wo nun, als an ihrem Lieblingsplatze, ihre Leiche beigesetzt worden war, denn der König wollte seine Gemahlin im Tode nicht entehren.

Theseus auf Frauenraub

Durch die Verbindung mit dem jungen Helden Peirithoos erwachte in dem verlassenen und alternden Theseus die Lust zu kühnen und selbst mutwilligen Abenteuern wieder. Dem

Peirithoos war seine Gattin Hippodameia nach kurzem Besitz gestorben, und da auch Theseus jetzt ehelos war, so gingen beide auf Frauenraub aus. Damals war die nachher so berühmt gewordene Helena, die Tochter des Zeus und der Leda, die in dem Palast ihres Stiefvaters Tyndareos zu Sparta aufwuchs, noch sehr jung. Aber sie war schon die schönste Jungfrau ihrer Zeit, und ihre Anmut fing an, in ganz Griechenland bekannt zu werden. Diese sahen Theseus und Peirithoos, als sie auf dem genannten Raubzug nach Sparta kamen, in einem Tempel der Artemis tanzen. Beide wurden von Liebe zu ihr entzündet. Sie raubten sie in ihrem Übermut aus dem Heiligtum und brachten sie zuerst nach Tegea in Arkadien. Hier warfen sie das Los über sie, und einer versprach dem anderen brüderlich, ihm, wenn das Los ihn verfehle, zum Raub einer anderen Schönheit behilflich zu sein. Das Los teilte die Beute dem Theseus zu, und nun brachte sie dieser nach Aphidnai im attischen Gebiet, übergab die Jungfrau dort seiner Mutter Aithra und stellte sie unter den Schutz seines Freundes. Darauf zog Theseus weiter mit seinem Waffenbruder, und beide sannen auf eine herkulische Tat. Peirithoos entschloß sich nämlich, die Gemahlin Plutons, Persephone, der Unterwelt zu entführen und sich durch ihren Besitz für den Verlust Helenas zu entschädigen. Daß ihnen dieser Versuch mißglückte und sie von Pluton zu ewigem Sitzen in der Unterwelt verdammt wurden, daß Herakles, der beide befreien wollte, nur den Theseus aus dem Hades erretten konnte, ist schon erzählt worden. Während nun Theseus auf diesem unglücklichen Zuge abwesend war und in der Unterwelt gefangen saß, machten sich die Brüder Helenas, Kastor und Polydeukes, auf und rückten gegen Attika heran, um ihre Schwester Helena zu befreien. Indessen verübten sie anfangs keine Feindseligkeiten im Lande, sondern kamen friedlich nach Athen und forderten hier die Zurückgabe Helenas. Als aber die Leute in der Stadt antworteten, daß sie weder die junge Fürstin bei sich hätten, noch wüßten, wo Theseus sie zurückgelassen, wurden sie zornig und schickten sich mit den sie begleitenden Scharen zum wirklichen Kriege an. Jetzt erschraken die Athener, und einer aus ihrer Mitte, mit Namen Akademos, der das Geheimnis des Theseus auf irgendeine Art erfahren hatte, entdeckte den Brüdern, daß der Ort, wo sie verborgen gehalten werde, Aphidnai sei. Vor diese Stadt rückten nun Kastor und Polydeukes, siegten in einer Schlacht und eroberten den Platz im Sturm.

Zu Athen hatte sich inzwischen auch anderes begeben, was für Theseus ungünstig war. Menestheus, der Sohn des Peteos, ein Urenkel des Erechtheus, hatte sich als Volksführer und Schmeichler der Menge gegen den leerstehenden Thron aufgelehnt und auch die Vornehmen aufgewiegelt, indem er ihnen vorstellte, wie der König sie dadurch, daß er sie von ihren Landsitzen in die Stadt hereingezogen, zu Untertanen und Sklaven gemacht habe. Dem Volk aber hielt er vor, wie es, dem Traum der Freiheit zuliebe, seine ländlichen Heiligtümer und Götter habe verlassen müssen und statt von vielen guten einheimischen Herren abhängig zu sein, einem Fremdling und Despoten diene. Wie nun Aphidnais Eroberung durch die Tyndariden Athen mit Schrecken erfüllte, da benutzte Menestheus auch diese Stimmung des Volkes. Er bewog die Bürger, den Söhnen des Tyndareos, welche die Jungfrau Helena, ihren Wächtern entrissen, mit sich führten, die Stadt zu öffnen und sie freundlich zu empfangen, da dieselben nur gegen Theseus, als den Räuber des Mädchens, Krieg führten. Ihr Betragen bewies, daß Menestheus diesmal wahr gesprochen hatte; denn obgleich sie durch offene Tore in Athen eingezogen und alles dort in ihrer Gewalt war, so taten sie doch niemand etwas zuleide, verlangten vielmehr nur, wie andere vornehme Athener und Verwandte des Herakles, in den Geheimdienst der eleusinischen Mysterien aufgenommen zu werden, und zogen dann mit ihrer geretteten Helena, von den Bürgern, die sie liebten und ehrten, zur Stadt hinausgeleitet, wieder in ihre Heimat.

Theseus' Ende

In seiner langen Gefangenschaft im Hades hatte Theseus Zeit gehabt, das Unbesonnene und Unedle seiner letzten Handlungsweise, die mit seinem übrigen Heldentum gar nicht zusammenstimmte, zu erkennen und zu bereuen. Er kam als ernster Greis zurück und vernahm die Rettung Helenas durch ihre Brüder nicht mit Unwillen, denn er schämte sich seiner Tat. Mehr bekümmerte ihn die Zwietracht, die er im Staate antraf, und obgleich er die Zügel der Regierung ergriff und die Partei des Menestheus zurückdrängte, genoß er doch keine rechte Ruhe mehr sein Leben lang. Und als er das Ruder des Staates mit Ernst führen wollte, brachen aufs neue Empörungen gegen ihn aus, an deren Spitze immer Menestheus stand, welcher hinter sich die Partei der Edlen hatte, die noch immer von Pallas, seinem Oheim, und dessen besiegten und erschlagenen Söhnen sich die Pallantiden nannten. Diejenigen, welche ihn vorher gehaßt hatten, verlernten allmählich auch die Furcht vor ihm, und das gemeine Volk hatte Menestheus so verwöhnt, daß es, anstatt zu gehorchen, immer nur geschmeichelt werden wollte. Anfänglich versuchte nun Theseus gewaltsame Mittel; als aber aufwieglerische Umtriebe und offene Widersetzlichkeit alle seine Bemühungen vereitelten, da beschloß der unglückliche König, seine unbotmäßige Stadt freiwillig zu verlassen, nachdem er schon vorher seine Söhne Akamas und Demophon heimlich nach Euboia zu dem Fürsten Elephenor geflüchtet hatte. In einem Flecken von Attika, Gargettos genannt, sprach er feierliche Verwünschungen gegen die Athener aus, da wo man noch lange nachher das Verwünschungsfeld zeigte; dann schüttelte er den Staub von seinen Füßen und schiffte sich nach Skyros ein. Die Einwohner dieser Insel hielt er für seine besonderen Freunde, und er besaß darauf ansehnliche Güter, die er von seinem Vater ererbt hatte.

Damals war Lykomedes König von Skyros. Zu diesem ging Theseus und bat sich von ihm seine Güter aus, um auf denselben seinen Sitz zu nehmen. Aber das Geschick hatte ihn einen schlimmen Weg geführt. Lykomedes, sei es, daß er den großen Ruf des Mannes fürchtete, sei es, daß er mit Menestheus in geheimem Einverständnis war, dachte darauf, wie er den in seine Hände gegebenen Gast, ohne Aufsehen zu erregen, aus dem Wege räumen könnte. Er führte ihn deswegen auf den höchsten Felsengipfel der Insel, der schroff in das Land hinaussprang. Er wollte ihn, war sein Vorgeben, die schönen Güter, die sein Vater auf dem Eilande besessen hatte, mit einem Blicke überschauen lassen. Theseus, oben angekommen, ließ seine Augen gierig über die schönen Gefilde streifen; da gab ihm der treulose König einen Stoß von hinten, daß er über die Felsen hinabstürzte und nur sein zerschmetterter Leichnam in der Tiefe ankam.

Zu Athen war Theseus von dem undankbaren Volke bald vergessen, und Menestheus regierte, als wenn er den Thron von vielen Ahnen ererbt hätte. Die Söhne des Theseus zogen mit dem Helden Elephenor als gemeine Krieger vor Troia. Viele Jahrhunderte später, nach dem glorreichen Kriege gegen die Perser, befahl das Orakel von Delphi den Athenern, des Theseus Gebeine zu holen und ehrenvoll zu bestatten. Aber wo sollten sie dieselben suchen? Und wenn sie auch auf der Insel Skyros das Grab gefunden hätten, wie sollten sie seine Überreste aus den Händen roher und den Fremden unzugänglicher Barbaren erlösen? Da geschah es, daß der berühmte Athener Kimon, der Sohn des Miltiades, auf einem neuen Feldzuge die Insel Skyros eroberte. Während er nun mit großem Eifer das Grab des Nationalheros aufsuchte, bemerkte er über einem Hügel einen Adler schwebend. Er machte halt an dieser Stelle und sah bald, wie der Vogel herabschoß und die Erde des Grabhügels mit seinen Krallen aufscharrte. Kimon erblickte in diesem Zeichen eine göttliche Fügung, ließ nachgraben und fand tief in der Erde den Sarg eines großen Leichnams, daneben eine eherne Lanze und ein Schwert. Er und seine Begleiter zweifelten nicht daran, des Theseus Gebeine gefunden zu haben. Die heiligen Überreste wurden von Kimon auf ein schönes Kriegsschiff mit drei

Ruderbänken gebracht und in Athen mit Jubel, unter glänzenden Aufzügen und Opfern empfangen. Es war, als ob Theseus selbst in die Stadt zurückkehrte. So bezahlten nach Jahrhunderten die Nachkommen dem Begründer der Freiheit und Bürgerverfassung Athens den Dank, den ihm die schnöde Mitwelt schuldig geblieben war.

Die Sage von Oidipus

Des Oidipus Geburt, Jugend, Flucht, Vatermord

Laïos, Sohn des Labdakos, aus dem Stamme des Kadmos, war König von Theben und lebte mit Iokaste, der Tochter eines vornehmen Thebaners, Menoikeus, lange in kinderloser Ehe. Da ihn nun sehnlich nach einem Erben verlangte und er darüber den delphischen Apoll um Aufschluß befragte, wurde ihm ein Orakelspruch des folgenden Inhalts zuteil: »Laïos, Sohn des Labdakos! Du begehrest Kindersegen. Wohl; dir soll ein Sohn gewährt werden. Aber wisse, daß dir vom Geschick verhängt ist, durch die Hand deines eigenen Kindes das Leben zu verlieren. Dies ist das Gebot des Kroniden Zeus, der den Fluch des Pelops erhört hat, dem du den Sohn geraubt hast.« Laïos war nämlich in seiner Jugend landesflüchtig und im Peloponnese am Hofe des Königs Pelops als Gast aufgenommen worden. Er hatte aber seinem Wohltäter mit Undank gelohnt und Chrysippos, den schönen Sohn des Pelops, auf den nemeischen Spielen entführt. Dieser Schuld sich bewußt, glaubte Laïos dem Orakel und lebte lange von seiner Gattin getrennt. Doch führte die herzliche Liebe, mit welcher sie einander zugetan waren, trotz der Warnung des Schicksals beide wieder zusammen, und Iokaste gebar endlich ihrem Gemahl einen Sohn. Als das Kind zur Welt gekommen war, fiel den Eltern der Orakelspruch wieder ein, und um dem Spruche des Gottes auszuweichen, ließen sie den neugeborenen Sohn nach drei Tagen mit durchstochenen und zusammengebundenen Füßen in das wilde Gebirge Kithairon werfen. Aber der Hirt, welcher den grausamen Auftrag erhalten hatte, empfand Mitleid mit dem unschuldigen Kinde und übergab es einem anderen Hirten, der in demselben Gebirge die Herden des Königs Polybos von Korinth weidete. Dann kehrte er wieder heim und stellte sich vor dem König und seiner Gemahlin Iokaste, als hätte er den Auftrag erfüllt. Diese glaubten das Kind verschmachtet oder von wilden Tieren zerrissen und die Erfüllung des Orakelspruches dadurch unmöglich gemacht. Sie beruhigten ihr Gewissen mit dem Gedanken, daß sie durch die Aufopferung des Kindes dasselbe vor Vatermord behütet hätten und lebten jetzt erst mit erleichtertem Herzen.

Der Hirt des Polybos löste indessen dem Kinde, das ihm, ohne daß er wußte, woher es kam, übergeben worden war, die ganz durchbohrten Fersen der Füße und nannte ihn von seinen Wunden Oidipus (Oedipus), das heißt Schwellfuß. So brachte er ihn nach Korinth zu seinem Herrn, dem König Polybos. Dieser erbarmte sich des Findlings, übergab ihn seiner Gemahlin Merope und zog ihn als seinen eigenen Sohn auf, für den er auch am Hofe und im ganzen Lande galt. Zum Jüngling herangereift, wurde er dort stets für den höchsten Bürger gehalten und lebte selbst in der glücklichen Überzeugung, Sohn und Erbe des Königs Polybos zu sein, der keine anderen Kinder hatte. Da ereignete sich ein Zufall, der ihn aus dieser Zuversicht plötzlich in den Abgrund der Zweifel stürzte. Ein Korinther, der ihm schon längere Zeit aus Neid abhold war, rief an einem Festmahl, von Wein überfüllt, dem ihm gegenüber gelagerten Oidipus zu, er sei seines Vaters echter Sohn nicht. Von diesem Vorwurf schwer betroffen, konnte der Jüngling das Ende des Mahles kaum erwarten; doch verschloß er seinen Zweifel selbigen Tag noch kämpfend in der Brust. Am anderen Morgen aber trat er vor seine beiden Eltern, die freilich nur seine Pflegeeltern waren, und verlangte von ihnen Auskunft. Polybos und seine Gattin waren über den Schmäher, dem diese Rede entfallen war, sehr aufgebracht und suchten ihrem Sohn seine Zweifel auszureden, ohne ihm jedoch dieselben durch eine runde Antwort zu heben. Die Liebe, die er in ihrer Äußerung erkannte, war diesem zwar sehr erquicklich, aber jenes Mißtrauen nagte doch seitdem an seinem Herzen, denn die Worte seines Feindes waren zu tief eingedrungen. Endlich griff er heimlich zum Wanderstab, und ohne seinen Eltern ein Wort zu sagen, suchte er das Orakel zu Delphi auf und hoffte von ihm eine Widerlegung der ehrenrührigen Beschuldigung zu vernehmen. Aber Phoibos Apollon würdigte ihn dort keiner Antwort auf seine Frage, sondern deckte ihm nur ein neues, weit grauenvolleres Unglück, das ihm drohte, auf. »Du wirst«, sprach das Orakel, »deines eigenen Vaters Leib ermorden, deine Mutter heiraten und den Menschen eine Nachkommenschaft von verabscheuungswürdiger Art zeigen.« Als Oidipus dieses vernommen hatte, ergriff ihn unaussprechliche Angst, und da ihm sein Herz doch immer noch sagte, daß so liebevolle Eltern, wie Polybos und Merope, seine rechten Eltern sein müßten, so wagte er es nicht, in seine Heimat zurückzukehren, aus Furcht, er möchte, vom Verhängnis getrieben, Hand an seinen geliebten Vater Polybos legen, und von den Göttern mit unwiderstehlichem Wahnsinn geschlagen, ein verruchtes Ehebündnis mit seiner Mutter Merope eingehen. Von Delphi aufbrechend, schlug er den Weg nach Boiotien ein. Er befand sich noch auf der Straße zwischen Delphi und der Stadt Daulia, als er, an einen Kreuzweg gelangt, einen Wagen sich entgegenkommen sah, auf dem ein ihm unbekannter alter Mann mit einem Herold, einem Wagenlenker und zwei Dienern saß. Der Rosselenker, zusamt dem Alten, trieb den Fußgänger, der ihnen in den schmalen Pfad gekommen war, ungestüm aus dem Wege. Oidipus, von Natur jähzornig, versetzte dem trotzigen Wagenführer einen Schlag. Der Greis aber, wie er den Jüngling so keck auf den Wagen anschreiten sah, zielte scharf mit seinem doppelten Stachelstab, den er zur Hand hatte, und versetzte ihm einen schweren Streich auf den Scheitel. Jetzt war Oidipus außer sich gebracht; zum erstenmal bediente er sich der Heldenstärke, die ihm die Götter verliehen hatten, erhob seinen Reisestock und stieß den Alten, daß er sich schnell rücklings vom Wagensitz herabwälzte. Ein Handgemenge entstand; Oidipus mußte sich gegen ihrer drei seines Lebens erwehren; aber seine Jugendstärke siegte; er erschlug sie alle bis auf einen, der entrann, und zog davon.

Ihm kam keine Ahnung in seine Seele, daß er etwas anderes getan, als aus Notwehr sich an einem gemeinen Phoker oder Boiotier mit seinen Knechten, die ihm samt demselben ans Leben wollten, gerächt habe. Denn der Greis, der ihm begegnet, trug kein Zeichen höherer Würde an sich. Aber der Gemordete war Laïos, König von Theben, der Vater des Mörders gewesen, der auf einer Reise nach dem pythischen Orakel begriffen war; und also war die gedoppelte Weissagung, die Vater und Sohn erhalten, und der sie beide entgehen wollten, an beiden vom Geschick erfüllt worden. Der König von Plataiai, mit Namen Damasistratos, fand die Leichen der Erschlagenen am Kreuzwege liegen, erbarmte sich ihrer und begrub sie. Ihr Denkmal aus angehäuften Steinen mitten im Kreuzwege sah nach vielen hundert Jahren noch der Wanderer.

Oidipus in Theben, heiratet seine Mutter

Nicht lange Zeit, nachdem dieses geschehen, war vor den Toren der Stadt Theben in Boiotien die Sphinx erschienen, ein geflügeltes Ungeheuer, vorn wie eine Jungfrau, hinten wie ein Löwe gestaltet. Sie war eine Tochter des Typhon und der Echidna, der schlangengestalteten Nymphe, der fruchtbaren Mutter vieler Ungeheuer, und eine Schwester des Höllenhundes Kerberos, der Hydra von Lerna und der feuerspeienden Chimaira. Dieses Ungeheuer hatte sich auf einen Felsen gelagert und legte dort den Bewohnern von Theben allerlei Rätsel vor, die sie von den Musen erlernt hatte. Erfolgte die

Auflösung nicht, so ergriff sie denjenigen, der es übernommen hatte, das Rätsel zu lösen, zerriß ihn und fraß ihn auf. Dieser Jammer kam über die Stadt, als sie eben um ihren König trauerte, der – niemand wußte von wem – auf einer Reise erschlagen worden war, und an dessen Stelle Kreon, Bruder der Königin Iokaste, die Zügel der Herrschaft ergriffen hatte. Zuletzt kam es, daß dieses Kreon eigener Sohn, dem die Sphinx auch ein Rätsel aufgegeben, und der es nicht gelöst hatte, ergriffen und gefressen worden war. Diese Not bewog den Fürsten Kreon, öffentlich bekannt zu machen, daß demjenigen, der die Stadt von der Würgerin befreien würde, das Reich und seine Schwester Iokaste als Gemahlin zuteil werden sollte. Eben als jene Bekanntmachung öffentlich verkündigt wurde, betrat Oidipus an seinem Wanderstabe die Stadt Theben. Die Gefahr wie ihr Preis reizten ihn, zumal da er das Leben, wegen der drohenden Weissagung, die über ihm schwebte, nicht hoch anschlug. Er begab sich daher nach dem Felsen, auf dem die Sphinx ihren Sitz genommen hatte, und ließ sich von ihr ein Rätsel vorlegen. Das Ungeheuer gedachte dem kühnen Fremdling ein recht unauflösliches aufzugeben, und sein Spruch lautete also: »Es ist am Morgen vierfüßig, am Mittag zweifüßig, am Abend dreifüßig. Von allen Geschöpfen wechselt es allein mit der Zahl seiner Füße; aber eben wenn es die meisten Füße bewegt, sind Kraft und Schnelligkeit seiner Glieder ihm am geringsten.« Oidipus lächelte, als er das Rätsel vernahm, das ihm selbst gar nicht schwierig erschien. »Dein Rätsel ist der Mensch«, sagte er, »der am Morgen seines Lebens, solange er ein schwaches und kraftloses Kind ist, auf seinen zwei Füßen und seinen zwei Händen geht; ist er erstarkt, so geht er am Mittag seines Lebens nur auf den zwei Füßen; ist er endlich am Lebensabend als ein Greis angekommen und der Stütze bedürftig geworden, so nimmt er den Stab als dritten Fuß zu Hilfe.« Das Rätsel war glücklich gelöst, und aus Scham und Verzweiflung stürzte sich die Sphinx selbst vom Felsen und zu Tode. Oidipus trug zum Lohn das Königreich von Theben und die Hand der Witwe, welche seine eigene Mutter war, davon. Iokaste gebar ihm nach und nach vier Kinder, zuerst die männlichen Zwillinge Eteokles und Polyneikes, dann zwei Töchter, die ältere Antigone, die jüngere Ismene. Aber diese vier waren zugleich seine Kinder und seine Geschwister.

Die Entdeckung

Lange Zeit schlief das grauenhafte Geheimnis, und Oidipus, bei manchen Gemütsfehlern ein guter und gerechter König, herrschte glücklich und geliebt an Iokastes Seite über Theben. Endlich aber sandten die Götter eine Pest in das Land, die unter dem Volke grausam zu wüten begann, und gegen welche kein Heilmittel fruchten wollte. Die Thebaner suchten gegen das fürchterliche Übel, in welchem sie eine von den Göttern gesandte Geißel erblickten, Schutz bei ihrem Herrscher, den sie für einen Günstling der Götter hielten. Männer und Frauen, Greise und Kinder, die Priester mit Ölzweigen an ihrer Spitze, erschienen vor dem königlichen Palast, setzten sich um und auf die Stufen des Altars, der vor demselben stand, und harrten auf die Erscheinung ihres Gebieters. Als Oidipus durch den Zusammenlauf herausgerufen aus seiner Königsburg trat und nach der Ursache fragte, warum die ganze Stadt von Opferrauch und Klagelaut erfüllt sei, antwortete ihm im Namen aller der älteste Priester: »Du siehest selbst, o Herr, welches Elend auf uns lastet: Triften und Felder versengt unerträgliche Hitze; in unseren Häusern wütet die verzehrende Seuche, umsonst strebt die Stadt aus den blutigen Wogen des Verderbens ihr Haupt emporzutauchen. In dieser Not nehmen wir unsere Zuflucht zu dir, geliebter Herrscher. Du hast uns schon einmal von dem tödlichen Zins erlöst, mit welchem uns die grimmige Rätselsängerin zehntete. Gewiß ist dies nicht ohne Götterhilfe geschehen. Und darum vertrauen wir auf dich, daß du, sei es bei Göttern oder Menschen, uns auch diesmal Hilfe finden werdest.« –

»Arme Kinder«, erwiderte Oidipus, »wohl ist mir die Ursache eures Flehens bekannt. Ich weiß, daß ihr kranket, aber niemand krankt im Herzen so wie ich. Denn mein Gemüt beseufzt nicht nur einzelne, sondern die ganze Stadt! Darum erwecket ihr mich nicht wie einen Entschlummerten aus dem Schlafe, sondern hin und her habe ich im Geiste nach Rettungsmitteln geforscht, und endlich glaube ich eins gefunden zu haben. Denn mein eigener Schwager Kreon ist von mir zum pythischen Apollon nach Delphi abgesandt worden, daß er frage, welch Werk oder welche Tat die Stadt befreien kann.«

Noch sprach der König, als auch Kreon schon unter die Menge trat und den Bescheid des Orakels dem König vor den Ohren des Volkes mitteilte. Dieser lautete freilich nicht tröstlich: »Der Gott befahl, einen Frevel, den das Land beherberge, hinauszujagen und nicht das zu pflegen, was keine Säuberung zu sühnen vermöge. Denn der Mord des Königs Laïos laste als eine schwere Blutschuld auf dem Lande.« Oidipus, ganz ohne Ahnung, daß jener von ihm erschlagene Greis derselbe sei, um dessentwillen der Zorn der Götter sein Volk heimsuche, ließ sich die Ermordung des Königs erzählen, und noch immer blieb sein Geist mit Blindheit geschlagen. Er erklärte sich berufen, für jenen Toten Sorge zu tragen und entließ das versammelte Volk. Sodann ließ er ins ganze Land die Verkündigung ausgehen, wem irgendeine Kunde von dem Mörder des Laïos geworden wäre, der sollte alles anzeigen, auch wer in fremdem Lande darum wüßte, dem sollte für seine Angabe der Lohn und Dank der Stadt zuteil werden. Der dagegen, der für einen Freund besorgt, schweigen und die Schuld der Mitwissenschaft von sich abwälzen wollte, der sollte von allem Götterdienst, von Opfermahlen, ja von Umgang und Unterredung mit seinen Mitbürgern ausgeschlossen werden. Den Täter selbst endlich verfluchte er unter schauerlichen Beteuerungen, wünschte ihm Not und Plage durch das ganze Leben an und zuletzt das Verderben. Und das sollte ihm widerfahren, selbst wenn er am Herde des Königs verborgen lebte. Zu allem dem sandte er zwei

Boten an den blinden Seher Teiresias, der an Einsicht und Blick ins Verborgene fast dem wahrsagenden Apollon selber gleich kam. Dieser erschien auch bald, von der Hand eines leitenden Knaben geführt, vor dem König und in der Volksversammlung. Oidipus trug ihm die Sorge vor, die ihn und das ganze Land quälte. Er bat ihn, seine Seherkunst anzuwenden, um ihnen auf die Spur des Mordes zu verhelfen.

Aber Teiresias brach in einen Wehruf aus und sprach, indem er seine Hände abwehrend gegen den König ausstreckte: »Entsetzlich ist das Wissen, das dem Wissenden nur Unheil bringt! Laß mich heimkehren, König; trag du das Deine und laß mich das Meine tragen!« Oidipus drang jetzt um so mehr in den Seher, und das Volk, das ihn umringte, warf sich flehend vor ihm auf die Knie. Als er aber auch so keine weiteren Aufschlüsse geben zu wollen bereit war, da entbrannte der Jähzorn des Königs Oidipus, und er schalt den Teiresias als Mitwisser oder gar Fausthelfer bei der Ermordung des Laïos. Ja, wenn er nur sehend wäre, so traute er ihm allein die Untat zu. Diese Beschuldigung löste dem blinden Propheten die Zunge. »Oidipus«, sprach er, »gehorche deiner eigenen Verkündigung. Rede mich nicht, rede keinen aus dem Volke fürder an. Denn du selbst bist der Greuel, der diese Stadt besudelt! Ja! du bist der Königsmörder, du bist derjenige, der mit den Teuersten in fluchwürdigem Verhältnis lebt.«

Oidipus war nun einmal verblendet; er schalt den Seher einen Zauberer, einen ränkevollen Gaukler; er warf Verdacht auch auf seinen Schwager Kreon und beschuldigte beide der Verschwörung gegen den Thron, von welchem sie durch ihre Lügengespinste ihn, den Erretter der Stadt, stürzen wollten. Aber nur noch näher bezeichnete ihn jetzt Teiresias als Vatermörder und Gatten der Mutter, weissagte ihm sein nahe bevorstehendes Elend und entfernte sich zürnend an der Hand seines kleinen Führers. Auf die Beschuldigung des Königs war indessen auch der Fürst Kreon herbeigeeilt, und es hatte sich ein heftiger Wortwechsel zwischen beiden entsponnen, den Iokaste, die sich zwischen die Streitenden warf, vergeblich zu beschwichtigen suchte. Kreon schied unversöhnt und im Zorn von seinem Schwager.

Noch blinder als der König selbst war seine Gemahlin Iokaste. Sie hatte kaum aus dem Munde des Gatten erfahren, daß Teiresias ihn den Mörder des Laïos genannt, als sie in laute Verwünschungen gegen Seher und Seherweisheit ausbrach. »Sieh nur, Gemahl«, rief sie, »wie wenig die Seher wissen, sieh es an einem Beispiel. Mein erster Gatte Laïos hatte auch einst ein Orakel erhalten, daß er durch Sohneshand sterben werde. Nun erschlug aber jenen eine Räuberschar am Kreuzweg, und unser einziger Sohn wurde, an den Füßen gebunden, ins öde Gebirge geworfen und nicht über drei Tage alt. So erfüllen sich die Sprüche der Seher!« Diese Worte, die die Königin mit Hohnlachen sprach, machten auf Oidipus einen ganz anderen Eindruck, als sie erwartet hatte. »Am Kreuzweg«, fragte er in höchster Gemütsangst, »ist Laïos gefallen? O sprich, wie war seine Gestalt, sein Alter?« – »Er war groß«, antwortete Iokaste, ohne die Aufregung ihres Gatten zu begreifen, »die ersten Greisenlocken schmückten sein Haupt; er war dir selbst, mein Gemahl, von Gestalt und Ansehen gar nicht unähnlich.« »Teiresias ist nicht blind, Teiresias ist sehend!« rief entsetzensvoll Oidipus, dem die Nacht seines Geistes auf einmal wie durch einen Blitzstrahl erleuchtet ward. Doch trieb ihn das Gräßliche selber, weiter danach zu forschen, als müßten auf seine Fragen Antworten kommen, welche die schreckliche Entdeckung auf einmal als Irrtum darstellten. Aber alle Umstände trafen zusammen, und zuletzt erfuhr er, daß ein entronnener Diener den ganzen Mord gemeldet habe. Dieser Knecht aber habe, sowie er den Oidipus auf dem Throne sah, flehentlich gebeten, ihn soweit als möglich von der Stadt weg auf die Weiden des Königs zu schicken. Oidipus begehrte ihn zu sehen, und der Sklave wurde vom Lande hereinbeschieden. Ehe er jedoch ankam, erschien ein Bote aus Korinth, meldete dem Oidipus den Tod seines Vaters Polybos und rief ihn auf den erledigten Thron des Landes.

Bei dieser Botschaft sprach die Königin abermals triumphierend: »Hohe Göttersprüche, wo seid ihr? Der Vater, den Oidipus umbringen sollte, ist sanft an Altersschwäche verschieden!« Anders wirkte die Nachricht auf den frömmeren König Oidipus, der, obgleich er noch immer gern geneigt war, den Polybos für seinen Vater zu halten, es doch nicht begreifen konnte, wie ein Götterspruch unerfüllt bleiben sollte. Auch wollte er nicht nach Korinth gehen, weil seine Mutter Merope dort noch lebte und der andere Teil des Orakels, seine Heirat mit der Mutter, immer noch erfüllt werden konnte. Diesen Zweifel benahm ihm freilich der Bote bald. Er war derselbe Mann, der vor vielen Jahren das neugeborene Kind von einem Diener des Laïos auf dem Berge Kithairon empfangen und ihm die durchbohrten und gebundenen Fersen gelöst hatte. Er bewies dem König leicht, daß er nur ein Pflegesohn, wiewohl Erbe des Königs Polybos von Korinth sei. Ein dunkler Trieb nach Wahrheit ließ den Oidipus nach jenem Diener des Laïos verlangen, der ihn als Kind dem Korinther übergeben hatte. Von seinem Gesinde erfuhr er, daß dies derselbe Hirte sei, der, von dem Morde des Laïos entronnen, jetzt an der Grenze das Vieh des Königs weide.

Als Iokaste solches hörte, verließ sie ihren Gemahl und das versammelte Volk mit einem lauten Wehruf. Oidipus, der sein Auge absichtlich mit Nacht zu bedecken suchte, mißdeutete ihre Entfernung. »Gewiß befürchtet sie«, sprach er zu dem Volke, »als ein Weib voll Hochmut, die Entdeckung, daß ich unedlen Stammes sei. Ich aber halte mich für einen Sohn des Glückes und schäme mich dieser Abkunft nicht!« Jetzt nahte sich der greise Hirt, der aus der Ferne herbeigeholt worden war und von dem Korinther sogleich als derjenige erkannt wurde, der ihm einst den Knaben auf dem Kithairon übergeben hatte. Der alte Hirte aber war ganz blaß vor Schrecken und wollte alles leugnen; nur auf die zornigen Drohungen des Oidipus, der ihn mit Stricken zu binden befahl, sagte er endlich die Wahrheit, wie Oidipus der Sohn des Laïos und der Iokaste sei, wie der furchtbare Götterspruch, daß er den Vater ermorden werde, ihn als Neugeborenen in seine Hände geliefert, er aber ihn aus Mitleid erhalten habe.

Iokaste und Oidipus strafen sich

Aller Zweifel war nun gehoben und das Entsetzliche enthüllt. Mit einem wahnsinnigen Schrei stürzte Oidipus davon, irrte in dem Palast umher und verlangte nach einem Schwert, um das Ungeheuer, das seine Mutter und Gattin sei, von der Erde zu vertilgen. Da ihm, wie einem Rasenden, alles aus dem Wege ging, suchte er gräßlich heulend sein Schlafgemach auf, sprengte das verschlossene Doppeltor und brach hinein. Ein grauenhafter Anblick hemmte seinen Lauf. Mit fliegendem und zerrauftem Haupthaar sah er hier hoch über dem Lager schwebend Iokaste, die sich mit einem Strang die Kehle zugeschnürt und erhängt hatte. Nach langem Hinstarren nahte sich Oidipus der Leiche mit brüllendem Stöhnen, ließ das hoch aufgezogene Seil zur Erde herab, daß sich die Leiche auf den Boden senkte und, wie sie nun vor ihm ausgestreckt lag, riß er die goldgetriebenen Brustspangen aus dem Gewande der Frau. Diese hob er hoch in der Rechten auf, fluchte seinen Augen, daß sie nimmer schauen sollten, was er tat und duldete, und wühlte mit dem spitzen Gold in denselben, bis die Augäpfel durchbohrt waren und ein Blutstrom aus den Höhlen drang. Dann verlangte er, ihm, dem Geblendeten, das Tor zu öffnen, ihn herauszuführen, ihn dem ganzen Thebanervolk, als den Vatermörder, als den Muttergatten, als einen Fluch des Himmels und ein Scheusal der Erde vorzustellen. Die Diener erfüllten sein Verlangen, aber das Volk empfing den einst so geliebten und verehrten Herrscher nicht mit Abscheu, sondern mit innigem Mitleid. Kreon selbst, sein Schwager, den sein ungerechter Verdacht gekränkt hatte, eilte herbei, nicht um ihn zu verspotten, wohl aber um den fluchbelasteten Mann dem Sonnenlicht und dem Auge des

Volkes zu entziehen und ihn dem Kreise seiner Kinder anzuempfehlen. Den gebeugten Oidipus rührte so viel Güte. Er übergab seinem Schwager den Thron, den er seinen jungen Söhnen aufbewahren sollte, und erbat sich für seine unselige Mutter ein Grab, für seine verwaisten Töchter den Schutz des neuen Herrschers; für sich selbst aber begehrte er Ausstoßung aus dem Lande, das er mit doppeltem Frevel besudelt, und Verbannung auf den Berg Kithairon, den schon die Eltern ihm zum Grabe bestimmt hatten, und wo er jetzt leben oder sterben wollte, je nach der Götter Willen. Dann verlangte er noch nach seinen Töchtern, deren Stimme er noch einmal hören wollte, und legte seine Hand auf ihre unschuldigen Häupter. Den Kreon segnete er für alle Liebe, die dieser ihm, der es nicht um ihn verdient hätte, erwiesen, und wünschte ihm und allem Volke besseren Schutz der Götter, als er selbst erfahren hatte.

Dann führte ihn Kreon in das Haus zurück, und der jüngst noch verherrlichte Retter Thebens, der mächtige Herrscher, dem viele Tausende gehorchten, der Oidipus, der so tiefe Rätsel erforscht und so spät erst das eigene furchtbare Rätsel seines Lebens gelöst hatte, sollte, einem blinden Bettler gleich, durch die Tore seiner Vaterstadt und an die Grenzen seines Königreichs wandern.

Oidipus und Antigone

In der ersten Stunde der Entdeckung wäre der schnellste Tod dem Oidipus der liebste gewesen, ja er hätte es als eine Wohltat aufgenommen, wenn das Volk sich gegen ihn erhoben und ihn gesteinigt hätte. Und so erschien ihm auch die Verbannung, um welche er flehte, und welche sein Schwager Kreon ihm bewilligte, als ein Geschenk. Als er aber in seiner Finsternis zu Hause saß und der Zorn allmählich auskochte, da fing er auch an, das Gräßliche zu empfinden, was das Herumirren eines blinden Verbannten in der Fremde für ihn haben mußte.

Die Liebe zur Heimat begann mit dem Gefühl wieder zu erwachen, daß er für nicht beabsichtigte und nicht mit Bewußtsein begangene Verbrechen, teils durch den Tod Iokastes, teils durch die Blendung, die er an sich selbst vollzogen habe, doch eigentlich genug bestraft sei, und er scheute sich auch nicht, den Wunsch zu Hause zu bleiben, gegen Kreon und seine eigenen Söhne Eteokles und Polyneikes laut werden zu lassen. Aber da zeigte sich, daß die Rührung des Fürsten Kreon nur eine vorübergehende gewesen und auch seine Söhne eine harte und selbstsüchtige Gemütsart hatten. Kreon nötigte seinen unglücklichen Verwandten, auf seinem ersten Beschlusse zu verharren und die Söhne, deren erste Pflicht doch war, dem Vater zu helfen, verweigerten ihm ihren Beistand. Ja fast ohne daß ein Wort gewechselt wurde, gab man ihm den Bettelstab in die Hand und stieß ihn zum Königspalast von Theben hinaus. Nur seine Töchter fühlten kindliches Erbarmen mit dem Verstoßenen. Die jüngere Tochter Ismene blieb im Hause ihrer Brüder zurück, um hier so viel als möglich der Sache des Vaters zu dienen und gleichsam der Anwalt des Entfernten zu sein. Die ältere, Antigone, teilte mit dem Vater die Verbannung und lenkte die Schritte des Blinden. So zog sie mit ihm auf schwerer Irrfahrt herum, schweifte unbeschuht und ohne Speise mit ihm durch die wilden Wälder; Sonnenhitze und Regenguß hielt die zarte Jungfrau mit dem Vater aus, und während sie zu Hause bei den Brüdern die beste Pflege genießen konnte, war sie im Elend zufrieden, wenn nur der Vater satt wurde. Sein Wille war anfangs gewesen, in einer Wüstenei des Berges Kithairon das elende Leben zu fristen oder zu endigen. Doch, weil er ein frommer Mann war, wollte er auch diesen Schritt nicht ohne den Willen der Götter tun, und so pilgerte er vorher zum Orakel des pythischen Apollon. Hier ward ihm ein tröstlicher Spruch zuteil. Die Götter erkannten, daß Oidipus wider seinen Willen sich gegen die Natur und die heiligsten Gesetze der Menschengesellschaft versündigt hatte. Gebüßt mußte ein so schweres Vergehen freilich werden, wenn es auch unfreiwillig war; aber ewig sollte die Strafe nicht währen.

Darum eröffnete ihm der Gott: »Nach langer Frist zwar, aber endlich doch harre seiner die Erlösung, wenn er zu dem ihm vom Schicksal bestimmten Lande gelangt wäre, wo die ehrwürdigen Göttinnen, die strengen Eumeniden, ihm eine Zufluchtsstätte gönnten.« Nun war aber der Name Eumeniden, die Wohlwollenden, ein Beiname der Erinnyen oder Furien, der Göttinnen der Rache, welche die Sterblichen mit einem so begütigenden Namen ehren und besänftigen wollten. Der Orakelspruch lautete rätselhaft und schauerlich. Bei den Erinnyen sollte Oidipus für seine Sünden gegen die Natur Ruhe und Erlösung von seiner Strafe finden! Dennoch vertraute er auf die Verheißung des Gottes und zog nun, dem Schicksal überlassend, wann die Erfüllung eintreten sollte, in Griechenland herum, von seiner frommen Tochter geleitet und gepflegt und von Almosen mitleidiger Menschen erhalten. Immer bat er nur um weniges und erhielt auch nur weniges. Aber er begnügte sich damit immer, denn die lange Dauer seiner Verbannung, die Not und seine eigene edle Sinnesart lehrten ihn Begnügsamkeit.

Oidipus auf Kolonos

Nach langer Wanderung, bald durch bewohntes, bald durch wüstes Land, waren die beiden eines Abends in einer sehr milden Gegend bei einem anmutigen Dorfe mitten im lieblichsten Haine angekommen. Nachtigallen flatterten durch das Gebüsch und sangen mit süßem Schall, Rebenblüte duftete, mit Oliven- und Lorbeerbäumen waren die rauhen Felsstücke, welche die Gegend viel mehr schmückten als entstellten, überkleidet. Der blinde Oidipus selbst hatte durch seine übrigen Sinne eine Empfindung von der Anmut des Ortes und schloß aus der Schilderung seiner Tochter, daß er ein geheiligter sein müsse. Aus der Ferne stiegen die Türme einer Stadt auf, und ihre Erkundigungen hatten Antigone belehrt, daß sie sich in der Nähe von Athen befänden. Oidipus hatte sich, von dem Wege des Tages müde, auf ein Felsstück gesetzt. Ein Bewohner des Dorfes, der vorüberging, hieß ihn jedoch bald diesen Sitz verlassen, weil der Boden geheiligt sei und keinen Fußtritt dulde. Da erfuhren denn die Wanderer bald, daß sie sich im Flecken Kolonos und auf dem Gebiet und in dem Hain der alles erspähenden Eumeniden befänden, unter welchem Namen die Athener hier die Erinnyen verehrten.

Nun erkannte Oidipus, daß er am Ziele seiner Wanderung angekommen und der friedlichen Lösung seines feindseligen Geschickes nahe sei. Seine Worte machten den Koloneer nachdenklich, und er wagte es jetzt schon nicht mehr, den Fremdling von seinem Sitz zu vertreiben, ehe er den König von dem Vorfall unterrichtet hätte. »Wer gebietet denn in eurem Lande?« fragte Oidipus, dem in seinem langen Elend die Geschichten und Verhältnisse der Welt fremd geworden waren. »Kennst du den gewaltigen und edlen Helden Theseus nicht«, fragte der Dorfbewohner, »ist doch die ganze Welt voll von seinem Ruhme!« – »Nun, ist euer Herrscher so hochgesinnt«, erwiderte Oidipus, »so werde du mein Bote zu ihm, und bitte ihn, nach dieser Stelle zu kommen; für so kleine Gunst verspreche ich ihm großen Lohn.« – »Welche Wohltat könnte unserem König ein blinder Mann erweisen?« sagte der Bauer und warf einen lächelnden, mitleidigen Blick auf den Fremdling. »Doch«, setzte er hinzu, »wäre nicht deine Blindheit, Mann, du hättest ein edles, hohes Aussehen, das mich zwingt, dich zu ehren. Darum will ich dein Verlangen erfüllen und meinen Mitbürgern und dem König deine Bitte melden. Bleibe so lange hier sitzen, bis ich deinen Auftrag ausgerichtet habe. Jene mögen dann entscheiden, ob du hier bleiben kannst oder gleich wieder weiter wandern sollst.«

Als sich Oidipus mit seiner Tochter wieder allein sah, erhob er sich von seinem Sitz, warf sich zu Boden und ergoß sein Herz in einem brünstigen Gebet zu den Eumeniden, den furchtbaren Töchtern des Dunkels und der Mutter Erde, die eine so liebliche Wohnung in diesem Haine aufgeschlagen. »Ihr Grauenvollen und doch Gnädigen«, sprach er, »zeiget mir jetzt nach dem Ausspruche Apolls die Entwicklung meines Lebens, wenn anders ich in meinem mühseligen Leben nicht immer noch zu wenig erduldet habe! Erbarmet euch, ihr Töchter des Dunkels, erbarme dich, ehrenwerte Stadt Athenes, über das Schattenbild des Königs Oidipus, der vor euch steht, denn er selbst ist es nicht mehr!«

Sie blieben nicht lange allein. Die Kunde, daß ein blinder Mann von Ehrfurcht gebietendem Aussehen sich in dem Erinnyenhaine gelagert, den zu betreten Sterblichen sonst nicht vergönnt ist, hatte bald die Ältesten des Dorfes, welche die Entweihung zu hindern gekommen waren, um ihn versammelt. Noch größerer Schrecken ergriff sie, als der Blinde sich ihnen als einen vom Schicksal verfolgten Mann zu erkennen gab. Sie fürchteten den Zorn der Gottheit auf sich zu laden, wenn sie einen vom Himmel Gezeichneten länger an diesem heiligen Orte duldeten, und befahlen ihm, auf der Stelle ihre Landschaft zu verlassen. Oidipus bat sie inständig, ihn von dem Ziele seiner Wanderschaft, das ihm die Stimme der Gottheit selbst angewiesen habe, nicht zu verstoßen; Antigone vereinigte ihr Flehen mit dem seinen. »Wenn ihr euch der grauen Haare meines Vaters nicht erbarmen wollet«, sprach die Jungfrau, »so nehmet ihn doch um meiner, der Verlassenen willen auf, denn auf mir lastet ja keine Schuld. Eilet, bewilliget uns eure Gunst unverhofft!« Während sie solche Zwiesprache pflegten und die Einwohner zwischen Mitleid und Furcht vor den Erinnyen in ihrem Entschlusse zweifelhaft hin- und herschwankten, sah Antigone ein Mädchen, auf einem kleinen Rosse sitzend, das Angesicht mit einem Reisehut vor der Sonne geschützt, heraneilen. Ein Diener, gleichfalls zu Rosse, folgte ihr. »Es ist meine Ismene«, sagte sie in freudigem Schrecken, »schon glänzt mir ihr liebes, helles Auge! Gewiß bringt sie uns neue Kunde aus der Heimat!« Bald war die Jungfrau, das jüngste Kind des verstoßenen Königs, bei ihnen angelangt und vom Saumrosse gesprungen. Mit einem einzigen Knechte, den sie allein treu befunden, hatte sie sich von Theben aufgemacht, um dem Vater Nachricht von dem Stande der dortigen Angelegenheiten zu bringen. Dort waren seine Söhne von großer, selbstverschuldeter Not bedrängt. Anfangs hatten sie die Absicht, ihrem Oheim Kreon den Thron ganz zu überlassen, denn der Fluch ihres Stammes schwebte ihnen drohend vor Augen. Allmählich aber, je mehr ihres Vaters Bild in die Ferne trat, verlor sich diese Regung; das Verlangen nach Herrschaft und Königswürde und mit ihm die Zwietracht erwachte bei ihnen. Polyneikes, der das Recht der Erstgeburt auf seiner Seite hatte, setzte sich zuerst auf den Thron. Aber Eteokles, der jüngere, nicht zufrieden, abwechslungsweise mit ihm zu herrschen, wie der Bruder vorschlug, verführte das Volk und stieß den älteren Bruder aus dem Lande fort. Dieser, so ging in Theben das Gerücht, war nach Argos im Peloponnes entflohen, wurde dort der Schwiegersohn des Königs Adrastos, verschaffte sich Freunde und Bundesgenossen und bedrohte seine Vaterstadt mit Eroberung und Rache. Zugleich aber war ein neuer Götterspruch ruchbar geworden, welcher dahin lautete, daß die Söhne des Oidipus ohne ihn selbst nichts vermögen; daß sie ihn suchen müßten, tot oder lebendig, wenn ihr eigenes Heil ihnen lieb wäre.

Dies waren die Nachrichten, welche Ismene ihrem Vater brachte. Die Ältesten des Dorfes horchten staunend, und Oidipus hob sich empor von seinem Sitze: »Also stehet es mit mir«, sprach er, und königliche Hoheit strahlte von dem blinden Angesicht, »bei dem Verbannten, bei dem Bettler, sucht man Hilfe? Nun, da ich nichts bin, werde ich erst ein rechter Mann?« – »So ist es«, fuhr Ismene in ihren Nachrichten fort. »Auch wisse, Vater, daß eben deswegen unser Oheim Kreon in ganz kurzer Zeit hierher kommen wird, und daß ich mich sehr beeilt habe, ihm zuvorzukommen. Denn er will dich überreden oder fangen, wegführen, und an die Grenzen des thebanischen Gebietes stellen, damit der Orakelspruch sich zu seinen und unseres Bruders Eteokles Gunsten erfülle und deine Gegenwart die Stadt doch nicht entweihe.« – »Von wem weißt du alles dieses?« fragte der Vater. »Von Opferpilgern, die nach Delphi ziehen.« – »Und wenn ich dort sterbe«, fragte Oidipus weiter, »werden sie mich in thebanischer Erde begraben?« – »Nein«, erwiderte die Jungfrau, »das duldet deine Blutschuld nicht.« – »Nun«, rief der alte König entrüstet, »so sollen sie auch meiner niemals mächtig werden! Wenn bei meinen beiden Söhnen die Herrschsucht stärker ist als die kindliche Liebe, so soll ihnen auch der Himmel nie ihre verhängnisvolle Zwietracht löschen, und wenn auf mir die Entscheidung ihres Streites beruht, so soll weder der, der jetzt das Szepter in Händen hat, auf dem Throne sitzen bleiben noch der Verjagte je sein Vaterland wiedersehen! Nur diese Töchter sind meine wahren Kinder! In ihnen ersterbe meine Schuld, für sie erflehe ich den Segen des Himmels, für sie bitte ich auch um euren Schutz, mitleidige Freunde! Gewähret ihnen und mir euren tätigen Beistand, und ihr erwerbet dadurch eurer Stadt eine mächtige Brustwehr!«

Oidipus und Theseus

Die Koloneer hatte große Ehrfurcht vor dem blinden Oidipus erfüllt, der in seiner Verbannung noch so gewaltig erschien. Sie rieten ihm, durch ein Trankopfer die Entweihung des Erinnyenhaines zu sühnen. Erst jetzt erfuhren auch die Greise den Namen und die unverschuldete Schuld des Königs Oidipus, und wer weiß, ob das Grauen vor seiner Tat sie nicht aufs neue gegen ihn verhärtet hätte, wenn nicht ihr König Theseus, den die Botschaft herbeigerufen hatte, jetzt eben in ihren Kreis getreten wäre. Dieser ging freundlich und ehrerbietig auf den blinden Fremdling zu und redete ihn mit liebreichen Worten an: »Armer Oidipus, mir ist dein Geschick nicht unbekannt, und schon deine gewaltsam geblendeten Augen sagen mir, wen ich vor mir habe. Dein Unglück rührt mich tief in der Seele. Sage mir, was du bei der Stadt und mir suchest. Die Tat, zu der du meine Beihilfe verlangst, müßte eine schreckliche sein, wenn ich mich von dir abwenden könnte. Ich hab' es nicht vergessen, daß auch ich gleich dir in fremden Landen herangewachsen bin und viele Fährlichkeiten ausgestanden habe.« – »Ich erkenne deinen Seelenadel in dieser kurzen Rede«, antwortete Oidipus, »ich komme dir eine Bitte vorzutragen, die eigentlich eine Gabe ist. Ich schenke dir diesen meinen leidensmüden Leib, freilich ein sehr unscheinbares Gut, aber doch ein großes Gut. Du sollst mich begraben und reichen Segen von deiner Mildigkeit ernten!« – »Fürwahr«, sagte Theseus erstaunt, »die Gunst, um welche du flehest, ist klein. Verlange etwas Besseres, etwas Höheres, und es soll dir alles von mir gewährt sein.« – »Die Gunst ist nicht so leicht, wie du glaubst, o König«, fuhr Oidipus fort, »du wirst einen Streit um diesen meinen elenden Leib zu bestehen haben.« Nun erzählte er ihm seine Verjagung und das späte und eigennützige Verlangen seiner Verwandten, ihn wieder zu besitzen; dann bat er ihn flehentlich um seinen Heldenbeistand. Theseus hörte aufmerksam zu und sprach endlich feierlich: »Schon weil jedem Gastfreunde mein Haus offen steht, darf ich meine Hand nicht von dir abziehen; wie sollte ich es tun, da du noch dazu mir und meinem Lande so viel Heil versprichst, und von der Hand der Götter an meinen Herd geleitet worden bist!« Er ließ dem Oidipus hierauf die Wahl, mit ihm nach Athen zu gehen oder hier in Kolonos als Gast zu bleiben. Dieser wählte das zweite, weil ihm vom Schicksal bestimmt sei, an der Stelle, wo er jetzt eben sich befinde, den Sieg über seine Feinde davonzutragen und sein Leben rühmlich zu beschließen. Der Athenerkönig versprach ihm den kräftigsten Schutz und kehrte in die Stadt zurück.

Oidipus und Kreon

Bald darauf drang der König Kreon von Theben mit Bewaffneten in Kolonos ein und eilte auf Oidipus zu. »Ihr seid von meinem Eintritt ins attische Gebiet überrascht«, sprach er zu den noch immer versammelten Dorfbewohnern gewendet, »doch sorget und zürnet nicht, ich bin nicht so jung, im

Übermut gegen die stärkste Stadt Griechenlands einen Kampf zu unternehmen. Ich bin ein Greis, den seine Mitbürger nur abgesandt haben, diesen Mann hier durch gütliche Überredung zu bewegen, mit mir nach Theben zurückzukehren.« Dann kehrte er sich zu Oidipus und drückte in den ausgesuchtesten Worten eine erheuchelte Teilnahme an seinem und seiner Töchter Elend aus. Aber Oidipus erhob seinen Stab und streckte ihn aus, zum Zeichen, daß Kreon ihm nicht näher kommen solle. »Schamlosester Betrüger«, rief er, »das fehlte noch zu meiner Pein, daß du kämest und mich gefangen mit dir fortführtest! Hoffe nicht, durch mich deine Stadt von der Züchtigung zu befreien, die ihr bevorsteht. Nicht ich werde zu euch kommen, sondern nur den Dämon der Rache werde ich euch senden, und meine beiden lieblosen Söhne sollen nur soviel von thebanischem Boden besitzen, als sie brauchen, um sterbend darauf zu liegen!« Kreon wollte nun versuchen, den blinden König mit Gewalt hinwegzuführen, aber die Bürger von Kolonos erhoben sich dagegen, stützten sich auf Theseus' Wort und duldeten es nicht. Inzwischen hatten in dem Getümmel auf einen Wink ihres Herrn die Thebaner Ismene und Antigone ergriffen und von der Seite ihres Vaters weggerissen. Diese schleppten sie fort und trieben den Widerstand der Koloneer ab. Kreon aber sprach höhnend: »Deine Stäbe wenigstens habe ich dir entrissen. Versuch es jetzt, Blinder, und wandere weiter!« Und durch diesen Erfolg kühner gemacht, ging er aufs neue auf Oidipus los und legte schon Hand an ihn, als Theseus, den die Nachricht vom bewaffneten Einfall in Kolonos zurückgerufen hatte, auftrat. Sobald dieser hörte und sah, was geschehen und noch im Werke sei, entsandte er Diener zu Fuß und zu Roß auf der Straße hin, auf der die Töchter von den Thebanern als Raub fortgeführt wurden, dem Kreon aber erklärte er, ihn nicht eher freilassen zu wollen, als bis er dem Oidipus die Töchter zurückgegeben. »Sohn des Aigeus«, hob dieser beschämt an, »ich bin wahrlich nicht gekommen, dich und deine Stadt zu bekriegen. Wußte ich doch nicht, daß deine Mitbürger ein solcher Eifer für diesen meinen blinden Verwandten, dem ich

Gutes tun wollte, befallen habe, daß sie den Vatermörder, den Gatten seiner Mutter, lieber bei sich hegen würden, als ihn in sein Vaterland entlassen!« Theseus befahl ihm zu schweigen, ohne Verzug mit ihm zu gehen und den Aufenthalt der Jungfrauen anzuzeigen, und in kurzem führte er die geretteten Töchter dem tiefgerührten Oidipus in die Arme. Kreon und die Diener waren abgezogen.

Oidipus und Polyneikes

Aber noch sollte der arme Oidipus keine Ruhe haben. Theseus brachte die Nachricht von seinem kurzen Zuge mit, daß ein naher Blutsverwandter desselben, jedoch nicht aus Theben kommend, Kolonos betreten und sich an dem Altar des benachbarten Poseidontempels, wo Theseus eben geopfert hatte, als Schutzflehender niedergelassen habe. »Das ist mein hassenswerter Sohn Polyneikes«, rief zürnend Oidipus aus! »Es wäre mir unerträglich, ihn anhören zu müssen.« Doch Antigone, die diesen Bruder als den sanfteren und besseren liebte, wußte die Zornaufwallung des Vaters zu dämpfen und dem Unglücklichen wenigstens Gehör zu verschaffen. Nachdem sich Oidipus auch gegen diesen den Arm seines Beschützers ausgebeten hatte, falls er ihn mit Gewalt hinwegführen wollte, ließ er den Sohn vor sich. Polyneikes zeigte schon durch sein Auftreten eine ganz andere Gemütsart als sein Oheim Kreon, und Antigone versäumte nicht, ihren blinden Vater darauf aufmerksam zu machen. »Ich sehe jenen Fremdling«, rief sie, »ohne Begleiter herschreiten! Ihm strömen die Tränen aus den Augen.« – »Ist er es?« fragte Oidipus und wendete sein Haupt ab. »Ja, Vater«, erwiderte die gute Schwester, »dein Sohn Polyneikes steht vor dir.« Polyneikes warf sich vor dem Vater nieder und umschlang seine Knie. An ihm hinaufblickend, betrachtete er jammernd seine Bettlerkleidung, seine hohlen Augen, sein ungekämmt in der Luft flatterndes Greisenhaar. »Ach, zu spät erfahre ich alles dieses«, rief er, »ja, ich selbst muß es bezeugen, ich habe meines Vaters vergessen! Was wäre er ohne die Fürsorge meiner Schwester! Ich habe mich schwer an dir versündigt, Vater! Kannst du mir vergeben? Du schweigst? Sprich doch etwas, Vater! Zürne nicht so unerbittlich hinweggewandt! O ihr lieben Schwestern, versucht ihr es, den abgekehrten Mund meines Erzeugers zu rühren!« – »Sage du selbst zuvor, Bruder, was dich hergeführt hat«, sprach die milde Antigone, »vielleicht öffnet deine Rede auch seine Lippen!« Polyneikes erzählte nun seine Verjagung durch den Bruder, seine Aufnahme beim König Adrastos in Argos, der ihm die Tochter zur Gemahlin gab, und wie er dort sieben Fürsten mit siebenfacher Schar für seine gerechte Sache geworben habe, und diese Bundesgenossen das thebanische Gebiet bereits umringt hätten. Dann bat er den Vater unter Tränen, sich mit ihm aufzumachen, und nachdem durch seine Hilfe der übermütige Bruder gestürzt sei, die Krone von Theben aus Sohnes Händen zum zweitenmal zu empfangen. Doch die Reue des Sohnes vermochte den harten Sinn des gekränkten Vaters nicht zu erweichen. »Du Verruchter!« sprach er und hob den Niedergeworfenen nicht vom Boden auf, »als Thron und Szepter noch in deinem Besitz war, hast du den Vater selbst aus der Heimat verstoßen und in dieses Bettlerkleid eingehüllt, das du jetzt an ihm bemitleidest, wo gleiche Not über dich gekommen ist! Du und dein Bruder, ihr seid nicht meine wahren Kinder; hinge es von euch ab, so wäre ich längst tot. Nur durch meine Töchter lebe ich. Auch harret euer schon der Götter Rache. Du wirst deine Vaterstadt nicht vertilgen; in deinem Blute wirst du liegen, und dein Bruder in dem seinen. Dies ist die Antwort, die du deinen Bundesfürsten bringen magst!« Antigone nahte sich jetzt ihrem Bruder, der bei dem Fluche des Vaters entsetzt vom Boden aufgesprungen und rückwärts gewichen war. »Höre mein inbrünstiges Flehen, Polyneikes«, sprach sie, ihn umfassend, »kehre mit deinem Heere nach Argos zurück, bekriege deine Vaterstadt nicht!« – »Es ist unmöglich«, erwiderte zögernd der Bruder; »die Flucht brächte mir Schmach, ja Verderben! Und wenn wir Brüder beide zugrunde gehen müssen, dennoch können wir nicht Freunde sein!« So sprach er, wand sich aus der Schwester Armen und stürzte verzweifelnd davon.

So hatte Oidipus den Versuchungen seiner Verwandten nach beiden Seiten hin widerstanden und sie dem Rachegott preisgegeben. Jetzt war sein eigenes Geschick vollendet. Donnerschlag auf Donnerschlag erscholl vom Himmel. Der Greis verstand die Stimme der Gottheit und verlangte sehnlich nach Theseus. Die ganze Gegend hüllte sich in Gewitterfinsternis. Eine große Angst bemächtigte sich des blinden Königs, er fürchtete, von seinem Gastfreunde nicht mehr lebend oder nicht mehr unverstörten Sinnes getroffen zu werden und ihm den vollen Dank für so viele Wohltaten nicht mehr bezahlen zu können. Endlich erschien Theseus, und nun sprach Oidipus seinen feierlichen Segen über die Stadt Athen. Dann forderte er den König auf, dem Heroldrufe der Götter zu folgen und ihn allein an die Stelle zu begleiten, wo er von keiner sterblichen Hand berührt und nur vom Auge des Theseus geschaut, enden sollte. Keinem Menschen sollte er sagen, wo Oidipus die Erde verlassen. Bleibe das heilige Grab, das ihn verschlingen würde, verborgen, so werde es mehr als Speer und Schild und alle Bundesgenossen eine Schutzwehr gegen alle Feinde Athens sein. Seinen Töchtern und den Bewohnern von Kolonos erlaubte er dann, ihn eine Strecke weit zu begleiten, und so vertiefte sich der ganze Zug in die schauerlichen Schatten des Erinnyenhaines. Keiner durfte an Oidipus rühren; er, der Blinde, bisher von der Tochter Hand geleitet, schien auf einmal ein Sehender geworden, ging wunderbar gestärkt und aufgerichtet allen anderen voran und zeigte ihnen den Weg zu dem vom Schicksal ihm bestimmten Ziele.

Mitten in dem Haine der Erinnyen sah man einen geborstenen Erdschlund, dessen Öffnung mit einer ehernen Schwelle versehen war, mehrere Kreuzwege führten zu ihm. Von dieser Höhle ging von uralter Zeit her die Sage, daß sie einer der Eingänge in die Unterwelt sei. In einen jener Kreuzwege nun trat Oidipus ein, doch ließ er sich von dem Gefolge nicht bis zu der Grotte selbst begleiten, sondern unter einem hohlen Baume machte er halt, setzte sich auf einen Stein nieder und löste den Gürtel seines schmutzigen Bettlerkleides. Dann rief er nach einer Spende fließenden Wassers, wusch sich von aller Unreinigkeit der langen Wanderung und zog ein schmuckes Gewand an, das ihm durch seine Töchter aus einer nahen Wohnung herbeigebracht wurde. Als er nun völlig umgekleidet und wie erneuert dastand, tönte unterirdischer Donner vom Boden herauf. Bebend warfen sich die Jungfrauen, die bisher um ihren Vater bemüht gewesen waren, in seinen Schoß; Oidipus aber schlang seinen Arm um sie, küßte sie und sprach: »Kinder, lebet wohl; von diesem Tage an habt ihr keinen Vater mehr!« Aus dieser Umarmung weckte sie eine donnergleiche Stimme, von der man nicht wußte, ob sie vom Himmel herab oder von der Unterwelt herauftönte: »Was säumest du, Oidipus? Was zögern wir zu gehen?« rief es. Als der blinde König die Stimme vernahm und wußte, daß der Gott ihn abfordere, machte er sich aus den Armen seiner Kinder los, rief den König Theseus zu sich und legte seiner Töchter Hände in die Hand desselben, zum Zeichen seiner Verpflichtung, sie nimmermehr zu lassen. Dann befahl er allen andern, sich umgewendet zu entfernen. Nur Theseus an seiner Seite durfte auf die eherne Schwelle mit ihm zuschreiten. Seine Töchter und das Gefolge waren seinem Winke gefolgt und schauten sich erst um, als sie eine gute Strecke rückwärts gegangen waren. Da hatte sich ein großes Wunder ereignet. Von dem König Oidipus war keine Spur mehr zu erblicken. Kein Blitz war zu sehen, kein Donner zu hören, kein Wirbelwind zu spüren; die tiefste Stille herrschte in der Luft. Die dunkle Schwelle der Unterwelt schien sich sanft und lautlos für ihn aufgetan zu haben, und durch den Erdspalt war der entsündigte Greis ohne Stöhnen und Pein sachte wie auf Geisterflügeln zur Unterwelt hinabgetragen worden. Den Theseus aber erblickten sie allein, mit der Hand die Augen sich überschattend, als hätte er ein göttliches, überwältigendes Gesicht gehabt. Dann sahen sie, wie er die Hände hoch gen Himmel gehoben, zu den Olympiern und dann demütig auf den Boden niedergeworfen zu den Göttern der Unterwelt flehte. Nach kurzem Gebet kehrte der König zu den Jungfrauen zurück, versicherte sie seines väterlichen Schutzes und wandelte mit ihnen in tiefsinnige Betrachtungen versunken nach Athen zurück.

SECHSTES BUCH

Die Sieben gegen Theben

Polyneikes und Tydeus bei Adrastos

Adrastos, der Sohn des Talaos, der König von Argos, hatte fünf Kinder, darunter zwei schöne Töchter, Argeia und Deïpyle. Über diese war ihm ein seltsamer Orakelspruch geworden, er werde sie dereinst einem Löwen und einem Eber zu Gemahlinnen geben. Vergebens besann sich der König, welchen Sinn dieses dunkle Wort haben könne, und als die Mägdlein herangewachsen waren, gedachte er sie so zu vermählen, daß die ängstliche Wahrsagung auf keine Weise erfüllt werden könnte. Aber das Götterwort sollte nicht zuschanden werden. Von zweierlei Seiten kamen zwei Flüchtlinge durch Argos Tore. Aus Theben war Polyneikes von seinem Bruder Eteokles verjagt worden; Tydeus, des Oineus Sohn, war aus Kalydon geflohen, wo er auf der Jagd einen Verwandtenmord, nicht absichtlich, verübt hatte. Beide Flüchtlinge trafen sich vor dem Königspalast von Argos. In der Dunkelheit der Nacht hielten sie sich für Feinde und gerieten miteinander ins Handgemenge. Adrastos hörte das Waffengetümmel unter seiner Burg, stieg bei Fackelschein von ihr herab und trennte die Streitenden. Als nun zu seinen beiden Seiten einer der Heldensöhne stand, die noch eben mit einander gekämpft hatten, so erstaunte der König wie vor einem plötzlichen Gesicht, denn von dem Schilde des Polyneikes blickte ihm ein Löwenhaupt, von des Tydeus Schild starrte ihm ein Eberkopf entgegen. Der erstere trug solches Abzeichen auf dem Schilde zu Ehren des Herakles, der andere hatte sich das Wappen zum Andenken an die Jagd des kalydonischen Ebers gewählt. Adrastos sah jetzt die Deutung jenes dunklen Orakelwortes vor sich, und aus den Flüchtlingen wurden ihm Schwiegersöhne. Polyneikes erhielt die Hand der älteren Tochter, Argeia; die jüngere Tochter, Deïpyle, wurde dem Tydeus zuteil. Beiden gab er zugleich das Versprechen, sie in ihre väterlichen Reiche, aus denen sie vertrieben waren, wieder einzuführen.

Zuerst wurde der Feldzug gegen Theben beschlossen, und Adrastos sammelte seine Helden, sieben Fürsten, ihn selbst einbegriffen, mit sieben Scharen, um sich. Ihre Namen waren Adrastos, Polyneikes, Tydeus; Amphiaraos und Kapaneus, der erste der Schwestergemahl des Adrastos, der andere ein Schwestersohn; endlich seine zwei Brüder, Hippomedon und Parthenopaios. Aber Amphiaraos, Schwager des Königs, der früher lange sein Feind gewesen, war ein Prophet, und als solcher sah er den unglückseligen Ausgang des ganzen Feldzuges voraus. Nachdem er nun sich vergebens bemüht hatte, den Adrastos und die übrigen Helden von ihrem Vorhaben abwendig zu machen, suchte er einen Schlupfwinkel auf, den nur seine Gemahlin Eriphyle, die Schwester des Königs, kannte, und verbarg sich dort aufs sorgfältigste. Lange suchten ihn die Helden vergebens, und ohne ihn, den er das Auge seines Heeres zu nennen pflegte, wagte Adrastos den Feldzug nicht zu unternehmen. Nun hatte Polyneikes, als er aus Theben flüchtig werden mußte, das Halsband und den Schleier mitgenommen, die unglückbringenden Geschenke, die einst Aphrodite der Harmonia an ihrem Beilager mit Kadmos, dem Gründer Thebens, verehrt hatte und die jedem, der sie trug, das Verderben brachten. Diese Gaben hatten auch wirklich schon der Harmonia selbst, der Semele, der Mutter des Bakchos, und der Iokaste den Untergang gebracht. Zuletzt hatte sie Argeia, die Gemahlin des Polyneikes, die auch unglücklich werden sollte, besessen, und jetzt beschloß ihr Gemahl, mit einem derselben, dem Halsbande, die Eriphyle zu bestechen, daß sie ihm und seinen Kampfgenossen den Aufenthalt ihres Gatten verriete. Als das Weib, das längst seine Schwester um den herrlichen Schmuck, den ihr der Fremdling zugebracht, beneidet hatte, die funkelnden Edelsteine und Goldspangen an dem Halsbande sah, konnte sie der Lockung nicht widerstehen, hieß den Polyneikes folgen und zog den Amphiaraos aus seiner Zufluchtsstätte hervor. Jetzt konnte dieser sich der Anschließung an den Feldzug um so weniger entziehen, als er schon früher, da er sich mit dem Adrastos ausgesöhnt und von ihm die Schwester zur Ehe erhalten hatte, anheischig gemacht, bei jeder künftigen Streitigkeit mit dem Schwager die Entscheidung seiner Gattin zu überlassen. Er tat seine Rüstung an und sammelte seine Krieger. Bevor er jedoch auszog, rief er seinen Sohn Alkmaion zu sich und verpflichtete ihn mit einem heiligen Schwur, sich nach seinem Tode, sobald ihm derselbe kundbar würde, an der treulosen Mutter zu rächen.

Auszug der Helden
Hypsipyle und Opheltes

Auch die übrigen Helden rüsteten sich, und bald hatte Adrastos ein gewaltiges Heer um sich versammelt, das in sieben Heerhaufen abgeteilt und von sieben Helden befehligt, unter dem Schall der Zinken und Trompeten, jauchzend und voll Hoffnung die Stadt Argos verließ. Aber schon auf dem Wege stellte sich das Unglück ein. Sie waren in den Wald von Nemea gelangt, wo alle Quellen, Flüsse und Seen ausgetrocknet waren und des Tages Hitze mit brennendem Durst sie quälte. Panzer und Schilde wurden ihnen zu schwer, der Staub, der sich von dem Zug auf der Straße erhob, setzte sich ihnen auf den dürren Gaumen, selbst ihren Rossen trocknete der Schaum von dem Maul hinweg, und sie bissen knirschend mit trockenen Nüstern in den Zaum. Während nun Adrastos nebst einigen Kriegern vom Heere vergebens nach Quellen die Waldungen durchirrte, stießen sie auf einmal auf ein trauriges Weib von seltener Schönheit, das, einen Knaben an der Brust, mit wallenden Haaren und in ärmlicher Kleidung, doch mit königlicher Miene, unter dem Schatten eines Baumes saß. Der überraschte König glaubte nicht anders als eine

Nymphe des Waldes vor sich zu sehen, warf sich vor ihr auf ein Knie und flehte sie für sich und die Seinigen um Rettung aus der Not an, mit welcher der Durst sie bedrohe. Aber die Frau antwortete mit gesenktem Auge und demütiger Stimme: »Fremdling, ich bin keine Göttin; du magst, wie dein herrliches Aussehen mich vermuten läßt, von Göttern stammen. Wenn an mir etwas Übermenschliches, so muß es nur mein Leiden sein, denn ich habe mehr geduldet, als sonst Sterblichen zu leiden auferlegt wird. Ich bin Hypsipyle, einst die gefeierte Königin der Amazonen auf Lemnos, die Tochter des herrlichen Thoas, jetzt nach unnennbarem Jammer von Seeräubern entführt und verkauft, die gefangene Sklavin des Königs Lykurgos von Nemea. Der Knabe, den ich säuge, ist nicht mein eigenes Kind; er ist Opheltes, der Sohn meines Herrn, und ich bin ihm zur Wärterin bestellt. Aber was ihr von mir begehret, will ich euch gern verschaffen. Noch eine einzige Quelle sprudelt in dieser trostlosen Einöde, und ihren geheimen Zugang kennt niemand als ich. Sie ist ergiebig genug, euer ganzes Heer zu erquicken. Folget mir!« Die Frau stand auf, legte den Säugling sorglich ins Gras und lullte ihn mit einem Wiegenlied in den Schlaf. Die Helden riefen ihren Genossen, und nun drängte sich das ganze Heer Hypsipyles Tritten nach auf geheimen Pfaden, die durchs dichteste Waldgebüsch führten. Bald gelangten sie zu einer felsigen Talschlucht, aus der kühler Wasserstaub empordrang und die erhitzten Angesichter der vordersten Krieger, die der Führerin und ihrem König vorangeeilt waren, mit leichtem Schaum erfrischte. Zugleich rauschte das Murmeln eines starken Wasserfalles an ihr Ohr. »Wasser!« so tönte der Freudenruf aus dem Munde der Vorangedrungenen, die mit einigen Sprüngen schon unten in der Schlucht und mitten auf dem bespülten Felsgestein standen und die Strahlen des herabfließenden Quells mit den Helmen auffaßten. »Wasser, Wasser!« wiederholte das ganze Heer, und der Jubelruf übertönte den Wasserfall und hallte von den Bergen wider, welche die Schlucht umgaben. Nun warfen sich alle am grünenden Ufer des weithin sich schlängelnden Baches nieder und genossen mit tiefen Zügen die langentbehrte Lust. Bald fand man auch für Wagen und Rosse Pfade, die durch den Wald bequem in die Tiefe hinabführten, und die Wagenlenker fuhren, ohne die Rosse auszuspannen, mitten in die wallende Flut hinein, da wo der Bach sich zu ebenem Laufe ausbreitete, und ließen die Rosse, die ihren Leib in den Wellen kühlten, unausgeschirrt den langen Durst stillen.

Alles war erquickt, und die gute Führerin Hypsipyle, die Taten und Leiden der Weiber von Lemnos erzählend, führte den Adrastos und seine Helden, denen jetzt das Heer in ehrerbietiger Entfernung folgte, auf die breitere Straße zurück, dahin, wo sie dieselbe mit ihrem Pflegekind unter dem gewölbten Baume hatten sitzen sehen. Aber ehe sie jener Stelle noch ansichtig wurden, erschreckte die feinhörende Pflegerin aus der Ferne ein klägliches Kindeswimmern, das ihre Begleiter kaum vernahmen, sie selbst aber sogleich als die Stimme ihres kleinen Opheltes erkannte. Hypsipyle war selbst die Mutter großer und kleiner Kinder, die sie, von den Räubern entführt, in Lemnos hatte zurücklassen müssen. Nun hatte sie ihre ganze Mutterliebe auf diesen Säugling übertragen, dem sie als Sklavin beigegeben war. Eine bange Ahnung durchzuckte ihr zärtliches Herz. Sie flog den Helden voraus und dem wohlbekannten Platze zu, wo sie mit dem Kind an der Brust zu ruhen pflegte. Aber ach, der Kleine war verschwunden, und ihre irrenden Augen fanden keine Spur von ihm und vernahmen auch die Stimme nicht mehr. Als sie ihre Blicke in weiterem Kreise umhersandte, ward ihr bald das entsetzliche Schicksal klar, das ihr Pflegekind getroffen hatte, während sie dem Heere der Argiver den frommen Liebesdienst leistete. Denn nicht weit von dem Baume lag eine gräßliche Schlange geringelt, ihren Kopf auf den schwellenden Bauch zurückgelegt, in träger Ruhe das eben gehaltene Mahl verdauend. Der unseligen Pflegemutter sträubte sich das Haar, und ihr Jammergeschrei erfüllte die Lüfte. Auf dieses waren auch die Helden herbeigeeilt; der erste, der den Drachen erblickte, war Hippomedon; ohne zu säumen, riß er ein Felsstück aus dem Boden und schleuderte es auf das

Ungetüm, aber sein gepanzerter Rücken schüttelte den Wurf ab, als wäre es eine Handvoll Erde; da sandte Hippomedon seinem ersten Wurfe den Speer nach und dieser verfehlte sein Ziel nicht; er fuhr der Schlange in den Rachen, durchs hervorspritzende Gehirn, und die Spitze drang heraus zum Kamm. Das Untier drehte sich wie ein Kreisel mit dem langvorragenden Speer in der Wunde und hauchte endlich zischend seinen Atem aus.

Als die Schlange erlegt war, getraute sich erst die arme Pflegemutter, der Spur ihres Kindes nachzugehen, sie fand weithin die Gräser vom Blute gerötet und endlich fernab von dem Ort ihrer Ruhe das nackte Gebein des Kindleins. Die Verzweifelnde sammelte es in ihren Schoß und übergab es den Helden, die mit ihrem ganzen Heere dem unglücklichen Knaben, der ihnen zum Opfer gefallen war, herrliche Leichenspiele bereiteten, nachdem sie seine Überreste feierlich bestattet, ihm zu Ehren die nemeischen heiligen Kampfspiele stifteten und ihn unter dem Namen *Archemoros*, d. h. der Frühvollendete, zuerst als Halbgott verehrten.

Hypsipyle entging der Wut nicht, in welche die Mutter des Kindes, die Gemahlin des Lykurgos, Eurydike, der Verlust ihres Sohnes versetzte. Sie wurde von ihr in ein grausames Gefängnis geworfen, und der fürchterlichste Tod war ihr geschworen. Das Glück wollte, daß die verlassenen ältesten Söhne Hypsipyles ihrer Mutter schon auf der Spur waren und nicht lange nach dieser Begebenheit in Nemea eintrafen, wo sie die gefangene Mutter befreiten.

Die Helden vor Theben angekommen

»Da habt ihr ein Vorzeichen, wie der Feldzug enden wird!« sprach der Seher Amphiaraos finster, als das Gebein des Knaben Opheltes entdeckt war. Aber die anderen dachten mehr an die Erlegung der Schlange und priesen diese als eine glückliche Vorbedeutung. Und weil sich das Heer eben von einer großen Bedrängnis erholt hatte, so war alles guter Dinge; der schwere Seufzer des Unglückspropheten wurde überhört und der Zug ging hastig weiter. Es währte nicht viele Tage mehr, so war das Heer der Argiver unter den Mauern von Theben angekommen.

In dieser Stadt hatte Eteokles mit seinem Oheim Kreon alles zu einer hartnäckigen Verteidigung vorbereitet und sprach zu den versammelten Bürgern: »Bedenket jetzt, ihr Mitbürger, was ihr eurer Vaterstadt schuldig seid, die euch in ihrem milden Schoße aufgezogen und zu wackeren Kriegern herangebildet hat. Ihr alle, vom Jüngling, der noch nicht Mann ist, bis zum Mann, dessen Locke schon grau wird, wehret euch für sie, für die Altäre der heimischen Götter, für Väter, Weiber und Kinder und für euren freien Boden! Mir meldet der Vogelschauer, daß in der nächsten Nacht das Argiverheer sich zusammenziehen und einen Angriff auf die Stadt machen wird. Darum ihr alle auf die Mauerzinnen, an die Tore geeilt! Brecht vor mit allen Waffen! Besetzt die Schanzen, stellt euch in die Türme mit euren Geschossen, bewahret jeden Ausgang sorgfältig und fürchtet euch nicht vor der Menge der Feinde! Draußen schleichen meine Kundschafter umher, und ich bin gewiß, daß sie mir genaue Kunde bringen. Nach ihren Meldungen werde ich handeln.«

Während Eteokles so zu seinen Reitern sprach, stand auf der höchsten Zinne des Palastes mit einem greisen Waffenträger ihres Großvaters Laïos die Jungfrau Antigone. Sie war nach ihres Vaters Tode nicht lange unter dem liebevollen Schutze des Königs Theseus zu Athen geblieben, sondern hatte mit ihrer Schwester Ismene in ihre Heimat zurückverlangt, wohin eine unbestimmte Hoffnung, ihrem Bruder Polyneikes nützlich werden zu können, und auch die Liebe zu ihrer Vaterstadt sie trieb, deren Belagerung durch den Bruder sie nicht billigen konnte und deren Schicksal sie teilen wollte. Dort war sie von dem Fürsten Kreon und ihrem Bruder Eteokles mit offenen Armen aufgenommen worden, denn sie betrachteten die Jungfrau als eine freiwillige Geisel und eine willkommene Vermittlerin. Diese war jetzt die alte Zedertreppe des Palastes emporgestiegen und stand auf der Plattform desselben, wo ihr der Greis die Stellung der Feinde erklärte. Ringsum auf den Fluren um die Stadt, die Ufer des Ismenos entlang und um die von alters berühmte Quelle Dirke her, war das mächtige Feindesheer gelagert. Es hatte sich eben in Bewegung gesetzt, und Truppenschar sonderte sich von Truppenschar. Das ganze Gefilde schimmerte von Erzglanz wie ein wogendes Meer. Massen von Fußvolk und Reiterei schwärmten brausend um die Tore der belagerten Stadt. Die Jungfrau erschrak bei diesem Anblick; der Greis jedoch sprach ihr Trost ein: »Unsere Mauern sind hoch und fest, unsere Eichentore liegen in schweren eisernen Riegeln. Von innen bietet die Stadt alle Sicherheit und ist voll mutiger, den Kampf nicht scheuender Krieger.« Darauf fing er an, die Fragen des Mädchens nach einzelnen hervorragenden Führern zu beantworten: »Der dort im leuchtenden Helm, der, seinen blanken Erzschild mit Leichtigkeit schwingend, einer Heerschar voranzieht, das ist der Fürst Hippomedon, der um das Gewässer Lernas in Mykene wohnt, hoch ragt sein Wuchs empor, wie eines erdentsprossenen Giganten! – Weiter rechts dort, der am Dirkequell wandelt, in fremder Waffentracht, wie ein Halbbarbar, das ist deines Bruders Schwager, Tydeus, des Oineus Sohn; er und seine Aitolier sind Schildträger und die besten Lanzenwerfer, ich kenne ihn an seinem Wappenschilde; denn ich bin schon als Unterhändler in das feindliche Lager geschickt worden.« – »Wer ist denn«, fragte jetzt das Mägdelein, »der jugendliche Held dort, im unjugendlichen Haar, der mit wildem Blick an jenem Heldengrab vorüberschreitet und dem völlig gerüstetes Volk langsam nachfolgt?« – »Das ist Parthenopaios«, belehrte sie der Alte, »der Sohn Atalantes, der Freundin der Artemis. Aber siehst du dort die zwei Helden, am Grabe der Niobetöchter? Der ältere ist Adrastos, der Führer des ganzen Zuges; den jüngeren, kennst du den?« – »Ich sehe«, rief Antigone schmerzlich bewegt, »nur die Brust und den Umriß seines Leibes, und doch erkenne ich ihn: es ist mein Bruder Polyneikes! O könnte ich mit den Wolken fliegen und bei ihm sein und meinen Arm um den Hals des lieben Flüchtlings schlagen! Wie funkelt seine goldene Rüstung gleich der Sonne Morgenstrahl! Doch wer ist der dort, der, mit fester Hand die Rosse zügelnd, einen weißen Wagen lenkt und die Geißel so ruhig und besonnen schwingt?« – »Das ist«, sprach der Greis, »der Seher Amphiaraos, meine Herrin!« – »Aber siehst du dort den, der an den Mauern auf und ab geht und sie mißt und sorglich die Stellen erkundet, an welchen die Basteien dem Sturme zugänglich wären?« – »Das ist der übermütige Kapaneus, der unserer Stadt so schrecklich hohnspricht, der euch zarte Jungfrauen an Lernas Gewässer in die Knechtschaft führen will!« – Antigone erblaßte und verlangte umzukehren; der Greis reichte ihr die Hand und geleitete sie hinunter in die Mädchenzelle.

Menoikeus

Inzwischen hielten Kreon und Eteokles Kriegsrat und besetzten infolge der gefaßten Beschlüsse jedes der sieben Tore Thebens mit einem Führer, indem sie der Feinde Zahl die gleiche Zahl gegenüberstellten. Doch wollten sie, bevor der Kampf um die Stadt ausbrach, auch vorher die Zeichen erforschen, welche die Vogelschau ihnen über den Ausgang des Kampfes gewähren könnte. Nun lebte unter den Thebanern, wie die Sage von Oidipus schon erzählt hat, der Seher Teiresias, der Sohn des Eueres und der Nymphe Chariklo; dieser hatte als Jüngling die Göttin Athene bei seiner Mutter überrascht und geschaut, was er nicht schauen sollte. Dafür war er von der Göttin mit Blindheit geschlagen worden. Seine Mutter Chariklo hatte ihre Freundin zwar flehentlich gebeten, ihm das Gesicht wiederzugeben, aber Athene vermochte dieses nicht mehr; doch erbarmte sie sich seiner und reinigte ihm dafür sein Gehör, daß er alle Stimmen der Vögel verstand. Und so war er von Stund an der Vogelschauer der Stadt.

Zu diesem jetzt greisen Seher schickte Kreon seinen jungen Sohn Menoikeus, daß er ihn in den Königspalast geleite. Mit wankendem Knie, von seiner Tochter Manto und dem Knaben geführt, erschien auch bald darauf der Alte vor Kreon. Dieser drang in ihn, zu melden, was der Vögel Flug ihm vom Schicksal der Stadt verkündige. Teiresias schwieg lange; endlich sprach er die traurigen Worte: »Die Söhne des Oidipus haben sich an ihrem Vater schwer versündigt; sie bringen ins Thebanerland bittere Trübsal. Argiver und Kadmeer werden sich morden, die Söhne einer von des anderen Hand, fallen. Nur eine Rettung weiß ich für die Stadt; aber sie ist für die Geretteten selbst zu bitter, als daß mein Mund sie offenbaren sollte. Lebet wohl!« Er wandte sich und wollte gehen, aber Kreon flehte so lange, bis er blieb. »Du willst es dennoch hören?« sprach der Seher in strengem Tone; »so vernimm es! Aber sage mir zuvor, wo weilt dein Sohn Menoikeus, der mich hergeleitete?« – »Er steht neben dir!« erwiderte Kreon. – »Nun, so fliehe er, so weit er kann, hinweg von meinem Götterspruch!« sagte der Greis. – »Warum das?« fragte Kreon. »Menoikeus ist seines Vaters Kind, er kann schweigen, wenn er soll, und wird sich freuen, wenn er das Mittel erfährt, das uns retten soll!« – »So vernehmet denn, was ich aus dem Fluge der Vögel gelesen habe«, sprach Teiresias. »Es kommt das Heil, aber über harte Schwelle. Der Jüngste von der Drachenzähnesaat muß fallen; nur unter dieser Bedingung wird euch der Sieg.« – »Wehe mir«, rief Kreon, »was bedeutet dieses Wort, o Greis?« »Daß der jüngste Enkel des Kadmos sterben soll, wenn die Stadt gerettet sein will!« »Du verlangst den Tod meines geliebtesten Kindes, meines Sohnes Menoikeus?« so fuhr der Fürst entrüstet auf. »Packe dich fort in die Stadt! Ich bedarf deines Seherspruches nicht!« – »Ist die Wahrheit ungültig, weil sie dir Leid bringt?« fragte Teiresias ernst. Jetzt warf sich Kreon ihm zu Füßen, umfaßte seine Knie, flehte den blinden Propheten bei seinem grauen Haare an, den Spruch zurückzunehmen. Aber der Seher blieb unerbittlich: »Die Forderung ist unabwendbar«, sprach er. »Am Dirkequell, wo einst der Lindwurm gelagert hat, muß er sein

Blut im Opfertode vergießen, dann werdet ihr die Erde zur Freundin haben, wenn sie für das Menschenblut, das sie einst dem Kadmos aus den Drachenzähnen emporsandte, wieder Menschenblut, und zwar verwandtes, empfangen hat. Wenn dieser Jüngling hier sich für seine Stadt aufopfert, so wird er im Tode ihr Erretter sein, und für Adrastos und sein Heer wird die Heimkehr grauenvoll werden! Wähle dir nun, Kreon, welches Los von zweien du willst.«

Also sprach der Wahrsager und entfernte sich an der Hand seiner Tochter. Kreon stand in Schweigen versunken. Endlich rief er angstvoll: »Wie gern wollte ich selbst für mein Vaterland sterben! Aber dich, Kind, soll ich opfern? Flieh, mein Sohn, fliehe, so weit dich deine Füße tragen, aus diesem verfluchten Lande, das zu schlimm ist für deine Unschuld. Geh' über Delphi, Aitolien, Thesprotia zum Heiligtum Dodonas; dort birg dich in des Orakels Schutz!« – »Gern«, sprach Menoikeus mit leuchtendem Blick; »versieh mich mit den nötigen Reisebedürfnissen, Vater, und glaube mir, ich werde den rechten Weg nicht verfehlen.« Als sich Kreon bei der Willigkeit des Knaben beruhigte und auf seinen Posten geeilt war, warf sich dieser, sobald er allein war, auf die Erde nieder und betete mit Inbrunst zu den Göttern: »Verzeihet mir, ihr himmlischen Reinen, wenn ich gelogen habe, wenn ich meinem alten Vater durch falsche Worte die unwürdige Furcht benommen! Zwar, daß er, der Greis, sich fürchtet, ist verzeihlich; aber welch ein Feiger wäre ich, wenn ich das Vaterland verriete, dem ich das Leben verdanke. Höret darum meinen Schwur, ihr Götter, und nehmet ihn gnädig auf. Ich gehe, mein Vaterland durch meinen Tod zu erretten. Flucht würde mich schänden. Auf den Mauernkranz will ich treten, mich selbst in die tiefe, dunkle Kluft des Drachen stürzen und so, wie der Seher angezeigt hat, das Land erlösen.«

Freudig sprang der Knabe auf, eilte nach der Mauer und tat, wie er gesagt hatte. Er stellte sich auf die höchste Höhe der Burgmauer, überschaute mit einem Blick die Schlachtordnung der Feinde und verwünschte sie in kurzem feierlichen Fluche, dann zog er einen Dolch hervor, den er unter dem Gewande verborgen gehalten, durchbohrte sich den Hals mit einer einzigen Wunde und stürzte von der Höhe herab zerschmettert am Ufer des Dirkequells zusammen.

Der Sturm auf die Stadt

Der Orakelspruch war erfüllt; Kreon bezähmte seinen Jammer; Eteokles teilte den sieben Torbeschirmern sieben Scharen zu, und wo er diese hinweggenommen, stellte er Reiter hinter Reitern zum Ersatz auf, dazu leichtes Fußvolk hinter die Schildträger, um überall, wo die Mauern durch den Angriff leiden sollten, sie mit Heeresmacht schirmen zu können. Auch das Heer der Argiver brach jetzt auf, und der Sturm auf den Wall nahm seinen Anfang. Der Kriegsgesang erscholl und vom feindlichen Heere wie von den Mauern der Thebaner herab schmetterten zu gleicher Zeit die Trompeten. Zuerst führte Parthenopaios, der Sohn der Jägerin Atalante, den Trupp der Seinigen, Schild an Schild gedrängt, wider eins der Tore. Auf dem Felde seines Schildes war seine Mutter abgebildet, wie sie einen aitolischen Eber mit fliegendem Pfeil erlegte. Auf ein zweites Tor zog, Opfertiere auf seinem Wagen, der priesterliche Seher Amphiaraos los; er trug schmucklose Waffen, ohne Wappenschild oder sonstigen Prunk. Aufs dritte Tor rückte Hippomedon heran; auf seinem Schilde war der hundertäugige Argos zu schauen, wie er die von Hera in eine Kuh verwandelte Io bewacht. Zum vierten Tor lenkte Tydeus seine Scharen, der eine struppige Löwenhaut im Schilde führte und mit wilder Gebärde in der Rechten eine Brandfackel schwang. Der vertriebene König Polyneikes befehligte den Sturm auf das fünfte Tor; sein Schild stellte ein in Wut sich bäumendes Rossegespann vor. Zum sechsten Tor führte seine Kriegerschar Kapaneus, der sich vermaß, mit dem Gotte Ares um die Wette streiten zu können: auf dem Eisenrücken seines Schildes war ein Gigant ausgeprägt, der eine ganze Stadt, ihrem Grunde enthoben, auf den Schultern trug, welches Schicksal dieser Schildträger der Stadt Theben zugedacht hatte. Zum siebenten und letzten Tor endlich kam Adrastos, der Argiverkönig, herangerückt. Auf dem Felde seines Schildes waren hundert Schlangen abgebildet, welche in ihren Kiefern thebanische Kinder davontrugen. Als alle nahe genug vor die Tore gerückt waren, wurde der Kampf zuerst mit Schleudern, dann mit Bogen und Speeren eröffnet. Aber den ersten Angriff wehrten die Thebaner siegreich ab, so daß die Scharen der Argiver rückwärts gingen. Da riefen Tydeus und Polyneikes schnell besonnen: »Ihr Brüder, was brechet ihr nicht, ehe die Geschosse euch niederwerfen, mit vereinigter Macht auf die Tore ein, Fußvölker, Reiter, Wagenlenker, alle miteinander?« Dieser Ruf, der sich schnell durch das Heer verbreitete, belebte den Mut der Argiver aufs neue. Alles lebte wieder auf, und der Sturm begann mit verstärkter Macht, aber nicht glücklicher denn zuvor. Mit blutbespritzten Köpfen sanken sie zu den Füßen der Verteidiger nieder, und ganze Linien röchelten unter den Mauern ihr Leben aus, so daß der dürre Boden vor der Stadt von Blutbächen floß. – Da stürzte der Arkadier Parthenopaios wie ein Sturmwind auf sein Tor und rief nach Feuer und Äxten, um es in den Grund zu hauen. Ein thebanischer Held, der auf der Mauer nicht fern seinen Posten hatte, Periklymenos, beobachtete seine Anstrengungen und riß, als es höchste Zeit war, ein Stück der steinernen Brustwehr von der Mauer, so groß, daß es eine ganze Wagenlast ausgemacht hätte; dieser Wurf zermalmte dem Stürmer sein blondgelocktes Haupt und zerriß ihm die Knochen, daß er zerschmettert zu Boden stürzte. Sobald nun Eteokles dieses Tor gesichert sah, flog er den anderen zu. Am vierten traf er den Tydeus, der wütete wie ein Drache, den die Sonne sticht; er schüttelte sein Haupt unter dem fliegenden Helmbusch, und sein Schild, den er über dasselbe hielt, tönte von gellenden Glocken, die den Rand umgaben; er selbst schwang mit der Rechten die Lanze hoch nach der Mauer, und eine ganze Schar Schildträger umgab ihn, die einen Hagel von Speeren auf den höchsten

Burgsaum aufwärts schleuderten, so daß die Thebaner sich von dem Rande der Brustwehr flüchten mußten. In diesem Augenblick erschien Eteokles, sammelte sie, wie ein Jäger zerstreute Hunde, und führte sie auf die Mauerzinne zurück. Dann eilte er weiter von Tor zu Tor. Da stieß er auch auf den tobenden Kapaneus, der eine vielsprossige Sturmleiter wider die Stadt herantrug, und prahlend ausrief, selbst des Zeus Blitz solle ihn nicht aufhalten, die Grundfeste der eroberten Stadt zu brechen. Mit solchen Trotzworten legte er die Leiter an und klomm unter seinem Schilde, umsaust von Steinen, die glatten Sprossen empor. Aber ihn für seinen Frevelmut zu züchtigen, blieb nicht den Thebanern überlassen; Zeus selbst übernahm es und traf ihn, als er schon über den Mauerkranz drang, mit seinem Donnerkeil. Es war ein Schlag, daß die Erde dröhnte; seine zerrissenen Gliedmaßen flogen weit umher von der Leiter, das entflammte Haar flatterte gen Himmel, das Blut floß auf die Erde; Hände und Füße rollten im Kreise wie ein Rad; der Rumpf stürzte endlich feurig auf den Boden nieder.

Der König Adrastos erkannte aus diesem Zeichen, daß der Göttervater seinem Vorhaben feindselig sei; er führte seine Scharen aus dem Stadtgraben heraus und wich mit ihnen rückwärts. Die Thebaner dagegen, als sie das glückbringende Zeichen, das ihnen Zeus gesandt hatte, erkannten, brachen zu Fuß und zu Wagen aus der Stadt hervor; ihr Fußvolk stürzte mitten unter die argivische Heerschar, Wagen rannten an gegen Wagen, Leichname lagen zu Haufen; der Sieg blieb den Thebanern, und erst nachdem sie die Feinde auf eine gute Strecke von der Stadt zurückgeworfen, kehrten sie in dieselbe zurück. Auf dieser Flucht der Argiver geschah es auch, daß der thebanische Held Periklymenos den Seher Amphiaraos nach dem Strande des Flusses Ismenos verfolgte. Hier hemmte den mit Roß und Wagen Fliehenden das Wasser. Der Thebaner war ihm auf den Fersen. In der Verzweiflung hieß der Seher seinen Wagenlenker die Pferde ihren Weg durch die tiefe Furt suchen, aber ehe er im Wasser war, hatte der Feind das Ufer erreicht und sein Speer drohte seinem Nacken. Da spaltete Zeus, der seinen Seher nicht auf unrühmlicher Flucht umkommen lassen wollte, mit einem Blitze den Boden, daß er sich auftat wie eine schwarze Höhle, und die Rosse, die eben den Übergang suchten, mitsamt dem Wagen, dem Seher und seinem Genossen verschlang.

Der Brüder Zweikampf

Auf solche Weise endete der Sturm auf die Stadt Theben. Als Kreon und Eteokles mit den Ihrigen in die Mauern zurückgekehrt waren, ordnete sich das geschlagene Heer der Argiver wieder, und bald war es von neuem imstande, der belagerten Stadt näher zu rücken. Als dies die Thebaner inne wurden, und die Hoffnung, das zweite Mal zu widerstehen, nachdem auch ihre Kräfte durch den ersten Angriff nicht wenig erschöpft worden, ziemlich gesunken war, faßte der König Eteokles einen großen Entschluß. Er sandte seinen Herold zur Stadt hinaus nach dem Argiverheere, das, wieder dicht um die Mauern Thebens gelagert, am Rande des Stadtgrabens lag, und ließ sich Stille erbitten. Dann rief er, auf der obersten Höhe der Burg stehend, seinen eigenen, innerhalb der Stadt aufgestellten Scharen und den die Stadt umringenden Argivern mit lauter Stimme zu: »Ihr Danaer und Argiver alle, die ihr hierher gezogen seid, und ihr Völker Thebens, gebet doch so vielfaches Leben nicht, ihr einen dem Polyneikes – noch mir, seinem Bruder, ihr anderen, preis! Laßt vielmehr mich selbst die Gefahr dieses Kampfes übernehmen, und so allein im Gefecht mit meinem Bruder Polyneikes mich messen. Töte ich ihn, so laßt mich allein den Herrn im Hause bleiben, fall' ich von seiner Hand, so sei ihm das Szepter überlassen, und ihr Argiver senket dann die Waffen und kehret in euer Heimatland zurück, ohne vor diesen Mauern euer Leben nutzlos zu verbluten.« Aus den Reihen der Argiver sprang jetzt Polyneikes hervor und rief zur Burg empor, daß er den Vorschlag seines Bruders anzunehmen bereit sei. Von beiden

Seiten war man des blutigen Krieges, der nur einem von zwei Männern zugute kommen sollte, schon lange müde. Daher klatschten beide Heere dem gerechten Gedanken Beifall. Es wurde ein Vertrag darüber abgeschlossen, und der Eid der Führer bekräftigte ihn von beiden Seiten auf dem Felde, das zwischen beiden Heeren lag. Jetzt hüllten sich die Söhne des Oidipus in ihre vollen Waffenrüstungen; den Beherrscher Thebens schmückten die edelsten Thebaner, den vertriebenen Polyneikes die Häupter der Argiver. So standen beide im Stahle prangend da, stark und festen Blickes. »Bedenke«, riefen die Freunde dem Polyneikes zu, »daß Zeus von dir ein Siegesdenkmal zu Argos erwartet!« Die Thebaner aber ermunterten ihren Fürsten Eteokles: »Du kämpfest für die Vaterstadt und für den Szepter; dieser doppelte Gedanke verleihe dir den Sieg!« Ehe der verhängnisvolle Kampf begann, opferten auch noch die Seher, aus beiden Heeren zusammentretend, um aus den Gestaltungen der Opferflamme den Ausgang des Streites zu mutmaßen. Das Zeichen war zweideutig, es schien Sieg oder Untergang beiden zugleich zu verkünden. Als das Opfer vorbei war und die beiden Brüder noch immer zwischen beiden Heeren einander gegenüber in kampfbereiter Stellung sich befanden, erhob Polyneikes flehend seine Hände, drehte sein Haupt rückwärts dem Argiverlande zu und betete: »Hera, Beherrscherin von Argos, aus deinem Lande habe ich ein Weib genommen, in deinem Lande wohne ich; laß deinen Bürger im Gefecht siegen, laß ihn seine Rechte färben mit des Gegners Blute!« Auf der anderen Seite kehrte sich Eteokles zum Tempel der Athene in Theben: »Gib, o Tochter des Zeus«, flehte er, »daß ich die Lanze siegreich zum Ziele schleudere, in die Brust dessen, der mein Vaterland zu verwüsten kam!« Mit seinem letzten Worte schmetterte der Trompetenklang, das Zeichen des blutigen Kampfes, und die Brüder stürzten wilden Laufes aufeinander ein und packten sich wie zwei Eber, die die Hauer grimmig aufeinander gewetzt haben. Die Lanzen sausten aneinander vorüber und prallten beide von den Schildern ab; nun zielten sie mit den Speeren sich gegenseitig nach dem Gesicht, nach den Augen, aber die schnell vorgehaltenen Schildränder vereitelten auch diesen Stoß. Den Zuschauern selbst floß der Schweiß in dichten Tropfen vom Leibe beim Anblick des erbitterten Kampfes. Endlich vergaß sich Eteokles, und während er beim Ausfallen mit dem rechten Fuße einen Stein, der ihm am Wege lag, beiseite stoßen wollte, streckte er das Bein unvorsichtig unter dem Schilde hervor; da stürzte Polyneikes mit dem Speere heran und durchbohrte ihm das Schienbein. Das ganze Argiverheer jubelte bei seinem Stoße, sah darin schon den entscheidenden Sieg. Aber während des Stoßes hatte der Verwundete, der seine Besinnung keinen Augenblick verlor, die eine Schulter an seinem Gegner entblößt gesehen, und warf seinen Wurfspieß nach derselben, der auch in der Schulter haftete, doch so, daß die Spitze ihm abbrach. Die Thebaner ließen nur einen halben Laut der Freude von sich hören. Eteokles wich zurück, ergriff einen Marmelstein und zerschlug die Lanze seines Gegners in zwei Hälften. Der Kampf war jetzt gleich, da beide sich ihres Wurfgeschosses beraubt sahen. Nun faßten sie rasch die Griffe ihrer Schwerter und rückten einander ganz nahe auf den Leib; Schild schlug gegen Schild, lautes Kampfgetöse hallte. Da besann sich Eteokles auf einen Kunstgriff, den er im thessalischen Lande gelernt. Er wechselte plötzlich seine Stellung, zog sich nach hinten auf seinen linken Fuß zurück, deckte sich den eigenen Unterleib mit Sorgfalt, setzte dann den vorderen Fuß voran, und stach den Bruder, der auf eine so veränderte Haltung des Gegners nicht gefaßt war und den unteren Teil des Leibes nicht mehr mit dem Schilde gedeckt hatte, mitten durch den Leib über den Hüften. Schmerzlich neigte sich nun Polyneikes auf die Seite und sank bald unter Strömen Blutes zusammen. Eteokles, nicht mehr an seinem Siege zweifelnd, warf sein Schwert von sich und legte sich über den Sterbenden, ihn zu berauben. Dies aber war sein Verderben, denn jener hatte im Sturze sein Schwert doch noch fest mit der Hand umklammert, und jetzt, so schwach er atmete, war ihm doch noch Kraft genug geblieben, dasselbe dem über ihm gebeugten Eteokles tief in die Leber zu stoßen. Dieser sank um und hart neben dem sterbenden Bruder nieder.

Nun öffneten sich die Tore Thebens, die Frauen, die Diener stürzten heraus, die Leiche ihres Herrschers zu bejammern; Antigone aber warf sich über ihren geliebten Bruder Polyneikes, um seine letzten Worte von den Lippen zu nehmen. Mit Eteokles war es schneller zu Ende gegangen als mit diesem; nur noch ein tiefer Seufzer aus röchelnder Brust, und er war verschieden. Polyneikes aber atmete noch, wandte sein brechendes Auge nach der Schwester und sprach: »Wie beklage ich dein Los, Schwester, wie auch das Los des toten Bruders, der aus einem Freunde mein Feind geworden ist. Jetzt erst, im Tode, empfinde ich, daß ich ihn geliebt habe! Du aber, liebe Schwester, begrabe mich in meiner Heimat, und versöhne die zürnende Vaterstadt, daß sie mir, obschon ich der Herrschaft beraubt worden bin, wenigstens soviel gewähre! Drücke mir auch die Augen mit deiner Hand zu, denn schon breitet die Nacht des Todes ihre Schatten über mich aus.«

So starb auch er in der Schwester Armen. Nun erhob sich lauter Zwist von beiden Seiten unter der Menge. Die Thebaner schrieben ihrem Herrn Eteokles den Sieg zu, die Feinde jenem. Derselbe Hader war unter den Anführern und den Freunden der Gefallenen; »Polyneikes führte den ersten Lanzenstoß!« hieß es da. »Aber er war auch der erste, der unterlegen ist!« scholl's von der anderen Seite entgegen. Unter diesem Streite wurde zu den Waffen gegriffen; glücklicherweise für die Thebaner hatten sich diese geordnet und in voller Waffenrüstung teils vor dem Zweikampfe, teils während desselben und bei seinem Schlusse eingefunden, während die Argiver die Waffen abgelegt und, wie des Sieges gewiß, sorglos zugeschaut hatten. Die Thebaner warfen sich also plötzlich aufs Argiverheer, ehe dieses sich mit Rüstungen bedecken konnte. Sie fanden keinen Widerstand; die waffenlosen Feinde füllten in ungeregelter Flucht die Ebene, das Blut floß in Strömen, denn der Wurf der Lanzen streckte zu Hunderten die Fliehenden nieder. Bald war die Umgebung Thebens von sämtlichen Feinden gereinigt. Von allen Seiten her brachten die Thebaner die Schilder der erlegten Feinde und andere Beute herbei und trugen sie triumphierend in die Stadt.

Kreons Beschluß

Hierauf wurde an die Bestattung der Toten gedacht. Die Königswürde von Theben war nach dem Tode der beiden gefallenen Brüder an ihren Oheim Kreon gekommen, und dieser hatte nun über das Begräbnis seiner beiden Neffen zu verfügen. Sofort ließ er den Eteokles, als für die Verteidigung der Stadt gefallen, mit königlichen Ehren und aller sonstigen Gebühr feierlich zu Erde bestatten; alle Bewohner der Stadt folgten dem Leichenzuge, während Polyneikes unbegraben und in Unehren dalag. Dann ließ Kreon unter Heroldsruf durch die ganze Stadt verkündigen, den Feind des Vaterlandes, der gekommen sei, die Stadt mit Feuerglut zu zerstören, sich am Blute der Seinigen zu sättigen, die Landesgötter selbst zu vertreiben, und was übrig bliebe, in Knechtschaft zu stürzen – den weder zu beklagen, noch ihm ein Grab angedeihen zu lassen, vielmehr den Leichnam des Verfluchten unbegraben den Vögeln und Hunden zum Fraße zu übergeben. Zugleich gebot er den Bürgern selbst Aufsicht darüber zu führen, daß diese königliche Willensmeinung vollzogen würde, und stellte noch besondere Späher zu dem Leichnam, welche dafür zu sorgen hatten, daß niemand käme, denselben zu stehlen oder zu begraben. Der Lohn dessen, der dies doch täte, sollte unerbittlich der Tod sein; in offener Stadt sollte er gesteinigt werden.

Diese grausame Verkündigung hatte auch Antigone, die fromme Schwester, mit angehört und war ihres Versprechens, das sie dem Sterbenden gegeben, wohl eingedenk. Sie wandte sich mit beschwertem Herzen an ihre jüngere Schwester Ismene und wollte diese bereden, mit ihr gemeinschaftlich das Wagestück zu unternehmen, mit Hand anzulegen und den Leib des Bruders seinen Feinden zu entreißen. Aber Ismene war ein schwaches Mädchen und solchem Heldenmute nicht gewachsen. »Hast du denn, Schwester«, sagte sie weinend, »den grauenhaften Untergang unseres Vaters und unserer Mutter schon so ganz vergessen, ja, ist dir das frische Verderben unserer Brüder schon aus dem Gedächtnis verschwunden, daß du auch uns Zurückgebliebene noch ins gleiche Todeslos hineinziehen willst?« Antigone wandte sich mit Kälte von ihrer furchtsamen Schwester ab. »Ich will dich gar nicht zur Helferin«, sagte sie. »Ich gehe hin, den Bruder allein zu begraben. Wenn ich dies getan habe, sterbe ich mit Freuden und lege mich nieder neben dem, den ich im Leben geliebt habe!«

Bald darauf kam einer der Wächter mutlos und zögernden Schrittes vor den König Kreon: »Der Leichnam, den du uns zu bewahren gegeben, ist begraben«, rief er dem Herrscher entgegen, »und der unbekannte Täter ist uns entkommen. Wir wissen auch nicht, wie es geschehen ist. Als der erste Tageswächter uns die Tat anzeigte, war es uns allen ein Bekümmernis. Nur ein dünner Staub lag auf dem Toten; so viel als notwendig ist, wenn ein Begräbnis vor den Göttern der Unterwelt für ein solches gelten soll. Kein Hieb, kein Schaufelwurf zeigte sich, keine Wagenspuren gingen durch den Boden. Unter uns Wächtern entstand Streit darüber, jeder beschuldigte den anderen, und am Ende kam es zu Schlägen. Zuletzt jedoch vereinigte man sich, dir, o König, den Vorgang auf der Stelle zu melden, und mich traf dieses unselige Los!« Kreon geriet auf diese Nachricht in großen Zorn, er bedrohte alle Wächter, sie lebendig aufhängen zu lassen, wenn sie ihm den Täter nicht unverzüglich in die Hände lieferten. Diese mußten auch auf seinen Befehl den Leichnam wieder von aller Erde entblößen und hielten nach wie vor die Wache bei demselben. So saßen sie vom Morgen bis zum Mittag im heißesten Sonnenschein. Da erhob sich plötzlich ein Sturm und der Luftkreis füllte sich mit Staub. Die Wächter besannen sich noch über das unerwartete Zeichen, als sie eine Jungfrau herankommen sahen, die so wehmütig klagte, wie ein Vogel, der sein Nest ausgeleert findet. Sie hatte in der Hand eine eherne Gießkanne, die sie schnell mit Staub füllte, dann näherte sie sich – denn die Wächter, um von der Nähe des nun schon so lange unbegraben daliegenden Leichnams nichts zu leiden, saßen ziemlich fern auf einem Hügel – mit Vorsicht der Leiche und spendete dem Toten, anstatt des Begräbnisses, einen dreifachen Aufguß von Erde. Da zögerten die Wächter nicht länger, sie eilten herbei, griffen sie und schleppten die auf der Tat selbst Ertappte vor den zürnenden Herrscher.

Antigone und Kreon

Kreon erkannte in der Täterin seine Nichte Antigone. »Törin«, rief er ihr entgegen, »die du die Stirn zur Erde senkst, gestehst oder leugnest du dieses Werk?« – »Ich gestehe es«, erwiderte die Jungfrau und richtete ihr Haupt in die Höhe. »Und kanntest du«, fragte der König weiter, »das Gesetz, das du so ohne Scheu übertratest?« – »Wohl kannte ich es«, sprach Antigone fest und ruhig, »aber von keinem der unsterblichen Götter stammt diese Satzung. Auch kenne ich andere Gesetze, die nicht von gestern und von heute sind, die in Ewigkeit gelten und von denen niemand weiß, von wannen sie kommen. Kein Sterblicher darf diese übertreten, ohne dem Zorn der Götter anheimzufallen; ein solches Gesetz hat mir befohlen, den toten Sohn meiner Mutter nicht unbegraben zu lassen. Erscheint dir diese Handlungsweise töricht, so ist es ein Tor, der mich der Torheit beschuldigt.« – »Meinst du«, sprach Kreon, noch mehr erbittert durch den Widerspruch der Jungfrau, »deine starre Sinnesart sei nicht zu beugen? Zerspringt doch auch der sprödeste Stahl am ersten. Wer in eines anderen Gewalt ist, der soll nicht trotzen!« Darauf antwortete Antigone: »Du kannst mir doch nicht mehr antun als den Tod: wozu darum Aufschub? Mein Name wird nicht ruhmlos dadurch werden, daß ich sterbe, auch weiß ich, daß deinen Bürgern hier nur die Furcht den Mund verschließt, und daß alle meine Tat im Herzen billigen; denn den Bruder lieben, ist die erste Schwesterpflicht.« – »Nun, so liebe denn im Hades«, rief der König immer erbitterter, »wenn du lieben mußt!« Und schon hieß er die Diener sie ergreifen, als Ismene, die vom Los ihrer Schwester vernommen hatte, herbeigestürmt kam. Sie schien ihre weibliche Schwäche und ihre Menschenfurcht ganz abgeschüttelt zu haben. Mutig trat sie vor den grausamen Oheim, bekannte sich als Mitwisserin und verlangte mit der Schwester in den Tod zu gehen. Zugleich erinnerte sie den König daran, daß Antigone nicht nur seiner Schwester Tochter, daß sie auch die verlobte Braut seines eigenen Sohnes Haimon sei und er durch ihren Tod seinem eigenen Sprößling die Ehe wegmorde. Statt aller Antwort ließ Kreon auch die Schwester ergreifen und beide durch seine Schergen in das Innere des Palastes führen.

Haimon und Antigone

Als Kreon seinen Sohn herbeieilen sah, glaubte er nicht anders, als das über seine Braut gefällte Urteil müsse diesen gegen den Vater empört haben. Haimon setzte jedoch seinen verdächtigenden Fragen Worte voll kindlichen Gehorsams entgegen, und erst nachdem er den Vater von seiner frommen Anhänglichkeit überzeugt hatte, wagte er es, für seine geliebte Braut Fürbitte zu tun. »Du weißt nicht, Vater«, sprach er, »was das Volk spricht, was es zu tadeln findet. Dein Auge schreckt jeden Bürgersmann zurück, irgend etwas zu sprechen, das deinem Ohre nicht willkommen ist; mir hingegen wird es möglich, auch derlei Dinge im Dunkel zu hören. Und so laß mich dir denn sagen, daß diese Jungfrau von der ganzen Stadt bejammert, daß ihre Handlung von der ganzen Bürgerschaft als wert des Nachruhms gepriesen wird, daß niemand glaubt, sie, die fromme Schwester, die ihren

Bruder nicht von Hunden und Vögeln zerfleischen ließ, habe den Tod als Lohn verdient! Darum, geliebter Vater, gib der Stimme des Volkes nach; tu es den Bäumen gleich, die längs des angeschwollenen Waldstromes gepflanzt, sich ihm nicht entgegenstemmen, sondern der Gewalt des Wassers nachgeben und unverletzt bleiben, während diejenigen Bäume, die es wagen, Widerstand zu leisten, durch die Wellen von Grund aus entwurzelt werden.« – »Will der Knabe mich Verstand lehren?« rief Kreon verächtlich aus; »es scheint, er kämpft im Bunde mit dem Weibe!« – »Ja, wenn du ein Weib bist!« – antwortete der Jüngling schnell und lebhaft – »denn nur zu deinem Besten ist dies alles gesagt!« – »Ich merke wohl«, endete der Vater entrüstet, »blinde Liebe zu der Verbrecherin hält deinen Sinn in Banden: aber lebendig wirst du diese nicht freien! Denn wisse, ferne, wo keine Menschentritte schallen, soll sie bei lebendem Leibe in einem verschlossenen Felsengrabe geborgen werden. Nur wenig Speise wird ihr mitgegeben, so viel, als nötig ist, die Stadt vor der Befleckung zu bewahren, die der Greuel eines unmittelbaren Mordes ihr zuziehen würde. Mag sie dann von dem Gotte der Unterwelt, den sie doch allein ehrt, sich Befreiung erflehen; zu spät wird sie erkennen, daß es klüger ist, den Lebenden zu gehorchen als den Toten.«

Zornig wandte sich Kreon mit diesen Worten von seinem Sohne ab, und bald waren alle Anstalten getroffen, den gräßlichen Beschluß des Tyrannen zu vollziehen. Öffentlich vor allen Bürgern Thebens wurde Antigone nach dem gewölbten Grabe abgeführt, das ihrer wartete; sie stieg unter Anrufung der Götter und der Geliebten, mit welchen sie vereinigt zu werden hoffte, unerschrocken hinab.

Noch immer lag der verwesende Leichnam des erschlagenen Polyneikes unbegraben da. Die Hunde und Vögel nährten sich von ihm und befleckten die Stadt, indem sie die Überreste des Toten hin und her trugen. Da erschien der greise Seher Teiresias vor dem König Kreon, wie er einst vor Oidipus erschienen war, und verkündete jenem aus dem Vogelfluge und der Opferschau ein Unheil. Schlimmer, übelgesättigter Vögel Gekrächz hatte er vernommen, das Opfertier auf dem Altar, statt hell in Flammen zu verlodern, war unter trübem Rauche verschmort. »Offenbar zürnen uns die Götter«, endete er seinen Bericht, »wegen der Mißhandlung des erschlagenen Königssohns. Sei darum nicht halsstarrig, Herrscher, weiche dem Toten, siehe nicht nach Ermordeten! Welcher Ruhm ist es, Tote noch einmal zu töten? Laß ab davon; in guter Meinung rate ich dir!« Aber Kreon wies, wie damals Oidipus, den Wahrsager mit kränkenden Worten zurück, schalt ihn geldgierig und bezeichnete ihn der Lüge. Da entbrannte das Gemüt des Sehers, und ohne Schonung zog er von den Augen des Königs den Schleier weg, der die Zukunft bedeckte. »Wisse«, sprach er, »daß die Sonne nicht untergehen wird, ehe du aus deinem eigenen Blute einen Leichnam für zwei Leichen zum Ersatze bringst. Doppelten Frevel begehst du, indem du den Toten der Unterwelt vorenthältst, der ihr gebührt, und die Lebende, die der Oberwelt angehört, nicht heraufläßest zu ihr! Schnell entführe mich, Knabe! Lassen wir diesen Mann mit seinem Unglück allein!« So ging er an der Hand seines Führers, auf seinen Seherstab gestützt, davon.

Kreons Strafe

Der König blickte dem zürnenden Wahrsager bebend nach. Er berief die Ältesten der Stadt zu sich und befragte sie, was zu tun sei. »Entlaß die Jungfrau aus der Höhle, bestatte den preisgegebenen Leib des Jünglings!« lautete ihr einstimmiger Rat. Schwer kam es dem unbeugsamen Herrscher an, nachzugeben. Aber das Herz war ihm entsunken. So willigte er geängstigt darein, den einzigen Ausweg zu ergreifen, der das Verderben, das der Seher verkündigt hatte, von seinem Hause abwälzen könnte. Er selbst machte sich mit Dienern und Gefolge zuerst nach dem Felde, wo Polyneikes lag, und dann nach dem Grabgewölbe, in welches Antigone verschlossen worden war, auf, und im Palast blieb seine Gemahlin Eurydike allein zurück. Diese vernahm bald auf den Straßen ein Klagegeschrei, und als sie auf den immer lauter werdenden Ruf ihre Gemächer endlich verließ und in den Vorhof ihres Palastes hinaustrat, kam ihr ein Bote entgegen, der ihrem Gemahl als Führer nach dem hohen Blachfelde gedient hatte, wo der Leib seines Neffen erbarmungslos zerrissen, bis hierher nicht begraben lag. »Wir beteten zu den Göttern der Unterwelt«, erzählte der Bote, »badeten den Toten im heiligen Bade und verbrannten dann den Überrest seines bejammernswürdigen Leichnams. Nachdem wir ihm aus vaterländischer Erde einen Grabhügel aufgetürmt, gingen wir nach dem steinernen Gewölbe, in das die Jungfrau hinabgestiegen war, ihr Leben dort im elenden Hungertode zu enden. Hier vernahm ein vorangeeilter Diener schon aus der Ferne helltönende Jammerlaute vom Tore des grauenvollen Gemaches her. Er eilte zu unserem Herrn zurück, ihm solches kundzutun. Aber auch zu seinem Ohr war jener betrübliche Klagelaut schon gedrungen, und er hatte darin die Stimme des Sohnes erkannt. Wir Diener eilten auf sein Geheiß heran und blickten durch den Felsenspalt. Wehe uns, was mußten wir hier schauen? Tief im Hintergrunde der Höhle sahen wir die Jungfrau Antigone in den Schlingen ihres Schleiers aufgeknüpft und schon entseelt. Vor ihr lag, ihren Leib umschlingend, dein Sohn Haimon, in heulender Wehklage die entrissene Braut bejammernd und des Vaters Untat verfluchend. Inzwischen war dieser vor der Kluft angekommen und wandelte tiefaufseufzend durch die offene Türe hinein. »Unseliger Knabe«, rief er, »auf was sinnest du? Was droht uns dein verirrter Blick? Komm heraus zu deinem Vater! Flehend, auf den Knien liegend, beschwöre ich dich!« Doch der Sohn starrte ihn in Verzweiflung an und riß ohne Antwort sein zweischneidiges Schwert aus der Scheide, der Vater stürzte zu dem Gewölbe hinaus und entwich dem Stoße. Hierauf bückte der unglückselige Haimon sich selbst über sein Schwert und trieb den Stahl tief durch seine Seite. Er sank, aber noch sinkend schlang er seinen Arm fest um die Leiche der Braut und liegt jetzt tot, wie er die Tote gefaßt hatte, in der Grabeshöhle.« Eurydike hörte diese Botschaft schweigend an und enteilte dann, ohne ein gutes oder böses Wort zu sprechen. Dem verzweifelnden König, der, von Dienern begleitet, welche die Leiche seines einzigen Sohnes trugen, jammernd in den Palast zurückkehrte, kam die Nachricht entgegen, daß im Innern des Hauses seine Gemahlin entseelt in ihrem Blute liege, mit einer tiefen Schwertwunde im Herzen.

Bestattung der thebanischen Helden

Vom ganzen Stamme des Oidipus war jetzt, außer zwei Söhnen der gefallenen Brüder, nur noch Ismene übrig. Von ihr erzählt die Sage nichts; sie starb unvermählt oder kinderlos, und mit ihrem Tode erlosch das unselige Geschlecht. Von den sieben Helden, die gegen Theben ausgezogen waren, entkam dem unglücklichen Sturme und der letzten Schlacht der König Adrastos allein, den sein unsterbliches Roß, Arion, von Poseidon und Demeter erzeugt, auf geflügelter Flucht rettete. Er erreichte glücklich Athen, nahm dort seine Zuflucht als Schutzflehender an dem Altar der Barmherzigkeit und flehte, einen Ölzweig in der Hand, die Athener an, ihn zu unterstützen, daß er die vor Theben gefallenen Helden und Mitbürger zu ehrlicher Bestattung sich erstreiten könnte. Die Athener erhörten seinen Wunsch und zogen unter Theseus mit ihm zu Felde. Die Thebaner wurden gezwungen, die Beerdigung zu gestatten. Nun errichtete Adrastos den Leichnamen der gefallenen Helden sieben getürmte Scheiterhaufen und hielt am Asopos, dem Apollon zu Ehren, ein Wettrennen. Als der Scheiterhaufen des Kapaneus brannte, stürzte sich seine Gattin, Euadne, des Iphis Tochter, hinein und verbrannte zugleich mit ihm. Der Leichnam des Amphiaraos, den die Erde verschlungen hatte, war nicht zum Begräbnis aufgefunden worden. Es schmerzte den König, seinem Freunde diese letzte Ehre nicht bezeigen zu können. »Ich vermisse«, sprach er, »das Auge meines Heeres, den Mann, der beides war, der trefflichste Seher und der tapferste Kämpfer im Streit!« Als die feierliche Bestattung vorüber war, errichtete Adrastos der Nemesis oder Vergeltung einen schönen Tempel vor Theben und zog mit seinen Bundesgenossen, den Athenern, wieder aus dem Lande.

Die Epigonen

Zehn Jahre nachher entschlossen sich die Söhne der vor Theben umgekommenen Helden, Epigonen oder Nachkömmlinge genannt, zu einem neuen Feldzuge gegen diese Stadt, den Tod ihrer Väter zu rächen. Es waren ihrer acht: Alkmaion und Amphilochos, die Söhne des Amphiaraos, Aigialeus, der Sohn Adrastos'; Diomedes, der Sohn des Tydeus, Promachos, des Parthenopaios Sohn, Sthenelos, der Sohn des Kapaneus, Thersandros, des Polyneikes und Euryalos, des Mekistheus Sohn. Auch der alte König Adrastos, aus dem Kampfe der Väter allein noch übrig, gesellte sich zu ihnen, übernahm jedoch den Oberbefehl nicht, sondern wollte ihn einem jüngeren und rüstigeren Helden lassen. Da befragten die Verbündeten das Orakel des Apollon darüber, wen sie zum Anführer wählen sollten. Dieses bezeichnete ihnen den Alkmaion, des Amphiaraos Sohn. Also ward Alkmaion von ihnen zum Feldherrn gewählt. Er aber war ungewiß, ob er diese Würde annehmen dürfte, bevor er den Vater gerächt; deswegen ging er auch hin zum Gott und befragte das Orakel. Apoll antwortete ihm, er solle beides ausführen. Seine Mutter Eriphyle war bisher nicht nur im Besitz des verderblichen Halsbandes gewesen, sie hatte sich auch das zweite unheilbringende Geschenk Aphrodites, den Schleier, zu verschaffen gewußt. Thersandros, der Sohn des Polyneikes, der den Schleier als Erbe besaß, hatte ihn ihr, wie einst sein Vater das Halsband, geschenkt, und sie damit bestochen, daß sie ihren

Sohn Alkmaion überreden sollte, an dem Feldzuge gegen Theben teilzunehmen. Dem Orakelspruch gehorsam, übernahm Alkmaion den Oberbefehl und verschob seine Rache auf die Heimkehr. Er brachte nicht nur aus Argos selbst ein ansehnliches Heer zusammen, sondern viel kampflustige Krieger aus den Nachbarstädten vereinigten sich mit ihm, und nun führte er eine ansehnliche Streitmacht unter Thebens Tore. Hier erneuerte sich durch die Söhne der hartnäckige Kampf, wie er zehn Jahre früher von den Vätern gekämpft worden war. Aber die Söhne waren glücklicher als die Väter, und der Sieg entschied sich für Alkmaion. In der Hitze des Streites fiel nur einer der Epigonen, Aigialeus, der Sohn des Königs Adrastos, welchen der Anführer der Thebaner, Laodamas, des Eteokles Sohn, mit eigener Hand tötete; dafür wurde er von Alkmaion, dem Feldherrn der Epigonen, erschlagen. Nach dem Verlust ihres Führers und vieler Mitbürger verließen die Thebaner das Schlachtfeld und flohen hinter ihre Mauern zurück. Hier suchten sie Rat bei dem blinden Teiresias, dem Seher, der, jetzt wohl hundert Jahre alt, noch immer in Theben lebte. Er riet ihnen, den einzigen Rettungsweg einzuschlagen und, während sie einen Herold mit Friedensaufträgen an die Argiver absendeten, die Stadt zu verlassen. Sie gingen auf den Vorschlag ein, fertigten einen Abgesandten an die Feinde ab, und während dieser unterhandelte, luden sie ihre Kinder und Frauen auf Wagen und flohen aus der Stadt. Im Dunkel der Nacht kamen sie in eine Stadt Boiotiens, die Tilphussa hieß. Aus dem Quell, der bei der Stadt floß, tat der blinde Teiresias, der selbst geflüchtet war, einen kalten Trunk und starb. Noch in der Unterwelt wurde der weise Seher ausgezeichnet. Er lief nicht gedankenlos umher wie andere Schatten, sondern sein hoher Sinn und Seherverstand waren ihm geblieben. Seine Tochter Manto hatte die Flucht nicht geteilt; sie war in Theben zurückgelassen worden und fiel hier den Eroberern, welche die verödete Stadt besetzten, in die Hände. Diese hatten ein Gelübde getan, das Beste, was sie von Beute in Theben finden würden, dem Apollon zu weihen. Nun urteilten sie, daß dem Gott kein Teil der Beute besser gefallen könne, als die Seherin Manto, welche die göttliche Gabe von ihrem Vater ererbt hatte, und nicht in geringerem Maße besaß. Deswegen brachten die Epigonen dieselbe nach Delphi und weihten sie hier dem Gott als Priesterin. Hier wurde sie immer vollkommener in der Wahrsagekunst und anderer Weisheit und bald die berühmteste Seherin ihrer Zeit. Oft sah man bei ihr einen greisen Mann aus- und eingehen, den sie herrliche Gesänge lehrte, die bald in ganz Griechenland wiedertönten. Es war der Maionier Homer.

Alkmaion und das Halsband

Als Alkmaion von Theben zurückgekehrt war, dachte er darauf, auch den zweiten Teil des Orakelspruches zu erfüllen und an seiner Mutter, der Mörderin seines Vaters, Rache zu nehmen. Seine Erbitterung gegen sie war noch gewachsen, als er nach seiner Zurückkunft erfahren hatte, daß Eriphyle, auch ihn zu verraten, Geschenke genommen habe. Er glaubte sie nicht länger schonen zu müssen, überfiel sie mit dem Schwert und ermordete sie. Dann nahm er das Halsband und den Schleier zur Hand und verließ das elterliche Haus, das ihm ein Greuel geworden war. Aber obgleich die Rache des Vaters ihm vom Orakel befohlen war, so war doch auch wieder der Muttermord für sich ein Frevel wider die Natur, und die Götter konnten ihn nicht ungestraft lassen. So wurde denn zur Verfolgung des Alkmaion eine Erinnye gesandt und er mit Wahnsinn geschlagen. In diesem Zustande kam er zuerst nach Arkadien zum König Oïkleus. Aber hier gönnte ihm die Erinnye keine Ruhe, und er mußte weiter wandern. Endlich fand er eine Zufluchtsstätte zu Phokis bei dem König Phegeus. Von diesem entsündigt, erhielt er die Hand seiner Tochter Arsinoë, und die verhängnisvollen Geschenke, Halsband und Schleier, wanderten nun in ihren Besitz. Alkmaion war jetzt zwar vom Wahnsinn frei, der Fluch jedoch noch nicht ganz von seinem Haupt genommen, denn das Land seines Schwähers wurde um seiner Anwesenheit willen mit Unfruchtbarkeit heimgesucht. Alkmaion befragte das Orakel; dieses aber fertigte ihn mit dem trostlosen Ausspruche ab: er sollte Ruhe finden, wenn er in ein Land gekommen, das bei seiner Mutter Ermordung noch nicht vorhanden gewesen sei. Es hatte nämlich Eriphyle sterbend jedes Land verflucht, das den Muttermörder aufnehmen würde. Trostlos verließ Alkmaion seine Gattin und seinen kleinen Sohn Klytios und ging hinaus in die weite Welt. Nach langem Umherirren fand er endlich doch, was ihm die Wahrsagung verheißen hatte. Er kam an den Strom Acheloos und fand hier eine Insel, die dieser erst seit kurzem angesetzt hatte. Hier ließ er sich nieder und ward von seiner Plage ganz frei. Aber die Befreiung von dem Fluche und das neue Glück machten sein Herz übermütig: er vergaß seiner früheren Gemahlin Arsinoë und seines kleinen Sohnes und vermählte sich abermals mit der schönen Kallirrhoë, der Tochter des Stromgottes Acheloos, die ihm auch bald nacheinander zwei Söhne, Akarnan und Amphoteros, gebar. Wie aber dem Alkmaion überall der Ruf von den unschätzbaren Kleinodien voranging, in deren Besitz man ihn glaubte, so fragte auch seine junge Gemahlin gar bald nach dem herrlichen Halsband und Schleier. Diese Schätze jedoch hatte Alkmaion in den Händen seiner ersten Gattin gelassen, als er diese heimlich verließ. Nun sollte seine neue Gemahlin nichts von jenem früheren Ehebund erfahren; so erdichtete er einen Ort in der Ferne, wo er die Kostbarkeiten aufgehoben hätte, und machte sich anheischig, ihr dieselben zu holen. Nun wanderte er nach Phokis zurück, trat wieder vor seinen ersten Schwiegervater und seine verstoßene Gattin und entschuldigte sich wegen seiner Entfernung mit einem Reste von Wahnsinn, der ihn ausgetrieben habe und noch immer verfolge. »Frei vom Fluche zu werden und wieder zurückzukehren«, sprach der Falsche, »gibt es, wie mir geweissagt ist, nur ein Mittel: wenn ich das Halsband und den Schleier, die ich dir geschenkt habe, dem Gott nach Delphi als

Weihgeschenk bringe.« Durch diese Trugworte ließen Phegeus und seine Tochter sich bereden und gaben beides her. Alkmaion machte sich mit seinem Raube fröhlich davon; er ahnte nicht, daß die unheilvollen Gaben endlich auch ihm den Untergang bringen müßten. Es hatte nämlich einer seiner Diener, der um das Geheimnis wußte, dem König Phegeus anvertraut, daß Alkmaion eine zweite Gattin habe und den Schmuck zu sich genommen, um ihn dieser zu bringen. Nun machten sich die Brüder der verstoßenen Gemahlin auf seine Spur, eilten ihm zuvor, erlauerten ihn in einem Hinterhalt und stießen den sorglos Einherziehenden nieder. Halsband und Schleier brachten sie ihrer Schwester zurück und rühmten sich der Rache, die sie für sie genommen. Aber Arsinoë liebte auch den ungetreuen Alkmaion noch und verwünschte ihre Brüder, als sie seinen Tod vernahm. Jetzt sollten die verderblichen Geschenke ihre Kraft auch an Arsinoë bewähren. Die erbitterten Brüder glaubten den Undank der Schwester nicht hart genug bestrafen zu können; sie ergriffen sie, sperrten sie in eine Kiste und führten sie in derselben zu ihrem Gastfreunde, dem König Agapenor, nach Tegea, mit der falschen Botschaft, daß Arsinoë die Mörderin des Alkmaion sei. So starb sie eines elenden Todes.

Inzwischen hatte Kallirrhoë den kläglichen Untergang ihres Gatten Alkmaion erfahren, und mit dem tiefsten Schmerz durchzuckte sie das Verlangen nach schneller Rache. Sie warf sich auf ihr Angesicht nieder und flehte zu Zeus, daß er ein Wunder tun und ihre kleinen Söhne, Akarnan und Amphoteros, plötzlich mannbar werden lassen sollte, damit sie die Mörder ihres Vaters bestrafen könnten. Da Kallirrhoë schuldlos war, erhörte Zeus ihre Bitte und die Söhne, die als unmündige Knaben zu Bette gegangen waren, erwachten als bärtige Männer voll Tatkraft und Rachelust. Sie zogen aus und wandten sich zuerst nach Tegea. Hier kamen sie gerade um dieselbe Zeit an, als die Söhne des Phegeus, Pronoos und Agenor, mit ihrer unglücklichen Schwester, Arsinoë, dort angelangt und im Begriff waren, nach Delphi zu reisen, um dort den heillosen Schmuck Aphrodites im

Tempel Apolls als Weihgeschenk niederzulegen. Diese wußten nicht, wen sie vor sich hatten, als die bärtigen Jünglinge auf sie eindrangen, den Mord ihres Vaters zu rächen, und ehe sie den Grund ihres Angriffs erfahren hatten, waren sie erschlagen. Die Söhne Alkmaions rechtfertigten sich bei Agapenor und erzählten ihm den wahren Hergang der Sachen; sie wandten sich dann nach Psophis, traten hier in den Palast und töteten den König Phegeus mitsamt seiner Gemahlin. Verfolgt und gerettet, verkündeten sie ihrer Mutter die vollbrachte Rache; dann zogen sie nach Delphi und legten, nach dem Rate ihres Großvaters Acheloos, Halsband und Schleier als Weihgeschenk im Tempel Apolls nieder. Als dies geschehen war, erlosch der Fluch, der auf dem Hause des Amphiaraos gelegen, und seine Enkel, die Söhne Alkmaions und Kallirrhoës, sammelten Ansiedler in Epirus und gründeten Akarnanien. Klytios, der Sohn Alkmaions und Arsinoës, hatte nach des Vaters Ermordung seine mütterlichen Verwandten mit Abscheu verlassen und in Elis eine Zuflucht gefunden.

Die Sage von den Herakliden

Die Herakliden kommen nach Athen

Als Herakles in den Himmel versetzt war und sein Vetter Eurystheus, König von Argos, ihn nicht mehr zu fürchten hatte, verfolgte seine Rache die Kinder des Halbgottes, deren größerer Teil mit Alkmene, der Mutter des Helden, zu Mykene, der Hauptstadt von Argos, lebte. Sie entflohen seinen Nachstellungen und begaben sich in den Schutz des Königs Keyx zu Trachis. Als aber Eurystheus von diesem kleinen Fürsten ihre Auslieferung verlangte und ihn mit einem Kriege bedrohte, hielten sie sich unter seinem Schutze nicht mehr für sicher, verließen Trachis und flüchteten sich durch Griechenland. Vaterstelle bei ihnen vertrat der berühmte Neffe und Freund des Herakles, der Sohn des Iphikles, Iolaos. Wie dieser in jungen Jahren mit Herakles alle Mühsale und Abenteuer geteilt hatte, so nahm er jetzt auch, schon ergraut, die verlassene Kinderschar des Freundes unter seine Flügel und schlug sich mit ihnen durch die Welt. Ihre Absicht war, sich den Besitz des Peloponnes, den ihr Vater erobert hatte, zu sichern; so kamen sie, unablässig von Eurystheus verfolgt, nach Athen, wo der Sohn des Theseus, Demophon, regierte, der den unrechtmäßigen Besitzer des Thrones, Menestheus, eben verdrängt hatte. Zu Athen lagerte sich die Schar auf der Agora oder dem Markt, am Altar des Zeus, und flehte den Schutz des athenischen Volkes an. Noch nicht lange saßen sie so, als auch schon wieder ein Herold des Königs Eurystheus einhergeschritten kam. Er stellte sich trotzig vor Iolaos hin und sprach in höhnendem Tone: »Du meinst wohl gar hier einen sicheren Sitz gefunden zu haben und in eine verbündete Stadt gekommen zu sein, törichter Iolaos! Freilich, es wird auch jemand einfallen, deine unnütze Bundesgenossenschaft mit der des mächtigen Eurystheus zu vertauschen! Darum fort von hier mit allen deinen Sippen gen Argos, wo euer nach Urteil und Recht die Steinigung wartet!« Iolaos antwortete ihm getrost: »Das sei ferne! Weiß ich doch, daß dieser Altar eine Stätte ist, die mich nicht nur vor dir, dem Unmächtigen, sondern selbst vor den Heerscharen deines Herrn schützen wird, und daß es das Land der Freiheit ist, in welches wir uns gerettet haben.« – »So wisse«, entgegnete ihm Kopreus – so hieß der Herold –, »daß ich nicht allein komme, sondern hinter mir eine genügende Macht, welche deine Schützlinge bald von dieser vermeintlichen Freistätte hinwegreißen wird!«

Bei diesen Worten erhoben die Herakliden einen Klageruf, und Iolaos wandte sich mit lauter Stimme an die Bewohner Athens: »Ihr frommen Bürger!« rief er, »duldet es nicht, daß die Schützlinge eures Zeus mit Gewalt fortgeführt werden, daß der Kranz, den wir als Flehende auf dem Haupte tragen, besudelt wird, daß die Götter Entehrung und eure ganze

Stadt Schmach treffe.« Auf diesen durchdringenden Hilferuf strömten die Athener von allen Seiten auf den Markt herbei und sahen nun erst die Schar der Flüchtlinge um den Altar sitzen. »Wer ist der ehrwürdige Greis! Wer sind die schönen lockigen Jünglinge?« so tönt es von hundert Lippen zugleich. Als sie vernahmen, daß es Herakles' Söhne seien, die den Schutz der Athener anflehten, ergriff die Bürger nicht nur Mitleid, sondern auch Ehrfurcht, und sie riefen dem Herold, der bereit schien, Hand an einen der Flüchtlinge zu legen, zu, von dem Altar zurückzutreten und sein Begehren bescheidentlich dem König des Landes vorzutragen. »Wer ist der König dieses Landes?« fragte Kopreus, durch die entschiedene Willensäußerung der Bürger eingeschüchtert. »Es ist ein Mann«, war die Antwort, »dessen Schiedsrichterspruche du dich gar wohl unterwerfen darfst. Demophon, der Sohn des unsterblichen Theseus, ist unser König.«

Demophon

Es dauerte nicht lange, so hatte den König in seiner Burg die Kunde erreicht, daß der Markt von Flüchtlingen besetzt und fremde Heeresmacht mit einem Herold erschienen sei, sie zurückzufordern. Er selbst begab sich auf den Markt und vernahm aus dem Munde des Herolds das Begehren des Eurystheus. »Ich bin ein Argiver«, sprach zu ihm Kopreus, »und Argiver, über die mein Herr Gewalt hat, sind es, die ich wegführen will. Du wirst nicht so sinnverlassen sein, o Sohn des Theseus, daß du, allein von ganz Griechenland, dich des ratlosen Unglücks dieser Flüchtlinge erbarmest und einen Kampf mit der Kriegsmacht des Eurystheus und seiner mächtigen Bundesgenossenschaft vorziehest!«

Demophon war ein weiser und besonnener Mann. »Wie sollte ich«, sprach er auf die heftige Rede des Herolds, »die Sache richtig ansehen und den Streit entscheiden können, ehe ich beide Parteien angehört habe? Darum sprich du, Führer dieser Jünglinge, was hast du für dein Recht zu sagen?« Iolaos, an den diese Worte gerichtet waren, erhob sich von den Stufen des Altars, neigte sich ehrerbietig vor dem König und hob an: »König, nun erfahre ich zum ersten Male, daß ich in einer freien Stadt bin; denn hier gilt reden lassen und anhören; anderswo aber bin ich mit meinen Schützlingen verstoßen worden, ohne daß mir Gehör geschenkt worden wäre. Nun höre mich. Eurystheus hat uns aus Argos vertrieben; keine Stunde hätten wir länger in seinem Lande verweilen dürfen. Wie kann er nun uns noch Untertanen heißen, noch als auf Argiver auf mich und diese Anspruch machen, die er aller Untertanenrechte und dieses Namens selbst beraubt hat? Es müßte denn derjenige, der aus Argos geflohen ist, auch ganz Griechenland meiden müssen! Nein, wenigstens Athen nicht! Die Einwohner dieser heldenmütigen Stadt werden die Söhne des Herakles nicht aus ihrem Lande jagen. Ihr König wird die Schutzflehenden nicht vom Altar der Götter reißen lassen. Seid getrost, meine Kinder, wir sind im Lande der Freiheit, ja noch mehr, wir sind bei Verwandten angekommen. Denn wisse, König dieses Landes, daß du keine Fremdlinge beherbergest. Dein Vater Theseus und Herakles, der Vater dieser verfolgten Söhne, waren beide Urenkel des Pelops. Noch mehr, sie beide waren Waffenbrüder; ja, der Vater dieser Kinder hat deinen Vater aus der Unterwelt erlöst.« Als Iolaos so gesprochen, umfaßte er die Knie des Königs, ergriff seine Hand und sein Kinn und gebärdete sich in allem, wie im Altertum ein Schutzflehender sich zu gebärden pflegte. Der König aber hob ihn von dem Boden auf und sprach: »Dreifache Nötigung drängt mich, deine Bitte nicht abzuweisen, o Held. Zuerst Zeus und dieser heilige Altar; dann die Verwandtschaft und endlich die Wohltaten, die ich vom Vater her dem Herakles schulde. Lasse ich euch vom Altar hinwegreißen, so wäre dies Land nicht mehr das Land der Freiheit, der Götterfurcht und der Tugend! Darum, du Herold, kehre nach Mykene zurück und melde solches deinem Herrscher. Nimmermehr wirst du diese mit dir führen!« »Ich gehe«, sprach Kopreus und erhob drohend seinen

Heroldsstab, »aber ich komme wieder mit argivischer Heeresmacht. Zehntausend Schildträger harren auf den Wink meines Königs: er selbst wird ihr Führer sein. Wisse! sein Heer ist schon an deiner Grenze gelagert.« – »Geh zum Hades«, sprach Demophon verächtlich, »ich fürchte dich und dein Argos nicht!«

Der Herold entfernte sich, und jetzt sprangen die Söhne des Herakles, eine ganze Schar blühender Jünglinge und Knaben, freudig vom Altar auf und bewillkommneten mit Gruß und Handschlag ihren Blutsverwandten, den König der Athener, in welchem sie ihren großmütigen Retter sahen. Iolaos führte abermals das Wort für sie und dankte dem trefflichen Manne und den Bürgern der Stadt mit Worten voll Rührung: »Wenn uns je wieder Heimkehr beschert ist«, sprach er, »und wenn ihr Kinder Haus und Würden eures Vaters Herakles wieder in Besitz nehmet, so vergesset diese eure Rettung und Freunde nie, und nimmer laßt euch einfallen, diese gastliche Stadt mit Krieg zu überziehen, sondern erblicket vielmehr in ihr die liebste Freundin und treueste Bundesgenossin!«

Der König Demophon traf nun alle Anstalten, das Heer seines neuen Feindes gerüstet zu empfangen; er versammelte die Seher und veranstaltete feierliche Opfer. Dem Iolaos und seinen Schützlingen wollte er Wohnungen im Palast anweisen. Aber Iolaos erklärte, den Altar des Zeus nicht verlassen und mit allen den Seinigen unter Gebeten für das Heil der Stadt hier verharren zu wollen. »Erst wenn der Sieg mit der Götter Hilfe errungen ist«, sprach er, »wollen wir unsere müden Leiber unter dem Dache der Gastfreunde bergen.« – Inzwischen bestieg der König den höchsten Turm seiner Burg und beobachtete das heranziehende Heer der Feinde, dann sammelte er die Streitmacht der Athener, traf alle kriegerischen Anordnungen, beratschlagte mit den Sehern und war bereit, die feierlichen Opfer darzubringen. Am Altar des Zeus war indes Iolaos und seine Schar in flehenden Gebeten begriffen, als Demophon mit schnellen Schritten und verstörtem Gesicht auf sie zugegangen kam. »Was ist zu tun, ihr

Freunde«, rief er ihnen sorgenvoll entgegen; »wohl ist mein Heer gerüstet, die nahenden Argiver zu empfangen, aber der Ausspruch aller meiner Seher knüpft den Sieg an eine Bedingung, die nicht zu erfüllen ist. Das Lied der Orakel, sagen sie, lautet so: Ihr sollt kein Kalb oder keinen Stier schlachten, sondern eine Jungfrau, die vom edelsten Geschlecht ist; nur dann dürft ihr, nur dann darf die Stadt auf Sieg und Rettung hoffen! Wie soll nun aber solches geschehen? Ich selbst habe blühende Töchter in meinem Königshause; aber wer darf dem Vater zumuten, ein solches Opfer zu bringen? Und welcher andere der edelsten Bürger, der eine Tochter hat, wird sie, wenn ich es auch wagen wollte, sie ihm abzuverlangen, mir ausliefern? So würde mir, während ich den auswärtigen Krieg zu beendigen bedacht bin, in der Stadt selbst der Bürgerkrieg erwachen!« Mit Schrecken hörten die Söhne des Herakles die angstvollen Zweifel ihres Beschützers. »Wehe uns«, rief Iolaos, »die wir Schiffbrüchigen gleichen, die schon den Strand erreicht haben und vom Sturm wieder in die hohe See herausgeschleudert werden! Eitle Hoffnung, warum hast du uns in deine Träume eingewiegt? Wir sind verloren, Kinder: nun wird er uns ausliefern und können wir's ihm verdenken?« Doch auf einmal blitzte ein Strahl der Hoffnung in dem Auge des Greises. »Weißt du, was mir der Geist eingibt, König, was uns alle retten wird? Hilf mir dazu, daß es geschieht! Liefere mich dem Eurystheus aus, anstatt dieser Söhne des Herakles! Gewiß würde jener am liebsten mir, dem steten Begleiter des großen Helden, einen schmählichen Tod antun. Ich aber bin ein alter Mann, gern opfere ich meine Seele für diese Jünglinge!« – »Dein Anerbieten ist edel«, erwiderte Demophon traurig, »aber es kann uns nicht helfen. Meinst du, Eurystheus werde sich mit dem Tode eines Greises zufriedenstellen? Nein, das Geschlecht des Herakles selbst, das junge, blühende, will er ausrotten. Weißt du einen anderen Rat, so sage mir ihn, dieser aber ist vergeblich.«

Makaria

Jetzt entstand ein solches Wehklagen nicht nur unter den Herakliden, sondern auch unter den Bürgern Athens, daß das laute Jammergeschrei empordrang bis zur Königsburg. Dort waren bald nach dem Einzuge der Flüchtlinge die greise Mutter des Herakles, Alkmene, von Alter und Leid gebeugt, und seine blühende Tochter Makaria, die ihm Deïaneira geboren hatte, vor den Blicken der Neugierigen von Demophon geborgen worden und lebten in stiller Erwartung dessen, das da kommen sollte. Alkmene, hochbejahrt und in sich gekehrt, vernahm von dem, was draußen vorging, nichts. Ihre Enkelin aber horchte auf die Jammerlaute, die aus der Tiefe emporstiegen. Es ergriff sie eine Angst um das Schicksal ihrer Brüder, und sie eilte, nicht bedenkend, daß sie allein und eine in tiefer Zurückgezogenheit aufgewachsene Jungfrau sei, in das Gewühl des Marktes hinunter. Die versammelten Bürger mit ihrem König und nicht weniger Iolaos mit seinen Schützlingen erstaunten, als sie die Jungfrau in ihre Mitte treten sahen. Diese hatte sich eine Weile unter dem Haufen verborgen gehalten und auf diese Weise erlauscht, in welcher Not sich Athen und die Herakliden befänden und welch ein verhängnisvoller Orakelspruch einem glücklichen Erfolge jeden Ausweg zu versperren schien. Mit festen Schritten trat sie daher vor den König Demophon und sprach: »Ihr suchet ein Opfer, das euch den glücklichen Ausgang des Krieges verbürge und durch dessen Tod meine armen Brüder vor der Wut des Tyrannen geschützt werden mögen; eine reine Jungfrau aus edlem Stamme sollet ihr schlachten. Habt ihr denn gar nicht daran gedacht, daß die jungfräuliche Tochter des adeligsten Sterblichen, des Herakles, in eurer Mitte weilt? Ja, ich selbst biete mich als Opfer an, das den Göttern um so willkommener sein muß, da es freiwillig ist. Wenn diese Stadt edelmütig genug für die Nachkommen des Herakles einen gefahrvollen Krieg unternimmt und ihre Söhne zu Hunderten opfern wird, wie sollte sich unter seiner Nachkommenschaft nicht auch ein Leben finden, das bereit ist, so trefflichen Männern durch seine Opferung den Sieg zu sichern? Wir wären nicht wert, beschirmt und gerettet zu werden, wenn keines unter uns so dächte! Darum führet mich immerhin an den Ort, wo mein Leib geopfert werden soll, bekränzet mich, wie man ein Opfertier bekränzet, zücket den Stahl, meine Seele wird willig entfliehen!« – Iolaos und alle Umstehenden schwiegen lange, nachdem das heldenmütige Mädchen ihre feurige Anrede längst geendet hatte. Endlich sprach der Führer der Herakliden: »Jungfrau, du hast deines Vaters würdig gesprochen; ich schäme mich deiner Worte nicht, obwohl ich dein Geschick beweine. Mir aber deuchte billig, daß alle Töchter deines Stammes zusammenkämen, und das Los entschiede, welche für ihre Brüder sterben soll!« – »Ich möchte nicht durch das Los sterben«, antwortete Makaria freudig, »aber zögert nicht lange, daß nicht der Feind euch überfalle und der Orakelspruch vergebens euch verliehen sei. Heißet die Frauen des Landes mit mir gehen, daß ich nicht vor Männeraugen sterbe.«

So ging die hochgesinnte Jungfrau, von den edelsten Frauen Athens begleitet, freiwilligem Tode entgegen.

Die Rettungsschlacht

Bewunderungsvoll blickten der scheidenden Jungfrau König und Bürger Athens, voll Wehmut und Schmerz die Herakliden und Iolaos nach. Aber das Schicksal erlaubte beiden Teilen nicht, ihren Gedanken und Empfindungen nachzuhängen. Denn kaum war Makaria verschwunden, als ein Bote mit freudiger Miene und lautem Rufe dem Altar zugerannt kam. »Seid gegrüßt, ihr lieben Söhne!« rief er, »sagt mir, wo ist der Greis Iolaos, ich habe ihm Freudenbotschaft zu bringen!« Iolaos erhob sich vom Altar, aber er konnte den tiefen Schmerz nicht mit einem Mal aus den Zügen verbannen, so daß der Bote selbst ihn vor allen Dingen nach der Ursache seiner Traurigkeit fragen mußte. »Ein häuslicher Kummer bedrückt mich«, erwiderte der alte Held, »forsche nicht weiter, sage mir lieber, was dein fröhlicher Blick Gutes bringt!« – »Kennst du mich denn nicht mehr«, sprach jener, »den alten Diener des Hyllos, der ein Sohn ist des Herakles und der Deïaneira? Du weißt, daß mein Herr sich auf der Flucht von euch getrennt hat, um Bundesgenossen zu werben. Nun ist er zur guten Stunde mit einem mächtigen Heere gekommen und steht dem König Eurystheus gerade gegenüber gelagert.« Eine freudige Bewegung durchlief die Schar der Flüchtlinge, die den Altar umringt hielten, und teilte sich auch den Bürgern mit. Die greise Alkmene selbst lockte diese frohe Botschaft aus den Frauengemächern des Palastes hervor, und der alte Iolaos, auf keine Widerrede achtend, ließ sich Streitwaffen bringen und schnallte sich den Harnisch an den Leib. Er empfahl die Obhut über die Kinder seines Freundes und ihre Großmutter den Ältesten Athens, die in der Stadt zurückblieben. Mit der jungen Mannschaft Athens und ihrem König Demophon zog er selbst aus, sich mit dem Heere des jungen Hyllos zu vereinigen. Als nun die verbündete Schar in schöner Schlachtordnung stand und das Feld weithin von blanken Waffenrüstungen glänzte, gegenüber aber auf einen Steinwurf das gewaltige Heer des Königs Eurystheus, er selbst an der Spitze, seine unabsehbaren Reihen dehnte, da stieg Hyllos, der Sohn des Herakles, von seinem Streitwagen, stellte sich mitten in die Gasse, welche die feindlichen Heere noch freigelassen hatten, und rief dem gegenüberstehenden Argiverkönig zu: »Fürst Eurystheus! Ehe überflüssiges Blutvergießen seinen Anfang nimmt und zwei große Städte sich um weniger Menschen willen bekämpfen und mit Vernichtung bedrohen, höre meinen Vorschlag! Laß uns beide durch redlichen Zweikampf den Streit entscheiden; falle ich von deiner Hand, so magst du die Kinder des Herakles, meine Geschwister, mit dir führen, und handeln mit ihnen, wie dir gefällt; wird mir aber gegeben, dich zu fällen, so soll die väterliche Würde und seine Wohnung und Herrschaft im Peloponnes mir und den Seinigen allen gesichert sein!« Das Heer der

Verbündeten gab durch lauten Zuruf seinen Beifall zu erkennen, und auch die Scharen der Argiver murrten zustimmend herüber. Nur der arge Eurystheus, wie er schon vor Herakles seine Feigheit bewiesen hatte, schonte auch jetzt seines Lebens, wollte von dem Vorschlage nichts hören und verließ die Schlachtreihe, an deren Spitze er stand, nicht. Auch Hyllos trat jetzt wieder zu seinem Heere zurück, die Seher opferten, und bald ertönte der Schlachtruf. »Mitbürger«, rief Demophon den Seinigen zu, »bedenkt, daß ihr für Haus und Herd, für die Stadt, die euch geboren und ernähret hat, kämpft!« Auf der anderen Seite beschwor Eurystheus die Seinigen, Argos und Mykene keinen Schimpf anzutun und dem Rufe dieses mächtigen Staates Ehre zu machen. Jetzt ertönten die tyrrhenischen Trompeten, Schild klang an Schild, Geräusch der Wagen, Stoß der Speere, Klirren der Schwerter erscholl, und dazwischen der Wehruf der Gefallenen. Einen Augenblick wichen die Verbündeten der Herakliden vor dem Stoße der argivischen Lanzen, die ihre Reihen zu durchbrechen drohten, doch bald wehrten sie die Feinde ab und rückten selbst vor; nun entstand erst das rechte Handgemenge, das den Kampf lange unentschieden ließ. Endlich wankte die Schlachtordnung der Argiver, ihre Schwerbewaffneten und ihre Streitwagen wandten sich zur Flucht. Da kam auch dem alten Iolaos die Lust an, seine Greisenjahre noch durch eine Tat zu verherrlichen, und als eben Hyllos auf seinem Streitwagen an ihm vorbeirollte, um dem fliehenden Feindesheer in den Nacken zu kommen, streckte er seine Rechte zu ihm empor und bat ihn, daß Hyllos ihn an seiner Statt seinen Wagen möge besteigen lassen. Hyllos wich ehrerbietig dem Freunde seines Vaters und dem Beschützer seiner Brüder, er stieg vom Wagen, und an seiner Statt schwang sich der alte Iolaos in den Sitz. Es wurde ihm nicht leicht, mit seinen greisen Händen das Viergespann zu bewältigen, doch trieb er es vorwärts und war an das Heiligtum der Athene gekommen, als er den fliehenden Wagen des Eurystheus in der Ferne dahinstäuben sah. Da erhob sich Iolaos in seinem Wagen und flehte zu Zeus und Hebe, der Göttin der Jugend, der unsterblichen Gemahlin seines in den Olymp versetzten Freundes Herakles, ihm nur für diesen Tag der Schlacht wieder Jünglingskraft zu verleihen, damit er sich an dem Feinde des Herakles rächen könne. Da war ein großes Wunder zu schauen: zwei Sterne senkten sich vom Himmel hernieder und setzten sich auf das Joch der Rosse, zugleich hüllte sich der ganze Wagen in eine dichte Nebelwolke; dies dauerte nur wenige Augenblicke, so waren Sterne und Nebel wieder verschwunden, in dem Wagen aber stand Iolaos verjüngt, mit braunen Locken, aufrechtem Nacken, nervigen Jünglingsarmen; in jugendfester Hand die Zügel des Viergespanns haltend. So stürmte er dahin und erreichte den Eurystheus, als er schon die skironischen Felsen im Rücken hatte, beim Eingang in ein Tal, durch welches der Argiver flüchten wollte. Eurystheus erkannte seinen Verfolger nicht und wehrte sich von seinem Wagen herab; aber die dem Iolaos von den Göttern verliehene Jünglingskraft siegte; er zwang seinen alten Gegner vom Wagen herunter, band ihn auf seinen eigenen fest und führte ihn so als den Erstling des Sieges dem verbündeten Heere zu. Jetzt war die Schlacht ganz gewonnen, das führerlose Heer der Argiver stürzte in wilder Flucht davon; alle Söhne des Eurystheus und unzählige Streiter wurden erschlagen, und bald war kein Feind auf attischem Boden mehr zu sehen.

Eurystheus vor Alkmene

Das Heer der Sieger war in Athen eingezogen, und Iolaos, der jetzt wieder in seiner vorigen Greisengestalt erschien, stand mit dem gedemütigten Verfolger des herkulischen Geschlechtes vor der Mutter des Herakles, Hände und Füße mit Fesseln gebunden. »Kommst du endlich, Verhaßter!« rief ihm die Greisin zu, als sie ihn vor ihren Augen stehen sah. »Hat dich nach so langer Zeit die Strafgerechtigkeit der Götter ergriffen? Senke dein Angesicht nicht so zur Erde, sondern blicke deinen Gegnern Aug' ins Auge. Du bist also der, der du meinen Sohn so viele Jahre hindurch mit Arbeit und Schmach überhäuft hast, ihn ausgesandt hast, giftige Schlangen und grimmige Löwen zu erwürgen, damit er im verderblichen Kampfe erliege, ihn hinuntergejagt hast in das finstere Reich des Hades, damit er dort der Unterwelt verfiele? Und nun treibest du mich, seine Mutter, und diese Schar seiner Kinder, so viel an dir ist, aus ganz Griechenland fort, und wolltest sie von den beschirmenden Altären der Götter hinwegreißen? Aber du bist auf Männer und eine freie Stadt gestoßen, die dich nicht gefürchtet haben. Jetzt ist's an dir, zu sterben, und du darfst dich glücklich preisen, wenn du nur sterben mußt. Denn da du mannigfachen Frevel verübt hast, so hättest du auch verdient, durch mancherlei Qual einen vielfachen Tod zu leiden!« Eurystheus wollte dem Weibe gegenüber keine Furcht zeigen, er raffte sich zusammen und sprach mit erzwungener Kaltblütigkeit: »Du sollst kein Wort aus meinem Munde hören, das einem Flehen gliche; ich weigere mich nicht zu sterben. Nur soviel sei mir vergönnt zu meiner Rechtfertigung zu sagen, daß nicht ich es gewesen bin, der freiwillig dem Herakles als Widersacher entgegengetreten. Hera, die Göttin, war es, die mir auftrug, diesen Kampf zu bestehen. Alles, was ich getan habe, ist in ihrem Auftrage geschehen. Da ich mir nun aber einmal wider Willen den mächtigen Mann und Halbgott zum Feinde gemacht, wie hätte ich nicht darauf bedacht sein sollen, alles aufzubieten, was mich vor seinem Zorne sicherstellen konnte? Wie hätte ich nicht nach seinem Tode sein Geschlecht verfolgen sollen, aus welchem lauter Feinde und Rächer ihres Vaters mir entgegenwuchsen? Tue nun mit mir, was du willst; ich verlange nicht nach dem Tode, aber es schmerzt mich auch nicht, wenn ich das Leben verlassen soll.« So sprach Eurystheus und schien mit Ruhe sein Schicksal zu erwarten. Hyllos selbst sprach für seinen Gefangenen, und die Bürger Athens riefen auch die milde Sitte ihrer Stadt an, die den überwundenen Verbrecher zu begnadigen pflegte. Aber Alkmene blieb unerbittlich; sie gedachte aller Leiden, die ihr unsterblicher Sohn auf Erden zu dulden hatte, solange er ein Knecht des grausamen Königs war; ihr schwebte der Tod der geliebten Enkelin vor Augen, die sie hierher begleitet hatte und freiwillig in den Tod gegangen war, um dem mit übergewaltiger Heeresmacht drohenden Eurystheus den Sieg zu entreißen; sie malte sich mit grausen Farben aus, welch Schicksal ihr selbst und allen ihren Enkeln zuteil geworden wäre, wenn Eurystheus als Sieger und nicht als Gefangener jetzt vor ihr stände. »Nein, er soll sterben«, rief sie, »kein Sterblicher soll diesen Verbrecher mir entreißen!« Da kehrte sich Eurystheus zu den Athenern und sprach: »Euch, ihr Männer, die ihr gütig für mich gebeten habt, soll auch mein Tod keinen Unsegen bringen. Wenn ihr mich eines ehrlichen Begräbnisses würdigt und mich bestattet, wo das Verhängnis mich ereilt hat am Tempel der Athene, so werde ich als ein heilbringender Gast die Grenze eures Landes bewachen, daß kein Heer sie jemals überschreiten soll. Denn wisset, daß die Nachkommen dieser Jünglinge und Kinder, die ihr hier beschützt, euch einst mit Heeresmacht überfallen und euch die Wohltat schlecht lohnen werden, die ihr ihren Vätern erzeigt habt. Alsdann werde ich, der geschworene Feind des Geschlechtes des Herakles, euer Retter sein.« Mit diesen Worten ging er unerschrocken zum Tode und starb besser, als er gelebt hatte.

Hyllos, sein Orakel und seine Nachkommen

Die Herakliden gelobten ihrem Beschirmer Demophon ewige Dankbarkeit und verließen Athen unter der Anführung ihres Bruders Hyllos und ihres väterlichen Freundes Iolaos. Sie fanden jetzt allenthalben Mitstreiter und zogen in ihr väterliches Erbe, den Peloponnes, ein. Ein ganzes Jahr lang kämpften sie hier von Stadt zu Stadt, bis sie außer Argos alles unterworfen hatten. Während dieser Zeit wütete durch jene ganze Halbinsel eine grausame Pest, welche kein Ende nehmen wollte. Endlich erfuhren die Herakliden durch einen

Göttterspruch, daß sie selbst schuld an diesem Unglück seien, weil sie zurückgekehrt, bevor sie es rechtmäßigerweise konnten. Deswegen verließen sie den schon eingenommenen Peloponnes wieder, kehrten ins attische Gebiet zurück und wohnten dort auf den Feldern von Marathon. Hyllos hatte inzwischen nach dem Willen seines sterbenden Vaters die schöne Jungfrau Iole, um welche einst Herakles selbst sich beworben hatte, geheiratet und dachte unaufhörlich auf Mittel, in den Besitz des angestammten Vatererbes zu kommen. Er wandte sich daher abermals an das Orakel zu Delphi, und dieses gab ihm zur Antwort: »Erwartet ihr die dritte Frucht, so wird euch die Rückkehr gelingen.« Hyllos deutete dieses, wie es am natürlichsten schien, von den Feldfrüchten des dritten Jahres, wartete geduldig den dritten Sommer ab und fiel dann aufs neue mit Heeresmacht in den Peloponnes ein.

Zu Mykene war nach dem Tode des Eurystheus der Enkel des Tantalos und Sohn des Pelops, Atreus, König geworden. Dieser schloß bei der feindlichen Annäherung der Herakliden einen Bund mit den Einwohnern der Stadt Tegea und anderer Nachbarstädte und ging den Heranrückenden entgegen. An der Landenge von Korinth standen beide Heere einander gegenüber. Aber Hyllos, der immer gern Griechenblut schonte, war hier wieder der erste, der den Streit durch einen Zweikampf zu schlichten bemüht war. Er forderte einen der Feinde, wer da wollte, zum Streite heraus und stellte, auf seine vom Orakel gebilligte Unternehmung vertrauend, die Bedingung, wenn Hyllos seinen Gegner besiegte, so sollten die Herakliden das alte Reich des Eurystheus ohne Schwertstreich einnehmen; würde dagegen Hyllos überwunden, so sollten die Nachkommen des Herakles fünfzig Jahre lang den Peloponnes nicht mehr betreten dürfen. Als diese Herausforderung im feindlichen Heer ruchbar wurde, erhob sich Echemos, der König von Tegea, ein kecker Kämpfer in den besten Mannesjahren, und nahm die Herausforderung an. Beide kämpften mit seltener Tapferkeit; zuletzt aber unterlag Hyllos, und ein finsteres Sinnen über die Zweideutigkeit des Orakelspruches, den er erhalten hatte, umschwebte die Stirnfalten des Sterbenden. Dem Vertrage gemäß standen jetzt die Herakliden von ihrem Unternehmen ab, kehrten wieder nach dem Isthmos um und wohnten jetzt wieder in der Gegend von Marathon. Die fünfzig Jahre gingen vorüber, ohne daß die Kinder des Herakles daran dachten, dem Vertrag zuwider ihr Erbland aufs neue zu erobern. Inzwischen war Kleodaios, der Sohn des Hyllos und der Iole, ein Mann von mehr als fünfzig Jahren geworden. Da nun der Vergleich abgelaufen und ihm die Hände nicht mehr gebunden waren, machte er sich mit anderen Enkeln des Herakles gegen den Peloponnes auf, als der troianische Krieg schon dreißig Jahre vorüber war. Aber auch er war nicht glücklicher als sein Vater und kam mit seinem ganzen Heer auf diesem Feldzuge um. Zwanzig Jahre später machte sein Sohn Aristomachos, der Enkel des Hyllos und Urenkel des Herakles, einen zweiten Versuch. Dies geschah, als Teisamenos, ein Sohn des Orestes, über die Peloponnesier herrschte. Auch ihn führte das Orakel durch einen zweideutigen Rat irre; »die Götter«, sprach es, »verleihen dir den Sieg durch den Pfad des Engpasses«. Er brach über den Isthmos ein, wurde zurückgeschlagen und ließ wie Vater und Großvater sein Leben.

Neue dreißig Jahre gingen vorüber, und Troia lag schon achtzig Jahre in Asche. Da unternahmen die Söhne des Aristomachos, des Kleodaios Enkel, mit Namen Temenos, Kresphontes und Aristodemos, den letzten Zug. Trotz aller Zweideutigkeit der Orakelsprüche hatten sie den Glauben an die Götter nicht verloren, gingen nach Delphi und befragten die Priesterin. Die Sprüche aber lauteten von Wort zu Wort, wie sie ihren Vätern erteilt worden waren. »Wenn die dritte Frucht abgewartet worden, so wird die Rückkehr gelingen.« Und wiederum: »Die Götter verleihen den Sieg durch den Pfad des Engpasses.« Klagend sprach der älteste der Brüder, Temenos: »Diesen Aussprüchen ist mein Vater, Großvater und Urgroßvater gefolgt, und es ist zu ihrer aller Verderben gewesen!« Da erbarmte sich ihrer der Gott und schloß durch seine Priesterin ihnen den wahren Sinn des Orakels auf: »An allen ihren Unglücksfällen«, sprach sie, »sind eure Väter selbst schuldig gewesen, weil sie der Götter weise Sprüche nicht zu deuten wußten! Diese nämlich meinten nicht die dritte Frucht der Erde, die erwartet werden müsse, sondern die dritte Frucht des Geschlechtes; die erste war Kleodaios, die zweite Aristomachos, die dritte Frucht, der der Sieg prophezeit ist, das seid ihr. Wiederum, unter dem Engpaß, der zum Wege führen soll, ist nicht, wie euer Vater fälschlich deutete, der Isthmos verstanden, sondern jener weitere Schlund, nämlich das dem Isthmos zur Rechten liegende Meer. Jetzt wißt ihr den Sinn der Orakelsprüche. Was ihr tun wollt, das tut mit der Götter Glück!«

Als Temenos solche Auslegung vernahm, fiel es ihm wie Schuppen von den Augen; er rüstete mit seinen Brüdern eilig ein Heer aus, baute Schiffe zu Lokri, an dem Orte, der von dieser Ausrüstung den Namen Naupaktos, das heißt Schiffswerft, bekam. Aber auch dieser Zug sollte den Nachkommen des Herakles nicht leicht werden und ihnen viel Kummer und Tränen kosten. Als das Heer versammelt war, traf den jüngsten der Brüder, Aristodemos, der Blitzstrahl, und machte seine Gattin Argeia, die Urenkelin des Polyneikes, zur Witwe und seine Zwillingssöhne, Eurysthenes und Prokles, zu Waisen. Als sie den Bruder bestattet und beweint hatten, und nun das Schiffsheer von Naupaktos aufbrechen wollte, fand sich ein Seher bei demselben ein, der von den Göttern begeistert war und Orakelsprüche erteilte. Sie aber hielten ihn für einen Zauberer und Kundschafter, der von den Peloponnesiern zum Verderben ihres Heeres abgesandt sei. Schon lange waren sie ihm daher aufsässig, bis Hippotes, der Sohn des Phylas, ein Urenkel des Herakles, nach dem Seher einen Wurfspieß warf, der ihn traf und auf der Stelle tötete. Darüber zürnten die Götter den Herakliden; die Seemacht wurde vom Sturm überfallen und ging zugrunde; die Landtruppen wurden von einer Hungersnot gepeinigt, und so löste sich allmählich das ganze Heer auf. Temenos befragte auch über dieses Unglück das Orakel. »Um des Sehers willen, den ihr getötet habt«, eröffnete ihm der Gott, »hat euch Unheil getroffen. Den Mörder sollt ihr auf zehn Jahre des Landes verweisen, und dem Dreiäugigen den Heerbefehl übertragen.« Der erste Teil des Orakels war bald erfüllt, Hippotes wurde aus dem Heere gestoßen und mußte in die Verbannung gehen. Aber der zweite Teil brachte die armen Herakliden zur Verzweiflung. Denn wie und wo sollten sie einem Menschen mit drei Augen begegnen. Indessen forschten sie unermüdlich und im Vertrauen auf die Götter nach einem solchen. Da stießen sie auf Oxylos, Sohn des Haimon und Nachkomme des Oineus, aus aitolischem Königsgeschlecht. Dieser hatte zu der Zeit, da die Herakliden in den Peloponnes eingedrungen waren, einen Totschlag begangen, der ihn aus seinem Vaterlande Aitolien nach dem Ländchen Elis im Peloponnes zu flüchtigen nötigte. Jetzt war er nach Jahresfrist im Begriff, von da in seine Heimat zurückzukehren, und begegnete auf seinem Maultiere den Herakliden. Er war einäugig, denn das andere Auge hatte er sich in der Jugend mit einem Pfeile ausgestoßen. So mußte das Maultier ihm sehen helfen, und hatten sie zusammen der Augen drei. Die Herakliden fanden auch dieses seltsame Orakel erfüllt, wählten den Oxylos zum Heerführer, und als auf diese Weise die Bedingung des Geschickes erfüllt war, griffen sie mit frischgeworbenen Truppen und neugezimmerten Schiffen die Feinde an und töteten deren Anführer Teisamenos.

Die Herakliden teilen den Peloponnes

Nachdem die Herakliden auf solche Weise den ganzen Peloponnes erobert hatten, errichteten sie dem Zeus, ihrem väterlichen Ahnherrn, drei Altäre, worauf sie opferten; dann begannen sie die Städte durchs Los zu verteilen. Das erste Los war Argos, das zweite Lakedaimon, das dritte Messene. Sie wurden einig darüber, daß in einer Urne voll Wassers gelost werden sollte. Nun ward beschlossen, daß jeder ein Los hineinwerfen sollte, das mit seinem Namen bezeichnet war. Da warfen Temenos und die Söhne des Aristodemos, die Zwillinge Eurysthenes und Prokles, bezeichnete Steine hinein, der schlaue Kresphontes aber, der am liebsten Messene gewonnen hätte, warf eine Erdscholle in das Wasser. Diese löste sich auf. Nun wurde zuerst über Argos gelost, und der Stein des Temenos kam zum Vorschein; dann über Lakedaimon, da kam der Stein der Aristodemossöhne. Nach dem dritten fand man überflüssig zu suchen, und so bekam Kresphontes Messene. Als sie hierauf mit ihren Begleitern den Göttern auf ihren Altären opferten, da wurden ihnen seltsame Zeichen zuteil, denn jeder fand auf seinem Altar ein anderes Tier. Diejenigen, welche Argos durchs Los erhalten hatten, fanden darauf eine Kröte; die, denen Lakedaimon zuteil geworden war, einen Drachen; die endlich, die Messene bekommen hatten, einen Fuchs. Nachdenklich über diese Zeichen geworden, befragten sie die einheimischen Wahrsager. Diese deuteten die Sache also: »Welche die Kröte erhalten haben, werden am besten tun, in ihrer Stadt daheim zu bleiben, denn das Tier hat keinen Schutz auf der Wanderung; die, denen sich der Drache auf dem Altar gelagert, werden gewaltige Angreifer werden und mögen sich immerhin über die Grenzen ihres Landes hinauswagen; die endlich, denen der Fuchs auf ihren Altar gelegt worden, sollen es weder mit der Einfalt halten noch mit der Gewalt; ihre Schutzwehr soll die List sein.«

Diese Tiere wurden in der Folge die Schildwappen der Argiver, Spartaner und Messenier. Nun bedachten sie auch ihren einäugigen Führer, Oxylos und gaben ihm das Königreich Elis zum Lohne seiner Feldherrnschaft. Vom ganzen Peloponnes aber blieb nur das bergige Hirtenland Arkadien unbesiegt durch die Herakliden. Von den drei Reichen, die sie auf dieser Halbinsel begründeten, hatte nur Sparta eine längere Dauer. Zu Argos hatte Temenos dem Deïphontes, auch einem Urenkel des Herakles, seine Tochter Hyrnetho, die er unter allen seinen Kindern am meisten liebte, zur Ehe gegeben und zog ihn in allem zu Rate, so daß man vermutete, daß er ihm und seiner Tochter auch die Regierung zuwenden wolle. Darüber ergrimmten seine eigenen Söhne, verschworen sich gegen ihn und erschlugen ihren Vater. Die Argiver aber erkannten zwar den ältesten Sohn als König; weil sie aber Freiheit und Gleichheit vor allem liebten, so beschränkten sie die Königsgewalt so sehr, daß ihm und seinen Nachkommen nichts übrig blieb als der Königstitel.

Merope und Aipytos

Kein besseres Los als seinen Bruder Temenos traf den König von Messene, Kresphontes. Dieser hatte die Tochter des Königs Kypselos von Arkadien, Merope, geheiratet, die ihrem Gemahl viele Kinder gebar, unter welchen Aipytos das jüngste war. Für seine vielen Söhne und sich selbst erbaute er im Lande eine stattliche Königsburg. Er selbst war ein Freund des gemeinen Volkes und begünstigte dieses wo er konnte in seiner Verwaltung. Darüber empörten sich die Reichen und erschlugen ihn samt allen seinen Söhnen bis auf den jüngsten, Aipytos. Diesen entzog die Mutter den Händen der Mörder und rettete ihn glücklich zu ihrem Vater Kypselos nach Arkadien, wo der Knabe heimlich erzogen wurde. In Messenien hatte sich indessen Polyphontes, ebenfalls ein Heraklide, des Thrones bemächtigt und die Witwe des ermordeten Königs gezwungen, ihm ihre Hand zu reichen. Da wurde es ruchbar, daß noch ein Thronerbe des Kresphontes am Leben sei, und Polyphontes, der neue Herrscher, setzte einen großen Preis auf seinen Kopf. Aber niemand war, der ihn verdienen wollte oder auch nur konnte. Denn die Sage ging nur dunkel, und man wußte nicht, wo der Geächtete zu suchen wäre. Mittlerweile wuchs Aipytos zum Jüngling heran, verließ heimlich den Palast seines Großvaters, und ohne daß jemand es ahnte, traf er zu Messene ein. Der Jüngling hatte von dem Preise gehört, der auf den Kopf des unglücklichen Aipytos gesetzt sei. Da faßte er sich ein Herz, kam als ein Fremdling von niemand gekannt, selbst von der eigenen Mutter nicht, an den Hof des Königs Polyphontes, trat vor ihn und sprach in

Gegenwart der Königin Merope: »Ich bin erbötig, o Herrscher, den Preis zu verdienen, den du auf das Haupt des Fürsten gesetzt hast, der, als Sohn des Kresphontes, deinem Throne so furchtbar ist. Ich kenne ihn so genau wie mich selber und will ihn dir in die Hände liefern.«

Die Mutter erblaßte, als sie dieses hörte; schnell sandte sie nach einem alten vertrauten Diener, der schon bei der Rettung des kleinen Aipytos tätig gewesen war und jetzt aus Furcht vor dem neuen König fern vom Hof und der Königsburg lebte. Diesen schickte sie heimlich nach Arkadien, um ihren Sohn vor Nachstellung zu sichern, vielleicht auch ihn herbeizurufen, damit er sich an die Spitze der Bürger stelle, denen sich Polyphontes durch seine Tyrannei verhaßt gemacht hatte, und den väterlichen Thron wieder erringe. Als der alte Diener nach Arkadien kam, fand er den König Kypselos und das ganze Königshaus in größter Bestürzung, denn sein Enkel Aipytos war verschwunden, und niemand wußte, was aus ihm geworden war. Trostlos eilte der alte Diener nach Messene zurück und erzählte der Königin, was geschehen. Beide hatten nun keinen anderen Gedanken, als daß der Fremdling, der vor dem König erschienen sei, den Preis zu verdienen, gewiß den armen Aipytos in Arkadien ermordet und seinen Leichnam nach Messene gebracht habe. Sie besannen sich nicht lange, und da der Fremde von Polyphontes in seine Königsburg aufgenommen, seine Wohnung in derselben hatte, betrat die Königin, von Rachedurst erfüllt, mit einer Axt bewaffnet und von ihrem Vertrauten, dem alten Diener, begleitet, nächtlicherweise die Kammer des Fremden, in der Absicht, den Schlummernden zu erschlagen. Der Jüngling aber schlief ruhig und sanft, und der Strahl des Mondes beleuchtete sein Antlitz. Schon hatten sich beide über sein Lager gebeugt und Merope die Mordaxt erhoben, als der Diener, der, dem Schlafenden näher stehend, sein Antlitz genauer betrachtete, plötzlich mit einem angstvollen Schrei der Überraschung den Arm der Königin erfaßte. »Halt ein«, rief er, »es ist dein Sohn Aipytos, den du erschlagen willst!« Merope ließ den Arm mit der Axt sinken und warf sich über das Bett ihres Sohnes, den sie mit ihrem lauten Schluchzen erweckte. Nachdem sie sich lange in den Armen gelegen, eröffnete ihr der Sohn, daß er gekommen sei, nicht sich den Mördern in die Hände zu liefern, sondern diese zu bestrafen, sie selbst von dem verhaßten Ehebund zu erlösen und mit Hilfe der Bürger, die er für sein gutes Recht zu gewinnen hoffte, den Thron des Vaters zu besteigen. Er verabredete hierauf gemeinschaftlich mit der Mutter und dem alten Diener des Hauses die Maßregeln, die zu ergreifen wären, um sich an dem verhaßten und verruchten Polyphontes zu rächen. Merope legte Trauerkleider an, trat vor ihren Gatten und erzählte ihm, wie sie soeben die Trauerbotschaft von dem Tode ihres einzigen noch übrigen Sohnes erhalten habe. Fortan sei sie bereit, im Frieden mit ihrem Gatten zu leben und des vorigen Leides nicht zu gedenken. Der Tyrann ging in die Schlinge, die ihm gelegt war. Er wurde vergnügt, weil ihm die schwerste Sorge vom Herzen genommen war, und erklärte, den Göttern ein Dankopfer bringen zu wollen, dafür daß alle seine Feinde jetzt aus der Welt verschwunden seien. Als nun die ganze Bürgerschaft auf öffentlichem Markte, aber mit widerwilligem Herzen erschienen war – denn das gemeine Volk hatte es immer mit dem liebreichen König Kresphontes gehalten und betrauerte auch jetzt seinen Sohn Aipytos, in welchem es die letzte Hoffnung verloren glaubte –, da überfiel Aipytos den opfernden König und stieß ihm den Stahl ins Herz. Jetzt eilte Merope mit dem Diener herbei, und beide zeigten dem Volke in dem Fremdling Aipytos den totgeglaubten rechtmäßigen Erben des Thrones. Dieses begrüßte ihn jubelnd, und noch an demselben Tage nahm der Jüngling den erledigten Thron seines Vaters Kresphontes ein und bezog an der Seite seiner Mutter die Königsburg. Er bestrafte jetzt die Mörder seines Vaters und seiner Brüder wie die Mitanstifter des Mordes. Im übrigen gewann er durch sein zuvorkommendes Wesen selbst die vornehmen Messenier und durch seine Freigebigkeit alle, die zum Volke gehörten, und erwarb sich ein solches Ansehen unter den Messeniern, daß seine Nachkommen sich Aipytiden statt Herakliden nennen durften.

Zu dieser Ausgabe

Der Text der vorliegenden Ausgabe folgt der »zweiten vollständigen Basler Ausgabe« von Gustav Schwabs *Schönsten Sagen des klassischen Altertums*, die 1948 in drei Bänden im Amerbach-Verlag, Basel, mit einem Nachwort von Karl Schefold erschien. Dieser Neuedition der ersten Basler Ausgabe von 1913 liegt der Erstdruck des Werkes zugrunde, der in drei Teilen 1838, 1839 und 1840 im Verlag von S. G. Liesching in Stuttgart herauskam. Die Basler Edition modernisierte behutsam Orthographie und Interpunktion und setzte die Eigennamen – soweit sie nicht italischer Herkunft sind – zum erstenmal in der griechischen Namensform; die von Schwab gebrauchte lateinische Form wurde bei der ersten Erwähnung in Klammern hinzugefügt. Schwabs Anordnung in drei Teile zu je fünf bis sechs Büchern war jedoch aufgegeben. In der zweiten Basler Ausgabe wurde die ursprüngliche Einteilung wiederhergestellt, und die Schreibung der Eigennamen erscheint in verbesserter Gestalt.

Der vorliegende Text wurde noch einmal durchgesehen, offensichtliche Druckversehen in der zweiten Basler Ausgabe wurden stillschweigend korrigiert.

Schwabs Vorwort zur ersten Auflage des Werkes wurde hier neu aufgenommen. Die Illustrationen – gestochen nach Vorlagen von Paolo Veronese (S. 55) und Guido Reni (S. 188) – sind der dritten, durchgesehenen Auflage von 1854 entnommen.

Register

Romane der deutschen Literatur

IN RECLAMS UNIVERSAL-BIBLIOTHEK

Arnim, Die Kronenwächter. 420 S. UB 7743

Ebner-Eschenbach, Das Gemeindekind. 222 S. UB 8056

Eichendorff, Ahnung und Gegenwart. 405 S. UB 8229 – Dichter und ihre Gesellen. 312 S. UB 2351

Fontane, Cécile. 277 S. UB 7791 – Effi Briest. 349 S. UB 6961 – Frau Jenny Treibel. 225 S. UB 7635 – Graf Petöfy. 247 S. UB 8606 – Irrungen, Wirrungen. 184 S. UB 8971 – Mathilde Möhring. 142 S. UB 9487 – Die Poggenpuhls. 126 S. UB 8327 – Schach von Wuthenow. 168 S. UB 7688 – Der Stechlin. 485 S. UB 9910 – Stine. 124 S. UB 7693 – Unwiederbringlich. 309 S. UB 9320

Gellert, Leben der schwedischen Gräfin G***. 176 S. UB 8536

Goethe, Aus meinem Leben. Dichtung und Wahrheit. Bd. 1. 843 S. UB 8718., Bd. 2. 423 S. UB 8719 – Die Leiden des jungen Werther. 160 S. UB 67 – Die Wahlverwandtschaften. 269 S. UB 7835 – Wilhelm Meisters Lehrjahre. 661 S. UB 7826 – Wilhelm Meisters theatralische Sendung. 389 S. UB 8343 – Wilhelm Meisters Wanderjahre. 565 S. UB 7827

Gotthelf, Uli der Knecht. 552 S. UB 2333

Grimmelshausen, Der abenteuerliche Simplicissimus Teutsch. 838 S. UB 761

Gutzkow, Wally, die Zweiflerin. 477 S. UB 9904

Hauff, Lichtenstein. 453 S. UB 85

Heinse, Ardinghello und die glücklichen Inseln. 715 S. 32 Taf. UB 9792

Helwig, Raubfischer in Hellas. 192 S. UB 8684 – Im Dickicht des Pelion. 237 S. UB 8705 – Reise ohne Heimkehr. 375 S. UB 8706

Hölderlin, Hyperion. 184 S. UB 559

Hoffmann, Die Elixiere des Teufels. 376 S. UB 192 – Lebens-Ansichten des Katers Murr. 517 S. UB 153 – Meister Floh. 235 S. UB 365

Jean Paul, Leben des Quintus Fixlein. 328 S. UB 164 – Siebenkäs. 800 S. UB 274

Kretzer, Meister Timpe. 311 S. UB 9829

La Roche, Geschichte des Fräuleins von Sternheim. 416 S. UB 7934

Ludwig, Zwischen Himmel und Erde. 219 S. UB 3494

Meyer, Jürg Jenatsch. 276 S. UB 6964

Moritz, Anton Reiser. 568 S. UB 4813

Nicolai, Sebaldus Nothanker. 616 S. 22 Abb. UB 8694

Novalis, Heinrich von Ofterdingen. 255 S. UB 8939

Raabe, Die Akten des Vogelsangs. 240 S. UB 7580 – Altershausen. 157 S. UB 7725 – Die Chronik der Sperlingsgasse. 223 S. UB 7726 – Das Odfeld. 291 S. UB 9845 – Pfisters Mühle. 253 S. UB 9988 – Stopfkuchen. 247 S. UB 9393

Reuter, Schelmuffsky. 207 S. UB 4343

Rosegger, Als ich noch der Waldbauernbub war. 314 S. UB 8563

Schlegel, D., Florentin. 119 S. UB 8707

Schlegel, F., Lucinde. 119 S. UB 320

Schnabel, Insel Felsenburg. 607 S. UB 8419

Sealsfield, Das Kajütenbuch. 528 S. 8 Abb. 2 Kt. UB 3401

Stifter, Die Mappe meines Urgroßvaters. 323 S. UB 7963

Tieck, Franz Sternbalds Wanderungen. 584 S. 16 Taf. UB 8715 – Der Hexensabbat. 336 S. UB 8478 – Vittoria Accorombona. 416 S. UB 9458 – William Lovell. 744 S. UB 8328

Wieland, Geschichte der Abderiten. 400 S. UB 331 – Geschichte des Agathon. 687 S. UB 9933

Philipp Reclam jun. Stuttgart